Novela

Esta novela obtuvo el Premio Azorín 2003, concedido por el siguiente jurado: Julio de España Moya, Carlos Revés, Eugenia Rico, Luisa Castro, Juan Eslava Galán, Antonio Díez Mediavilla, Concepción Lucas y Miguel Valor Peidró.

La Diputación Provincial de Alicante convoca y organiza el Premio Azorín. Editorial Planeta edita y comercializa la obra ganadora.

# Javier García Sánchez
## Dios se ha ido

Premio Azorín de la Diputación Provincial
de Alicante 2003

● Planeta

© Javier García Sánchez, 2003
© Editorial Planeta, S. A., 2004
   Avinguda Diagonal, 662, 6.ª planta. 08034 Barcelona (España)

Diseño e ilustración de la cubierta: Opalworks
Fotografía del autor: © Jordi Navarro
Primera edición en Colección Booket: marzo de 2004

Depósito legal: B. 6.556-2004
ISBN: 84-08-05108-3
Impresión y encuadernación: Liberdúplex, S. L.
Printed in Spain - Impreso en España

## Biografía

Javier García Sánchez (Barcelona, 1955) es autor
de una veintena de obras en prosa, entre otras
*La dama del Viento Sur* (Premio Pío Baroja, traducida
en Estados Unidos y acogida con gran entusiasmo
por la crítica: «Novela de atracción en ocasiones
hipnótica», *The New York Times*; «trata con destreza
un asunto tan subjetivo y delicado como éste»,
*Publishers Weekly*), *Última carta de amor de Carolina
von Günderrode a Bettina Brentano*, *El mecanógrafo*
(Premio El Ojo Crítico de RNE), *La historia más triste*
(Premio Herralde de novela), *El Alpe d'Huez*, *La vida
fósil*, *La mujer de ninguna parte*, *Los otros* («un modelo
de habilidad narrativa, una novela redonda», Lluís
Satorras, *Babelia/El País*, traducida en Inglaterra
y Francia y llevada al cine con el título *Nos miran*)
y *Falta alma* («novela de brillo especial, llamada a
perdurar sin lugar a dudas», Lola Beccaria, *ABC*).
Con su novela *Dios se ha ido* obtuvo el Premio
Azorín 2003.

*a M.ª Ángeles, Aníbal, Amaya y los* Saspis

Ah, ¿me tocaba mover a mí?

(Paulsen a Morphy)

# LIBRO I

—

*En donde se describen cuitas de inicuo jaez
y también cogitaciones de toda laya de
un Hombre Normal en busca de
su duro e incierto
destino.*

Así se dan los golpes de Estado.

RAYMOND RADIGUET

Cierra los ojos y verás.

JOSEPH JOUBERT

¿Dónde está Dios, aunque no exista?

FERNANDO PESSOA

El amor, a las novelas. El sexo, pagado.

Se trata de poner los elementos necesarios para no estar nunca en la tesitura de causar daño o de que te lo hagan. De no involucrarse.

Ésas deberían ser, si consiguiese llevarlas a cabo, las máximas de mi vida. Una vida llena de rutina y tibios sobresaltos, aunque cada vez más tibios y más espaciados, debo reconocerlo. Una vida seguramente no muy distinta de la tuya, lector, aunque te incomode admitir esa eventualidad o esa certeza, aunque no te guste pensar en ello porque todos nos creemos diferentes, si no destinados a algo grande o al menos especial. Y así hasta que de nuevo irrumpe ella, la vida, siempre traidora, casi siempre decepcionante, para demostrarnos que apenas nada era como imaginábamos.

A menudo pienso, también, que cualquier cosa sería válida con tal de no complicarse emocionalmente y acabar saliendo, una vez más, escaldados. De ahí mi cerril empeño en ser fiel a la incumplida máxima con la que iniciaba el relato. No obstante, mal asunto ese de mezclar los reclamos de la química corporal con los sentimientos o las ideas. Porque si para el amor soy, con bastante probabilidad, como tú, lector, un obstinado sentimental capaz de enamorarse varias veces por semana, y todas irremediablemente, para lo otro, aquello que atañe al cuerpo, llevo encima el fatigoso lastre de un prurito ideológico que me impide dar rienda suelta a lo que considero los más salvajes instintos que, se supone, aún atesoro o padezco. O igual es que soy, sencillamente, un perfecto hipocondríaco y un redomado cobarde.

El problema es mirarse al espejo. Sobre todo por las mañanas, cuando en teoría uno debe tomar energías para afrontar con dignidad y fuerza el resto de la jornada. El verdadero problema surge cuando ese espejo te devuelve, incluso difuminando la realidad sobre su bruñida superficie de azogue, la imagen que te devuelve y no otra, haciéndote ver ahí a alguien cuya autoestima no está, que digamos, a un nivel rutilantemente alto. Más bien se halla, como si siguiéramos diciendo, instalada en plena Antártida y en una noche de invierno.

A pesar de todo, lucho por salir adelante: soy un fajador, eso nadie lo dude. Sólo que a veces resulta tan costoso, tanto, que únicamente tú, lector, si haces y te ocurre algo similar, podrás entenderlo en toda su magnitud.

Sin ir más lejos, constato que la mañana del día en que, pese a su monótona grisura, todo ha podido cambiar o al menos haberse transformado sustancialmente y en esencia, ha empezado de hecho como tantas otras: la casa huele al pollo frito que cociné hace un montón de horas, impregnando la atmósfera y los objetos con una invisible pátina de agridulce y aceitosa pestilencia que, diríase, ha calado hasta en su más recóndito interior, donde la estructura remotísima de lo inanimado quizás posea una vida que, desde nuestro entendimiento, no estamos capacitados para percibir.

La vida. ¿Cómo reconciliarse con la vida, ya de buena mañana, en el momento de enfrentarse al espejo, aún llenos de legañas, cuando te invade ese penetrante hedor a pollo frito, porque el aceite usado debe de haber cumplido ya sus bodas de plata por lo menos, ese hedor adhiriéndose a las fosas nasales y a la conciencia como una pertinaz, molesta humedad, como un mal recuerdo? He de admitir, para no cercenar de raíz toda esperanza que, después, al llegar la noche y sucederme el episodio del maniquí en el auto de la funeraria, que a su debido tiempo relataré con todo lujo de detalles, pensé que todavía eran posibles los milagros cotidianos, aunque cada vez estén más caros. Como cuando el *Tete* apareció de pronto en casa, cambiando por completo nuestras vidas. ¿Quién nos iba a decir que un yorkshire-terrier medio enano, prácticamente cachorro, que se presentó como por arte de magia un buen día en nuestro jardín a la loca carrera, iba a ejercer durante más de quince años una sutil pero férrea tiranía, o ya se me dirá cómo llamar si no a una familia entera girando atribulada como una peonza en torno al *Tete*, el puto *Tete*, como yo lo llamaba de forma cariñosa, con sus humores y sus caprichos, para acabar yéndose de improviso otro buen día, es decir, un día funesto, sobre todo para los críos, que se llevaron un disgusto tremendo, irse, digo, tan sorprendentemente como había aparecido, a la loca carrera?

En efecto, se marchó el *Tete* y fue como si Dios se hubiese ido también de nuestras vidas, dejándonos no sólo boquiabiertos y pasmados sino en el más cruel de los desamparos, pues lo cierto es que ya estábamos acostumbrados, o quizás debiera decirse enviciados, a tan absurda esclavitud a costa de aquel moco de perrito peleón.

Gran *Tete*, sí señor, que casi cabía en una mano cuando lo bañabas, todo ojos y hocico, pero que poseía corazón de felino, yo no sé si depredador, pero sí por lo menos con muy malas pulgas. Él era la alegría y la acción. Tras él quedó el puro vacío. Y pasó lo que tenía que pasar: las cosas se precipitaron y yo me quedé solo y descompuesto, en un sentido literal.

Ahora, pese a considerarme no creyente, entiendo que el *Tete* era como debe de ser Dios, si es que existe. La luz de las cosas, su respiración invisible, el latido de los movimientos, el compás de los sueños. Jodido perro, ¡y con lo atravesado que llegué a tenerlo! ¡Cuánto le echo de menos! Sí, teníamos también a *Ursus*, el descomunal y bonachón mastín pirenaico que aún me acompaña a ratos, si es que esa inmensa bola de pelo que dormita aproximadamente veinte horas al día y engulle sin tregua, se arrastra patética y torpemente o se pedorrea como si tal las otras cuatro horas, merece ser llamado «perro», cosa que dudo. Pero no era lo mismo. Ya nunca fue lo mismo que con el

*Tete*, quiero decir, durante el mandato de éste y en los casi cuatro años que compartió casa con *Ursus*, al que por supuesto llevaba por la calle de la amargura.

Pero vuelvo al espejo, y no por fastidiar, que no estoy aquí para eso sino en un sincero afán de centrar los acontecimientos, por enfocarlos correctamente, como si los contemplase a través del objetivo de una cámara fotográfica. La verdad es que ya casi nunca me atrevo a mirar de modo directo ese engendro reproductor de la propia imagen que, burlándose en silencio (ya te avisé que era algo hipocondríaco, lector, pero debo advertirte que también soy un pelín paranoico para ciertas cosas) me da los buenos días (¡ja!), así que tan sólo me resta la opción de decir lo que veo allí, en el espejo.

Veo un tipo con cara de rape, luciendo una jeta cuya expresión oscila entre el estupor y el desagrado. Veo un tipo con ojos de macaco, como esos monos que tienen la mirada imbuida de una suerte de histérico estrabismo y que suelen hacer reír a los visitantes de los zoológicos pese a que ellos se tocan constantemente las pelotas, desarrollando una curiosa amalgama de gestos que fluctúan entre lo obsceno y lo belicoso. El *Tete*, pese a lo canijo que era, ya los soliviantaría lo suyo si los hubiese cogido por banda.

Mi pelo, los pocos pelos que aún conservo, deben de recordar el caparazón de una castaña, y si me lo mojo entonces parece que de la cabeza broten bulbos o inflorescencias del tilo, qué sé yo. No resulta agradable en absoluto. Pero lo peor es lo que no se ve: el cerebro. Yo lo llamo gelatino, así como si fuese un alias, porque con frecuencia se me antoja que tengo ahí, en lugar de cerebro, una masa amorfa, gelatinosa e incapaz de coordinar pensamientos positivos u originales respecto a nada.

Sigo siendo lo que fui: un campeón de ajedrez frustrado al que inspiran pánico la vida y las personas. Pero, en tanto persona de carácter introvertido y, a su pesar, a menudo entusiasmado por los aspectos más sencillos de la vida —y es que como ajedrecista todo lo veo según ese rasero—, debo confesar que me dará cierto apuro verter alusiones referidas al ajedrez durante mi relato. No quisiera aburrir al lector. Procuraré, pues, hablar lo más efímera y esquemáticamente que pueda a ese respecto.

Me miro en el espejo y siento que tengo el cerebro igual que esos tobillos hinchados de ciertas mujeres, todo él espeso y neutro, como si se asfixiase entre pliegues de grasa y carne que, si no está tumefacta, poco le falta. De mi piel no tengo nada mejor que decir, como a estas alturas bien podrá suponer el atento lector, lo cual implica constituirse no sólo en un fino degustador de prosa sino ejercer de improvisado psicólogo de quien escribe y va contándole su rollo. Ya me gustaría a mí hablar de una piel con la suave textura del melocotón, o del gratísimo tacto de un culito de bebé, pero no. Al ir a afeitarme, cosa que malhadadamente debo hacer cada día porque cada día voy a trabajar y en mi trabajo se exige ir decente, lo que incluye no parecer un patriarca barbudo o un intelectual casposo —e incluso se nos ha recalcado desde las más altas instancias evitar en lo posible cierto aspecto de desaliño—, cada día, digo, me enfrento al renovado misterio, por supuesto nada gozoso, de mi piel, según la época llena de sarpullidos, o de granitos, o de herpes. En fin, justo lo que no se necesita para poder llevar una vida glamourosa y crápula.

Por las mañanas mi piel es de color canela, con un deje macilento que me atrevería a denominar rayano en lo linfático. Pero ya no me preocupa. O no mucho. Es como si a esa piel le costase reaccionar después del sueño. Las mejillas, cada día más fláccidas, parecen sendos filetes de lomo que se hayan quedado revenidos, entre blancuzcos y sanguinolentos, en minúsculas estrías. La faz sólo queda ligeramente oscurecida por los vestigios de esa incipiente y dura barba que aboca mi aspecto general, cada nuevo despertar, al filo de la mendicidad, o así lo parece. En cuanto la cuchilla pasa por encima, la piel del rostro adquiere, a rodales, el color del marisco hervido. Entonces todo yo soy un bogavante refunfuñando o una langosta a punto de palmarla en su inesperado y creciente jacuzzi. Por no ser capaz de afeitarme con máquina eléctrica suelo provocarme un auténtico estropicio con las dichosas cuchillas. El día menos pensado me dará un tétanos de aúpa.

Detesto las máquinas, cualquier máquina. Ya sé que sin lavadoras, o frigoríficos, o teléfonos, no viviríamos con tantas comodidades, pero las detesto igualmente y sin distinción. Sólo las que producen música me parecen útiles, necesarias y dignas de respeto. Uno no va a estar yendo constantemente a conciertos multitudinarios en los que marea el tufo a sobaco, o acudir a locales donde oír un buen jazz. Si no, ni eso.

Así que la parte inicial de cada nuevo día va transcurriendo mientras intento eludir los espejos: primero el del baño, luego el del pasillo y finalmente otro que está en el salón. No quiero ponerme en la disyuntiva de efectuar, ya de buena mañana, el sistemático y macabro examen de conciencia que me lleve a la cruda constatación de cómo estoy deteriorándome. Porque, lector: ¿acaso se trata de algo más que no sea eso, ir tirando? Tampoco es que me vea como Bette Davis en la última época, cuando frisaba el siglo y se descuajaringaba a trozos, pero un poco sí.

Dicho acto de supuestamente hábil huida me sirve, eso creo al menos, para ir tirando. Si en el fondo, lector, y aun con ligeros matices, convienes conmigo en que por desgracia resulta así, entonces es que eres de los míos y me parece bien que sigas leyendo. De lo contrario, si te crees destinado a las más altas empresas intelectuales, a culminar heroicos y triunfantes proyectos de vida, me atrevería a insinuar, sabiéndote ya casi del todo acomodado en tu soberana y distante aquiescencia, que no vas a hallar nada de práctico en cuanto yo pueda decir. Más bien acabaré cabreándote de lo lindo y agotando tu infinita paciencia. No dirás que, al menos, pese a estar adquiriendo un evidente riesgo con esta confesión, no soy sincero en tan crucial y delicado punto. Si, por el contrario, crees que tienes bastante de qué quejarte con acritud, y aunque sea por aquello de que mal de muchos consuelo de tontos, sin que yo esté llamándote eso, sino por simple mímesis o solidaridad, entonces claro que te invito a seguir.

Además —y ojalá que este breve añadido a mi anterior confesión no venga a enfriar tu inicial ímpetu— tengo la sensación de que tal vez te quede la sospecha de que he puesto, apasionado como soy, todas las cartas sobre la mesa. O casi. ¿Me equivoco? Bueno, piensa que puede que estés enfrentándote a un tahúr vocacional, quien, es obvio, puede jugártela. Tampoco olvides que soy jugador de ajedrez, y eso significa algo. Procuraré distraerte, interesarte, seducirte, acorralarte para finalmente, si así lo prefieres, hacer tablas contigo. Ésa es la estrategia previa de una partida.

Te decía antes que al mencionar a gelatino, o sea a mi cerebro progresivamente anquilosado, o si se prefiere a mi sistema de valores más arraigado e inamovible, debo de haber realizado una confesión en toda regla. Ahora voy a referirme a lo otro, a lo que instintivamente pide el cuerpo, a menudo a gritos. Eso que al inicio mencionaba de modo algo elíptico aunque a la vez crudo: el sexo, lo primitivo, lo inevitable. Entiendo que lo cité de manera tal que ya no hubiese posible vuelta atrás ni disimulo sintáctico: el sexo, pagado.

Qué decididamente complicado es esto de mentir en pequeñas dosis y por escrito diciendo lo que para uno son grandes verdades o verdades a medias, o pequeñas mentiras, siempre con el secular temor de escandalizar o desagradar, siempre con miedo a no ser brillante, preciso, exacto y riguroso, que quizás no sea lo mismo, frente a aquello que pretende decirse, frente a los objetivos reales del mensaje. El amor, a las novelas. El sexo, pagado. Eso dije, y encima ha quedado escrito. Menuda tontería, podrá pensarse si no se entiende tal observación a la luz de una cierta piedad y comprensión. Intentaré aclararlo: si, ciclotímico y vehemente como soy, lo que en nada ha favorecido mi carrera de ajedrecista, en las fases de vitalidad más exacerbada por las que atravieso no dejo de enamorarme o medio enamorarme ininterrumpidamente, como dije, incluso varias veces por semana o hasta por día si es preciso, ¿cómo puedo pretender que eso del amor quede reducido a un puñado de buenas novelas? Será que me doy la excusa de que realmente sólo me enamoro de la idea del amor, como si ahí colase todo. Ello en lo que concierne a los sentimientos, pues lo del sexo suena peor, si cabe. Bien sé que es tarea complicada admitir de buen grado eso de pagarse el placer, aunque sea el más rudimentario y elemental. Pero es que, lector, meterla, lo que se dice meterla de verdad, sólo consigo meter la tarjeta de crédito en la ranura pertinente del cajero automático. Y aun así me da algún que otro susto cuando estoy en números rojos, cosa que, dado mi despiste crónico, acaece más a menudo de lo que quisiera.

Durante algún tiempo creí en aquello de: si deseas obtener algo de una mujer, consigue divertirla primero. «Haz que se ría una mujer, y será tuya.» Y una mierda, con perdón. Me he pasado media vida contándoles chistes, haciéndolo mal, lo reconozco, y de eso nada. Por el contrario, creo que será tuya si la haces reír hasta bordear las pérdidas de orina, la enamoras perdidamente, todo sazonado con unos pocos celos, y eres listo, brillante, seguro, atractivo, limpio, complaciente pero sin pasarse —ellas lo llaman «atento»—, cariñoso y (después de una interminable lista de requisitos) a ellas les sale del chirimbolo, como dice un compañero mal hablado (van dos tacos en un sólo párrafo: debo cambiar), decir que sí. O eso o van muy quemadas. En fin, por girar la tuerca narrativa: el amor, y de paso el sexo, tal vez se parezcan mucho al fuego. A veces éste resulta muy fácil de hacer, incluso se consigue involuntariamente y por descuidos leves, causando catástrofes sin nombre. Otras, por más que te empeñes, no consigues provocarlo. Con el sexo, y de paso con el amor, acaso ocurra como con el frío o la fiebre, o más exactamente: con el frío que produce la fiebre, o viceversa, igual da. Ahora ésta te hace temblar de arriba abajo, pero de pronto se ha ido. Pasó. Entonces el problema es qué queda de ello en la memoria, qué en la conciencia. Qué, que pueda modificar nuestros comportamientos futuros. Pero no por ello pienso dejar de sincerarme.

Puede decirse que tengo «novias» y tal, o quizás debería llamarlas «rollos» o «apaños», qué más da, pero yo bien sé que todo eso suele acabar siendo fuegos de artificio. El sexo no es decirle a una mujer sin rostro, sólo con boca: «Chupa y calla, bonita» —que según me han dicho es el único lenguaje que acostumbran a entender de verdad las prostitutas, pues todo lo demás suele desconcertarlas—, intentando correrse lo antes posible, sino que es una secuela misma del amor, su culminación. El sexo idóneo, convendrás conmigo, lector, sería aquel no exento de cariño, y por lo tanto de compromiso o renuncia, y por ello mismo sujeto a una determinada serie de leyes inamovibles. Será necesario reconocer que mi ideal de relación sexual, pese a lo sostenido de entrada acaso un tanto abruptamente, es aquella en la que de modo simultáneo a la maravilla de recorrer la amplia gama de registros que delimitan el país de la plenitud como si fuesen las octavas de un teclado recién afinado, uno puede balbucir con orgullo, incluso torpe y emocionado: «Te quiero...»

Pero es que ahí empiezan casi siempre todos los problemas, maldita sea. Mi abuela, que era sabia pero no precisamente ilustrada, ya lo decía recogiendo el refrán: «Nunca metas la polla en la olla», frase críptica en grado sumo, pese a lo que pueda parecer, y de la que debieran colegirse diversas interpretaciones, no todas de grata audición ni precisamente respetuosas con la moral al uso, que más o menos es siempre la misma. De ahí que, amparado en la pura teoría que se desprende de su en apariencia tosco significado, de entrada me aferre con desesperación, acaso tiznada por el hollín de un tono lapidario y espero que no en exceso procaz, a la máxima de marras con la que osaba abrir mi relato.

En realidad, y conste que me resulta muy duro reconocerlo, me doy cuenta de que hasta este instante no he hecho otra cosa que escaquearme, como vulgarmente se dice, pese a lo importante que para mí es la palabra «escaque», por aquello del ajedrez. Escaquearme, en definitivas cuentas, de afrontar el toro por los cuernos, como también usual y taurinamente se dice. O sea: reconocer que me siento un fracasado y que eso, a mi edad y con mi experiencia, tiene muy difícil solución. Perdí lo único que tal vez tenía realmente, mi familia. Perdí amigos, amantes, oportunidades de haber dado un giro radical a mi existencia. Y todo, eso creo, por la pasión de mi vida convertida en fichas que se mueven sobre un tablero, así de estúpido.

Aunque más estúpido aún me resulta comprobar que no he empezado mi relato como realmente deseaba hacer, y así lo había planificado. Ya solía decirme Claudia, mi compañera durante tantos años y la madre de mis hijos, unas veces en tono recriminatorio y otras de modo casi maquinal, a sabiendas de que era imposible cambiarme, que yo optaba siempre por huir en las situaciones difíciles. O que circunvalaba en torno a su eje, desconcertando a todos y dando una impresión de cobardía que tal vez no se ajustaba correctamente a mi comportamiento. Así pues, el inicio de este relato iba a ser el siguiente:

«Alguien suele estar de vez en cuando donde no debe.

»Sin embargo, las cosas acostumbran a suceder exactamente como deben.

»Entonces ese alguien y las cosas entran en conflicto.»

Así yo, supongo, en demasiados momentos de mi vida.

Ahí, lector, acaso después de la palabra «conflicto» y el punto y aparte, terminaba verdaderamente cuanto creí poder decir: ¡habría sido una novela de tres renglones! Qué récord. Demasiada concisión, pienso. Pero como me animé tras ese inicio, seguí del siguiente modo:

Yo, a quien hasta hace bien poco aún llamaban «maestro».

De poco o nada me ha servido ser un maestro en aperturas y celadas, en el arte de cubrirse las espaldas por, como suele denominarlo la gente, «lo que pueda pasar».

Pienso en esa formidable, larga, intensa partida de ajedrez que es la vida misma. Temo que perdida de antemano. En ella sólo podemos apurar la emoción de ciertas jugadas, y siempre, a la defensiva, buscar tablas con encono. Engañándonos como niños que se niegan a aceptar una evidencia que les concierne, pues tenemos garantizado el jaque en nuestra contra.

Todo lo he perdido, eso sí puedo asegurarlo sin ningún dramatismo ni exageración. También cierto que podría introducir un matiz. Al menos perdí únicamente aquello que tenía: la familia.

Ya lo dije antes, sólo que debo repetírmelo una y otra vez para convencerme de que es así, pues sigo sin salir de mi asombro de que así sea. Perdí a quienes iban a soportar con temple o desidia, con ternura o disgusto, con mejor o peor ánimo, los achaques y batallitas inherentes a mi vejez. Quienes en buena lógica de la edad iban a estar ahí, con su afecto, para aliviar mi deterioro.

Ahora estoy solo.

Estar solo es la verdadera muerte. Cuando la muerte ha vencido a la vida que, sin embargo, sigue su curso. En apariencia.

Pero bueno, tampoco quisiera proseguir con esta historia dando la sensación de que mi vida, sobre todo en la última época, ha sido un valle de lágrimas, no. Ha habido de todo. Incluso momentos buenos e inolvidables. O mejor habría que dejarlo en simplemente buenos.

En el instante de recapacitar mental y concienzudamente sobre lo sucedido, me doy cuenta de que ya es en sí mismo sintomático que llevase mucho tiempo dudando respecto a cómo iniciar esta narración. Quiero decir que quizás se trate de una duda positiva en el sentido de que, eso creo, nada que nazca de la modestia y el desconcierto puede llevar a un mal fin. Será aburrido, pero nunca deshonesto. Ojalá no peque de ingenuo. Frente al tablero de ajedrez nunca lo fui, conste. Reconozco que para contar mi vida, de la que quiero insistir en que no es en absoluto original y si tiene algún interés es justamente porque podría ser como la vida de cualquier lector, había pensado asimismo en otro posible inicio:

«A veces el azar logra que se produzca una modificación a menudo imperceptible de determinadas circunstancias, y al variar de súbito su lógica más estricta, o incluso haciéndolo de modo gradual y con frecuencia inexplicable, se precipitan los acontecimientos en una dirección que no era en absoluto previsible.»

Sí, sin duda ése es el inicio por el que me hubiese gustado optar.

No sé cómo habría quedado, pero me temo que demasiado intelectual. Cuando lo releo tengo la sensación de estar estudiando algo referente a teoría ajedrecística. Son apenas unos pocos renglones, pero para explicar ¿qué? Y el caso es que debe de ser algo así lo que me ocurre. No obstante, y ya puestos a especular, también podría haberlo dicho de otro modo, por ejemplo:

«Lo que no se da, se pierde.»

Decididamente: ése es el comienzo de novela que siempre me hubiese gustado escribir. «Lo que no se da, se pierde.» Epítome del altruismo, titánico esfuerzo de síntesis descriptiva. Aunque de inmediato, tras esa frase con una tan generosa connotación, me hubiera apresurado a seguir:

«Cuando uno es plenamente consciente de ello, entonces ya suele ser tarde. Y no hay nadie que esté ahí a tu lado, aunque sea en silencio y ausente, para echarte una mano.»

¿Qué tal? No sé, ya dudo de todo.

Creo haber tenido siempre una rara habilidad para estar con demasiada frecuencia justo donde no debía. El episodio del auto de la funeraria me lo mostró de manera meridianamente nítida.

Fue la otra noche. Había estado tomando unas copas en la ciudad y regresaba a casa. En realidad me sentía algo aturdido. Tomar un par de copas, solo y en una coctelería de aire anglosajón con asientos repipis, es de las cosas más duras por las que puede atravesar un espíritu como el mío. No se lo deseo a nadie. Cruzaba por una zona residencial cercana y tenía el coche detenido en un semáforo. Entonces apareció frente a mí un auto furgoneta de la funeraria. De entrada me sorprendió la velocidad a la que iba. Luego, que parecía ir cargado de personas.

Presté atención, extrañado. Allí iban por lo menos tres o cuatro hombres riendo a carcajadas, lo que confería a la escena un aspecto totalmente grotesco, dadas las circunstancias. Lo curioso era que llevaban un cuerpo desnudo y medio colgando por la ventana. Sí, sé lo que digo, un cuerpo. Todo resultaba en extremo desagradable. En un primer momento pensé: «Qué mal está ese tema de los muertos, cómo se los tienen que llevar de aquí para allá.» Lo cierto es que me parecía raro que transportasen un cadáver de tal modo, pero por ahí se ven cosas tan raras que uno ya no sabe qué pensar. O quizás fuese que al ir yo un poco alegre a causa de esas copas, tomadas sin alimento sólido previo, lo relativizase todo con frívola y einsteniana facilidad.

Al pasar ese coche fúnebre un poco más cerca del mío me di cuenta, debo reconocer que con cierta decepción, que lo que yo creí era un cadáver en realidad se trataba de un maniquí. Desnudo, ya lo dije. Calvo e inexpresivo. Con los brazos ligeramente separados del tronco y como en actitud de espera. Más exactamente: como quien destensa el cuerpo ante la inminencia de un abrazo impetuoso.

Siempre me ha perdido razonar en exceso. Entonces no iba a ser menos. En vez de gozar del espectáculo, que cuando menos era plásticamente llamativo, en esa ocasión, como en tantas otras, hice lo propio: dedicarme a razonar y a razonar con la ferocidad que me caracteriza. ¿Qué podía hacer un maniquí con medio cuerpo asomado en el vacío, por la ventanilla, dentro de un coche fúnebre, entre las risas y el jolgorio de los hombres que lo transportaban?

Primera deducción: dado que el coche fúnebre iba haciendo eses y efectuando trompos, aunque bien es cierto que por la zona no circulaban otros vehículos, todo indicaba que aquellos tipos, que debían de ser empleados de la funeraria en cuestión pues lucían sus correspondientes uniformes grises, iban algo chispas. Como yo.

Segunda deducción: no transportaban ataúd alguno en la parte trasera del coche furgón, y en ese dato me fijé rápidamente, lo cual, dentro de lo irreverente que podía resultar dicha imagen, la hacía más soportable.

Tercera deducción, y última: ese maniquí debía de ser utilizado por la funeraria para tomar medidas de féretros y cajas mortuorias. Seguramente lo llamaban «colega», y para ellos era una herramienta más de trabajo. Como si lo viese: sería el cobaya que les servía para tomar medidas de los fiambres, según les fuesen llegando. En ese momento lo llevaban a algún sitio y parecían contentos hasta un extremo sospechoso. Vista desde fuera aquélla era una juerga un tanto luctuosa, pero nadie, a tenor de lo visto, podía negar su carácter de genuina y etílica farra.

Hay ciertas cosas para las que el ojo humano, y asimismo nuestra sensibilidad social, no está nunca del todo preparado. Aquella escena en sí, pese a que rezumaba bisoñez y sano jolgorio con su aire de hilarante travesura, podía resultar bastante irrespetuosa y de mal gusto. Uno imagina que los coches fúnebres, vaya o no un muerto en su interior, deben llevar una marcha lenta. Y que sus conductores, por supuesto, jamás abandonan el aspecto grave que se supone tienen en cualesquiera de las tesituras por las que atraviesan.

¿O acaso no decimos «tenía un aspecto lapidario» de alguien muy serio, decididamente serio?

Sin embargo, había algo en todo aquello que no me resultaba anómalo, o no tanto en su esencia como por ciertos detalles que iría descubriendo al cabo del rato. Tampoco es que circulasen por mitad de un céntrico núcleo urbano. De hecho, pensé, sólo los verían quienes se cruzasen con ellos, que debíamos ser pocos.

Como no dejo de razonar nunca, ya lo expliqué antes, me planteé una cuarta deducción: que aquellos tipos hubiesen robado el coche fúnebre por alguna causa, quién sabe si a modo de gamberrada, y se dedicaran a pasearlo por ahí haciendo payasadas. Pero eso implicaba un riesgo enorme. La policía podía identificarlo con suma facilidad. No se lleva impunemente un vehículo de esas características pasando desapercibido. Ni hablar. Pero aun en el supuesto de que las cosas fuesen como digo, no dejé de plantearme una quinta deducción, y ahora sí, última:

Al robar el coche encontraron dentro, es decir, en la parte trasera del vehículo, ese maniquí que sin duda servía de prueba en la funeraria. Como estarían de broma, seguí suponiendo, lo llevaban con ellos en el asiento de delante, para que la cosa fuese más divertida.

Y ahí estaba yo, al acecho, trenzando deducción tras deducción, por supuesto como si me hallase frente al tablero de ajedrez en lo más disputado de un partida, mientras el coche fúnebre se perdía por una bocacalle.

No me lo pensé dos veces. No ese día. ¡Por fin ocurre algo increíble en mi vida!, me dije. Decidí seguirlos. Como los detectives en las películas de género. A cierta distancia e imagino que con cara de póquer. Creo que era lo más original y excitante que había decidido hacer en años, porque mi existencia, aprovecho la ocasión para acabar de aclararlo, ha sido siempre muy normal, muy apagada y sin sobresaltos. Ésa es la impresión que he dado durante largos años: la de estar como aletargado. Aunque en realidad puedo ser un volcán. Como tú, lector.

Lo cierto es que lo de seguir a ese auto era lo más insensato y romántico que jamás me atreví a hacer.

Por eso al principio mencioné que a veces uno está donde no debe. Supongo que yo, esa noche y en aquel preciso instante no debía haber estado allí, sobre todo por las secuelas que aquello iba a tener para mí, y ahora me refiero a mi vida íntima o, más exactamente, interior.

Pero ya que estaba allí, ¿hice bien siguiendo el coche fúnebre? ¿Por qué lo hice? Soy incapaz de dar una respuesta que me sirva. ¿Quería emociones fuertes? No creo haber sido una persona que nunca las buscase. ¿Simple curiosidad? Probablemente. Pero si yo mismo había evaluado que resultaba posible que aquellos tipos hubieran robado el coche, ¿no era demasiado arriesgado seguirlos? Desde luego. ¿Quién sigue, sin más, a delincuentes? Sólo me faltaba el sombrero de ala sobre la frente y un revólver en su cartuchera, cerca de las axilas.

Instintivamente supuse que me hallaba en la primera de las tres fases que atraviesa toda partida de ajedrez: la apertura. Luego vendrá lo que se conoce como medio juego, y después la resolución lógica, casi siempre traumática para una de las dos partes en liza. Pero, así me lo ha parecido siempre, lo más excitante acostumbra a ser la apertura.

Es como si por vez primera en mucho tiempo fuese capaz de

reaccionar con un movimiento imprevisto y brusco, después del descalabro que se registró en mi vida sentimental, personal y familiar casi dos años antes. Mi actitud, al decidir que iba a hacer un seguimiento exhaustivo de aquel vehículo, correspondía a lo que en ajedrez se denomina «movimiento de provocación».

Con el corazón palpitándome en el pecho pero súbitamente despejado, ejercí de espía durante varias calles. No parecían dirigirse a ningún sitio en concreto, lo cual me alarmó aún más. Bajé la intensidad de los focos y creo que hasta contuve la respiración, tanto era el miedo que empezaba a producirme la eventualidad de que aquellos tipos, fueran quienes fuesen, acabaran descubriendo que los seguía. Pero en ningún caso, y pese a todos los riesgos, estaba dispuesto a permitir que el coche fúnebre se me escapase.

Al pobre maniquí, que en algunas curvas se les salía bastante, casi lo llevaban arrastrando sobre el asfalto. Una pierna por aquí, otra para allá, y el culete al aire. Imaginé sus risas dentro de un vehículo que incitaba justo a todo lo contrario. El coche, de tanto en tanto, parecía dar ora un tumbo, ora un aparatoso requiebro. En un momento determinado en que pude situarme tras ellos a una veintena de metros, escuché cánticos como los que entonan los hinchas más fanáticos e incondicionales de los equipos de fútbol. La verdad es que todo aquello, incluso a mí, que siempre carecí de creencias en sentido religioso, comenzaba a parecerme irreverente y de insoportable mal gusto.

El corazón se me aceleró todavía más cuando pasamos por una zona casi deshabitada en la que sólo hay chalets que recuerdan a búnkers, no lejos de un motel de carretera. Ése es un sitio conocido como El Pinar, y por allí deambulan prostitutas. Ya hablaré más adelante, supongo, de ese sitio peculiar. El caso es que el coche fúnebre redujo considerablemente su marcha, como si estuviese claro lo que estaban buscando. Casualmente no se veía a ninguna chica ofreciendo sus servicios. Doy fe de que hasta ese momento nunca en mi vida me había sentido tan rematadamente mirón. Preferible es que ni detalle la película que yo solito me monté imaginando que los tipos de ese vehículo hacían subir al mismo a una de aquellas mujeres. Fue bastante truculenta esa película imaginaria. Lo reconozco.

Luego de caracolear un rato por otra urbanización adyacente, situada en la periferia de la localidad, a su vez a una veintena escasa de kilómetros de la gran ciudad, llegamos a una zona iluminada. Allí había algún que otro comercio, y también un pub. Volvieron a reducir la marcha al cruzar frente al pub, como si lo miraran. Después aparcaron el coche fúnebre aproximadamente a medio centenar de metros, sobre un arcén sin asfaltar y que colinda a un canal. Sonaron los neumáticos del vehículo al pisar la gravilla. Entre juncos y decrépitos cañaverales el agua se condensaba en grumos verdosos, como si fuese musgo flotante. De aquí y de allí surgían leves e inquietantes burbujas. Sin duda eran criaturas del lodo que habían visto turbado su reposo por el ruido del motor. Detuve el auto algo lejos, para no delatarme, apagué casi en el acto las luces de posición que llevaba puestas. Supongo que hasta la cara se me había cambiado tras aquella particular y tensa persecución. Si debo ser sincero, y desde luego pretendo serlo a lo largo de todo el relato, no sé qué me sentía más, si un aprendiz de James Bond o un gilipollas integral. Creo que lo segundo, pero es que no tenía absolutamente nada que hacer. Ni ese día ni esa noche, ni en la semana previa y, con toda posibilidad, en todo el mes siguiente. Nadie me esperaba en casa. Pocos años antes, a esa misma hora de la noche, en mi casa había montada una buena refriega con las cenas, los baños y todo lo demás, pero ahora esas paredes y estancias se hallan vacías. Como una tumba. Fría, sucia. Y yo quería saber qué pasaba con ese dichoso maniquí.

Vi que bajaban del coche. Eran, en efecto, tres individuos caminando hacia el pub. Jóvenes. Imagino que con la madurez ya no se hacen ciertas cosas, y a menudo me he preguntado por qué. ¿Es que se está un poco más chalado de joven? Lo dudo. Acaso sea que, precisamente con la madurez, uno aprende a beber en soledad, mientras que de joven se confrontan diversos estados de ebriedad. A ver quién hace más tonterías y dice más disparates estando más *bolinga*. Lo de siempre. Pero todo esto es sólo una suposición, conste. De nuevo contuve la respiración hasta comprobar que no llevaban el maniquí. Hubiese sido demasiado que entrasen con él en el local. Se dirigieron hacia la puerta del pub, acristalada y, paradójicamente, similar a las vidrieras policromadas de ciertas iglesias. Los extremos se tocan con mayor frecuencia de lo que pensamos. O lo que es lo mismo: cada cual busca su droga, su evasión o su consuelo con aquello que tiene a mano, sea iglesia, puticlub o recinto deportivo, aunque hay que reconocer que esos cristales de colores le confieren a sus respectivos feligreses un cierto aire de secta, algo litúrgico, de iniciación. Los vi entrar, uno tras otro, desmesuradamente alegres. Pero ya no vociferaban tanto.

Me impresionó ver el coche fúnebre, allí, discretamente aparcado, con el curioso ocupante que yo sabía estaba en su interior. Pensé, alarmado, que si alguien pasaba junto al vehículo y le daba por mirar, cosa que de otro lado tampoco resultaría tan extraño, podía llevarse un buen susto. Un cadáver desnudo, qué fuerte. Pero no era usual que transitara gente junto a ese canal. La oscuridad prácticamente lo invadía todo.

Desconecté el motor de mi auto y descendí con tiento. Hasta el ruido de mis pasos, sin apenas eco en una desolada acera, se me antojaba delator. Si fueses un buen espía, pensé, llevarías el calzado adecuado. Maldito tacón de los mocasines. Fue estimulante hacerme esa recriminación en silencio. Además, los buenos espías prácticamente levitan. Eso me llamó siempre la atención, desde niño. Como la certidumbre, tantas veces corroborada en el cine, de que si esos espías eran los protagonistas de las películas en cuestión, podía caerles una auténtica lluvia de balas lanzadas por feroces y expertos tiradores a corta distancia, pero a ellos, a lo sumo, un proyectil les rozaba el hombro o la rodilla. Un chollo ser espía. Porque, además, los curaba una rubia pechugona con lunar postizo en el carrillo, a medio camino entre ninfómana de atar y abnegada novia. Otro chollo. En fin, que la realidad era otra cosa. Por eso nunca me atrajo en exceso el cine: demasiadas mentiras juntas. El cine minusvalora mi inteligencia, eso creí siempre. Aparte de que por norma he sabido lo que iba a acabar sucediendo con el argumento de las películas, y será por lo del ajedrez, me imagino. En cambio, por suerte eso no ocurre tan frecuentemente con la lectura. Sin ir más lejos, supongo que quien lea esto ahora mismo no tendrá mucha idea de por dónde puede discurrir la narración, ni cómo concluirá. ¿Qué pasará con ese maniquí, volverá a aparecer el *Tete*, mi añorado perrillo yorkshire? Aquél sí estaba hecho un sabueso, aunque a tamaño de bolsillo. Bueno, de eso se trata, de mantener un poco la emoción, pero ahora debo ceñirme a mi relato:

Decidí que entraría en aquel pub, pues con un poco de suerte quizás alcanzase a oír lo que hablaban los tipos de la funeraria, algo que sería auténtico y providencial maná que aplacase el hambre de mi indecible curiosidad. Antes, sin embargo, fui caminando lentamente hasta el coche fúnebre. Imponía bastante con aquel mudo y único ocupante, tan aislado. Miré, aunque sin acercarme demasiado. Excepto por el leve temblor que registraban mis tobillos, como instintivos sismógrafos del cuerpo, todo yo era un puro Sherlock Holmes. Me impresionó ver al maniquí puesto en el asiento del conductor, pero en posición inversa y con su vientre pegado al apoyadero de la cabeza del asiento.

Visto de frente parecía un culo conduciendo.

Me acerqué un poco más. Como los cristales del vehículo eran ligeramente ahumados, qué detalle, no se distinguían con claridad los rasgos del maniquí. Vi que no tenía ojos, es decir, ni siquiera los tenía marcados a modo de suaves hendiduras o protuberancias. Nada. Liso. Me resultaba imposible imaginar de qué sustancia estaba hecho. Quizás látex o algún tipo de plástico. Su color era marrón claro, como el de esas maderas sintéticas de tacto suave que, pese a su baja calidad, dan la impresión de tener siempre una capa de barniz encima.

Volví a pensar que aquélla no era una posición respetuosa. No lo era ni para un anónimo maniquí. Creo que, de haberme atrevido, habría abierto la puerta para colocarlo correctamente.

Cualquier transeúnte despistado podría llevarse un susto ante la contemplación del inmenso culo al volante. Un muerto en actitud de conducir. Y, en función del juego de luces que en ese instante iluminasen la escena, aquello carecía de la menor gracia.

Allí se quedó el maniquí, groseramente despatarrado, como una especie de airbag homínido que hubiese saltado sobre un impasible conductor. Sé que en ese momento, justo antes de entrar en el pub, pensé que aquélla era la imagen más precisa de la ausencia que nunca había llegado a concebir: aquel tío calvo y sin vida, pero tranquilo, haciendo ver que conducía de culo el vehículo en el que todos daremos nuestro último paseíto. Qué chorrada, me dije. Sí, pero qué chorrada inquietante, perturbadora.

Al entrar en el local noté un fuerte olor a humo de tabaco, y eso no era precisamente lo que necesitaba. Llevaba casi diez años de lucha sin cuartel por no fumar. Lo había conseguido tras varios e infructuosos intentos de dejarlo. Notar el humo me enerva. Suele ocurrirme en locales de ese tipo. Indicativo todo ello de que el vicio ha arraigado muy hondo, hincando sus tentáculos no sólo en mi sangre sino también en mi conciencia. «De perdidos al hoyo», se piensa en instantes de crónica debilidad. Lo cual supone acceder al grado verdaderamente peligroso, por intelectualizado, en cualquier adicción.

Yo fumaba en pipa, al menos los últimos años, antes de dejarlo. Y la pipa, bien es sabido, implica un ritual en toda regla. Al final uno, como no limpia adecuadamente sus pipas y éstas van consumiéndose con mayor celeridad de la prevista, acaba intoxicándose de verdad. Dicen que, junto a la que causan licores como el anís o la absenta, la borrachera de pipa es de las peores imaginables. Doy testimonio de que tras una de aquellas melopeas de humo, me quería morir. Mi mujer, Claudia, me decía: «Te está bien empleado, por idiota, ansioso y descuidado.» Las mujeres siempre tan racionales, pulcras y concisas. Pero suelen llevar razón.

Claro que eso fue antes de que se hartara de una vez por

todas, y con motivo, enviándome a freír espárragos, como vulgarmente se dice, pese a haber estado soportándome estoicamente durante casi un cuarto de siglo. Se dice pronto, pero reto a que se piense en perspectiva respecto a lo que significa eso de vivir junto a alguien ininterrumpidamente casi un cuarto de siglo. La verdad es que aún no salgo de mi asombro por hallarme como me hallo, en el más completo aislamiento. Pero todo se precipitó a raíz de un malhadado anuncio que venía inserto en cierta revista de ajedrez, una de las varias a las que estoy suscrito y de las que en un momento u otro fui asiduo colaborador. Por culpa de aquel anuncio me vi inmerso en una situación con la que en absoluto contaba a priori: ver a Claudia gritándome delante de los niños, el rostro desencajado y dedo índice en ristre, amenazador.

—¡Pues que te aguante *Lulu*!

Cualquiera diría que se trataba de una amante con quien me había sorprendido in fraganti. No, creo que no doy para eso. Lulu era el modo en que yo solía llamar en casa a quien siempre consideré uno de mis ídolos, y cuyo juego intenté imitar en lo posible, el gran maestro yugoslavo Ljubomir Ljubójevic, como digo, alias *Lulu*. En ese nefasto anuncio se informaba de unas jornadas que, a manera de seminario, daba el maestro para quien pudiese costeárselas. Había que trasladarse a otra ciudad, bastante lejana por cierto, amén de pagar un auténtico pastón para estar tres días en la cercanía de tan venerado campeón. Yo me encerrilé en ir, y para Claudia aquello fue la gota que colmó el vaso tras casi un cuarto de siglo de soportar mis manías y el dichoso ajedrez. «Si te vas a esas jornadas, no estaré aquí cuando vuelvas», sentenció. Pensé que se trataba de una pataleta más. Hice de aquello una cuestión ya no de dignidad, sino de ser o no ser. Fui a esas jornadas. Al volver se produjo el desastre. Ahora pienso en una palabra alemana que, referida a determinada situación que suele darse en ajedrez, definía a la perfección lo que de hecho venía sucediendo entre Claudia y yo, o más exactamente: entre Claudia y el resto del mundo, de un lado, y yo de otro, cada vez más amargado y cerril. Esa palabra es:

*Aufmerksmkeitsverteilung.*

Toma ya. Como quien dice: menudo mal rollo. Pues eso. Su traducción aproximada, por lo que sé, es: dícese de la capacidad que poseen algunas personas para prestar su atención simultáneamente a varias cosas a la vez. Así he sido siempre yo ante el tablero, y supongo que también ante la vida. Al final, no obstante, es obvio que sufrí revolcón y jaque por parte de la vida. Nunca llegué a prever que mis días iban a verse supeditados de forma tan fulminante y sin apelativos por causa de un tipo llamado Ljubomir Ljubójevic. Ni que decir tiene que encima «las jornadas en la inolvidable compañía de tan afamado maestro» fueron un verdadero fracaso. Poco aprendí que no supiese ya luego de haberme estudiado sus mejores partidas.

Pobre Claudia: baste imaginar lo que era convivir con un hombre que, además de no ser la alegría de la huerta, parecía un molusco en sus costumbres, se pasaba todas las horas que estaba en casa enredando con cuestiones inherentes a algo tan divertido como el ajedrez, fundamentalmente divertido para ella y los niños (esto es un chiste macabro, espero que haya quedado claro), y encima lo llenaba todo con ese penetrante olor a pipa.

Con el olor a pipa ocurre como con tantas cosas. De hecho, como con casi todo, dejémonos de pamemas. Poco, vale. Mucho, harta. La gente huele a pipa y dice: «Mmmmm, qué grato aroma», pero si tuvieran que soportarlo día tras día, y en cualquier rincón de la casa, sería muy distinto. Entonces sabrían lo que tiene de repulsivo ese aroma que a muchos resulta tan chic y tan intelectual. A la única persona que conozco que no le importa en absoluto tan fuerte olor, y que incluso insiste en que le parece sumamente agradable, es a Brígida, la señora que desde hace años viene a hacer faenas a la casa, una vez por semana o por quincena, cuando yo puedo pagarle o cuando a ella se le antoja. También viene desde hace casi otro cuarto de siglo. Su edad, imposible de discernir. Entre cincuenta y noventa años, pero yo me inclino a pensar que frisa los cincuenta y cinco. Es más por tenerla clasificada que por otra cosa. En cualquier caso, no ha envejecido apenas en un cuarto de siglo, mientras que el resto estamos para el arrastre.

Brígida es un poco rara. Filipina. De Talacañang. Nunca pude sonsacarle más. Busqué ese sitio en un mapa, y no sale. Lo cual, como su resistencia al tiempo, la define a la perfección. También iré hablando de Brígida más adelante. Porque es la única mujer de cuantas he conocido que sigue teniendo tratos conmigo, y que de un modo u otro me soporta. A menudo me he preguntado cómo es posible que Brígida no me haya enviado a la porra. ¿Necesidad económica? En absoluto. Deben de sobrarle ofertas para trabajar en casas. Quizás porque, como dije, es bastante rara. Igual le causo morbo. O debo de darle pena. Y es que, puedo afirmarlo, Brígida «ha visto cosas». Conoce detalles de mi vida que nadie imagina. Pese a todo, fiel como una piedra, ahí está. Sigue viniendo cada varios días a hacer como que limpia la casa, cosa que en realidad nunca hace, y ello es así por los motivos más perentorios, enrevesados e inverosímiles. Tan de ciencia ficción como ella. La suya es otra filosofía de la vida. Por poner un ejemplo, cierta mañana, cuando aún faltaban un par de horas para que se cumpliese el tiempo de sus horas de trabajo, y que coincide con el mediodía, tuve que regresar a casa de improviso desde mi trabajo, que no está lejos. Soy bibliotecario, creo no haberlo dicho aún. Y traduzco para que nadie extraiga conclusiones erróneas: eso de bibliotecario suena bastante seductor, lo sé, y hasta romántico, también lo sé, pero en realidad hago poco más que aguantar heroicamente a una tribu de críos y adolescentes a los que habría que dar un par de hostias bien dadas día sí día no, o al menos un bocinazo de vez en cuando, para que aprendan educación.

Me encontré a Brígida literalmente despatarrada en el sofá, fumándose un puro de proporciones considerables que, junto a otros cuatro ejemplares de esa marca, me habían regalado meses atrás. Me quedé perplejo al verlo, claro. Pensé: ahora le dará un patatús de vergüenza, se echará a llorar y me pedirá perdón de rodillas, suplicándome que no la eche.

—¿Se encuentra usted mal? —le pregunté, imagino que con expresión desencajada y sin saber dónde esconderme.

Si se piensa con detenimiento, era una pregunta en todo punto estúpida, impropia de un consumado jugador de ajedrez. Si la hubiera visto sentada en un sillón, o incluso como estaba, tumbada en el sofá, hubiese podido pensar que acababa de sufrir un mareo. Quién sabe si una pasajera lipotimia o un atisbo de embolia.

Brígida va muy lenta para todo. Tanto que lo suyo parece un sistemático desafío a las más estrictas leyes de la gravedad, y sobre todo del movimiento, cuando se trata de trabajar. La motricidad laboral no es su fuerte. Así que sufrir un mareo de agotamiento, de puro frenesí limpiador, de frota que te frota en los cristales o limpia que te limpia la vajilla con grasa, era algo difícil, por no decir inconsustancial a su ser, pero nunca se sabe. Igual ese día le había pasado.

Pero verla con un pedazo de puro en la boca, repantingada en el sofá y mirando al techo como un capo mafioso, no indicaba ni mareo, ni desvanecimiento a causa del cansancio, ni embolia, ni nada. No obstante, muy correcto y en mi papel de señor de la casa, le hice esa pregunta pertinente y necia interesándome por su salud. ¿Creen que se inmutó lo más mínimo, que se le tensó una ceja, que movió los labios o que sus manos vacilaron un instante con motivo de un previsible y lógico azoramiento? Pues no. Simplemente dijo:

—Hoy tiene una historia no porque sí con los espíritus de la casa...

Yo, anonadado, no supe qué contestar. Supongo que, muy en mi línea de perder los papeles cuando justamente hay que asirlos con firmeza, casi me disculpé por haber venido antes, interrumpiéndola.

—No pasa, ni muevas —contestó, flemática, o más bien hermética, sin moverse ni un milímetro en su posición de solaz.

Debo aclarar que aunque Brígida lleva muchísimos años en el país, afirma que en el suyo también hablaba a veces nuestro idioma. Lo cierto es que debía de combinarlo con algún dialecto ancestral, porque su desconcertante bagaje oral es otro modo de expresarse, algo genuino e irrepetible que a menudo debe intuirse más que ser oído. Deduciendo de esa jerga, pues, colegí que su frase significaba: «No pasa nada, esté usted tranquilo.»

No hay que darle importancia a lo que parece que dice, porque suele ser justo todo lo contrario. No es que, si menciona lo de «espíritus» y tal, se refiera a eso. Igual está diciéndote que se le han acabado los polvos de la lavadora.

—Me asusté al verla así... —dije, y supongo que intenté poner unos pocos miligramos de ironía, si no de bilis, en la en apariencia inocente partícula «así».

De hecho estaba asesinándola con la mirada. O más correctamente, con el látigo implacable de mi mordacidad.

—Cosas bien —repuso ella, siempre lacónica. Lo cual, traducido, es fácilmente imaginable—. Pero aire tan duro, y esto por ahí...

—Los espíritus, por supuesto —añadí, ya con un tono claramente provocador, pues aquello me parecía excesiva cara dura. Pero no pareció darse por aludida. Tan sólo me hizo una pregunta:

—¿Ir o quedar?

Le expliqué, de nuevo en tono justificatorio y ahora ya casi culpable, que debía recoger unos papeles y llevarlos a la biblioteca del pueblo sin más demora. Pareció complacerla esa perspectiva, porque si no desconozco cómo se habría desarrollado el resto de la mañana, ya que ella no daba muestras de abandonar su posición de descanso, incluidas las caladas al puro. Se me antojó que había alcanzado uno de esos estados de nirvana en los que todo le resbala a uno, dicen, un tantra o un krishna. Igual estaba haciendo su yoga y yo la había interrumpido.

La otra pregunta que me hizo desde el sofá, cuando ya me iba indignado, fue:

—Nunca usados los puros. Bonito tabaco y estropear. Una lástima. Tú no molestas.

Me ahorro la traducción porque, supongo, es una frase

meridianamente inteligible. Recuerdo que balbucí torpemente algo así como:

—No, no, por mí como si se los quiere llevar a casa y fumárselos todos...

—Sí, tú pipa.

Creo que eso debía significar: «Y tanto que me los voy a llevar, porque no los usas.» Qué morro.

En esa época aún fumaba en pipa, aunque creo que estaba a punto de dejarlo.

—Claro, yo pipa —contesté sintiéndome jefe apache y tonto de remate—. Por eso le decía que, si a usted le gustan, puede fumárselos...

—Cada cosa en tiempo —dijo enigmáticamente, lo que imaginé que bien podría ser traducido por: «En cuanto te des la media vuelta, me los ventilo de una tacada.»

Hasta ese día desconocía que Brígida fumase, aunque ella, con sus crípticas guturalizaciones, me había recordado varias veces lo del olor de mi pipa, dando a entender que le gustaba mucho. Me fui de casa pies en polvorosa, azorado. Luego de hablar con Claudia aquella noche, se planteó la posibilidad de decirle a Brígida que, aun lamentándolo mucho, no viniese más. Quizás, pienso, era algo de sentido común. Pero, teniendo en cuenta que el sentido común y Brígida están reñidos, el caso es que, una vez más, le dimos una tregua. Nos daba pena. Es posible que no supiésemos estar a la altura de las circunstancias. Por mi parte, casi nunca he sabido estar ahí. Pero en todo aquello hubo algo racial. Me explico: si esa mujer hubiese sido de Peñíscola, o de Olot, o de Villanueva del Arzobispo, o de Losar de la Vera, es posible que sí nos hubiéramos atrevido a decirle que se fuera. Pues tantísima ostentación de caradura no se sostenía por ningún lado. Pero siendo de un sitio que se llamaba Talacañang y que ni siquiera parecía existir en los mapas, atlas o enciclopedias, se nos hacía muy cuesta arriba. Porque a Claudia le sucedía lo mismo, pese a que siempre se mostró más dura y realista que yo para ese tipo de cosas. Lo nuestro era como un feroz brote de xenofobia, pero al revés: éramos vilipendiados hasta el hartazgo por aquella enana vaga y de ojos rasgados que nos esquilmaba la comida de poco en poco, incluso sin ocultar que iba llevándose cosas. «Tengo pronto, no sabe», decía, lo que significaría: «Me llevo esto. Ya se lo devolveré.» Y que si quieres. Menudo economato debía de tener a nuestra costa. De hecho, cuando voy al súper más próximo compro a sabiendas que Brígida derivará una parte de esa compra. Que sea de Talacañang es algo que me impresiona. No puedo evitarlo.

Además, tenía una vida un tanto rara. Estaba casada con un birmano aún más bajito que ella, lo cual parecía ya impensable, que durante años tuvo un puesto de frutas exóticas en el mercadillo del pueblo, pero al que la policía ya había detenido un par de veces, aunque salió en ambas al poco.

—Esencias —dijo Brígida cuando nos interesamos, como es lógico, por el motivo de la primera detención.

Mi mujer, menos romántica que yo, me deslizó: «Drogas.» Pero parece que no, que vendía sin permiso unos potingues extraídos de ciertos frutos tropicales y un tanto extraños. Sólo las farmacias podían comerciar con ellos.

—Papeles —alcanzó a explicarnos Brígida, en un alarde gramatical sin precedentes, aunque conciso en grado sumo, la siguiente ocasión en que detuvieron a su marido.

Era ése, como digo, el colmo de su capacidad retórica. A partir de tan ciceroniana frontera había que deducir. Pero esta vez lo entendimos de entrada, porque ya sabíamos que el marido de Brígida a menudo tenía problemas a causa de sus papeles de trabajo y de residencia. Ella, en cambio, poseía nacionalidad española. Un misterio. Cuando se le preguntaba decía: «Siendo de aquí de Talacañang, o sea.» Y a ver quién era capaz de rebatírselo, sobre todo por el tono retador de ese «o sea», que debía de significar: «¿pues qué se habían creído?». Furor patrio el suyo, verdaderamente. Nunca lo entendí. Con lo filipinísima que es. Recuerdo que, aludiendo a Brígida, Claudia repuso en aquella ocasión: «Es Demóstenes reencarnado», mientras ponía una sonrisa de arrebolada resignación. También ella le había cogido afecto.

Porque Brígida llevaba más de veinte años con nosotros. Había visto nacer a los tres niños. Cuidó a otros tantos perros sin importarle que fueran diminutos y mordieran, como el cabrón del *Tete*, o grandiosos y buenazos como *Ursus*. Y la he visto lidiar con perros de amigos, y gatos. Los amenaza con una frase enigmática. «Si comes yo a ti diré que no a ver», dicha con enfado y en tono agudo, amén de que los encara con el puño cerrado. Soy incapaz de traducir tal advertencia, pero constato que, más allá de razas, todos parecen entender y le hacen caso. Menos el *Tete*: ése no hacía caso más que cuando a él le interesaba.

Brígida siempre ha estado aquí. Imperturbable y con su peculiar manera de ofrecer atenciones: esos monosílabos que más parecen chasquidos salidos de un enfermo laringetomizado que habla a través de su tubito situado en la nuez del cuello. Quien no la conoce pudiera creer que es maleducada y que dice onomatopeyas o exabruptos, pero no. Si venía alguien a casa, cuando eso sucedía y Brígida estaba trajinando y la saludaban:

—¿Qué tal está usted?

Ella podía responder:

—Gira, pero bien entonces —dicho con una mueca impenetrable en la que titilaba un leve amago de sonrisa.

Luego, o Claudia o yo traducíamos a la sorprendida visita:

—«Pues de aquella manera, vamos tirando.»

A lo que la filipina añadía:

—Pero si no hacen, mejor puedes.

Y volvíamos a traducir:

—A ver si no me enguarran nada.

Antes mencioné lo de mi paulatino extravío de papeles con Brígida, o de parcelas en las que ella fue perdiéndome el debido respeto, cosa que en el fondo nunca me importó verdaderamente pero que de alguna manera acabaría propiciando hechos como el del puro, el sofá y los espíritus. No puede decirse que, como todos los batacazos que me he ido llevando en la vida, no me lo hubiese ganado a pulso.

Si logro explicarme, creo que se entenderá a la perfección. Me costó casi diez años que Brígida dejase de llamarme «Señorito». Y es que, sencillamente, no podía soportarlo. Yo, que pese a haber tenido largo tiempo ciertas veleidades aristocráticas relacionadas con una oculta y perdida rama familiar por parte de madre, de ésas que le abocan a uno a la fantasía de incluir una partícula nobiliaria entre su nombre y su apellido, yo, digo, había militado de joven en una organización sindical obrera de las más peleonas y, todavía se me llena la boca al decirlo, anarquista. Yo, que corrí delante de la policía, aunque ensuciándome los calzoncillos. Yo, que con ojos de loco y la garganta irritada, llamé a esa policía: «a-se-si-nos», o lindezas por el estilo, henchido de rabia social y fervor revolucionario. Yo, que incluso llegué a arriesgar mi integridad física al escribir cierta noche con spray en un muro cercano a la estación de tren: «Viva la lucha de la Fracción del Ejército Rojo», yo, insisto, ¿cómo iba a permitir que esa mujer, vivo símbolo del auténtico pueblo, raíz del proletariado analfabeto, qué digo proletariado, seguramente menesteroso y sufrido campesinado, me llamase una y otra vez «Señorito» con ojos fríos pero de besugo y con un cierto prurito de devoción lacayil, sobre todo en la primera época? Ni hablar. Brígida pasó a ser casi nuestra hermana, o nuestra compañera, y de ahí se convirtió en nuestra déspota, sin más. A veces creo que no entró en nuestra cama de milagro. Menuda época aquélla, de solidaridad y cosas compartidas, incluido el amor libre. El caso es que nunca fue realmente nuestra señora de las faenas. Y es que las ideologías complican mucho las cosas. En ajedrez no sucede. Ahí sólo cuenta quién provoca antes a su oponente a cometer el error que, por activa o por omisión, propiciará su ablación mental.

Conseguí, tras una década de arduo batallar, que me llamase de otro modo. Yo le decía que lo hiciese por mi nombre, o incluso, si así lo prefería, de «usted». Ella, al parecer haciendo un esfuerzo titánico, empezó llamándome «Señor» con el labio de abajo trémulo y gacha la vista: poco le faltaba para postrarse, genuflexa, cada vez que lo decía. Incluso se ponía colorada al mencionarlo, lo que tampoco es que se notase en exceso, dado el tono aceitunado de su piel, con bastantes arrugas e, insisto en ese otro detalle inquietante, sin apenas modificaciones a lo largo de más de veinte años.

Nunca supuse que la supresión de la partícula «ito» comportase tantos problemas. Lo de «Señor» debía sonarle a invocación divina. Era un completo apuro para ella. Yo la miraba y, al decirlo, comprendía que es como si estuviese diciendo: «el Cuerpo de Cristo», justo antes de comulgar.

Hubo que cambiar, por lo tanto. Casi transcurrieron otros cinco años así, llamándome «Señor», pero visible y secretamente mortificada al decirlo. Por a saber qué razón se negaba a cambiar. Al final pasé del tema. Pero en el último lustro, aunque no conseguí que me llamase por mi nombre, pues debe de parecerle en exceso coloquial, sí es verdad que se dirige a mí en términos de:

—Tú.

Lo que en la última época ha vuelto a modificar por un más explícito:

—¡Eh! —que suelta impertérrita cada vez que se dirige a mí, haya o no alguien delante, lo que por fortuna no es usual.

En esto Brígida también es variable. Unas veces me ignora, y casi ni me contesta si le hablo. Otras me acosa con infinidad de preguntas y cuestiones domésticas que, dado ese particular, precipitado y críptico modo de expresarse, pese a que me considero un consumado intérprete de su pensamiento, a veces no llego a entender.

Nuestros diálogos entonces pueden ser de esta guisa:

—Donde más que cosa no puede por qué —dice ella, pero de hecho está preguntándomelo. Y le respondo:

—Ni jota, oiga. —Pero ella insiste:

—¿Más que cosa cristales?

Y yo:

—Limpie los cristales, si quiere.

Y ella:

—¡Nunca son si estamos!

Y se va. Me quedo perplejo, pensando si lo que estaba pidiéndome era que comprase limpiacristales, pues cuando Brígida se pone confusa, cualquier palabra como «cristales» es suficiente para aferrarse a ella con desesperación, si no va uno listo. Pero tal caso no es que suceda a menudo. Hemos encontrado, pienso, un punto intermedio en nuestros métodos de comunicación oral. Mitad gestos, mitad intuición, mitad deducción, y bastante de improvisar al tuntún. Vamos haciendo. Cierto que cuando se obceca, o yo estoy espeso, no hay manera de entender nada.

Entonces ella puede vociferar, visiblemente nerviosa:

—Que nunca gusta de para cuando dejan el antes de aquello, ¿sabe?

Yo me aferro a ese «sabe» en tono de pregunta, y respondo:

—Mire, ¿sabe qué le digo?: que mejor lo dejamos para otro rato. Haga lo que quiera...

Y tan frescos.

Brígida me inspira una especial lástima, entre otras cosas por su marido, al que en casa, como creo haber dicho, llamamos cariñosamente, eso sí, el Birmano.

Y es que al Birmano siempre le pegan. Como lo cuento. No me pregunten por qué, pero golpe que se pierde, golpe que va a parar al Birmano, habitual paciente del centro médico cercano. Que se sepa, le han zurrado taxistas, camareros, varios repartidores de pizzas, electricistas, butaneros, mormones repartiendo biblias, jardineros, pacíficos transeúntes, sendas jovencitas de diversa ralea y en distintas épocas, lo que hace que lo suyo adquiera mayor mérito y no pueda ser considerado una simple moda, gitanos, magrebíes, zambiatas, pakistaníes, chinos, turistas ebrios de todas las nacionalidades, lo que es común en verano, obreros de la construcción, conductores que al parecer pasaban por allí y, eso es lo que más le duele a Brígida, la Policía Municipal. Así fue cierta noche que se lo llevaron detenido, y no me pregunten por qué, tras haber sido brutalmente apaleado por varios gamberros motorizados.

—¡Por cuando los perros se vienen, ahí está...! —se quejaba

amargamente Brígida en aquella ocasión. Entonces sí rezumaba oriental acritud.

Claudia y yo tuvimos nuestras discrepancias sintácticas. Ella traducía, acaso muy libremente: «Encima de burro, apaleado.» Yo, más prudente y circunscrito al matiz canino de la alusión, optaba por: «Trabajar para que te apaleen como a un perro.» Casi nos embroncamos. Pero hubo consenso, y subsiguiente armisticio, con lo del apaleamiento.

La verdad es que, bien pensado, esa media sonrisa taimada, ni oblicua ni abierta sino todo lo contrario, de la que hace gala el Birmano, puede hacerse muy odiosa. De hecho, pienso que no se debe ir así por la vida: provocando. ¿Cómo, en una sociedad tan violenta como la nuestra, y con tanta gente que aborrece la diferencia racial, a ese tipo se le ocurre sonreír constantemente de tal modo? ¡Si es que me enfurece sólo de pensarlo, leñe! A ver. Ya se sabe que hay gente que va por ahí con unas perpetuas ganas de partirle la cara a alguien, mayormente al primer desdichado con el que se encuentren, y si lleva algo ortopédico mejor. ¿Me equivoco? Pero es que el Birmano pide a gritos que le curren. ¡Bueno, y no sigo porque es que me enciendo!...

Brígida respeta mucho al Birmano, diríase que lo venera. «Sus cosas anda», dice enigmáticamente casi siempre que se refiere a él. La frase no necesita traducción. Nosotros también llegamos a sentir afecto por este personaje que, muy a su pesar, ya forma parte de la idiosincrasia del pueblo. Generaciones de ciudadanos le han pegado sin aparente motivo, como digo, y ahora, por fin, su menuda figura ha adquirido un indiscutible carisma. Por la calle le gritan: «¡Qué tal, Kung Fu!», o le llaman: «Hola, Samurai», y bobadas por el estilo. También Fujimoto, Nakatone, Chu-en-Lai, o nombres así. A veces le llamaban Bruce Lee, según parece, pero entonces era para cascarle.

Repito que Brígida lo respeta muchísimo, y eso es lo importante. Ahora la gente se ha hartado de currarle tanto. Tampoco necesito aclarar, creo, que los tacos y palabrotas siempre se le han dado bien a Brígida. Los pesca a la primera, aunque eso es algo común a muchas personas cuando aprenden a hablar otro idioma. Ella, al igual que su marido, llevan más de treinta años en ese aprendizaje.

Viven en un pisito, una especie de sótano ratonera de proporciones minúsculas, no muy lejos de mi casa. Siempre huele a incienso y a infusiones de estrambóticas fragancias. Alguna vez me vi obligado a ir allí para llevarle algo cuando estuvo enferma. Casi salgo colocado. Y es que durante años Brígida se negó a tener teléfono.

—Demonio es, voz sin cara —decía de forma meticulosa. Aunque finalmente cedió y se pusieron teléfono.

Como comenté, mi mujer, más recelosa que yo para cierto tipo de cuestiones, pensó durante algún tiempo si todos esos aromas a misteriosas fragancias, el incienso y las palizas, tan frecuentes como aleatorias, eran motivo suficiente para pensar que aquel sencillo sótano en el que viven Brígida y el Birmano, pues que yo sepa aún siguen ahí como topos en su madriguera, bien podría ser el Paraíso del Fumador de Opio. No lo creo, sinceramente. Yo le decía que había visto demasiadas películas facinerosas sobre conflictos bélicos en Indochina.

Brígida no ha tenido hijos, y ya no tiene edad de saber lo que es eso. Quizás por tal razón se mostró siempre tan dispuesta a hacerse cargo de los nuestros, Manuel, Álvaro e Inmaculada. Con su hieratismo coercitivo y su glacial sentido del humor, sólo inteligible mediante traducción simultánea, los cuidó siempre con gran esmero y cariño. Todos ellos, de bebés, se pegaban auténticas parrafadas con Brígida, discusiones de minutos en un subdialecto indescriptible que alucinaba a cualquier adulto testigo del evento. Por eso, tal vez, se les dan tan bien los idiomas. Ellos la llaman Tata Bis, pero ella, cuando lo menciona con cierta melancolía, dice que la denominan Tetrabric, lo que da mala espina a quien lo oye. No hay manera de explicárselo. Yo, por mi parte, prefiero inhibirme a la hora de hallar una explicación psicológica a esa especie, al parecer, de voluntaria dislexia conceptual. Igual Brígida se siente como algo de usar y tirar, aunque no sea con nosotros, pero quién sabe lo que hay detrás de todo eso. Más tetrabric, si cabe, y ya puestos, pienso que podría sentirse el Birmano, aunque en su caso no se tratase exactamente de usar y tirar sino de golpear y golpear con inusitada saña. El Birmano y yo hemos intercambiado en los últimos tiempos un promedio de cinco frases anuales. Si llamo por teléfono al mencionado sótano y coge él el aparato, como pregunte por su esposa, dice:

—Pon ya ella no más. —Y realmente poco más.

Por Navidad, para agradecer la paga extra que siempre se le da a Brígida, es él quien telefonea. Lo ha hecho, que yo recuerde, sin fallar ni una sola vez en veinte años. Suele ser el día veinticuatro de diciembre, a la hora del crepúsculo. Entonces, tras pedir que me ponga al teléfono, dice:

—Feliz tengan y sus astros ayuden. Chicos muy estupendo, yo quiero, y Brígida también... —Luego me cuelga sin apenas aguardar a que le devuelva cortésmente los deseos de prosperidad y paz.

Una vez que yo no estaba en casa y cogió el teléfono Claudia, se montó una buena. El discurso escueto y entrecortado del Birmano, al que yo estaba tan acostumbrado, debió de ser interrumpido por ella en algún momento, y ahí empezó el problema, imagino, porque debo añadir que año tras año aquel discurso era casi idéntico, con ligerísimas modificaciones, a lo sumo en la entonación de la voz.

No sé qué pasó. Igual ella le preguntó algo referente a los dichosos astros y se lió la cosa. O quiso ser precisa y atinada en su charla. Claudia es de esas personas que siempre ha pisado con los pies en el suelo. Aunque lleva mucho tiempo dedicándose al interiorismo y la decoración, cosa que realmente la apasiona y es su trabajo, yo siempre digo que habría desempeñado admirablemente sus funciones en una Subsecretaría del Ministerio de Hacienda, o algo así. Quiero decir, que si el Birmano aquella vez mencionó algo de los astros, como venía haciendo sistemáticamente conmigo año tras año a lo largo de casi dos décadas, ella, a diferencia de mí, no se quedó callada o pensando, como yo, que el marido de Brígida, a tenor de lo señalado de la fecha, probablemente acababa de tomarse una soberana copa de crema de orujo, sencillamente, y estaba alegre. Ese licor les encantaba. Cierta vez Brígida, nostálgica de su Filipinas natal, me confesó:

—Por triste si Talacañang aquí. —Y se señaló el cráneo con el dedo índice—. Pero allí no Galicia.

Entendí que tan galaica y sentimental alusión, en principio injustificable por completo, sólo podía obedecer a esa exquisita crema de orujo que a ellos acaso debiera parecerles la mayor de las perversiones de esta sociedad capitalista tan blanca y de ojos tan poco rasgados en la que, no lo dudo, se sentían bastante impostados. En cuanto a lo galaico, pensarían que el orujo era gallego, o de lo contrario no tengo ni la menor idea de a qué obedecía tal creencia de Brígida.

Pues no, si Claudia oía lo de los astros, aficionada al tema como era, su primer pensamiento o respuesta podía ser: «¿Qué quiere decir exactamente con eso de los astros?», y el segundo: «¿Qué astros en concreto?», para acabar con un agudo y comprometedor: «¿Por qué?» Luego, ya a solas, dubitativa respecto a si se habría comportado del modo adecuado con el Birmano, me decía que ese hombre hablaba sin ton ni son de cosas ininteligibles, pero «ese hombre», recalcaba poniendo cara de leona que vela por la seguridad de sus retoños, ese hombre era quien vivía junto a la mujer que cuidaba frecuentemente a sus hijos. Era como si intentara decirme: «No quiero cerca de los críos a nadie que se relacione con brujos.» Luego se arrepentía y se olvidaba. Yo procuré tranquilizarla en aquella ocasión:

—«Ese hombre» te habrá llamado porque cree que es su deber hacerlo, y estará pedal perdido, ya que es Nochebuena. Tiene derecho.

Como la veía indecisa le recordé:

—Si «ese hombre», en una fecha como ésta, no nos llama para largarnos su discurso de medio minuto, es que está muerto, compréndelo.

Claudia puso cara asustada.

—Bueno —dije yo para tranquilizarla—, o eso o que están pegándole una soberana paliza en ese mismo momento, en cualquier parte.

Lo cual pareció serenarla del todo.

Cierto que, cada varios meses, Claudia volvía con sus dudas. Que si los críos y si el Birmano, que si el opio. Un día me enfadé, contestándole sin dejar de sonreír:

—¿Y qué quieres que le haga? ¿Que lo bombardee con napalm? —Y puse cara de mayor en jefe de un escuadrón de *marines*.

Debí de tocarle el punto rojo que nunca ha dejado de llevar cosido a su conciencia, pues desde entonces jamás volvió a mentar al extraño marido de la mujer que, en teoría, nos hacía faenas en la casa.

Ésta es la vida de Brígida. O, más concretamente, alguno de los rasgos que definen su personalidad. Perdóneseme la larga digresión, que quizás haya sido, en efecto, demasiado extensa (además de que creo estar sufriendo los efectos obvios de mi crónica lectura —cada pocos años vuelvo a ese libro como los asesinos, dicen, al lugar de su crimen— de *Vida y opiniones del caballero Tristram Shandy*, de Laurence Sterne), cuando en realidad estaba explicando lo que ocurría la noche del pub y el vehículo de la funeraria con su maniquí misterioso. Sé que me he ido por las ramas, como a menudo pasa con el ajedrez, sobre todo en lo que se llama «el medio juego», o en el sinfín de variantes de las distintas aperturas. Es mi modo de ser y de pensar. Pero también creo que, pese a haberme ido por las ramas, era necesario que puntualizase algo sobre mi vida diaria y privada para que así, eso espero, pueda ser mejor entendido el desarrollo y contexto global de mi relato.

Conste, a modo de último corolario a mi digresión, que también soy consciente de que, simultáneamente a contar anécdotas o detalles de mi vida que podrían ser considerados prescindibles por un lector escrupuloso, proclive a la síntesis o deseoso de que en una narración ocurran cosas apasionantes, sorprendentes, cada vez más apasionadas y sorprendentes, me doy cuenta de que menciono aspectos puntuales que acaso puedan pasar completamente desapercibidos, pero que en verdad tienen gran importancia si de lo que se trata, y de eso se trata, creo, es de que el lector sepa con quién se enfrenta, en este caso yo. Me refiero a lo que, en relación a Brígida y a su modo de llamarme, dije antes sobre cierta pintada subversiva. Si no lo menciono ahora sé que luego me olvidaré, así que lo explico sin más:

Aquella pintada que realicé yo solito, en lo que sin duda ha debido de ser el acto de heroísmo más relevante de mi vida, sin contar mi seguimiento furtivo al coche fúnebre con el maniquí fantasma, me reportó no pocos problemas. Recuerdo que el texto de la susodicha proclama era, ni más ni menos:

«Viva la lucha armada de la Fracción del Ejército Rojo.»

Debo aclarar que en el grupo de personas que me acompañaban aquella noche con intención de dejar plasmada en una pared céntrica del pueblo el testimonio de nuestra infinita cólera por algo que había ocurrido en algún lugar del mundo, algo que no afectaba a nuestros garbanzos o futuro inmediato pero sí a nuestra Dignidad y a nuestro Sentido de la Lucha, lo pongo con mayúsculas para que quede claro, en ello nos iba el Honor y casi la Vida, en ese grupo, digo, estaban dos personas muy especiales para mí. En total seríamos siete, creo recordar, dispuestos a hacer saltar en pedazos el pueblo entero si se terciaba, aunque sólo disponíamos para ello de un par de botes de spray. Uno de color fucsia. El otro, negro, y era el que yo llevaba. El fucsia estaba medio terminado, y no nos pareció cuestión de poner por ahí proclamas de salvaje e inmediata acción revolucionaria utilizando un color tan frivolón. Se decidió usar el negro.

Repito que en ese grupo iban dos personas importantes para mí. Una, Claudia, que entonces estaba por jugar a la Revolución como podía haber estado por jugar a otra cosa, lo cual no era óbice para que no se lo tomase decididamente en serio. Sus pies en el suelo le decían que aquello y no otra cosa se perfilaba como lo que era necesario hacer. Pero quiero recalcar que, por encima de todo, ya por entonces ella estaba muy por encima de todas esas cosas. Si en aquellos años hubiésemos tenido a Manuel, por ejemplo, Claudia nunca se hubiese sumado a la célula encargada de realizar la pintada, porque aquello tenía auténtico aire de comando guerrillero. Me doy cuenta de que, todavía hoy, pensar en términos de «célula» y no de «grupúsculo» o «panda de incautos y mamones», me pone la piel de gallina. Es como cuando oigo *La Internacional* o *A las barricadas*, nuestro himno anarcosindicalista. Me dan ganas de ponerme a cacarear de emoción. Aunque el estado de prellantina revolucionaria contenida es algo que, con los años, aprendí a controlar bastante. Después tal autodominio me serviría en el cine, ante esas películas que genera la industria americana y que hacen llorar inexorablemente, haciendo que de paso te sientas un perfecto estúpido. Mientras que a la gente le caían las lágrimas y los mocos, debiendo usar sus pañuelos para limpiarse, yo me limitaba a aparentar que estaba ligeramente emocionado. Control, ésa es la palabra. Es como lo de los esfínteres. En eso sí debo de haber crecido, en el sentido de alcanzar cierta madurez. Pero ya casi nunca voy al cine. Para que me cuenten mentiras, eso pienso, ya está la puñetera vida o, si a uno le coge con el día grecorromano y filósofo subido, los buenos libros.

Ella, Claudia, de haber tenido ya entonces a nuestro primer hijo, me hubiera dicho: «Ve tú a eso, que yo debo lavar un montón de pañales para mañana. Vigila que no te den un currito por ahí», pues hay que tener en cuenta que no nos podíamos permitir ni dodotis ni pagar a alguien para que cuidase del chavalín mientras nosotros íbamos a hacer la Revolución Total, ya mismo. Tampoco es que Claudia fuese la típica y abnegada mujer con vocación de esclava de las tareas del hogar y todo eso, ni muchísimo menos. Aparte de que de ese percal sólo quedan ya unas pocas y altruistas abuelitas. Sólo que ella siempre tuvo perfectamente claras cuáles eran las prioridades en la vida. Es decir: primero, los chavalines, después la Revolución. Yo mismo me engañé a ese respecto. A veces creí que pensaba como Claudia, y otras que la Revolución estaba por delante incluso de ocios o servidumbres familiares de índole pequeñoburguesa. En realidad, y ésa sí fue mi Revolución fracasada, por delante de todo siempre estuvo el ajedrez.

El caso es que entonces no había crío y como ella se aburría bastante vino a participar en la acción revolucionaria. Pero es que también nos acompañó alguien que más o menos había sido amigo mío en tiempos del instituto, y que en esa época coqueteaba con organizaciones afines a los comunistas: Cosme Vladimir Rojo Cifuentes. Este pájaro era un joven espabilado y con granos en la cara que, además de haberse leído todas las obras de Rosa Luxemburg, Gramsci y Lenin, así como tener una voz aterciopelada que enamoraba a las chicas, quienes ante él perdían por completo su sentido bolchevique y coherente de la lucha para centrarse en lo propiamente humano de la cuestión, ese menda embaucador de tres al cuarto, digo, quería levantarme a Claudia. No es que le echase los tejos, no. Aquéllos eran obuses de fabricación soviética, claro. Artillería estaliniana de primer orden. Entonces Claudia y yo aún éramos medio novios. Pero como además de eso éramos anarquistas —tal vez, pese a lo ingenuo de la cosa nunca hayamos dejado de serlo en nuestros corazones— y aquel avieso seductor era comunista de verdad, había un evidente punto de fricción entre nosotros, aunque solapado.

Entonces pensábamos que para los comunistas «de verdad», los burgueses eran simples cucarachas a liquidar, sin más. Pero es que nosotros, la tribu que englobaba ácratas, indecisos, anarcosindicalistas de diversas familias, tocapelotas, artistas e insatisfechos varios, así como místicos redomados y tarados mentales de toda laya, éramos moscas cojoneras a las que tarde o temprano también habría que liquidar tras un proceso rápido y tal, ya se sabe.

No obstante, fingíamos que no pasaba nada. Todos felices, aunque parias en la tierra y demás cantinela, pero el combate interior era encarnizado.

Ricardo y Soledad, otra pareja que también comulgaba con nuestro ideario anarquista, que para algo éramos jóvenes e inocentes, se mostraban harto más beligerantes con Cosme, alias *el Comisario*. Estaban por arrancarle la cabeza, directamente. Ímprobos esfuerzos nos costó a Claudia y a mí mantenerlos a raya. «¡Nos harán como a los del POUM en el 37, en Barcelona!», exclamaban asustados. Claudia les hacía reflexionar en torno a la suposición de que Cosme, pese a tener esos nombres y apellidos, esos granos repelentes y esa voz melosa, no era aún el clásico comisario de la GPU soviética. «¡Aún!, tú lo has dicho», se lamentaba Sole, que ya se veía con un tiro en la nuca. Y Ricardo, con sus gafas negras de gruesa montura, mesándose su barba rubia y patriarcal, añadía con macabro rictus y en alusión a Cosme: «Es que él no sería siquiera comisario, sería el telefonista de la checa.» Estábamos todos, aparte de recelosos, un tanto desmadrados, eso es innegable.

Aclaro, antes de seguir, que Cosme se apellidaba «Rojo» por parte de padre, quien, paradojas y coincidencias lingüísticas al margen, fue hijo de un dirigente comunista fusilado durante la guerra civil española en un pueblo próximo, y anda que no presumía el nieto a costa de tal dato. «Cifuentes» lo era por su madre, claro. Lo de «Vladimir» era homenaje a Lenin, algo que horadó y finalmente sepultó el matrimonio de sus padres, pues la señora Cifuentes, lacra familiar indecible donde las hubiese, tiraba a beata o a lo sumo a liberal, y vivió amargada por no haber conseguido que su hijo tuviese otro nombre, otros apellidos y otras ideas. Lo de «Cosme» siempre supuso un misterio que tampoco él, coqueto hasta para eso, se molestó en aclarar. Y es que aquel menda pretendía crearse desde joven una especie de aureola a lo Che Guevara. A ese respecto, y cuando se le inquiría, afirmaba: «¿Acaso el Che no se llamaba simplemente Ernesto? Pues yo me llamo Cosme...» Pero al decirlo ponía cara de estar dirigiéndose a las masas obreras, sombrerito y abrigo oscuro incluido, en la plaza del Kremlin. Ricardo y Sole levitaban de indignación. Cómo sería que en aquella época para nosotros era «Vladi». Un campeón de las trincheras o, en su caso, de los despachos. Acabó siendo concejal de Medio Ambiente en el Consistorio Municipal, con el nombre de Cosme Cifuentes. Ni Rojo, ni Vladimir, ni trincheras, ni gaitas, pensé al ver aquellos papeles de propaganda electoral en los que, calvo, obeso, encorbatado y envejecido, se nos mostraba con su mejor sonrisa, que sólo nosotros podíamos adivinar de frustrado comisario de sótano dedicado a interrogatorios y torturas, convertido de repente, por arte de birlibirloque, en defensor a ultranza, en salvador in extremis del Parque Natural cercano, famoso, entre otras cosas, porque cada década, aproximadamente, un incendio daba al traste con todo lo hecho allí en los diez años previos en materia de reforestación y adecentamiento para salir del paso, por supuesto, en las siguientes elecciones municipales.

Releyendo esto constato que aún me pierde la inquina por ese tipejo. Procuraré controlarme, porque es mi intención ser objetivo, en lo posible, al proseguir con el relato.

Aquella noche, digo, salimos dispuestos a dinamitar el orden establecido.

¿Matar a un policía? Carecíamos de armas, de coche para huir y, como dijo Claudia, quien aun en esas situaciones solía ponerse de un intelectual subido, de «cojones». Luego, viendo que acababa de hacer una apreciación incorrecta y que allí había varias mujeres, carraspeó con la voz y se puso más en su papel: «Aparte de que eso sería una idiotez.»

—¿Por qué? —le preguntó alguien del grupo, súbitamente defraudado en sus sueños de aniquilación y exterminio de las Fuerzas del Orden, todas sin excepción, cuando ya se veía disparando en la sien del secular enemigo uniformado. Claudia lo razonó un instante y dijo:

—Porque somos estudiantes, unos señoritos que tienen de todo. Fíjate, la mayoría estamos ya en cuarto o quinto de Derecho...

El otro pareció aplacarse. Refunfuñó: «¡Qué lata, es verdad!» Entonces aún no había aparecido Brígida en nuestras vidas, pero lo de «señoritos», en boca de una pálida y convencida Claudia, me llegó al alma, debo reconocerlo. Quizás mi visceral aversión a tal palabra se remonta a aquella fecha. También se oyeron varios chasquidos guturales de fastidio. Mira por dónde, precisamente esa noche no nos íbamos a cargar un poli. Bueno, pues a ver qué leches hacíamos entonces. Miramos con inusitado y cobarde detenimiento el techo de la cafetería.

—Yo no... —gimoteó humildemente pero con cierto deje de orgullo un muchacho barbilampiño que se agazapaba tras los más vociferantes y asesinos del grupo.

—No, tú haces segundo de Farmacia, pero eso no cambia nada —le espetó Claudia con una sonrisa, y el chico se quedó como aplanado, aunque por su aspecto y el respingo de alivio que dio, igual le quitábamos un peso de encima. Aquel autista era el típico Mateo Morral que suele haber en todos los grupos revolucionarios, siempre dispuesto a cargarse a un monarca porque sí. Menos mal que le disuadimos de raíz.

—¿Y yo? —tintineó en ese ambiente homicida una vocecilla escuálida.

Todos miramos a quien lo había dicho. Era una muchacha recién llegada al grupo y a la que acababa de dejar el novio, que trabajaba como gogó masculino en una discoteca de la ciudad, de ahí su rabia. No hay nada más radical y belicoso que una mujer despechada, aunque bien es cierto que las tetas de la colega resultaban de impresión. Era hija de inmigrantes, obreros de larga y combativa tradición, que llevaba un tiempo trabajando en una charcutería. Cosme la había «captado» para la célula, se rumoreaba que no sin antes beneficiársela, o intentarlo de un modo u otro y hasta a saber con qué punto de camaradería, pues él pensaba que de lo genital también podía inferirse una colectivización agraria simbólica en toda regla. Eso sí, supervisada por el Partido.

—Tú no tendrías fuerza ni de apretar el gatillo —le dijo Claudia, y no sin cierto resentimiento teñido de envidia, a la única obrera de verdad de aquel grupo que necesitaba sentirse urgentemente criminal para seguir subsistiendo. ¿Y todo, por qué? Porque habían matado vilmente a unos terroristas de la extrema izquierda en cualquier sitio alejado del mundo.

Además, no había pistola.

La charcutera, con su voz quebrada de mosquita muerta, se ofreció para ir a la tienda y coger un cuchillo sobre el que ella, afirmó, ya había tenido determinados pensamientos directamente relacionados con la lucha de clases, en general, y en particular con determinados métodos para abatir al enemigo que velaba por los intereses de la oligarquía imperante. Su jefe era un carca y no paraba de mirarle el escote, como Cosme, sólo que a ella las miradas de éste, igual de cerdas, le parecían caricias proletarias.

Le fue negado su ofrecimiento con motivos tan pírricos y previsibles como: «Nos pondrías a todos en peligro», «Dónde vas con un simple cuchillo». Ya se sabe, pertenecer a una célula, aunque ésta no ejerza de tal, comportaba ciertas psicosis muy arraigadas. Sólo Claudia se atrevió a verbalizar algo que todos pensamos: «¡Además, qué vulgaridad rebanarle el cuello a un policía con un artilugio de trinchar jamón!» Creo que acertaba en sus apreciaciones. No parecía forma de iniciar la Revolución a nivel local. Porque era la época en la que hablábamos siempre en términos de «a nivel de esto» o «a nivel de lo otro». Después parecería anacrónico y hasta malsonante, pero entonces era como respirar.

Como no había pistola, ni cuchillo, ni huevos, y en el fondo no había pasado otra cosa que acababan de cargarse a unos terroristas de verdad en un sitio remoto, muy lejano, se decidió pintar el pueblo entero, de arriba abajo, con proclamas insurreccionales.

—Pero esos tíos... ¿qué habían hecho? —preguntó el aprendiz de farmacéutico en un alarde de desinformación y candor. Por cierto que esa disciplina nos parecía a todos asaz neoburguesa, aunque a él lo veíamos tan poca cosa, tan callado, y tan bobo, que no se lo dijimos nunca.

—Nada, poner bombas en aviones y atracar un par de bancos —repuso con calma Ricardo, como si dijese: «Nada, sembrar coliflores y tomates en su huerta.»

—Ah, bueno. —Pareció conformarse el boticario en ciernes.

Pintar el pueblo era una idea sugerente, osada. Pensábamos que al día siguiente las masas, enardecidas por nuestros mensajes, se lanzarían a las calles y vendría la insurrección armada para decretar la Igualdad en un plisplás, que era lo que deseaba Cosme, previa consulta ya sabíamos con quién. Se suponía que el Partido. Y con tiros, barricadas y la milicia improvisándose una y otra vez aquí y allá, que era lo que deseábamos el resto. Quizás al día siguiente llegaría la jornada secretamente anhelada por la charcutera, cuando floreciesen, justicieros e implacables, los cuchillos de cortar jamón.

—No puede haber insurrección porque nosotros podemos comer jamón —arguyó Claudia, siempre lógica y consecuente, dispuesta a comernos la moral, aplacándonos de paso nuestro enardecido ánimo. Fue abrumador.

Queríamos la insurrección ya, con o sin jabugo o lomo ibérico. «¡Jabugo para el pueblo!», gritó alguien. «Pobres cerdos...», insinuó otra voz, pero fue oprimida en el acto por el parecer general. Queríamos sangre y lomo ibérico para las masas, aunque fuese en forma de choricillos y morcillas. Y, si no, spray. Pero sólo había un spray. Ahí iba a iniciarse la polémica: qué poner, dónde ponerlo.

Cosme y yo, viendo que los de la célula se inhibían como ciervos ya avejentados que se retiran de la manada para que dos machos jóvenes se líen a cornadas disputándose a su hembra y, ya que están puestos, el mando del grupo por aquello de que los ciervos no tienen ni una asta de anarquista, nos enzarzamos en una discusión que duró casi tres horas. La gente estaba con frío y aburrida. Los bostezos se imponían. Pasado mañana quizás fuese la insurrección, pero hoy había que irse a la cama, dijo alguien con buen tino. Seguramente Claudia. Fue aprobado por mayoría.

Pero no podíamos retirarnos sin hacer algo. Hubiera sido ultrajante hacia nuestros hermanos, los tenaces ponedores de bombas en aviones y saqueadores de esos antros de latrocinio legal que eran los bancos. Poco a poco fue desechándose realizar la pintada en una zona céntrica. Se pensó en el propio ayuntamiento, a escasos metros de la comisaría de policía y del cuartelillo de la Guardia Civil. Hubiese sido un golpe fantástico. Pero, eso dijo alguien, la borrarían en minutos y nadie podría ver lo que pintamos. Si es que, además, no nos cogían y nos emplumaban cosa fina.

Luego se pensó en la zona del hipermercado, pero también se tuvo en cuenta que los de seguridad de ese comercio era más que probable que lo borraran con otros sprays a primera hora de la mañana, volviendo ilegibles las proclamas. Qué envidia, pensamos, ellos sí podían disponer de cuantos botes de spray desearan. Así, plaza a plaza y calle a calle, nos fuimos alejando primero del centro del pueblo, después de la periferia del pueblo y finalmente de los aledaños de la periferia del pueblo. Acabamos discutiendo de forma acalorada frente a un muro no muy lejano de la estación ferroviaria, un lugar oscuro e inmundo, con olor a heces y basuras por todas partes. Apenas nos veíamos. Escogí yo el sitio, pero nadie pareció atender mis razones, que por supuesto no dejaban de poseer un marcado sustrato cartesiano, derivado de mi pasión por el ajedrez.

La última fase de tan enconada polémica versó sobre el contenido de la pintada, pues para entonces ya parecía estar claro que aquélla iba a ser la única pintada que haríamos: habíamos descubierto que también el bote negro estaba a punto de acabarse. Nos daba sólo para una frase larga. Así que debía ser auténticamente incendiaria.

Muchas eran las cosas que estaban en juego en aquel momento, además, eso creíamos, de nuestra integridad física. Sole se lamentaba de que en cualquier instante podrían aparecer los policías antidisturbios entre la maleza y abatirnos a tiros. Se abrazó a Ricardo, casi despidiéndose. Fue hermoso, como una secuencia de la película *Rojos*. Él la tranquilizó sin palabras, pero con ademán de estar diciéndole: «Acéptalo, es nuestro destino.» Finalmente serían felices, tendrían a Dani y a Claudia, a quien decidieron llamar así, entre otras cosas, por su amistad con Claudia. Pero aquella noche, como decía, lo que estaba en juego era precisamente otra Claudia. Mi Claudia.

Cosme, luego de marearme con argumentaciones falaces y ambiguas, optaba por poner en la pintada algo práctico, como:

«Abajo los patronos», cosa que pareció encantarle a la charcutera, aunque no hubiese degollaciones de por medio.

«Mejoras salariales, ya», apostilló luego nuestro hombre de

aparato en la sombra. Lo que nos dejó a todos con cara de tontos, pues no parecía haber demasiada relación entre los atentados con bombas y lo otro.

La chica del cuchillo de trinchar jamón, a la que se veía prematuramente agotada por las dudas de tan compleja disquisición intelectual, y no en vano era la obrera genuina del grupo, parecía precisamente la más decepcionada:

—Pero ¿y los asesinados de ayer?... —murmuró en tono vacuo y en referencia a unos supuestos terroristas a quienes habían liquidado a sangre fría, como si preguntase a un cliente: «¿Se lo corto finito?»

A modo de pregunta no estaba mal, era incisiva y en absoluto dialéctica. De hecho, fue tan sumamente directa que Cosme, también agotado de intentar convencernos, se delató él solito. Peroró:

—Bueno, hay que pensar que en principio también ellos eran asesinos...

Al resto del grupo se lo veía desconcertado con esa salida, pero recuerdo que Claudia me miró de modo especial, como esperando algo de mí. No podía decepcionarla. Fue entonces cuando cogí el bote y, dejándolos a todos boquiabiertos, escribí:

«Viva la lucha armada de la Fracción del Ejército Rojo.»

Aunque, ahora que lo pienso, fue más penoso que todo eso. Como nos temíamos, el spray se acabó antes de tiempo, y sólo llegué a poner «Roj», o incluso «Roi», no recuerdo, porque la jota se quedó a medias. No importaba. Todas las revoluciones, por desgracia, también se acaban en la mitad.

—¿Y qué leches es eso de «Roi»? —preguntó con extrañeza el avispado estudiante de Farmacia, que desde luego no parecía tener un brillante futuro de líder revolucionario.

Los ojos de Cosme centelleaban de rabia. De sus labios, al principio, sólo salió la frase: «¿Qué estás poniendo ahí?», pero seguramente pensaba: «Eres-carne-de-Gulag.» Era aquélla, según él, una acción malgastada y de tinte contrarrevolucionario, no pequeñoburguesa a secas sino liliputienserreaccionaria y, lo peor, decididamente menchevique. Y a mí que eso de «menchevique» siempre me ha sonado a descargas eléctricas en las falanges de los deditos de los pies.

—Vale tío, pero ya hemos dejado constancia de lo que pensamos —rugió casi en pleno la célula de estudiantes y proyectos de señorito.

Aquello fue un verdadero triunfo. Pero tuvo que salir la charcutera a aguarme la fiesta, con su sentido obrero de las cosas, porque incluso muerta de cansancio insistió:

—Pues a mí no me importaría haberle hecho un buen tajo en la yugular a un poli... —La chica seguía trinchando embutido, al menos mentalmente, incluso a esas horas de la noche: ella sí era una oprimida de clase.

Hubo que aplacarla, asegurándole que ya tendría su oportunidad, pero que primero hiciese bíceps y practicara descuartizando jamones. Claudia intentó aclararle que tampoco es que los polis fuesen salami o mortadela, pero le hice ver a tiempo lo inútil de su empeño oratorio. Aquella charla parecía programada. La otra era una samurai del cuchillo.

Nos retiramos a nuestras respectivas casas, aunque desde aquella noche pasaron dos cosas. Una, que Cosme Cifuentes, futuro concejal y hombre fuerte de las así denominadas «fuerzas vivas» del pueblo, me miró con decidida e irreversible mala cara. «Jolín, es verdad, como los trotskistas y ácratas de la CNT-FAI en el 37», pensé tragando saliva, «si un menda trepa como éste te coge en una Revolución a su medida, vas listo». La otra cosa fue mucho más tranquilizadora y dulce: esa noche Claudia me echó un polvo como nunca había hecho, y ruego no se tenga en cuenta la expresión en sentido malsonante, pero es que de eso y no de otra cosa se trató. A lo dicho, como si se estuviese tirando al mismísimo Che. Comprobé cuánto le había gustado la inscripción que puse.

—Eres un soñador —dijo, mirándome embelesada, y eso me extrañó, pues aunque siempre pensé que la auténtica maestra de ajedrez debió haber sido ella, por carácter y el uso apropiado de determinados esquemas mentales de pensamiento, no dejaba de sentirse atraída por todo lo que significaba transgresión, desorden y una pizca de sana locura.

Era mi lado poeta. Después acabó repateándola, pero bueno. La vida, ya se sabe. Que nos quiten lo bailado.

Aquello me halagaría, y debí de poner cara de consumado jugador de póquer ante unas cartas, más que magníficas, definitivas.

—Lo malo es que vas a llevarte un saco de guantazos durante toda tu vida —añadió al poco con tristeza mientras me comía a besos. Y creo que no lo hizo para aguarme la fiesta, ni mucho menos, aunque estuvo a punto.

—Pues cásate con Vladi —le dije entre bocados, risas y caricias.

—¿Para qué? —preguntó—, ¿para que me trate como a una ponencia de cualquier congreso regional entre enlaces sindicales mientras se toquetea la barba con restos de granos de arroz?

Qué noche. Creo que aquella noche hicimos a Manuel, quien por cierto, ahora que lo pienso, siempre ha sido muy poco revolucionario. Claudia y yo llevábamos viviendo juntos un mes o dos, quizás un poco más, pero hasta esa noche, pienso, ella no tuvo claro que quisiera vivir conmigo. Compartir algo. Hasta ese momento no es que se dejara cortejar de modo indirecto por Cosme sino que, como persona extremadamente educada que era, algo en todo punto impropio de la escoria que a modo de nula urbanidad y menos higiene pululaba por nuestra célula, solía atender a cuanto decía aquél con suma atención, lo que pudo ser entendido por éste como que la tenía medio en el bote.

Claudia había sido parte fundamental de mis razones más viscerales para acabar escribiendo aquella proclama en un lugar en apariencia tan apartado y, por lo tanto, inútil y ridículo. Al día siguiente todos los del grupo, menos Cosme, me felicitaron. A la luz del día, y al llegar al pueblo, tanto en tren como en el autobús que venía por la carretera nacional, se veía la pintada. En unos días la verían, y a menudo más de una vez por jornada, centenares, acaso miles de personas. Siempre las mismas personas, de acuerdo, pero eso no importaba entonces, en absoluto. Personas, también es cierto, que, llevadas por la fuerza de las circunstancias, acaso pensarían un poco más que en las mejoras salariales. Pero qué íbamos a hacerle. Aún hoy no me da la gana reconocer que Cosme tenía una parte de razón. Él mismo, como dije antes, se adocenó en los laberintos del poder municipal. Aquella política de barrio, chusquera y fratricida, acabó de agriarle. Cosme no fue nunca precisamente un espejo donde mirarse.

En cuanto a otros estudiantes en Derecho que parecían ávidos de sangre la noche de la pintada, hubo destinos variopintos. Uno dirige un club de tenis, junto a la playa, para pequeños burgueses de izquierda relativa, pero más forrados de pasta que una fuente de raviolis, y quienes según Cosme siempre tuvieron algo de mencheviques recalcitrantes, aunque ellos no lo supieran.

El estudiante de Farmacia no cumplió, obviamente, su vocación de magnicida y montó un videoclub en un barrio obrero del pueblo, dato este último tal vez residual de ciertas inclinaciones inherentes a su paso por la célula. Cuando nos vemos nos saludamos haciendo un ligero gesto con la frente, poco más. Le he visto ya, por lo menos, cuatro vehículos distintos, de esos todoterreno carísimos que no sirven absolutamente nada más que para ocupar sitio junto a la acera y con los que uno, supongo, dos domingos al año se siente el novio de Heidi. A veces me pregunto qué pasaría si cualquier día entrase en su casa, por ejemplo a la hora de comer, justo cuando las familias en pleno permanecen impávidas frente al televisor que les muestra cómo muere de hambre la gente aquí y allá, o linchamientos, o un sinfín de desgracias, y dijese de pronto:

—¿Sabéis que vuestro padre hace años estuvo a punto de matar a un policía?

Para qué. Más me hace pensar al respecto el curioso destino de Loli, la charcutera: se casó con un policía nacional nacido en Burgo de Osma y que, con los tiempos, se recicló discretamente para acabar cambiando el uniforme de vigilante de los intereses del Estado por el de vigilante del orden y los intereses del gobierno autonómico. Algo más liviano y coyuntural, sin

—Pues no me ha dado calambre...

Ella me miró, desconcertada.

—Cuando me dio la mano —concreté, refiriéndome al novio. Claudia asintió con una mueca mitad de sorpresa, mitad de resignación. Pero se frotó ambas manos como si también ella acabase se sentir un conato de calambre.

En efecto, qué locura, la vida. Cuántas vueltas da.

Hasta aquí han llegado, lo prometo solemnemente, los tentáculos de mi digresión, esta vez política. Como en la anterior, la referida a las peculiaridades de Brígida y su marido, tan menudo como hierático, pienso que ésta quizás pueda aclarar algunos aspectos ya no tanto de mi personalidad, que sinceramente no creo tenga la menor importancia, sino más bien del escenario vital que presenció, tras incubarlos y luego potenciarlos, mis nervios y taras. Como dije antes, quiero creer que todo guarda alguna relación, por pequeña que sea, con la noche del pub y del maniquí, en la que de algún modo todo se resquebrajó. Incluso más de lo que ya estaba.

Algo puedo afirmar sin el menor atisbo de duda: escribo todo esto no por llenar cuartillas y más cuartillas, cosa que ya hacen, y en demasía, cantidad ingente de personas de variopinta índole que parecen no haber encontrado nada mejor que hacer en la vida para sentirse alguien, y así deciden castigar a sus semejantes escribiendo la suya propia, y además, eso es lo grave, no contentos con la exhibición, lo hacen con insufribles y vanas ínfulas de trascendencia. Insisto en este punto porque lo relaciono estrechamente con mi particular e incomprensible persecución del coche fúnebre, esa noche rara, extraña, bochornosa y como astillada en diferentes estratos de la memoria, a cuyo desarrollo, y no sin problemas, intento ceñirme, pese a que como digo me cuesta considerablemente.

Quiero decir: aquella noche yo volvía a ser el chico que años atrás militaba en la célula anarquista, con excepción de Cosme. Era la persona capaz de transgredir su propio orden de valores, su propia idea de la compostura y de lo que debe y no debe hacerse, para hacerlo sin más, por curiosidad o, quién sabe: ¿por militancia? Yo era la curvatura excitada que se movía en las aristas insondables de la noche, a modo de enigmas, en pos de algo que pretendía aclarar. Años atrás, el enigma consistía en averiguar cómo íbamos a hacer la Revolución. En último extremo, qué gestos básicos seríamos capaces de realizar para poder contárselos un día a nuestros nietos y bisnietos, o a quienes se viesen abocados a la fatigosa tesitura de vivir tanto tiempo, no quedándonos por completo desarbolados si aquéllos nos preguntaban de improviso:

—Sí, ¿pero tú hiciste algo para cambiar el mundo?

Y ésa es la pregunta del millón, estoy seguro. Yo tengo la espalda cubierta. Al menos siempre podré decir, con el énfasis monologante de la senectud:

—Ataqué al Estado como pude, un día...

Menos mal que nunca sabrán lo de la jota medio escrita de la palabra «rojo», ni los absurdos pormenores de aquella noche previa a la insurrección general que nunca fue porque, como sentenció la preclara Claudia, nosotros sí comíamos jamón. Así de aplastante.

Por otra parte, a los de izquierdas de toda la vida siempre nos ha atraído, lo reconozcamos o no, y aun de modo morboso, eso de la autoridad. Un ejemplo: hasta hace bien poco presidía la pared central del salón un cuadro en el que, años atrás, enmarcamos una foto del *Tete* rodeado de trofeos. Fue, lo recuerdo, una hermosa mañana de primavera. Lo sacamos al jardín y decidimos que le hacíamos esa foto, colocamos un mantel rojo chillón sobre una pequeña mesa camilla, para que resaltase un poco, y lo pusimos en lo alto como si se tratara del podio de honor en una competición deportiva. Al tío se le veía de lo más puesto. Manuel corrió a poner allí dos de sus copas ganadas en ya ni sé qué deporte, pues todos se le dieron siempre muy bien. Álvaro, que sólo tenía una copa ganada con el equipo de hockey, hizo lo propio poniendo su aportación. Y quedaba Inma. Ésta, frustrada por no poder honrar al majestuoso *Tete*, a quien era evidente le encantaba todo aquel despiporre y se dejaba hacer, aunque fuese por una vez, iba de aquí para allá a punto del llanto. De pronto, Inma nos gritó: «¡Yo también sé qué ponerle...!» Nos quedamos absortos. La cría salió disparada y al poco volvió con un lacito rojo, robado a saber a cuál de sus ya desvencijadas muñecas —sindys, barbis, jennys, todas en un decapite generalizado—, criaturas espantosas e inanimadas del género litri repipi, y le colocó el lacito al *Tete* con tanto cariño que casi nos partió el corazón. Como si lo supiese, él se dejó trajinar. Inma atusó con mimo sus amplios mostachos. Fijó su flequillo. Después, el *Tete* nos dedicó su mejor cara, la de emperador, como suelo decir. Y ahí estuvo tan entrañable foto, *kitsch* hasta decir basta, pero tan llena de recuerdos gratos. Hace un mes, aproximadamente, la miré una noche durante varios minutos. Y me vine abajo por completo. La quité de allí, aunque aún la conservo, pero guardada en un armario. Soy incapaz de mirarla sin derrumbarme, lo sé. A ellos, a Claudia y los críos, supongo que les pasaría otro tanto, así que no puedo dársela. Quizás llegue un día en el que conozca a alguien muy especial a quien regalársela. Algo así escribió Samuel Beckett: «Llegará un día en que un día.»

Pues así estoy, esperando.

(Atención, veo que me pierdo otra vez. Por lo tanto, como se suele decir, recojo velas, amaino ímpetus, o de lo contrario me iré por peteneras o por los cerros de Úbeda): el pub.

Reencontrándome esa noche a mí mismo como el joven de la audaz, espontánea y subversiva pintada, y habiendo seguido discreta y hábilmente el coche fúnebre en su extraño recorrido...

Por un momento me ha temblado el pulso al escribir esto, y no se ha notado, creo, en primer lugar porque tú, atento lector, lo lees en letra impresa, pero doy fe que es así. El motivo: me he sentido policía, en efecto: po-li-cía, como mi amigo-pareja-de-baile-etílico-machote del Burgo de Osma, al que la buena de Loli cebaba sabiamente en su rutina de embutidos y sobrantes.

Aprovecho para decir que Loli, con gafas, curiosamente más delgada y un cierto considerable aspecto de feroz pequeña empresaria, ha montado su propia charcutería en el centro del pueblo. Cuando voy allí, tres o cuatro veces por año, sólo sabemos hablar de nuestros respectivos hijos, claro. Hasta a las dependientas obliga a ir con corbata. Un auténtico sargento.

Pero ya retomo el hilo:

...Entré con paso convencido en el pub, dándome un inesperado atracón de humo, como ya dije, que fue el causante de mis dos digresiones casi en cadena, ¿las recuerdas, lector?, espero que sí: Brígida y la Revolución.

Más puesto en mi papel, con el sentimiento de maravillosa impunidad que me reportaba observar que los tres hombres del coche fúnebre ni siquiera habían notado mi presencia al entrar en el pub, pese a que soy consciente de que de modo inconsciente lo hicieron, entré con andares de policía que pretende actuar de incógnito, y eso se nota a distancia, canta a la legua, pienso, o de lo contrario no tiene gracia y no hay historia que valga (siempre alguien tiene que mirar al que mira, o espiar al que espía), y quien lo observa todo, quien lo abarca todo o casi a la luz de su entendimiento, que podrías ser tú mismo, lector, ejerce de Hércules Poirot tras los indicios, en pos de las pesquisas. Tuve la osadía de situarme, en la barra del pub, a escasa distancia del lugar en el que ellos estaban. Medio repantingado. Incluso me cambié de sitio un par de veces para estar más próximo.

De haber tenido valor y el susodicho artilugio a mano, creo que hasta me habría colocado una trompetilla para oír mejor lo que decían, pues no era sino ése el motivo de mi interés, ya que el maniquí seguiría allí fuera, callado y dándole el culo al volante, como en espera de una azotaina.

Oí parte de su conversación sin necesidad alguna de audífono o sofisticados aparatos propios del servicio secreto. Estaban un poco piripis, de lo que ya era indicativa su zigzagueante conducción. Hablaban a voces acaso para paliar la música de boleros que sonaba muy alta en ese mismo momento. Debo reconocer que hay dos cosas que odio sobre todas: los boleros, en primer lugar, y la música de boleros a todo volumen, en segundo lugar. Además de que me hacen sentir anacrónico y por completo fuera de mi supuesto eje espiritual, me traen recuerdos de la infancia, dijéramos que bastante tumultuosos. No sé si en algún momento de este relato seré capaz de explicar los pormenores de mi rechazo. Demasiado íntimo, pero no en el sentido de «privado» y que por tanto me dé reparo hacer partícipe a nadie de ello, sino más bien demasiado «personal», y por tanto intrascendente. Rechazo tanto los boleros como todas esas músicas llamadas caribeñas que vuelven loca a la gente. Detesto, así es a mi pesar y por lo general, cuanto le guste *demasiado* (hasta se me ha puesto una mueca de malicia al poner en cursiva esta palabra) a la gente. Supongo que es un último rasgo de petulancia, qué sé yo. Pero el caso es que ese rechazo al que precede un instintivo recelo me sale espontáneo: cosa que le encanta a la mayoría de la gente, cosa que en el acto despierta mi visceral antipatía. Será que siempre procuré no bajar la guardia contra ciertas opiniones o proclividades de la mayoría de la gente: llevo ya mucho visto, demasiado. Pero es que con los boleros me siento como si estuviese en Copacabana o Maracaibo, cercado de mulatas lujuriosas, y no. Ya advertí de mi posible petulancia. Y espero que eso sea tenido en cuenta a la hora de juzgarme con cierta benignidad, pues sé que el lector nunca deja de juzgar a quien lee, y lo hace a través de lo que aquél escribe. Tan sinceramente como admito eso, lo hago respecto a un hecho curioso: pese a que suelo oír únicamente música sacra, misas solemnes, ofertorios, cantatas y cosas de ese estilo, naturalmente de procedencia europea, que para algo ése y no otro es mi orbe espiritual, y no Copacabana ni Maracaibo, alguna vez fui atacado de improviso y, lo que es más importante, sin testigos, por alguno de esos boleros zumbones que son como un tibio ronroneo intestinal de arrumacos y melindres, y se me llenaron los ojos de lágrimas. Como es grande mi autodisciplina adquirida en la época revolucionaria fallida, sé disimularlo. Así de idiota soy. O así de influenciable, también yo, cómo no, por las servidumbres a ciertas modas que nos cuelgan del cuello a modo del yugo que unce los bueyes.

Boleros en un incesante despiporre lacrimógeno, decía. Y

humo. Y gente apretujada en los rincones de aquel pub, pese a que era un día normal y entre semana. Imaginé que un sábado por la noche esto sería como una lata de berberechos o sardinas en escabeche. No me fue necesario afinar el tímpano, que siempre tuve lo que se dice muy despierto, quizás demasiado, como después explicaré, aunque veo que voy dejando ya excesivas cosas para contar más tarde, y esa acumulación mental puede provocarme un colapso, precisamente a mí, que he estado y sigo estando acostumbrado a planificar sucesivas series de jugadas y barajar posibilidades sobre el tablero, no tuve que aguzar el oído, decía, porque aquellos tres tipos gritaban ostentosamente su alegría, de modo literal, y a mí sólo me hubiera faltado sentarme sobre el regazo de cualquiera de ellos para hacer de la escena algo más participativo, asistiendo mejor a su conversación.

He dicho «gritaban su alegría», como habrá observado el lector. Eso quise decir, y no otra cosa. Alegría, no buen humor o campechanería. Era una alegría sana y exultante, casi contagiosa, que parecía hacerles percibir todo con una mayor intensidad, con envidiable frescura y candor... (¡Uy!, acabo de quedarme con la poco tranquilizadora incertidumbre de si eso que he escrito anteriormente no suena a anuncio de champú, sobre todo por lo de «exultante» y «frescura», no sé, siento como si ahora mismo me chorrease espuma por todo el cuerpo)... lo que los llevaba a entrechocar una y otra vez sus vasos largos cargados, al parecer, de generosos cubalibres. Dicha alegría, me di cuenta de ello a los pocos minutos de permanecer en mi posición de estático centinela auditivo, se debía a algo muy concreto, pero tan pedestre y tan humano que me conmovió en el acto: les acababa de tocar la lotería. Es decir, a dos de ellos, por lo que entendí, y el tercero, imagino, tras haber sufrido un soberano retortijón de tripas a causa de la envidia, todo bien disimulado con sonrisas, chistes, frases hechas y felicitaciones, ya puestos, decidió sumarse al jolgorio y sacar la mayor tajada posible.

«Un pellizco», eso dijeron, sólo un pellizco es lo que les

había tocado en un reciente sorteo de la lotería. Varios empleados de la empresa se beneficiaron de la suerte, pues casi todos
habían comprado idéntico número.

Es fácilmente imaginable la evolución de los hechos: brin-
daron con licor y cava barato en la empresa, que es acaso una
muy eufemística manera de denominar una funeraria, y ya
puede imaginarse el resto. Luego salieron a la calle, cogieron
el vehículo y, llevados de su excitación, decidieron seguir cele-
brándolo por ahí. A esas horas, cerca de las diez de la noche,
no se suele enterrar a nadie, así que tampoco debía pasar nada
porque cogiesen el coche de la empresa. Sólo que seguía
habiendo algo que no cuadraba:

El maniquí.

¿Por qué habían llevado con ellos ese maniquí? ¿Tal vez
para dar un testimonio más radical de su alborozo? No me lo
parecía. Aquello, aparte de hacer gala de un gusto más que
cuestionable, no dejaba de ser algo de carácter casi ritual.
Habían circulado por zonas solitarias, no por el centro del pueblo, lo que les hubiera comportado, sin duda, la animadversión
de la gente, o quién sabe si incluso ser detenidos por la Policía
Municipal en base a eso tan difícil de discernir como subjetivo,
y que siempre obedeció a la etiqueta: «escándalo público».
Tengo un amigo muy obsesionado con el sexo que sostiene que
una mujer estupenda paseando es escándalo público. A él, sin
ir más lejos, le costó un accidente mientras iba con su auto. Por
mirar demasiado. Además de tres divorcios. En fin, como para
ponerse de acuerdo respecto a ciertas cosas. Con el propio Birmano, según parece, ocurre otro tanto de lo mismo: no se puede pretender ir por ahí con esa media sonrisa ladeada sin que a
alguien le vengan unas irreprimibles ganas de partirle la cara.
Así es y así hay que aceptarlo.

Poco a poco pareció ir menguando la alegría de aquellos
tres y, acaso llevados a ese terreno sentimental por los invisibles
tentáculos de los cubatas, se pusieron a hablar de cosas más
trascendentes: líos en la empresa, ciertas reivindicaciones en
sus contratos en las que llevaban bastante tiempo empeñados,

temas más divertidos, de los que le encantaron siempre a Cosme. En breves minutos ya estaban completamente serios, enrojecidos los ojos y algo cavernosas las voces, poniendo a caldo a fulanito y a menganito, lo de siempre, cotilleos de hombres que se apartan de la manada para charlar de sus cosas frente a una copa: los múltiples revolcones salvajes que le pegarían a sotanita, de la oficina, que en realidad estaba deseándolo desde hacía años, pero los castigaba con el látigo de su fingida indiferencia, como si opositara sin tregua no sólo al desdén más recalcitrante, sino asimismo a la frigidez espiritual plena. «Pues yo, por ahí y por allá.» «Y yo cinco sin sacarla.» «Yo la dejaría para Urgencias.» Todo a lo fino. Cosas de hombres que nunca dejan de ser niños.

Qué decepción insoslayable, qué súbita apatía me sobrevino al cerciorarme del rumbo hormonal deteriorado que tomaba aquella conversación. A ese paso acabarían bailando boleros entre ellos.

A la mierda el romanticismo, con perdón.

Eso pensé, pero también: a la mierda la posible aventura y una fantasía al alcance de la mano.

Disculpe el lector mi arrebato. Ya abandono la senda escatológica de la queja. Aunque reconozco que fue ése uno de los momentos en los que me convencí de pronto de que la vida no merecía realmente la pena.

Craso error creer que es posible la magia, lo inverosímil.

¿Por qué?

Porque unos minutos antes yo estaba absolutamente entusiasmado siguiendo a aquellos tres tipos en su coche fúnebre, pensando que era lo más excitante que me había sucedido en mucho, muchísimo tiempo, y que (posiblemente exageraba, pero da igual, a veces uno necesita exagerar en sus apreciaciones para, sencillamente, soportar el tedio del día a día) quizás merecía vivir sólo porque de vez en cuando, por sorpresa, a uno le suceden cosas así. Y ahora todo se derrumbaba entre procaces comentarios, deseos rutinarios y algo viscosos, verbalizados con la mayor naturalidad. Qué decepción. Que si compraré tal modelo de auto con no se sabe cuántas válvulas y caballos de fuerza, que si no podremos pagar el piso, y de nuevo la monocorde enumeración de la lista de polvos que le pegarían a cualquier hembra potable de la empresa. Nada, nada de fantasía. Yo, que preveía un crimen, algo satánico, quién sabe, me encontraba ahora ante hipotecas, eyaculaciones sólo mensurables en toneladas in vitro, vacaciones en un sitio de esos de boleros, y de nuevo tantos cilindros de tal o cual potente vehículo.

Pero, cuidado, la vida acaba siendo una caja de sorpresas. En breve iba a retomar de nuevo mi anterior idea de que todo podía ser fantástico y, ¿por qué no?, misterioso, irrepetible. La vida no debería transcurrir ante nuestras narices como un interminable tren de mercancías, del que vemos vagones y más vagones con vigas, autos, cajas y hasta cabecitas mirándonos, legañosas y absortas, entre velados cortinajes. La vida no debería sucedernos, como suele pasar, a traición. Es decir, sin que nos ocurra algo único. Algo que, justamente, ésa sería la gracia, a nadie más le sucede. ¿Será la propia vida que tenemos eso irrepetible que nos ocurre, y no sabemos entenderla en toda su plenitud? Será.

El caso es que aquello decaía sin remedio. Los cubalibres empezaban a pesar como una losa de cemento sobre sus lenguas y sus mentes, atrofiándoles lo que querían decir antes incluso de pensarlo. Aquello era, sí, un ágora tripartita de nimiedades. Porque empezaban a hablar en tono vagamente lastimero, quejándose nuevamente de todo, es decir, de sus cosas. De sus coches, sus novias o esposas, sus casas, sus problemas. Me entró una modorra enorme. Espero que el lector se ponga en mi lugar y consiga entenderme.

Se trataba únicamente, como tan a menudo nos sucede a todos, de expectativas defraudadas. Y claro, llega un momento en el que nos vienen los efectos de la sobredosis. ¿Me equivoco, lector?

Si yo busco, al menos una vez cada mucho tiempo, emociones fuertes y directas, puedo estar dispuesto incluso a ser rehén en el atraco a un banco. Pero lo que no quiero es que el cajero de ese banco (en el caso de mi pueblo, un antiguo y fanático militante marxista al que conocí en tiempos de algaradas pseudorrevolucionarias: quería demoler bloques de apartamentos, cámpings y comercios para sembrar arrozales. Cómo sería que le llamaban el jemer rojo) me describía flemáticamente, entre talones, cheques, remesas y estados de cuentas, lo de sus hemorroides. O más pavoroso aún: que está invirtiendo en Bolsa. Todo dicho a sovoz, todo susurrado con timbre sibilino. A veces pienso que me gustaría que me pegasen, como al Birmano, aunque fuese sólo por aquello de decir: «Bueno, por fin me ha pasado algo.» Sé que se me entiende.

Aquella noche yo tenía el estado de ánimo de quien desea o anhela inmiscuirse en el atraco al banco, con furioso intercambio de disparos, sirenas, cercos policiales ¡y rehenes, sí, sobre todo rehenes! Porque si encima del susto no queda al menos uno para contarlo, entonces el episodio pierde buena parte de su encanto.

La conversación de los de la funeraria seguía su curso escasamente animado, y yo iba viniéndome abajo, lo que parece ser una tónica general de mi vida en los últimos dos años y a partir del mediodía. Franja horaria ésta en la que el tedio, al igual que una amortiguada pero soportable amargura, aún no sé bien de qué, comienza a cristalizarse en mi interior.

Tanto fue así que ocurrió un hecho curioso: sin darme cuenta, en vez de pedir un café con leche o un té con limón, y quizás cediendo inconscientemente a lo atractivo de aquella atmósfera de refocilo generalizado que los tipos tenían montada al llegar al pub y que retomaban de tanto en tanto, o quién sabe si por cuestiones estrictamente miméticas, me había tragado dos cubalibres. Zas y zas. Como decía otro amigo: «Zipi y Zape, y a partir de ahí ya se pueden entender todos los tebeos del mundo.» Eso, aunque nocivo para el hígado, debía de ser su psicofármaco ideal. Iba a pedir el tercer cubalibre cuando constaté lo mareado que estaba. Procuré contenerme, por supuesto. Ya era lo que me faltaba, después de las copas de una de esas largas sobremesas tan típicamente hispanas que más parecen sesiones de lo que yo denomino *Bababa*, es decir, Bacanales Babilónicas Baboseantes en las que todo es ju ju ja ja, y al final uno sale de allí no siendo capaz ni de acertar a abrir la puerta del restaurante (con lo sencillo que era empujarla levemente, ju, ju, ja, ja) y preguntándose: «¿Estoy tonto? ¡Qué modo de castigar la paciencia y el cuerpo! ¡Nunca más!» Pero como estamos tan desesperadamente solos, por lo general, a la siguiente posibilidad que tenemos de caer de bruces en una *Bababa*, allí que vamos directos al hoyo, y con renovados propósitos de la enmienda. Hasta la próxima.

Sería porque los dos cubatas consiguieron desinhibirme o porque yo llevaba inscrita la decepción en el rostro. El caso es que debía de estar mirándolos con una mezcla de candidez y desparpajo. Uno de ellos lo notó y, dada mi cercanía física a la mesa en la que estaban, seguramente conseguí incomodarle. Se quedó mirándome, también él con evidente insolencia, y sólo entonces me di cuenta de que los tres utilizaban una especie de uniforme de color gris tristón, con camisas también grises, y que sobre el bolsillo tenían la siguiente inscripción:

«Serv. Fun. Atardecer.»

Pensé qué podía estar pensando ese hombre en tal momento, al observar que yo los miraba con atención descarada. No me cabe duda del cariz de su pensamiento:

«Mariquita.»

O luego, estimulado por el efecto aturdidor de los cubatas y el cava previos, quizás pensó algo mucho más retorcido y sin embargo real:

«Un solitario.»

Albergo un temor al respecto: no todo el mundo, ni muchísimo menos, es mariquita en el sentido de poseer tendencias homosexuales hacia su propio sexo, pese a esa otra teoría que insiste en que todos, sin excepción, llevamos genéticamente grabada una cierta faceta homosexual, así llamada «nuestro lado» masculino o femenino, respectivamente. Y sin embargo, sospecho, en su fuero interno casi todo el mundo se cree, al menos en determinados momentos, un ser fundamentalmente solitario. Cámbiese la palabra por: incomprendido, aislado, introvertido, desconcertado, etc., y se comprobará que la fórmula es válida. Del mismo modo, casi todo el mundo cree que lo que piensa, siente y le sucede, por rutinario que esto sea, podría acabar siendo una novela fenomenal. Bueno, en estos tiempos que corren, incluso una película de éxito. Así es la gente.

Es posible que el tipo de gris pensara, para aunar criterios acortando por la tangente, tras sesuda y etílica disquisición:

«Pedazo de mariquita solitario.»

Me da lo mismo. Lo que sé es que hice lo único que no debía. Sonreírle.

Y no sólo eso. Desconozco por qué razón, pero lo hice de oreja a oreja, cucamente y con un punto de complicidad, mostrando lo mejor de mi dentadura, de la que siempre he estado muy orgulloso. (Innumerables cuitas y mis buenos dineros me costó mantenerla así: durante más de una década fui el cobaya de una prolífica saga familiar de odontólogos peruanos, por llamarlos de alguna manera. Unos, las más jóvenes generaciones, procuraban rehacer a mi costa los desaguisados de sus mayores, y así sucesivamente.) Lo cual, en aquel contexto preciso, me refiero a sonreír, era algo que sólo podía reportarme problemas. Y es que en esta sociedad no se pueden mostrar los piños impunemente. Obsérvese el caso del Birmano, quien ni siquiera sonríe abiertamente sino de lado, y le caen golpes para decir basta. Hay cosas, como la sonrisa, que necesitan previa y meticulosa explicación, en efecto.

«Me partirá la cara», pensé.

Y luego, ya puestos a especular con agresiones de un cierto nivel, aún pensé más:

«Te pegarán una brutal paliza, por parecer mariquita», seguí cavilando.

Pero si yo, aunque sí un poco solitario, no soy mariquita, ¿por qué habrían de darme una despiadada tunda? ¿Por mirar, por sonreír?, intenté razonar.

«Por parecerlo, que es peor», deduje alarmado.

La cosa se complicaba en mi mente. Como en el ajedrez, cuando uno está espeso o se enfrenta a alguien muy superior y vas comprobando cómo de forma gradual se cierran todas las opciones en las que habías pensado.

La cabeza, acaso momentos antes de perderla a bestiales golpes de silla, pues así me veía yo, me funcionaba autónomamente, como en distintos registros. Pensé en una nueva posibilidad:

«Después de pegarte una gran paliza entre los tres, te tirarán al canal y morirás ahogado entre aguas cenagosas.»

(Lector: iba a poner «aguas turbulentas», lo confieso, pero me ha parecido que eso, aparte de que dichas aguas no estaban precisamente «turbulentas» sino sólo sucias, al menos para bastantes personas podría haber sonado, aun inconscientemente, a una hermosísima canción del dúo Simon y Garfunkel, a los que injustamente llamaban en una época y de modo más pícaro «Ramón y Telefunken», en burda alusión a una conocida marca de electrodomésticos. Manera aquélla como otra cualquiera de hacer más asequible, más nuestro, algo que venía del extranjero, supongo. Y a lo que voy: he temido que si deslizaba sutilmente en mi relato ese concepto, «aguas turbulentas», lo de la paliza estremecedora con inmersión final de mi propio cadáver en el canal hubiese podido acabar sonando melancólico, suave, casi tierno, como esa bella melodía. Y no, yo quería dar la idea de algo inhumano, brutal, de sección de sucesos. Más sórdido que preocupante —«¿cómo la condición humana puede generar situaciones así?»—, más tópico que infrecuente —«ya se sabe, la gente del vicio suele acabar de este modo lamentable»—, por todo lo cual concluyo el paréntesis tras aclarar lo que, a mi parecer, encierra el cambio a última hora de un término en apariencia tan inocente como «cenagosas» en vez de «turbulentas». Esto es para que el lector evalúe lo que hay en la cabeza de quien escribe: una constante comida de coco con sucesivas indigestiones, aunque también habrá por ahí cabezas con poco más que serrín. La cosa no es coser y cantar. Y si es coser cuando se le coge el tranquillo, entonces también es pegarse constantes y dolorosos pinchazos con la aguja. Y si es cantar cuando se domina una cierta técnica narrativa entonces también es proferir frecuentes «gallos» que pueden ponernos en ridículo y en estado de total indefensión ante un auditorio tan invisible como implacable que nos juzgará siempre por el resultado final de nuestro esfuerzo compartido. Aunque sé que eres un lector solidario, sensible y, por lo tanto, consciente de ello, he creído mi deber recordarlo.)

Coser y cantar, acabo de decir.

Cantar, en efecto. Mi actitud era un cante. Podía ser tomada, decididamente, como una provocación.

Coser, otro tanto: me vi cosido a puñaladas.

Pero bien pensado, dudo que esos tipos llevasen cuchillos u objetos punzantes. ¿Tal vez alguna herramienta de aplicación criminal? Da igual, me vi cosido a puñetazos o patadas. Y en el canal, eso sí. Encontrarían mi cadáver, quién sabe, días, semanas o meses después, descompuesto. Como Pasolini, aquel director de cine italiano. Sólo que Pasolini era homosexual y yo no. Yo sólo soy un solitario. Él se aventuró en la Sima del Vicio y yo simplemente trabajo en la Biblioteca Pública de mi pueblo. Y juego al ajedrez. Aunque lo de «juego» quizá sea inexacto. Yo sucumbo y muero por el ajedrez. Pero únicamente lo hago en la vida anímica de las fichas. Quiero decir: no me arriesgo con las personas, como Pasolini, o casi no lo hago (que eso pertenece al ámbito de mis «secretillos»), y mientras no me decida a sacarlos al exterior ahí seguirán, en el limo de mi intimidad o, más correctamente: cuando-casi-lo-hago-siempre-a-medias, acabo rompiéndome los dientes (otra simbología, quede claro y lo recalco no por coquetería sino porque al escribirlo me ha sobrevenido un escalofrío), y, lo que resulta más duro de sobrellevar, suelo causar daño a alguien ciertamente querido.

Aquí es donde mi noción judeocristiana de la culpa campa por sus fueros. Vamos, un festival de equitación, un concurso hípico de culpa. Así cabalgan, sea al paso, al trote, al galope o en frenética carrera, los corceles de mis culpas, manantial inagotable. Siempre he creído tener, al menos, parte de culpa de todo cuanto de malo o incluso catastrófico acaeciera en mi entorno. No todo el mundo puede entenderlo, ojo, pues eso debe de ser un grado que, tras un arduo proceso de abstracción, se adquiere tras enconados esfuerzos de admisión de la citada culpa. Le gano por goleada a Kierkegaard. Es como ser hipocondríaco. Sólo quien lo es logra ponerse en la piel de alguien que, pese a estar sano y acabar de hacerse el enésimo chequeo, al observar una simple manchita en un brazo o pierna cree que se trata de un cáncer de piel con metástasis en el lote. Y para qué decir un nimio dolorcillo en cualquier parte del cuerpo. A veces, en referencia a lo de ciertos complejos de culpa que nunca me han abandonado, he llegado a imaginar que si me cogiesen un par de policías de esos con traje de seda azul oscuro, típicos del FBI, según nos lo muestran las películas, y me preguntaran en relación al asesinato de Kennedy, por ejemplo, yo acabaría confesando que, en efecto, tuve algún tipo de relación en aquella conjura, aunque fuese en una dimensión metaestructural.

Pero estaba en lo de mi sonrisa estática y la apariencia provocadora frente a aquel hombre de la funeraria. Con alarma vi que comentaba algo con sus dos compañeros.

«Es ahora cuando se levantan de sus sillas y, tras una conversación escasamente intelectual y, por contra, sí harto varonil en el sentido de rica en insultos, empiezan a golpearte con saña. Aunque antes te sacarán a la calle, cerquita del canal», pensé. Y yo, a diferencia de Pasolini, sin haber hecho nunca ni siquiera una película de nada.

Empecé a sudar. Creo que hasta conseguí desviar momentáneamente la mirada. Los otros dos me observaron con hostil detenimiento, aunque en su gesto me pareció ver más curiosidad que puros deseos de masacrarme. Era la mirada de quien piensa: «¿Nos conocerá de algo?», aunque la verdad es que de aquellos tres tipos de gris, y sobre todo a tenor de que estaban bastante borrachos, eso podía ser cambiado casi de inmediato por un considerablemente más agresivo: «A ése que mira con tanto interés, y al que no conocemos de nada, vamos a ponerle guapos los morros, por mirar.» Pero no, sólo me miraban, también ellos diríase que momentáneamente tan desconcertados como yo. Con lo cual, en vez de cambiar el semblante y ponerme serio, o desviar mi atención hacia otro grupo de clientes, seguí haciendo lo que no debía: acentuar mi sonrisa, propia de cartel mural de anuncio de dentífrico o como las de ciertos políticos en época de elecciones. Un día igual veo a Cosme así, a tamaño líder. Pero de pronto me parecía que algo iba volviéndose hosco en sus caras. Ya no eran los rostros de quienes piensan cándidamente: «¿Nos conocerá de algo el tipo?», sino: «Vamos a hacerte picadillo, mamón.»

«Me van a dar más que al Birmano», pensé angustiado. Supuse que era posible que al marido de Brígida le currasen tanto aquí, allá y en todas las circunstancias imaginables justo por esa razón: por sonreír sinceramente a todo el mundo con esa pasiva actitud oriental que, desde nuestra perspectiva psicológica, está entre lo servicial abyecto y el recochineo absoluto, algo que difícilmente admitimos de buen grado.

Mi alarma se multiplicó cuando recordé que en una callejuela próxima había un bar de alterne gay, el Chico's, en el que por cierto jamás vi entrar a nadie, y digo esto luego de haber pasado a menudo por allí delante fijándome siempre. Tampoco entendí nunca el significado supuestamente erótico de ese apóstrofo antes de la ese. Con poner Chicos sería lo mismo: «Eh, quedamos en el Chicos a las once, ¿vale?» Queda igual, supongo. En fin, una cosa más de las innumerables que no entiendo. Vuelvo a decirlo: será que el ajedrez ha modificado sustancial e irremisiblemente ciertos esquemas de deducción, temo que sutil y gradualmente atrofiados en estos últimos años.

Pensé: «Éstos piensan que me he equivocado de local. Que soy carnaza del Chico's, así que la somanta de palos te va a caer fijo si sigues sonriéndoles con esa ingenua fijeza, con esa terca, obstinada y supuesta simpatía mariconil, tan injustificada como sospechosa.» Pero, como habitualmente ha venido sucediendo a lo largo de mi vida, de forma paralela me di cuenta de que empezaba a ser tarde para dar marcha atrás. Debía asumir. Verbo cuyo significado siempre eludí, pero cuyas secuelas, aun por omisión, flaqueza o cobardía, acabaron dándome de lleno como un proyectil que instantes después de salir de la boca del cañón alcanza a un destinatario que estaba muy lejos.

Ellos sí se pusieron muy serios, y mientras yo seguía sonriéndoles. Algo suicida, lo reconozco, pero no era capaz de evitarlo. Como cuando uno va y se ríe en un entierro o un examen o en cualquier situación grave e importante: me entró la sonrisa tonta. Más que nunca pude entender al Birmano. Menudo apuro. Pero es que súbitamente se me habían desencajado las mandíbulas. De nervios, digo yo. Igual se trataba del nunca plenamente reconocido en los manuales médicos «Síndrome del Canal», a saber. La cosa se complicaba a pasos agigantados. Yo mostrándoles casi la campanilla del paladar, con cara de bobo, y ellos cada vez más huraños. Aquí no había tablero ni contragambitos o escapatoria variopinta por los escaques, ni torres, ni alfiles, ni caballos.

Ellos eran los peones, y estaban realmente mosqueados.

Y yo la Dama acosada, a punto de caer. Sólo que encima ni siquiera era eso, Dama, que es lo que ellos debían de pensar, sino Rey ante su inminente jaque mate a palos. Porque en aquel preciso instante intuí que, en efecto, podían acabar dándome más palos que al marido de Brígida, llamado el *punching ball* del pueblo, en alusión a ese saco que utilizan los boxeadores para entrenarse. En ese momento lo vi con meridiana nitidez. ¿Cómo explicarles tan sutil diferencia entre Dama y Rey? No veía el modo, lo reconozco. Aunque, como en el ajedrez, eso sólo hubiese servido para ganar tiempo.

Y de repente, como a menudo he hecho en los momentos verdaderamente críticos de una reñida partida, de esa disputada lid que es la vida, decidí comportarme del único modo en que uno ha de enfrentarse a sí mismo cuando algo se complica: con naturalidad. De manera que acentué aún más mi sonrisa, si cabe, y dije:

—Ustedes son los del cochecito de ahí fuera, claro...

Claro. Me miraron con expresión de perros rabiosos. Sus hocicos, humedecidos por el alcohol, se tensaron inquietamente. Reconozco que entonces me obnubilé un tanto. Pues en vez de haber seguido con algo circunstancial o coherente, fui y dije lo que pensaba, que era:

—Menudo trabajito...

No les gustó, evidentemente. A nadie le gusta que le recuerden que aquello a lo que se dedica, y con lo que se gana honestamente la vida, puede ser algo poco agradable. Ni que sea decididamente nauseabundo, vamos. Ahora parecían galgos mirando a la liebre que les sueltan a pocos metros de sus fauces espumarrajeantes. Había que arreglarlo como fuese, y rápido. Uno de ellos se giró, no para otra cosa sino para encararse directamente conmigo. Ése no era el galgo. Ése, peor aún, era el gallito.

Supongo que quizá debí haber dicho en tan crudo momento: «La verdad es que impresiona bastante ver un vehículo así, aparcado a la puerta del bar», con lo que quizás las aguas se hubiesen calmado un poco. Pero dije:

—¡Qué mal rollo...! —Arrepintiéndome en el acto de haberlo dicho, como bien puede imaginarse. Y ello por dos razones de peso:

A: yo nunca suelo emplear ese tipo de palabras, como «rollo», y

B: al decirla estaba refiriéndome no a su trabajo, sino a mí mismo y mi destino en los próximos minutos, pues eso sí lo veía mal.

El silencio sacaba chispas. Fue entonces cuando, casi sin pensarlo, aunque ése era el movimiento de piezas mentales que en esos momentos bullían en mi cerebro-tablero, solté de una tirada:

—Al entrar vi al coleguilla chófer que está ahí, esperándolos, y me hace gracia recordarlo...

Mi referencia al maniquí los desconcertó. Supongo que, como buenos currelas, habían acabado adquiriendo una estructura de pensamiento más proclive a la lasitud que a la viveza, así que tardaron varios segundos en asimilarlo. Luego, y como estaban decididamente alegres, o por lo menos lo estaban antes de mosquearse conmigo, retomaron el hilo de su estado de ánimo previo: lotería, cubatas, juerga. Y sonrieron. Primero con tibieza. Luego un poco más. Se miraron. Aproveché para mover pieza:

—Sólo que parece que está haciendo yoga... —Y es que yo también iba cogorza, para qué voy a negarlo, o de lo contrario dudo que nunca se me hubiese ocurrido aquello. Tan imaginativo no soy, lo aseguro.

Volvieron a ponerse repentinamente serios. Procuré arreglarlo:

—Digo, que al verlo da la impresión de que está buscando algo que se haya caído en el asiento de atrás... —Y esto lo afirmé con aspecto de suma gravedad.

Las sonrisas eran vacilantes. Podían imaginar a saber qué. Eran currelas, no catedráticos. Decidí arriesgar:

—Está tan mono, con el pandero al aire...

Eso, una vez más sin darme cuenta, me había salido así como un pelín amariquitado. Temí perder lo previa y supuestamente ganado.

Fue ése el momento en el que se echaron a reír. Mira que me ha costado, rediez, pensé con ahínco. Supongo que lo visualizaron de una santa vez, pues debían de tener medio olvidado al maniquí. Uno de los tipos, el más joven, exclamó:

—¡Hostia, Petete... si lo dejamos ahí! —Y salpicó a sus compañeros con una zafia risotada no exenta de escupitajos. Digo «zafia» no porque crea que puede haber risas embrutecidas, sino porque era en exceso sonora, de esas carcajadas que se oyen a distancia y llaman la atención de todo el mundo. Nunca he sabido reír así, a pesar de que me río muy poco, como será fácilmente comprensible. Cuando lo hago, a menudo me lo han hecho notar, es casi entre dientes, como si tosiese o lanzara una ráfaga traqueal de sucesivos jadeos que, por momentos, parecen estornudos contenidos.

Dudé si había llamado Petete al compañero a quien se dirigía o... la verdad es que preferí no pensar en la otra eventualidad.

—¡Petete... la leche! —bramó uno.

—¡Coño, Petete! —le respondió el otro con voz nasal y, como se ve, haciendo gala de un pingüe bagaje gramatical, tan rico en detalles sintácticos como florido en sus contenidos filosóficos: «Hostia, coño, leche.» Largo será el camino hasta que el proletariado se decida a hacer, también, la Revolución Cultural Auténtica y, para empezar, se decida a hablar de modo cabal.

Entonces pensé, lógicamente aturdido: «O se llaman los tres Petete, y así se dirigen los unos a los otros en tono amistoso, o, en efecto, es "lo otro".»

De ser lo primero, me dije: «Los Tres Petetes de la funeraria Atardecer te romperán la cara aquí mismo y en un tris. Con suerte, ni siquiera irás a parar al canal.» Pero si no se trata de los Tres Petetes, como si dijéramos los Tres Mosqueteros, entonces es que al de ahí afuera lo llamaban de esa forma ridícula. Me aventuré a preguntar:

—Petete es el chófer, lógico...

Nuevas risotadas. Levanté el resto de mi cubata y brindé por Petete antes de dar un largo trago. Se renovaron las risas, ahora casi con crudeza. Dije Petete seguido del nombre del vigente campeón mundial de Fórmula Uno. Más risas. Pensé: «A ver si el de ahí afuera es su hermano paralítico, y yo lo he confundido con un maniquí. Lo que me faltaba, un cuarto Petete. Lo de esta saga es inaudito!», pero me guardé muy mucho de decirlo, sobre todo porque juraría que aquello era un maniquí. Aunque el alcohol también estaba causando estragos en mi cabeza.

Realmente se desternillaban, aunque a mí aquello (y suplico al lector que vuelva a no tenerme en cuenta el que será un nuevo vocablo malsonante, a ver si consigo que sea el último) no me hacía ni puta la gracia.

—¡El chófer, dice el tío...! —murmuró uno de los empleados de Servicios Fúnebres. El «tío» era yo, supuse. Parecía que iba a reventarle el esternón si seguía riéndose con ese ímpetu.

De pronto, el cara perro, el gallito, se puso muy serio y preguntó, encarándome con la mirada:

—¿Y no estará vacilándonos, aquí el coleguilla?...

Detecté sumo peligro. Repuse:

—Juro que no. Es cierto que me encanta ese Petete... —Y volví a añadirle el apellido del campeón automovilístico.

Volvieron a reírse de forma aparatosa.

Estuve a punto de preguntarles, circunspecto y educado: «¿Oigan, no creen que si siguen riendo de ese modo puede partírseles la glotis?», pero me contuve a tiempo. Temo que se lo hubiesen tomado como no era.

—Sí, el que está de culo... —aclaré para poner las cosas en su sitio, fuesen éstas en supino o en decúbito.

Como las carcajadas se recrudecieron hasta extremos insospechados, desbordando con creces mis previsiones al respecto, e incluso el resto de clientes del pub nos miraban ya con expresión de sorpresa y cierta incomodidad, decidí no volver a abrir la boca, pues ante este tipo de situaciones soy muy tímido. Caí en la cuenta, viendo el regocijo de aquellos hombres, de que somos una raza muy dada a reírnos con cosas primarias, como la mayoría de niños a los que basta que les digas: «caca», «pedo» o «pis» para que rompan a reír una y otra vez, y cada vez con mayor frenesí. De mayores solemos ser igual, aunque lo disimulemos. O una mayoría. Basta ver los concursos, películas y programas en general que son punteros en las audiencias televisivas. De ahí, supongo, que lo de «culo» les hiciera tanta gracia.

—Coño, Petete... qué abandonado lo tenemos... —se quejó uno de ellos entre suspiros y cuando por fin pudo dejar de reír.

Entendí que no había escapatoria para mi temido e inicial pensamiento: el maniquí se llamaba Petete. Peor sería que ésos fueran los hermanos Petete, mote irreverente e increíble donde los hubiese. En cuanto a la posibilidad del cuarto hermano, el inválido y con tan mal color, aquello se me antojaba ya en todo punto impensable: se trataba de un maniquí.

Qué poco respeto ante las cosas serias, seguí pensando, ya

con un prurito de tenue indignación en las venas, pero preferí callarme, pues como lo cierto es que también yo iba colocado, llegué a dudar de si todo lo referente a los muertos, la funeraria y tal pertenecían al ámbito de las cosas supuestamente serias o si, por el contrario, eran un cachondeo más. Depende del ángulo de refracción del prisma del fragmento del vaso del cubata con que lo miras a partir de la tercera o cuarta puesta en práctica del susodicho experimento.

La experiencia era fuerte, no lo voy a negar. Tanto es así que decidí probar por última vez. Y dije, en un momento en que descendió el bravío estruendo de sus risas:

—Petete de culo...

Bueno, para qué contarlo. Uno de ellos, el que estaba más reclinado sobre su silla, luego de emitir un seco bramido se fue hacia atrás y cayó de bruces, o mejor dicho, de nucas, pegándose un batacazo considerable. He dicho de «nucas» y no de «nuca» porque aquel tipo tenía un cuello como un toro, como tres del mío, más o menos, y me impresionó. El pub entero se sobresaltó. «Con esa masa grasienta y muscular no hay peligro de que se desnuque», me tranquilicé. Sus compañeros lo recogieron, uno de ellos entre convulsiones de risa y el otro prácticamente lo mismo, todo bien sazonado con palabras soeces, como no podía ser menos. Permanecí quieto, pues tampoco era cuestión de que todos fuésemos a rescatar a aquella bestia de tamaña corpulencia que acababa de despeñarse por los acantilados de su frágil silla. Varios clientes, de esos seres solícitos que siempre están ahí reaccionando sin vacilar en cuanto hay un percance, ya trajinaban con el corpachón, que no obstante el morrazo seguía riendo sin cesar, y decía:

—El... tío... cachondo...

Estaban muy borrachos, ahora me doy cuenta. Demasiado borrachos.

Salí de aquel apuro con un poco de habilidad y un mucho de suerte, es cierto, pero los verdaderos cachondos eran ellos, capaces de llamar Petete a un maniquí dedicado a menesteres que es fácil imaginar: probar la capacidad de los ataúdes o lindezas de tal guisa. Seguramente, Petete debía de tener solera en aquella empresa, Servicios Fúnebres Atardecer. Varias generaciones de empleados lo habrían utilizado para tomar las medidas pertinentes. Ya sería como de la casa. El pariente tonto pero simpático de la familia. Y en este caso, mudo. Qué de cosas habría visto y oído Petete, por decirlo de algún modo, aun en su dimensión de ser inanimado. Cuántas horas pasadas junto a los muertos recién embalsamados, o todavía por acicalar. Petete, el campeón de la tanatología. Y, lo que me resultaba auténticamente gracioso: ¿a cuántos de aquella funeraria no habría enterrado ya el maniquí? Igual a más de uno y de dos. Pues eso, que se rieran de él.

Hay dos cosas muy respetables en las que la gente no solemos pensar como debiéramos: la sabiduría de las piedras y el silencio de los maniquíes.

Nosotros vamos pasando, pero ellos no. O menos.

Así que nada: ju ju, ja ja, y a ponernos la venda en los ojos.

Les solté una última frase, a ver si ya de una vez se les partía el bazo o el diafragma de reír:

—¡Invitadlo a un cubata!... —En alusión a Petete.

En esa ocasión los otros casi ruedan por el suelo.

Tomé la decisión de irme del pub con idéntica y sorprendente facilidad a la que empleé para entrar allí. Ya no me interesaba cuanto pudiese oír de aquellos tipos, y además reconozco que me molestó la nula respetabilidad que le conferían al maniquí, por mucho que se tratase de un objeto. Ni se dieron cuenta de mi marcha. Ya no me veía en el canal, medio descuartizado. Qué desilusión. Me haría bien recibir la brisa nocturna. Caminé con pasos lentos hacia el coche fúnebre, desviándome un poco del camino que me llevaba a mi auto. Quería verlo por última vez. Y allí seguía.

Un par de nalgas perfectamente modeladas, color de escritorio recién comprado. Inmóvil en su difícil postura. Acrobático en su servilismo. Aquellos glúteos inertes eran el hinchado rostro del absurdo de todo lo vivo, suspendidos ahí, en su atlética y procaz posición, como aguardando a que la vida le diese por el culo, perverso maniquí. O, con perdón, cagándose en el universo entero, él, que cohabitaba impávido con la muerte.

—¡Petete, qué grande eres!... —murmuré por lo bajo al pasar junto al vehículo, más que por otra cosa por oír algo, pues me sentía muy solo esa noche herida de estrellas que brillaban para nadie.

¿O quizás no? ¿Habría, en alguna parte, enamorados mirándose con gesto dolorido de puro amor, que dejarían de mirarse únicamente para mirar las estrellas? Claro que sí. De pronto me sentí misionero salesiano en pleno corazón de África, conforme con su destino, orgulloso de su apostolado, en armonía con todo: a punto de ser merendado por caníbales.

Entré en el auto y conduje muy despacio hasta mi casa. Tenía varios folletos de publicidad esparcidos por el panel frontal del coche, así como una lata de refresco vacía y varios pañuelos de papel estrujados. Aprovechando que también había allí una bolsa de plástico, de las del supermercado, lo metí todo y, antes de entrar por la puerta del jardín, me dirigí hacia el contenedor de basura más próximo. Estaba muy cerca, en la esquina. Por un momento, antes de abrir el contenedor, elevé los ojos hacia lo alto.

No me conmovía el silencio de los espacios infinitos, como le pasaba a Pascal.

No me conmovía nada. Ni el tenso mutismo de Petete ni su conducción anal. Nada.

Abrí la pesada tapa del contenedor con la mano derecha, mientras con la izquierda sostenía la bolsita de plástico, y entonces oí:

—¡¡¡Jiiiiiiaaauuuuuuuhhhh!!!

(Imagínese el lector un súbito y doloroso alfilerazo en el estómago, y una cosa peluda y negruzca con ojos, colmillos y uñas que pasó rozándome el rostro: eso resume la onomatopeya anteriormente descrita con la mayor precisión que me ha sido posible.)

O sea: cuando uno cree que nada le conmueve, resulta que algo sí le conmueve.

Un gato, fue un gato lo que me saltó al rostro, aunque por suerte no impactó de lleno allí, sino que lo sobrepasó como una helada exhalación mientras yo sentía la mayor descarga de adrenalina que nunca tuve. Vamos, algo muy superior a lo percibido en cualquier torneo ajedrecístico o cuando, siendo aún adolescente, cierta chica de la que estaba platónicamente enamorado me sorprendió rescatándome un día del rincón en el que me agazapaba, en una de aquellas fiestas de flujos, fugaces cigarrillos, cacahuetes, apretujones y espinillas a granel, diciéndome:

—¿Bailas conmigo?

No creo haber sido muy preciso a la hora de definir aquel amor. «Platónicamente» es un concepto erróneo, aunque bastante usado. Como los boleros. Tales conceptos suplen ciertos conocimientos elementales de filosofía que la gente, más inclinada a los boleros, no tiene. Quizás debería haber dicho: «glandularmente» enamorado, puesto que aquello que me imantaba de Libia no eran ni sus labios como fresas, ni sus ojos como jades, ni sus manos cual gráciles corales submarinos, ni siquiera la atracción profunda que toda su belleza ateniense me inspiraba. No, eran sus tetas enormes lo que me cautivaba. Pues, por muy sensible que fuese yo entonces, ya entonces, tampoco podía combatir contra la Llamada de los Siglos. Iba a escribir: de la «Carne», pero hubiese sido caer en lo de siempre. ¿Y por qué no la Llamada del Pescado? Nuestra sociedad siempre ha sido dos cosas: machista y carnívora. Por lo menos en una gran parte. La pregunta es si esas sociedades que consumen más pescado que carne hubieran hecho lo mismo, a lo largo de los tiempos, de tener solomillos al alcance de la mano. No sé. Sé, únicamente, que cuando quiero sentirme en Marte sin moverme del término territorial de mi pueblo, acudo, nunca más de una vez por semestre, a cierto restaurante vegetariano. Allí, más que comer, escucho y aprendo.

Van y vienen los entrecots de coliflores, las brochetas de alcachofas, los pinchos morunos de coles de Bruselas, los *ossobucos* de acelgas gratinadas, los canelones de brócoli, el bistec de zanahorias poco hecho o al punto, y, para los genuinamente carnívoros, la especialidad de la casa: chuletón de espinacas con puerros.

En fin, una vergüenza, pero cualquiera se atreve a decirlo. En seguida te acusan de poco progre y vulnerador de las libertades. Allá cada cual, sí, pero en este mundo en el que todo está tan mal repartido, con tantas personas que apenas cuentan bocado con qué alimentarse, me pregunto si tiene sentido empeñarse en ser oveja.

Como gastronómica e ideológicamente, y aun de manera muy vaga, puedo entender alguna de las razones que motivan a tan herbívora gente, e incluso las comparto si no me siento especialmente hambriento, acudo semestralmente a esa penitencia, a ese vivero de antropófagos de todo tipo de vegetales. Es mi cupo de rumiante. Quisiera decir, por concluir con el tema de la carne, que a la vaporosa y cándida Libia, la tetona con cara de ángel de lienzo renacentista, acabó llevándosela al huerto, es decir, a la habitación de sus padres, mi amigo Daniel, el guaperas ligón y encantador que todos los hombres hemos sufrido alguna vez como una plaga lacerante. Yo juzgaba las manos de Libia, ya entonces, como anémonas de movimiento embriagador. Daniel, en cambio, nos dijo a los chavales del grupo, refiriéndose a Libia:

—A que tiene unas manos pajilleras...

Primero no entendí. Después me avergoncé de la condición humana. Finalmente me indigné conmigo mismo. O al revés, lo mismo da. Eso sí, me la machacaba por la noche pensando en cómo me la machacarían las manos de Libia. Aún hoy, cada vez que leo u oigo mencionar el nombre de ese país, me sobreviene un remoto estremecimiento. La llamada de la carne.

Pero, ¿dónde estaba?... Ya recuerdo... ¡el gato!

Ésta también ha sido una digresión como Dios manda.

Aunque después ya hablaremos de Dios, porque si a costa de la tetuda y hermosa Libia he resbalado tan aparatosamente por esa arista mental, imagine el lector qué ocurrirá si entro a saco en el tema de la divinidad.

Bueno, pues eso. El gato me pegó un susto tan morrocotudo que, así me lo parece, debí de encanecer un poco más en apenas una fracción de segundo. Y, como sucede a veces que hemos sufrido un accidente de tráfico o casero, librándonos por muy poco de una suerte peor, quién sabe si fatal, y las piernas nos tiemblan justo después de superado el peligro, así yo sufrí una sacudida de miedo en estado puro cuando el dichoso gato, envuelto entre sombras, ya se había perdido más allá de un seto de ciprés cercano. Estuve a punto de gritar:

«¡La madre que te parió!», pero hubiese sido incorrecto, pues lo parió una gata, así que me limité a exteriorizar con furia un verbo malsonante, claro está, que guarda un estrecho vínculo conceptual con el misterio de la existencia, o, para ser más puntillosos, de la procreación.

Si en esos precisos y fugacísimos instantes yo hubiese poseído el sentido práctico de un delfín, la agudeza del águila y la educación esencial de un aristócrata de esos de aya y rentas de por vida, hubiese lanzado el grito:

«¡Copular!»

Pero lo que dije, «¡joderrrr!», sonó como sonó en plena calle, y sonó muy mal. Aunque la soledad era absoluta, me sentí ridículo.

Aquello del gato me dejó mal cuerpo. Tardé varios minutos en recuperarme de la impresión.

A menudo me ha ocurrido que cuando sufro un sobresalto, por mínimo que sea, al poco me siento excitado sexualmente. No sé si se trata de una rareza. Quiero pensar que, de hecho, no es ninguna depravación execrable. No me gustaría parecer un tarado. Quizás tenga que ver con los arcanos del metabolismo, el sistema hormonal y esas cosas. O tal vez (me parece muy feo seguir engañándome de este modo tan lastimoso, así que voy a confesar de plano) sea que mientras regresaba a mi casa en auto pasé junto a uno de esos clubs de alterne, con chicas, el Quickie's, y me solivianté un poco. Aquí sí me parece sugerente la utilización del apóstrofo. Es más, considero que casi toda la carga de sensualidad de dicha palabra, cuya traducción libre bien pudiera ser Casquete's, o Polvo's, descansa en el apóstrofo. Mmmmmmmmm, Quickie's...

El caso es que vi sus luces, sus cristalitos y su neón del rótulo, no sé si parpadeante de modo deliberado, como si te guiñase el ojo, o porque está siempre estropeado. Me seduce más pensar en la primera posibilidad: el tenue parpadeo de lo prohibido.

Estaba nervioso, pues, por la agitación constante de los últimos días. Luego vendría el episodio del maniquí y la impresión de ese gato que habría caído accidentalmente dentro del contenedor y, en cuanto vio un resquicio de luz, allá que se fue en dirección a mi rostro y la libertad.

Nada más entrar en casa empecé a venirme abajo, como esos barrios de chabolas de los países pobres que, construidos junto a laderas de montañas, se convierten en mortales ríos de barro para quienes viven allí, en este caso mis pensamientos. De hecho, como viene ocurriendo cada vez que entro en casa desde que estoy solo. Para qué engañarme.

Tengo la sensación de que voy por la vida atemorizado. Como si mis gestos, como si el aura que supuestamente me rodea tuviesen la intensidad de esas miradas, o más concretamente de esos ojos de algunas mujeres que de pronto se cruzan con alguien en un sitio oscuro y solitario, quizás un callejón, alguien que avanza en su dirección al tiempo que ellas se encogen, se tensan interiormente y no se relajan hasta que ese desconocido ya ha pasado de largo. Durante unos instantes se aferran a su bolso o a cualquier cosa que lleven en las manos. Remota y acaso disimulada crispación que se desvanece en ellas hasta que lo que por unos momentos pudo ser amenaza se convierte en una sombra.

¿Qué es mi vida? He ahí la pregunta clave que me hago al entrar en casa. O: ¿En qué ha desembocado mi vida?

A fin de cuentas todo sigue como siempre, al menos en estos dos últimos años. Pese a Petete y a ese endiablado gato que parecía estar ganándose su papel de extra en una película de terror. Y justo al final de todo, nada. Un hombre solo, yo, entrando desangeladamente en su casa, ésta. En una vida de cartón piedra devorada por la carcoma del tedio, la mía. ¿Antes era mucho mejor? No creo. ¿Peor? Tampoco. Pero la compartía con mi familia. Y quien no comparte, perece. Por eso me atreví a escribir al principio de mi relato que quien no da, pierde. Fundamentalmente, se pierde a sí mismo.

De otro lado, sé que he ido perdiendo hasta mi innata capacidad de indignación. Por ejemplo, al entrar en casa. Vivo en la planta baja del edificio Atlántida, con jardín incluido, lo cual es un lujo para mucha gente. En concreto, vivo en el edificio o bloque C.

Por cierto, hubo una discusión de años entre vecinos de todo el complejo residencial Atlántida, formado por sendos bloques de apartamentos, para decidir si cada uno de esos tres bloques debían llamarse 1, 2 y 3 o, por el contrario, A, B, y C. Casi llegan a las manos, doy fe. Un espanto, y sobre todo un bochorno. Cómo no va a haber guerras.

Bien. Yo, como dije, vivo en la planta baja del bloque C, pues al final se impusieron las letras a los números. Nunca llegué a entender la causa de esa complicada elección. Sobrepasa con creces mi capacidad mental de discernimiento y mi inteligencia. Y aquí surge lo de mi maltrecha capacidad de indignación. Este bloque es el más retirado respecto a la calle. De hecho, más o menos, sólo lo habitan personas. Porque los otros dos bloques parecen habitados por perros y pájaros exclusivamente.

El cuadro sinóptico del edificio Atlántida quedaría formado del siguiente modo, en lo que concierne al censo real:

Bloque A: Aves de variopinta especie (escandalosas).
Bloque B: Canes diversos (todos sin excepción aulladores).
Bloque C: Personas humanas (es un decir).

Y ahí estoy yo, en los cimientos. Como un privilegiado, pues no sólo dispongo de jardín y garaje propio, sino exactamente del doble de espacio que cualquiera de los seis pisos que se levantan sobre mi casa. Ello se debe a que años atrás había tres chalets, uno era el mío, sobre los que edificaron sendas series de seis apartamentos.

El bloque B, así conocido en el barrio como La Perrera, es, como su nombre indica, el paraíso de los perros. Ninguno de los seis apartamentos deja de tener, por lo menos, un can. En el 2.º 2.ª y en el 3.º 1.ª tienen, respectivamente, dos perros. Y en la planta baja del edificio, tres.

Enloquecen al unísono. Es un martirio. Empieza uno y, como se aburren, ya está liada. Sea de noche o de día, llueva o luzca el sol, el concierto de ladridos es constante. Yo estoy, desde hace unos años, por la eutanasia para perros desde que tienen unos días. ¡Entonces son tan bonitos! Como cachorros de peluche con dos grietas que son los ojillos... Pero luego, ¡fuera! O eso o son prácticamente mudos, como *Ursus*. Es decir: mi eutanasia canina sería para los que no saben estar moderadamente calladitos. Todo ello me recuerda al *Tete*, que marcó un antes y un después.

El *Tete* solía ser un bombón en casi cualquier tesitura, sobre todo cuando estaba ridículo sin él saberlo. Pienso en un par de veces que hubo que ponerle uno de esos embudos de plástico en la cabeza para evitar que se lamiese sendas heridas. Con aquella especie de cono saliéndole del cuello a modo de aparatosa gorguera parecía Isabel Tudor yendo a conceder audiencia a los embajadores.

No puedo evitar añorar con frecuencia al *Tete*. Era un campeón, sin ningún género de duda, eso lo aseguro. Se lleva en la sangre. Así como de *Ursus*, pese a que es un mastín de pura raza, yo diría que en su cuadro genético debe de tener algún cruce de oso polar y marmota, estoy convencido de que el *Tete* es producto de un cruce, aparte de ser purísimo yorkshire terrier, de zorro y ardilla, aunque poseía un cierto aire de delincuente, es decir, de jefe de delincuentes. A saber qué ocurrió por esos bosques profundos, siglos ha, entre sus antepasados y otros animales. Tenía, como los de su raza, las patas muy cortas. Incluso para caminar a mi lado, yendo yo muy lento o junto a *Ursus*, que va parándose a cada metro, cautivado por insólitos olores, el *Tete* se veía obligado a ir casi al trote, si no a la carrera. Y cuando se ponía a correr, entonces era espectacular de verdad. No sólo alcanzaba velocidades de vértigo (es una metáfora: se nota que lo tengo idolatrado, pese a lo tirano que era) sino que en esos momentos en los que se lanzaba al galope no se le veían apenas las patas. El morro parecía afilarse, prieto el hocico, tensas las mandíbulas y con los ojos ligeramente entornados, haciendo gala de una actitud de asumida velocidad. Estaba para comérselo. Hasta *Ursus* lo adoraba y se dejaba morder por el *Tete* cuanto hiciese falta. Imagino que con tanto pelo como tiene no le haría excesivo daño. Cuando *Ursus* entró en casa (y con apenas dos meses y medio ya hacía como ocho *Tetes* juntos) pareció que el *Gran Tete*, que hasta entonces y desde lo alto del sofá nos había dominado cual Fu Man-chú a sus vasallos, atravesaba un mal momento psicológico. Celos, supongo. Es lógico. Entonces, él tendría nueve o diez años, que de tiranía son muchos y acostumbran mal. Se pasó otro año entero fastidiando y mordiendo a *Ursus* constantemente y sin motivo, pero por toda réplica éste se quedaba quieto a su lado, poniéndole el morro muy cerca, con los ojazos semicerrados, como diciendo: «Vale, ya te cansarás de morderme.» Se recostaba en el suelo, a esperar como un tonto, bendito e inocente titán. Entonces, el *Tete* trepaba de un salto al vientre de la mole y permanecía allí un rato, gruñendo victorioso. Recordaba a esos cazadores que, rifle en mano, posan para el fotógrafo sobre su presa recién abatida, un rinoceronte o un elefante. Había cogido la fea costumbre de, una vez dejado decididamente claro que con *Ursus* no tenía ni por dónde empezar, hacer el gesto de orinarse encima suyo levantando la patita. Se lo prohibimos de modo tajante, lo cual agudizó eventualmente sus celos y sus crisis de personalidad por lo que él suponía pérdida de mando, aunque entonces *Ursus* nos miraba como diciendo: «No, dejadle hacer, si total, ya que estoy en este plan, igual me da que se me mee encima. Decidle que también se puede cagar.» Todo con tal de gustarle. Finalmente, el *Tete* lo aceptó, aunque siempre manteniendo unas ciertas distancias por el peliagudo asunto de las jerarquías.

Claudia lo dominaba mejor que yo. Ella le gritaba: «¡Quita de ahí, chucho!...», haciendo el gesto, por ejemplo, de sacudirle un escobazo, cosa que por otra parte jamás hubiera hecho. Porque el *Tete,* como bien podrá suponerse, era, además de un hábil manipulador, el especialista en ponerse en medio y molestar sistemáticamente a quien trabajase en la casa. Por eso, si se barría, él iba directo a sentarse sobre el montoncito de polvo ya recogido. Si se planchaba, hacía lo propio —o sea, joder— intentando trincar el cable de la plancha, lo que implicaba un peligro para cualquiera, él mismo o los críos. Si se fregaba, allá que iba veloz y raudo a dejar impronta de sus huellecitas. Doblando las sábanas, para qué contar. Era el amo de sillones, sofás o mecedoras. A prácticamente nada se le decía «no». Éramos sus chachas, y eso da carácter. No es que se hubiese enseñoreado a nuestra costa, no: ejercía un despotismo sin ilustrar sobre todos, cual si fuésemos sus lacayos. Pero insisto en que Claudia, de tanto en tanto, aún lograba mantenerlo un poco a raya. Yo pienso que cuando el *Tete* oía la palabra «chucho» dirigida a él, se deprimía, cayendo entonces en una especie de ataraxia indefinible, una suerte de estado catatónico (aunque esporádicamente mordedor) entre la indolencia y la más profunda de las tristezas. Siempre entre dentellada y dentellada.

Atando cabos recuerdo que después de haber hecho aquella aparición prodigiosa y sin explicación en nuestras vidas (que no fuera, A: que se había escapado de sus dueños, o B: que lo abandonaron sin más, los muy canallas, o tal vez habría que decir los muy listos) yo me enfadé sobremanera con él porque una de sus diversiones favoritas consistía en escalar por donde fuese y robarme las piezas de los diversos juegos de ajedrez que tenía por ahí, siempre con partidas a medio definir, junto a notas que iba tomando. Aquel día yo tenía desplegadas sobre un tablero las posiciones últimas de cierta partida célebre entre Dufresne y Anderssen, a la que por su belleza sin par se conoce en los anales como «la Siempreviva». Estaba estudiándola a fondo, naturalmente, cuando sorprendí al *Tete* en su faena de estropearme la cosa. Lo cogí del pescuezo con furia (seguramente ésa fue la única vez que lo hice en toda mi vida), lo atraje hacia mí, encarándome con él, dejándolo a menos de un palmo de mi propio rostro. Entonces, con voz glacial, le susurré:

—Chuchterrier de mierda: eso no se toca...

Luego lo solté y él huyó de allí asustado.

Lo de «chuch» pienso que se le quedó grabado, porque indefectiblemente se ponía triste nada más oírlo. Demasiado aristócrata para soportar tamaña vejación. Y desde entonces, he de reconocerlo, las relaciones entre el *Tete* y yo, fundamentalmente cuando nos quedábamos a solas, mirándonos a veces largo rato como en una especie de prolongado y silencioso duelo visual a la manera de los pistoleros del Oeste, fueron, por llamarlas de alguna manera, tensas. Nos marcábamos estrechamente. Nunca bajamos la guardia. De hecho, debíamos de parecer dos maestros de ajedrez, cada uno en su correspondiente parte del tablero, escrutándonos con gesto minucioso, no hostil pero sí teñido de un obvio recelo. Y, pese a todo, solía ser yo quien más cuidaba de él.

Me resulta curioso recordar que algunas mañanas de días festivos, cuando por cualquier razón me quedaba un poco más en la cama adormilado, al despertarme lo tenía justo encima, a escasos centímetros de mi nariz, mirándome de modo directo y gruñendo de manera poco tranquilizadora. Entonces me recorría un sudor frío y, con movimientos muy lentos, procurando hablarle en tono distendido para que se serenase, le decía:

—Tranquilo, *Tete*, no pasa nada... no-pa-sa-na-da...

Me la tenía jurada, lo sé, y juro que no supe ni sabré nunca por qué era así. No quiero pensar que fue por esa nimiedad de haberle cogido del pescuezo llamándole «chuchterrier» en tono de inquina. También Claudia solía llamarle «chucho», y con ella nunca se comportó de tal forma. En el fondo lo que creo, y sé que quizás esto parezca un poco ridículo, o así será para quien nunca haya estado cerca de animales, es que él pensaba, o sabía, lo que yo sabía, o pensaba, al respecto. Es decir, yo pensaba:

—*Tete*, cabrón —sonriéndole—, sé cómo eres...

Y él, en su peculiar código canino de deducciones, debía de pensar simultáneamente:

—Cabrón —a secas—, sé qué estás pensando...

Me lo notaría en la piel. Aunque, no me cansaré de repetirlo, veneraba al *Tete*, y prácticamente yo sólo lo cuidé durante casi quince años a cuerpo de rey. Como suele ocurrir con estas cosas, lo eché de menos hasta un punto enfermizo en cuanto ya no estuvo ahí, espiándome y al acecho, porque, ya lo dije antes, el *Tete* desapareció de nuestras vidas tan fulminante y sorprendentemente como había aparecido tres lustros atrás, cuando Manuel era un niño muy pequeño y Álvaro e Inmaculada ni siquiera habían nacido. Así ocurrió aquella vez en que Álvaro e Inma lo llevaban a la playa para que diese su paseo de la tarde: se escapó como una exhalación. Fue inútil la búsqueda. Y yo sabía que iba a ser inútil. Entonces, supongo, empecé a tener mis serias sospechas acerca de ese perro, o lo que fuese. Pero claro que sigo echándolo de menos.

Al conducir, cuando recuerdo cómo solía ponerse en el asiento del acompañante, con las dos patas delanteras en el panel frontal y desde allí, aparte de dar la sensación de que en efecto estaba conduciendo o que dirigía la circulación él solito, a veces asomando la cabeza por la ventanilla, ladraba al personal, algo a lo que Claudia y los críos, divertidos, contribuyeron lo suyo durante años, pues lo azuzaban constantemente para que diese muestras de su supina fiereza:

—¡Cómetelos... venga...!

Lo añoro cuando hacía su sarta de monerías y posturitas, algunas de ellas francamente acrobáticas y de indudable mérito (pues bailaba *break-dance*, hacía el pino y cabriolas varias, tal que en un espectáculo entre circense y de musculación) para llamar nuestra atención. Los buenos ratos que nos hizo pasar. Por ejemplo con sus «novias». Porque el *Tete* fue siempre virgen, aunque tenía lo que nosotros llamábamos sus «novias», que no eran otra cosa que un par o tres de almohadones con los que hacía sus «cosas». Movimientos al uso y nuevas posturitas, éstas de lo más comprometedor, pues su jaez lúbrico era indisimulable. Debo aclarar aquí (en algo había de ser *Tete*) que sólo violaba tan salvajemente a sus «novias» cuando venía alguien a casa. Para lucirse. Digo yo que querría mostrar su faceta de semental (todos los machos debemos tenerla, aún poco arraigada) a esas visitas. Menudos apuros llegamos a pasar. Porque era recibir alguna de tales visitas en casa, descuidarnos un instante y allá que estaba el *Tete* en mitad del salón, cepillándose al almohadón de turno. Y no lo tocaras, porque podía soltarte un bocado.

Paseando era otro *show*. No sé cómo se lo haría, pero provocaba a todos los perros del barrio. Quiero decir, los provocaba más de lo normal. El *Tete* les atacaba los nervios. Con *Ursus* también he tenido problemas. Los perros chiquitines, aunque al principio suelen tenerle miedo, luego se lo pierden y acaban tomándoselo a guasa. Incluso abusan de él, y es penoso verlo. A veces me ha pasado lo siguiente: ir con *Ursus* a comprar el pan, dejarle un minuto escaso en la puerta y, al salir, verle caminando con dificultad con tres perrines, repito, tres, colgados de sus patas, mordiéndole con saña mientras él se limitaba a intentar quitárselos de encima como si fuesen motas de polvo o moscas. Un santo. Con el *Tete* no era así. El *Tete* a la menor que podía, sobre todo con perros como él o preferiblemente más pequeños, lo cual resultaba difícil pero no imposible, ya estaba enzarzado. O intentaba provocar a *Ursus* para que éste se peleaser. Tarea vana, porque *Ursus* es de los que le movería el rabo (que en él hace las funciones de enorme y peludo látigo, tan potente como escandaloso) a quienes estuvieran asesinándome.

Las patucas del *Tete*, que se movía con inusitada soltura y el gracejo de uno de esos elegantes caballos jerezanos de rejoneo, supongo que es lo que le confería ese aire tan «chulillo», como decía Claudia.

Lo sublime del *Tete*, y lo diferenciaba del resto de canes era su apostura. No se me olvidará su menudo cuerpecillo, una vez que tuve que llevarlo al aeropuerto, cuando descubrió esas puertas que se abren y cierran según te acercas a ellas. Ese día no llevaba a *Ursus*, pues sé que tales puertas le habrían asustado, como Dios manda. Me asustan a mí, no digo más. Pero al *Tete* no. Al *Tete* le pusieron cachondo en el acto. Así que se dedicó a dar largos y prepotentes paseos frente a la puerta en cuestión, constatando con placer cómo cada vez que pasaba por ahí la puerta se abría y cerraba automáticamente. Durante casi veinte minutos no hizo otra cosa que deambular delante de la puerta. De soslayo miraba cómo esa puerta parecía obedecerle, y ponía cara de estar reconciliado con el mundo. Un caso.

El *Tete* solía comer, y eso como haciéndonos un favor en toda regla, jamón en dulce de primerísima calidad, o trozos de bistec cortado muy fino y sin el menor atisbo de grasa o nervios. En cuanto a *Ursus*, no existe nada que no sea capaz de tragar en un santiamén.

Muy de vez en cuando, si se le insistía con mimo y sometiéndole a fatigosas (para nosotros) sesiones de masajes a varias manos (a veces tantas que, repantingado en el sofá como estaba, ni siquiera se le veía), el *Tete* aceptaba probar un poco de arroz hervido, siempre que llevase «tropezones» de salchicha bien triturada o algo por el estilo. Luego de probarlo nos miraba con ademán perdonavidas y, tras rascar con las uñas de sus patas traseras en el suelo, como diciendo: «Ahí queda eso», se iba con ínfulas de príncipe. Ya lo dije: un auténtico campeón.

*Ursus* duerme en otra casa con los niños y Claudia, pero suele pasarse gran parte del día conmigo. Con todo lo grande, bueno y tonto que es, parece incapaz de emitir un ladrido aunque le pises el rabo o los morros sin darte cuenta. Es un perro-alfombra y, al estar todo el día tirado por los suelos, a ser posible entre los pies de la gente, se pasa más tiempo siendo pisado que en situación normal. *Ursus* no se queja. Debe de gustarle. La mayor parte de la gente del barrio, cada vez que me cruzo con ellos mientras paseo a *Ursus*, me dicen mirándolo: «Qué gordo está.» Es cierto, pero estos perros son de voluminoso corpachón, y su vida se reduce a un verbo: tragar. No obstante, cuando algún vecino me dice eso, yo pienso en el acto: «Y usted.» Porque da la casualidad de que quienes me lo dicen suelen estar como focas. ¿Por qué será? *Ursus* ha llegado a ingerir desde clavos o chinchetas hasta asquerosidades que es preferible omitir. Ahora ya está más calmado, es cierto. Se hace viejo, como yo.

Cuando Claudia me dijo un buen día: «Ahí te quedas, con tus neuras, tus fantasmas y tus partiditas de ajedrez de las pelotas» (aclaro que, creo recordar, fue la única vez en casi un cuarto de siglo que oí a mi mujer decir un vocablo malsonante), llevándose a los niños y unas escasas pertenencias, también se llevó a *Ursus*. Aunque lo cierto es que, como comenté, lo tengo bastante a menudo, pues lo traen algunos fines de semana, en vacaciones y en días cualesquiera. Gran *Ursus*, sí. Y mudo. Pese a su magnitud, es un perro-pelota de tenis. Va y viene. Un perro-paquete. Mientras haya algo que tragar, él está al tanto.

Pero sus congéneres pelmas del bloque B no le imitan, que digamos. La Perrera es un clamor incesante y dodecafónico que dura minutos cada vez que algo, persona, animal o cosa, se pasea por los alrededores. Piénsese que, por ejemplo, los animales que pasean por las cercanías de ese bloque B, a la vista de los balcones, donde los perros suelen pasar toda la jornada y a menudo también la noche, son precisamente... gatos. Se comprenderá ahora por qué digo que allí se monta, cada escaso margen de tiempo, una sinfonía de ladridos. Aparte de que a los gatos parece que les guste provocar, siempre que sea visualmente, a distancia. Y lo de que los perros ladran por cosas es cierto. Hace poco los vi, o sea, oí ladrar ante un pedazo de plástico que, mecido tenuemente por la brisa, caracoleaba en el aire, inofensivo. Menuda bronca con el plastiquito. El *Tete*, ése sí, los ponía frenéticos.

En mi bloque, el C, hay también bastantes gatos, pero éstos van y vienen. Ya se sabe cómo son de autónomos los felinos, tan portátiles como de criminal instinto. Como también se aburren, pues paseo va, paseo viene. ¡Y venga! A lo que iba: antes solía indignarme con el concierto de ladridos. Amasaba ideas de exterminio en serie. Yo, que soy tan pacífico. Es comprensible, pienso, que en mis sueños hubiese Dachaus y Treblinkas de insectos o cosas así. Ahora es de perros y gatos. Oigo: «¡guau!» aquí, allá, y casi en todo momento. Procuro pasar de ellos, y juraría que ni me ladran. Igual es que me tienen ya más visto que a la calle, con sus moreras, a las que observan tantas horas al día. Pasan de mí. Cuando voy con *Ursus* no: entonces se monta una buena. El caso es que esta noche, al entrar, creo haber oído un sólo «guau», y no muy convincente. Casi era un: «Hola», más que un: «¿Quién va ahí?»

Al menos, hasta hace un tiempo, para los perros del bloque C yo era importante, pues me ladraban con saña. Ahora ni eso. La Perrera ya no es lo que era: un foco de protestas vecinales. El barrio resulta más tranquilo, de acuerdo, pero considerablemente más aburrido. ¿De qué sirve tener ahí decenas de chuchos si no ladran? ¿Y si viniesen ladrones? Igual acabarán moviéndoles el rabo de puro hastío. Conste que lo de mi *Ursus* es distinto. Ello, aparte de un misterio, pertenece al ámbito del autismo canino. Todo un campo por explorar.

Pedos sí, ésos se los tira *Ursus* hasta desalojar la casa, cuando se pone. Y al ver correr al personal, cree que va de broma y mueve el rabo o sigue a quien de hecho le huye. Como los lactantes que después del soberano eructo y pringarte de vómito el jersey o la camisa nuevos, enmarcan una bendita sonrisa. «¿Lo he hecho bien?» De alguna forma, ahora que lo pienso, añoro aquellos eructos, aquellos vómitos, aquellas diarreas con farándula de trapos, grifos y sábanas o toallas, aquel constante pringue de los críos, cuando eran bebés. Seré burro. Al menos entonces alguien me necesitaba.

Siempre cobarde, siempre a la defensiva. Lo mío, en la vida y ante problemas serios de verdad, sería una bonita aunque peligrosa mezcla de las diversas aplicaciones de la Defensa Siciliana: constantemente para atrás, como los cangrejos. Un pasito, dos y repetir los pasitos hacia un lado, tres, cuatro, y para atrás de nuevo, intentando envolver al contrario. Aplicación férrea de la Variante Najdorf en la Siciliana combinada con la Variante Scheveningen. Aperturas por la zona central, idóneas para el posterior contraataque por los flancos. Entonces puede ocurrir que te encuentres con un contracontraataque Richter, justo ideado para desmontar la Defensa Siciliana, y ya estás perdido. La vida suele ir más allá, «ver» más que tú mismo, con tu inútil cúmulo de previsiones. Mi problema es siempre que concibo el juego, teóricamente, como algo susceptible no tanto de idear los movimientos que se efectúan para ganar una partida, sino de la belleza que provocan tales movimientos, como hacía el gran Akiba Rubinstein. En el fondo me he ido convirtiendo en un jugador posicional, proclive al juego cerrado, siempre en busca de una defensa activa de apariencia tosca, pero letal. Como mi venerado Alekhine, yo incito al rival a mover los peones centrales para luego ir minándolos en sus posibilidades de movimiento. Así hasta que las variantes que puedan efectuar queden reducidas a un mínimo cupo, e inoperativo.

Esta noche, tras el episodio de Petete y el susto con el gato, ya en la casa, que se halla más desierta que las planicies saharianas, me he ido enfrentando, uno a uno, a mis viejos conocidos del hogar:

Esa gota cayendo del fregadero, que por cierto me niego a hacer arreglar por un fontanero, no sólo porque sé qué pasará en cuanto éste venga (sugerencia de un arreglo generalizado de tuberías: «inaplazable... usted verá»), sino sobre todo por cuestiones de fino matiz psicológico: esa gota me hace tanta compañía en el profundo, perpetuo silencio de algunas noches... clic, diez segundos... clic, otros diez segundos... clic, y así hasta que por fin me duermo.

Hay otra gota, prima de la anterior seguramente, o más bien parentela lejana, pues se trata de un pertinaz hilillo de agua que cae incorrectamente por dentro del inodoro, y cuya audición también me hace compañía. Clic-cloc-clic-cloc, clic-cloc, ésta más constante, menguada, como si se tratase del silvestre rumor de un manantial cercano.

Y el ruido del frigorífico, al que también debe de tocar ya una revisión de motor, pues tiene muchos años y suena de modo algo preocupante, como si se ahogase por momentos. Parece que tenga asma. Pero, como sucede con sus homónimos acústicos, con el frigorífico también me doy la vana excusa de que sé que en cuanto venga el técnico de las neveras me sugerirá, bajo espantosas amenazas, que vaya pensando en adquirir un modelo más moderno. O eso o una clavada de las que te descalabran el presupuesto para largo tiempo. Porque en este país que venga a tu casa un técnico de algo supone, como inmediata premisa, el ceño fruncido del buen hombre, su aspecto de suficiencia y la recomendación de que vayas preparándote pues «la cosa es más seria de lo que parecía». Como si a uno fuesen a anunciarle que tiene un cáncer o algo así. «Usted mismo», o «yo, en su lugar...». Aterrador.

Porque si algo distingue la vida diaria del complejo residencial Atlántida eso es la diaria presencia de multitud de obreros especializados en lo que sea (todos muy circunspectos los primeros días, más risueños después, con sus bocatas para el desayuno, como flautas traveseras envueltas en papel de aluminio, con la puntualidad prusiana con la que desaparecen cuando concluye su horario laboral: se desvanecen en el éter en apenas escasos segundos, como por encanto), lo cual me lleva a concebir el siguiente panorama:

1. Obras casi constantes en el edificio en sí.
2. Obras casi constantes en las calles adyacentes.
3. Obras casi constantes en el interior de muchos pisos.

La zona suele hallarse, diríase, como en perpetuo barbecho, a punto de ser no se sabe si demolida, reconstruida o sembrada. Es un ir y venir frenético de trabajadores y vecinos que, ya acostumbrados a eso, sufrirían la dentellada del silencio en sus tímpanos si careciesen de un molesto y crónico nivel de decibelios y las cosas volvieran a ser sencillamente como años atrás: tranquilas. Sí, es un vecindario extraño. Por eso, o al menos albergo tal teoría, sus castigadas defensas auditivas a lo largo de décadas los han llevado a generar una patología propia: adquirir bichos escandalosos que llenen los silencios, o presuntos silencios, los remansos de paz que, imagino, deben de ser espantosas pruebas psicológicas para ellos. Auténticos test insalvables. O sea: cuando realmente se enfrentan a sí mismos.

No sé si se me entiende. A menudo pienso que el mundo se divide en dos bandos: los que ven mucha tele y los que no. A cualquier persona de uno de esos bandos, que naturalmente no es en el que me encuentro, yo le preguntaría: «¿Te imaginas qué sería tu vida sin la televisión?», y me consta que quizás, a partir de esa pregunta, tal persona podría tener pensamientos suicidas. Bien, pues la mayor parte de mis vecinos son así.

Esa agitada noche, ya en la casa, y tras cerciorarme de que ahí seguían mis amigas las gotas de agua en su monótono e irreversible soliloquio, me apoyé en el mármol de la cocina para, con la otra mano, extraer un vaso del fregadero. Quería beber agua del grifo. Estaban todos los vasos usados. Pero ese fregadero, como es usual, se hallaba tan a tope de cacharros que parecía una pequeña e inverosímil pirámide de aluminio, madera, loza, hierro y, sobre todo, cristal. Por pereza o negligencia (Claudia decía al respecto otra cosa muy distinta, más o menos: «Eres un cerdo.» Luego, recapacitando, matizaba: «Sois unos cerdos», en clara referencia al género masculino) voy acumulando ahí toda la porquería del día a día, y pasa lo que pasa: al final no puede sacarse nada de allí, literalmente. Y claro, no hay ni un triste plato, o cubierto, o vaso en los correspondientes armarios. Es entonces cuando uno se zambulle en la arriesgada espeleología del fregadero, que es como la idiosincrasia de esta casa desde que vivo solo. Como un sistema inmunológico: está todo tan primorosamente encajado, además de lleno de grasa, aceite reseco, lavavajillas en fermentación y restos de comidas, que aquello parece un laboratorio de investigaciones científicas con sus cultivos biológicos y experimentos por el estilo.

Pieza a pieza, conforma un puzzle de vidrio y metal nada fácil de deshacer. Y cada vez me repito lo mismo: «Mañana dejo limpio el fregadero.» Qué va. Pueden transcurrir días. Muchos. Casi me da vergüenza decir cuántos. Eso forma parte de mi secreta y porcina vida mental.

Cuando viene la sed, uno estira de aquí y de allí para rescatar su vaso sucio, inútilmente. No se puede desencajar ni una maldita pieza de ese puzzle heteróclito y maloliente. Pero es que, aunque se consiguiese eso, luego tampoco se podría lavarlo, precisamente porque no hay ni un centímetro de espacio libre para hacerlo. Entonces acabo recurriendo al lavabo del baño o salgo al fregadero del jardín para limpiar ese vaso. La noche en cuestión, no obstante, me empeciné en extraer un vaso del flanco derecho de la acristalada pirámide de mugre. Parecía medio suelto, pero no. Estaba aprisionado por su base. Pasó lo que temía: se rompió otro vaso que estaba debajo. Menuda complicación empezar a quitar pedazos de cristal de un sitio así. Es en ocasiones como ésa, que suelen acaecerme a un promedio de dos por trimestre, cuando acabo cortándome. Entonces a la mugre se le suma la sangre, mi enfado mayúsculo y con frecuencia nuevos tajos y heridas. Aquello se convierte en un quirófano-pocilga en miniatura. Los firmes propósitos de cambio en los que me sumo píamente tras una de esas crisis, más que higiénicas de salvamento, sólo yo los conozco. Pero al poco ya vuelve a estar el fregadero como siempre. Es el termómetro de mi estado de ánimo, eso temo.

Cuando recuerdo lo limpio que todo estaba siempre mientras mi familia vivía aquí me dan ganas de ponerme a llorar. Y el caso es que entonces no lo valoraba. Lo normal era ver el fregadero reluciente. Qué tontería, ¿verdad?

Pero no quiero venirme abajo por ese motivo, no ahora, tan pronto, pues aún debo enfrentarme a demasiados fantasmas y obsesiones como para relajarme.

(Lector, te aviso: espero que esto que afirmo aquí no vaya en detrimento de tu paciencia y tu tiempo, que me parecen respectivamente las cosas más honorables y preciosas del mundo, pues si lo piensas con detenimiento, o incluso sin excesivo detenimiento pero sí con una cierta objetividad, convendrás conmigo que, en este preciso instante que me lees, pocas cosas existen en el mundo que no seamos tú y yo. Es decir, tu atención, que para mí es absolutamente sagrada, y aquello que yo te cuento procurando captar tu interés, así que al mundo que lo zurzan. Pero a lo que iba: estoy dispuesto a vender muy cara mi derrota, que en lo que nos atañe significa ni más ni menos que podría producirse el hecho de que te sintieses decepcionado con la evolución de estas páginas. Me refiero también, por supuesto, a determinadas cosas que, habiendo surgido espontáneamente durante el relato, yo he preferido eludir o posponer, mientras que otras las voy incluyendo pese a mis dudas de si conforman el material idóneo para captar definitivamente tu atención, que con harta frecuencia, te reconozco esto abiertamente, no creo merecer. Disculpa, pues, tanto mi arrojo como mis vacilaciones, pero por favor sigue leyendo. Aunque sea un poco más. Te agradezco de antemano que lo hagas.)

Si he insistido en este punto que considero esencial, imbricándolo en aquella noche de autos (fúnebres) que supuso un punto de inflexión en mi vida, es porque sé perfectamente que toda narración que pretenda emocionar, entretener o aunque sea hacer pensar un poco sobre aspectos importantes de la existencia, ha de lograr que quien la lee se coloque instintivamente en la precisa circunstancia anímica y mental de quien la escribió. Para lo que, como ahora es mi caso, a menudo se ve situado, si no atrapado, en otro tipo de tesitura, no por irremediable menos ingrata: pedir ya no indulgencia, lo cual sería gravísimo si este gesto no fuera acompañado por el sincero empeño de obtenerla, ni siquiera una tibia benevolencia, lo que sería harto decepcionante, sino tan sólo un poco de paciencia. Quien lee, por lo general, lo hace para verse reflejado en aquello que lee, siempre que salga más o menos bien parado: así de egoistones somos. Y al mismo tiempo, dado que buscamos respuestas a ciertas preguntas, tan desvalidos nos mostramos. En ese sentido, leer no sólo sería tomar, sino dar. Acaso una parte de nosotros mismos, íntima e inviolable, para que determinado libro esté en condiciones de modificarla. De modo que quien escribe, por escasa perspicacia que posea, y más allá de su talento o estilo, desarrolla tal actividad deseando que aquello que él narra pueda servir de algún modo a quien lo lee, aun sin rostro ni nombre. Quizás sea que ésa y no otra es la magia de la escritura, seducir, ilustrar, clasificar y, en última instancia, ayudar a ciegas. Como esas partidas de ajedrez que sólo son capaces de mantener los grandes maestros.

Por ejemplo, ahora contemplo con cierta alarma cómo se me acaba el espacio (al menos ésa sí era una decisión previa, tomada desde una determinada perspectiva mental respecto a lo que yo pensé debía ser este relato en su primera parte) y apenas he contado unas pocas cosas de cuantas deseaba. Otras ni las he insinuado: cosas acaso importantes para lo que considero el núcleo argumental de mi historia y para las que valdría la ecuación: estoy narrando, en principio, una noche en la vida de un hombre, aunque más que una noche puntual significa una frontera, una síntesis. Por ejemplo: hablando de Brígida hablo de ese hombre, yo, que se agazapa y muestra a través del caos oral de aquélla. Hablando de mis vecinos o sus bichos o la mugre de mi fregadero, sigo haciéndolo de ese hombre normal y sin mucho futuro que digamos, pues todo ello configura su mundo.

Aunque también suele ser cierto que, al final, con estas cosas sucede como cuando se hacen castillos en el aire, o como con el cuento de la lechera: nada es como uno había previsto. Ni en la cabeza de quien escribe ni en la de quien lo lee. A veces, incluso, todo evoluciona sorprendiendo a uno y a otro, aunque sea en momentos distintos del tiempo, pese a que haya algo que sigue uniéndolos a ambos a modo de cordón umbilical que nada ni nadie será nunca capaz de romper: la soledad. Eso nos une. Yo escribo en soledad, y tú me lees en soledad. De manera que me atrevo a insinuar que nos pertenecemos sin saberlo, lector. Somos familia. Nos unen, si no vínculos de sangre, sí lazos de tinta, por expresarlo con una imagen gráfica y elocuente. Quizás, seguramente, nunca nos encontraremos, pero de alguna forma somos, desde ya, una misma cosa, y unida, ante lo otro, el mundo, que por cierto será muy listo, pero no tiene ni idea de nuestra connivencia. Quien escribe nominaliza los pensamientos de quien lee. No los crea, sino que los viste, asea y alimenta. Eso acostumbra a darse frecuentemente. Pero es que sin la existencia ahí, donde tú estás, de quien lee, no habría escritura. Y sin mi empeño en convencerte de ello, no habría magia. O a la inversa.

El tiempo se me acababa, dije, o el tiempo de tomarse un ligero respiro mental. Aunque la cuestión también es filosófica: me duele la muñeca de escribir tan deprisa, porque lo hago a mano, lector, con pluma estilográfica de tinta azul, como los escritores de toda la vida. Uno se imaginó siempre que los aristócratas de verdad tenían la sangre de ese color. Sus hemorragias, pues, serían así. Debo de pertenecer a un mundo antiguo en el que escribir significa y significará siempre escribir, no teclear. Al menos cuando se desvela el Gran Misterio de la Palabra, su génesis. Después, las ideas empiezan a espesarse. Pero antes de ese primer alto en el camino aún sería necesario, por mi parte, hacer una serie de matizaciones:

Lo curioso del episodio del vaso no es que me costase sacarlo de entre la amalgamada pirámide de cristal, ni que se rompiese en mil pedacitos, tan molestos como peligrosos, sino que yo tuviera la otra mano (¿lo recuerdas, lector?) apoyada justo en una parte del fregadero, sobre el mármol.

Ahí está la clave: me quedé «pegado» allí a través de esa mano.

Como lo digo. Aunque, tampoco voy a exagerar a estas alturas, tras un ligero pero tenaz y vergonzoso forcejeo logré desasirme. Había tanta porquería acumulada en ese mármol, con restos de a saber cuántas salsas, comidas, vapores y variopintos productos de limpieza, que, una vez solidificados, formaban una curiosa capa. Esos productos constituyen la auténtica pasión de Brígida: le encanta probarlos todos, y a menudo los mezcla, creando oleadas ingentes de espuma. Igual echa de menos los tifones y maremotos de su tierra natal, y se dedica a reproducirlos ahí, a pequeña escala, en el fregadero. Lo cierto es que al colocar la mano allí, haciendo presión, toda esa masa compacta debe reblandecerse parcialmente. Entonces surge el efecto pegamento: uno va a moverse y comprueba que está medio adherido al mármol. En tales momentos resulta arduo discernir qué sensación prevalece, si la de miseria o la de bochorno. Seguramente se trata de un buen cóctel de ambas.

Ya otra vez, meses atrás, me pasó lo mismo, pero entonces fue peor, porque también había apoyado distraídamente la culera del pantalón contra el otro mármol y, por supuesto, me quedé adosado por la mano y por el culo. Se lo dije a Brígida: «Por favor, déjeme esto como los chorros del oro, aunque no haga usted otra cosa en todo el día.» Dudo que lo entendiese porque respondió algo de «la plata», y luego rió por lo bajo, cuando aquello no tenía ninguna gracia. La casa daba asco. De veras. Para ella debería ser una vergüenza. Y no. Lo que sí hizo fue no hacer apenas nada de la casa en las tres o cuatro jornadas siguientes en las que hipotéticamente vino a limpiar, con lo que la suciedad se expandía por doquier. Cierto que el fregadero de la cocina quedó para lamerlo de puro gusto. Unos pocos días, eso sí. Luego, todo volvió a su orden natural. Entonces, uno acababa volviéndose a quedar pegado al fregadero.

Tras zafarme de esa porción enemiga de fregadero que se adhería como una ventosa, aquella noche en la que todo o al menos quién sabe si algo pudo haber cambiado a causa del misterioso coche fúnebre, con sus no menos peculiares ocupantes, pese a que finalmente nada se modificase en esencia, aquella noche, digo, me fui a acostar, luego de curarme la herida tras el corte con el vaso. Al entrar en mi habitación, realmente fatigado, me enfrenté al horror casi habitual a esas mismas horas, o al Pan Nuestro de Cada Día (qué más quisiera yo, si ello me fuese aplicable):

Mis vecinos de arriba follando como conejos.

Muelles crujiendo salvaje e ininterrumpidamente durante minutos. Él, en silencio. Ella gritando como una loca. En celo escandaloso. Y ello, como digo, casi todas las noches. Y yo, maldita sea, de abstinencia forzada.

La primera vez que los oí, cuando dicha pareja vino a vivir a ese apartamento de arriba, cuya habitación de matrimonio da justo sobre mi celda de aislamiento nocturno, la verdad es que me dio por reír. «¡Pero qué brutos!», pensé. Y es que los orgasmos (supuestos: ella los verbaliza a voces, pero no sé si realmente los siente así, ésa es una de las grandes e irresolubles dudas que a menudo nos dejan las mujeres) de la chica son muy, pero que muy aparatosos. La segunda vez me hice una paja, y perdóneseme la claridad de mi expresión, pero no creo que sea momento de andarse con tonterías. Fue oírlos y ponerme yo a lo mío. Qué menos, aquello no se podía aguantar. Nunca me consideré *voyeur*, ni mucho menos *écouteur*, pero lo que hay es lo que hay. Unos tanto y otros tan poco. O: unos tanto y tanto, y otros tan poco.

Era mi manera de participar de y en su alegría. Ella no sé qué es. Tiene aspecto de dependienta de supermercado. Él, de guardia jurado. Un cachas de impresión, todo músculo. Cuello de buey y bíceps como vigas. Poco locuaz y de mirada esquiva si nos encontramos a la entrada de la escalera que da a los apartamentos. Ella ni me mira, como si yo fuese aire. Pienso si no sabrá que sé. Ya me entiendes, lector. Estas cosas, las mujeres las intuyen, aunque a veces tales pensamientos no lleguen a cobrar cuerpo en su cabeza. O a lo mejor fue mi modo de mirarla un par de veces, al principio —estrictamente respetuoso pero con un «Os oigo» grabado en la retina—, muy difícil de disimular.

Hace tiempo, recién llegados a este bloque, una tarde sonó el timbre de mi casa. Era ella. Dijo que se le había caído algo en el jardín, en mi jardín, y que si podía cogerlo. Naturalmente. Mi amabilidad, cuando me pongo a ello, es de culebrón televisivo mexicano. «Algo» eran unas braguitas primorosamente minúsculas, de encaje, negras. Las recogió con mimo de entre la hierba sin mirar ni la hierba, ni las braguitas, ni a mí. Pero mi sonrisa de circunstancias debió de decir: «Ajá...» El tendedero de esa pareja daba justo sobre la parte del jardín en la que, sobre la grama, yacía tan preciosa prenda. No es que esas braguitas (lo cual fue mi deseo) hubiesen salido volando por una ventana en cualquier momento de la orgía de turno, no. Igual que en el episodio de Petete, era todo mucho más prosaico y vulgar, como siempre, como el noventa y nueve por ciento de cosas que pasan en la vida diaria, es decir, una sucesión de hechos atrozmente repetidos que asumimos con entrañable naturalidad. Desde entonces, mi vecinita me retiró la mirada: de Guarrindonga Vocinglera pasó a ser una Maleducada Sin Más, que era lo propio, supongo.

Esa noche, cómo no, los vecinos estaban dándole a los muelles, pero debo reconocer que en la última época el ímpetu que ponían en ello ya no era el de antes. Intenté masturbarme rápido, para coincidir con ellos si era posible, pues de eso y no de otra cosa se trataba, como quizás haya podido imaginar el lector, pero no pude. Nada, por más que lo intentaba no iba a su ritmo. Lo cierto es que no oí los gritos al uso de ella, como si estuvieran matándola y troceándola con una sierra mecánica, ni los rebuznos de él, inconfundibles aunque discretísimos en comparación a los alaridos de ella. Y aprovecho para aclarar que, pese a llevar en ese apartamento menos de un año, pues por entonces debieron de casarse (con lo cual fue a mí a quien le tocó sufrir la Primera y Feroz Muestra de su Amor Compartido a Diario, qué cruz), varias veces se han quejado otros vecinos (yo nunca, no me atrevería, encima de que he llegado a correrme, exangüe, a costa de ella unas cuantas veces, no voy a quejarme ahora, ni hablar) de ese escándalo considerable, no sólo nocturno, sino a cualquier hora. Les entra por un oído y les sale por otro. Es obvio que ni procuran contener sus entusiasmos, ni han puesto *spray* desengrasante o aceite en los muelles de la cama, ni nada. Creo que a gente así lo que le gusta es provocar. Menos mal que la propia vida va aplacándolos, como a los perros y demás bichos del edificio Atlántida.

Al serme imposible obtener la más elemental y veloz satisfacción aquella noche de autos, por más que perseveraba en mi fricción maquinal y onanista, me levanté de la cama casi con rabia. Estaba bastante excitado para lo que yo doy de sí, a qué negarlo. Más, acaso, por lo de Petete, el paseo en coche por la zona del Pinar y la siempre sugerente cercanía del Quickie's que por ese coito de los vecinos, que casi era como si estuviesen metidos en mi cama. Últimamente, según calculo, en cinco o seis minutos ya estaban listos. Incluso menos. Así que me fui al comedor. Me puse una copa de whisky convenientemente suavizado (con agua del grifo del lavabo, pues era imposible acceder al fregadero), y luego esperé. No utilicé una copa sino un cuenco de esos del desayuno, pues la pirámide de vasos era mejor no tocarla hasta mañana, o volvería a cortarme. Sosteniendo el cuenco de cerámica con ambas manos, apuré el whisky más extraño que he tomado en años. No inquiera el lector respecto a si un whisky tomado de modo tan inapropiado sabe igual. Sabía raro. Hasta ahí llego. Más, no me atrevo a seguir deduciendo.

Pero ¿por qué no seguir deduciendo? ¿A qué le tengo miedo, si ya no tengo nada que perder? Debo echarle valor. Quizás, y en el fondo no me cabe duda de ello, ésta sea la única oportunidad que se me presenta de sincerarme ante mí mismo. Vamos allá:

En el comedor, a solas con mi whisky y esperando a que los vecinos acabaran su maquinal faena, entendí que mi vida, además de un absoluto desastre y por completo insatisfactoria, estaba en esa fase que en ajedrez se llama *Zugswang*, o sea, en la urgente obligatoriedad de efectuar cualquier movimiento, sencillamente, para que la partida continúe de un modo u otro. Extraviado ante el rumbo de mi vida y perdido ahora, en cierto modo, ante las múltiples, casi me atrevería a insinuar que infinitas, posibilidades de proseguir con mi narración: así me sentí. No es broma, para un ajedrecista resulta muy serio cuanto concierne a los supuestos y los posibles. Lo que se llama «mover pieza». Téngase en cuenta, por ejemplo —para que cualquier neófito llegue a hacerse una somera idea de cuál es nuestra locura— de que las posibilidades combinatorias de efectuar las diez primeras jugadas en toda partida de ajedrez son:

169 octillones, 518.829.100.544.000.000.000.000.000 de movimientos.

Aunque reconozco que soy un poco lento para esto de las reacciones rápidas y valientes. Quizás fue ése mi mayor problema para acceder al estatus de jugador de élite, por eso me cuesta tanto centrar aquello que pretendo decir, o en este caso, sencillamente, compartir. No es sólo lo que quiero narrar sino, como digo, mostrar un resumen de mi carácter ajustado a la realidad. Casi un cuarto de siglo compartiendo mi vida con Claudia, sin duda la persona más importante que ha habido y que presumiblemente habrá a lo largo de mi vida, y todavía, ya al final, cuando todo se venía abajo aunque yo me negaba a reconocerlo (¡entonces fui un pésimo jugador de ajedrez!), yo actuaba con un candor y una cobardía impropios de seres adultos e inteligentes, quiero decir, frente a Claudia y sus admoniciones, amenazas en toda regla. «O haces algo o me voy», me decía. Y yo no hice nada. Ella quería, necesitaba sentirse amada. O ya ni siquiera eso: simplemente acompañada. Pero no, yo seguía con mi ajedrez. Egoísta. Cobarde. Absorto.

A menudo he pensado en una anécdota que me parece muy ilustrativa, y que en cualquier caso define a la perfección lo que pasó entre nosotros como pareja. A finales del siglo XIX, en la época en que todavía no eran obligatorios los relojes para controlar las partidas, hubo un duelo entre Paulsen y el norteamericano Morphy, que era el niño prodigio del ajedrez de aquellos años. Se cuenta que, antes de efectuar siquiera el primer movimiento de su partida, permanecieron sentados uno frente a otro durante once horas, casi todo el rato mirando las fichas. Allí, a ambos lados del tablero, ellos seguían sin pronunciar palabra alguna, y por supuesto sin realizar el menor movimiento. El público, primero impaciente, luego bromista y divertido, finalmente aburrido, iba y venía. Nadie entendía qué pasaba. Mucha gente optó por irse. Fue al cabo de todo ese tiempo, once horas de reloj, cuando el jovencísimo e impetuoso Paul Morphy, que en aquella ocasión se mostró paciente hasta el heroísmo, levantó la vista hacia su rival, dicen, con una expresión que, pese a ser aún respetuosa, empezaba a resultar ya un tanto burlona. Fue ése el instante en el que Paulsen exclamó:

—Ah, ¿me tocaba mover a mí?

Menudo temple el de los europeos. En efecto, estaba previsto que fuese Ludwig Paulsen, maestro alemán, quien iniciase la partida, y esas once horas demoledoras, aparte de una sangrienta guerra psicológica, fueron sólo el preámbulo mental de su primer movimiento. Paulsen fue un experto en las «partidas a ciegas», o sea, jugar varias partidas a un mismo tiempo sin ver ni el tablero ni las piezas, sólo con la imaginación, algo para lo que debe poseerse una especial memoria fotográfica. Casi todos los grandes campeones frecuentaron dicha modalidad en la que, por ejemplo, Koltanovski llegó a realizar cincuenta y seis partidas «mentales» simultáneas, a razón de diez segundos por jugada, con un elevadísimo índice de victorias.

Bien, ya no me escapo más: con Claudia me tocaba mover a mí. Lo sé y no lo hice. Como Paulsen, quien por cierto, y tal que era previsible, acabó siendo vencido por un Morphy genial que durante el histórico duelo evitó ponerse nervioso más que para enmarcar aquel gesto con sus cejas y su sonrisa, indicando no ansiedad sino algo así como sorpresa porque su prestigioso oponente tardase tanto en realizar el movimiento esperado.

Yo fui Paulsen, y Claudia Morphy. Evidentemente. Sólo que yo dejé que las partidas en verdad importantes de mi vida fueran escapándoseme una tras otra, sin apelativos. La única partida de mi vida que no he perdido aún es que, eso creo, mis hijos me quieren. Y *Ursus.* Y hasta Claudia. Aunque ésta desde lejos o, cuando menos, en la media distancia. Eso es ya una victoria parcial. O tablas. También es cierto que sigo vivo, por llamar de alguna manera a este estado latente y perceptivo más o menos inserto, pese al crónico refunfuño, en cierto nivel de la realidad.

La realidad, sigo insistiendo en ello, está hecha de otras cosas. Con el *Zugswang* mental que me abotarga desde hace ya muchos años resulta harto complicado discernir ciertas cosas. O los contornos de esas cosas. Y en cuanto a exponerlas gradual, atinada y escuetamente, aún peor. De ahí mi alarma al comprobar que a veces siento que pierdo los papeles (en la vida y en este relato en particular), lo que no es impedimento para que deje de verme abocado a seguir. Aunque aquí quizás debiera hacer una somera autocrítica:

Llegados a este punto quisiera imaginar que quien lee las presentes páginas, que son no pocas ya, es o puede ser algo así como mi confesor. A este lector en soledad que se esconde tras la celosía de madera en el simbólico confesionario de su lectura debo reconocer que tengo mis dudas sobre ciertos aspectos que, hasta el momento, no me ha sido posible evitar en la narración. En primer lugar, constato que se me han deslizado, con más frecuencia de la deseada, vocablos y expresiones que rozan lo grosero. Siempre creí que palabras como «chorradas», «machacármela» o «gilipollas» nunca deberían figurar en algo que se llame «novela». Lo mismo ciertas frases coloquiales que, aun sin abundar en lo hasta ahora escrito, sí se han dejado sentir. Espero no me sean tenidas en cuenta. En segundo lugar, juzgo que quizás no haya sido acertado recordarle al lector lo decididamente vulgar que es mi vida, «como la de casi todo el mundo», dije. Seguramente al lector le gusta ser engañado, que le cuenten vidas increíbles y que, de paso, le hagan sentir que es posible experimentar algo parecido. Veo que, en ese sentido, he preferido ser honesto a manipulador, como en lo de la utilización de ciertas palabras malsonantes, a pesar de que son de uso generalizado y, por desgracia, tan común. No obstante, quizás lo que más me inquieta es, precisamente, haber aludido tantas veces, y de modo directo, al lector. El don del equilibrio, la justa medida, la armonía ideal, cuando se trata del empleo de ese tono en una narración, es algo muy costoso de obtener. Yo me conformaría, y lo reconozco desde aquí, con que tales alusiones sean entendidas como lo que son y no más: un deseo de compartir esta historia que estamos gestando juntos.

Vuelvo donde lo dejé: cuando conté lo de mi inesperada irrupción en casa, un día en el que Brígida estaba haciendo limpieza, supuestamente, y la sorprendí (yo, no ella) fumándose un puro y echada en el sofá, acabé contando varios detalles respecto a esa mujer particular a quien aún conservo porque me parece una pieza de museo. Lo que no dije en su momento, y quizás debí hacerlo, fue que al regresar a casa, ya por la tarde, comprobé que no sólo se había fumado aquel puro del sofá, sino que también decidió llevarse la caja de puros completa, con los que quedaban, que eran bastantes, por cierto. Antes dije que cuatro, pero igual eran más. Días después, pese a que no me atreví a insinuarle nada, fue ella quien me comentó, inesperadamente y en alusión a aquellos puros que debían de parecerle deliciosos:

—¡Tú usando cosas nunca donde mi si lo hay! —Y recalco las exclamaciones, pues, así me pareció entonces y así sigue pareciéndome ahora que lo recuerdo, allí latía una severa regañina.

(Traducción: «Como no usaba usted esos puros, pues con su permiso yo sí decidí hacerlo, porque están realmente muy buenos.»)

También, con temor, porque no deja de recordarme el descalabro esencial sobre el que se estructura mi vida, he recordado otra cosa que hice la noche de Petete, el gato del contenedor, los vecinos copulando y desastre en el fregadero, mientras estaba en el comedor con mi cuenco de cereales lleno de whisky: apreté el botón del contestador del teléfono. Entonces oí aquello que, quizás, no estaba preparado para oír. Los mensajes grabados —todos escuetos, todos exentos de cualquier aparente vacilación— de una serie de mujeres que últimamente están o quieren estar en mi vida.

Pobrecillas, si supieran lo que realmente hay.

Mis novias. Y en esto no soy como el *Tete*.

De ahí el temor al que aludí antes. Es un tema que me desborda. Como una partida complicadísima. Por eso ciertas y acuciantes dudas. Mis «novias», así las defino mentalmente por hacerlo de alguna manera, no porque con ninguna mantenga una relación sólida hasta ese extremo, van y vienen. Siento cierto cariño por casi todas ellas, aun con los lógicos matices. Su número suele estar estabilizado entre tres y cinco. Ha habido épocas de dos y también de siete, pero no es lo normal. Machacan telefónicamente, y lo hacen sin contemplaciones, en relación directa a mis desapariciones (es decir, ellas creen que A: me hago el duro, o B: lo soy, aunque la triste realidad es que no me veo con ánimo para hablar por teléfono recién oído el mensaje, y pienso: «mañana o pasado la llamo») con lo que ellas insisten con mayor perseverancia, a menudo rayana en lo enfermizo, que es lo que termina por disuadirme. Supongo que es mi silencio lo que las excita y les pica en su amor propio. Al final siempre llamo, siempre, porque soy extremadamente educado, y por tanto incapaz de no contestar a alguien que, por su parte, ha tenido la amabilidad de telefonear. Pero ellas no se dan cuenta de que ese lapso de tiempo que yo he permitido que transcurra desde su llamada y mi contestación es muy significativo. Como una aduana con odiosos gendarmes. De un lado está mi miedo, algo que ellas no perciben con claridad. Entonces siguen llamando en vano. Hasta que se hartan y me envían a la porra, claro, aunque tampoco eso es casi nunca definitivo. Yo, coqueto, juego a sortearlas y ellas, humilladas, a olvidarme. Yo aprecio mucho a mis novias, insisto en ese punto, lo digo de verdad. Incluso de algunas de ellas habré llegado a pensar: «¿Estaré enamorándome?» Pero no. Digo lo de antes con mi presunta participación, aunque pasiva y distante, en las bacanales de sexo de los vecinos del apartamento de arriba: «¡Qué más quisiera yo!» Y al final, cuando las cosas se complican, ellas dicen: «A la porra.» Yo desaparezco, sencillamente. Es siempre lo mismo: ellas se comportan como personas con necesidades de personas, y yo como jugador de ajedrez con necesidades de jugador de ajedrez. Sí, incluso con Claudia fui jugador de ajedrez (Paulsen) hasta el final, y eso que ella ha sido la persona más importante de mi vida, la madre de mis hijos y todo lo demás: qué no será con el resto. Pero vuelvo a recordar que al cerebral Paulsen lo destrozó el vital Morphy, que a su vez enloqueció siendo muy joven. En esta guerra de aniquilación que afecta a los sentimientos todo el mundo sale perdiendo.

Conviene que sitúe correctamente el territorio sentimental en el que me muevo, luego de dejar claro que en el fondo muchas de las mujeres que conozco comparten, a rasgos generales, lo de aquel chiste: «¿En qué se parecen los tíos a un restaurante chino? En que se empieza por un rollito de primavera y se acaba con cerdo agridulce.» Claro, será por una cuestión gremial, pero no me hace ninguna gracia, máxime cuando el cien por cien de esas mismas mujeres viven con el temor obsesivo de lo que gran parte ellas denominan poco eufemísticamente verse «enganchadas» a un hombre, presuntos y futuros cerdos agridulces incluidos.

Actualmente mis novias son: Aurora, Lola, Nativel, Esperanza y Zulema.

No se crea que poseo un serrallo ambulante, no, nada más lejos de la realidad. Ya explicaré cómo funcionan las cosas, y así quizás todo resulte más comprensible. El caso es que la noche en cuestión, con mi cuenco de cerámica lleno de whisky en la mano, di al contestador y allí había mensajes de cuatro de esas cinco mujeres. Un récord, pues cuatro en un mismo día tampoco es que suelan llamar. Mi sistema hormonal no lo resistiría. Ha habido ocasiones en que llamaron varias, es decir, muchas, y Brígida oyó los mensajes. Aunque ella nunca toca el teléfono. O eso dice. Mientras limpia la casa, por denominar lacónicamente sus paseos por allí a lo largo de seis horas, oye cómo dejan el mensaje. Cierta vez, no en tono de reproche sino vagamente irónico, dijo después de una de esas lluvias de mensajes femeninos:

—Varias sobre mucho buscan, me parece sin decir.

(Traducción plausible: «Le han llamado bastantes chicas, aunque no han dejado mensajes muy largos. En cualquier caso los tiene ahí.»)

Recuerdo que otra vez, en similar situación, repuso:

—Mujeres sí en teléfono tú, que busca busca...

(Traducción plausible: «Otra vez han llamado varias de esas pelmazas que parece que no tengan otra cosa que hacer.»)

En cualquier caso, y analizando sintácticamente ambas frases, que más o menos reproduzco de memoria, obsérvese que hay algo que las vincula: el concepto «buscar». ¿Hablaba Brígida de «busconas» con su especial lenguaje? Probablemente. Creo haber detectado, en esa tangencial utilización del verbo «buscar», un algo de retintín y recochineo. Pero como tampoco puedo probarlo, me aguanto. Pero yo sé y ella sabe qué quería decir: «pelanduscas». Sí recuerdo, sin embargo, otra vez en la que se dio la circunstancia de que el contestador tenía varias llamadas de tal guisa. Y precisamente aquel mediodía en que llegué a casa y coincidí con Brígida, ésta, señalando con el mentón hacia el teléfono, no sin mostrar un rictus de algo similar al desprecio, añadió con dureza:

—En Señora, no llamas...

(Traducción plausible: «Cuando estaba la Señora aquí, todas ésas no llamaban tanto, evidentemente.»)

Evidentemente. Además, tengo la impresión de que aquella mañana, aparte de con los puros, la sorprendí algo bebida. Pero llamo la atención del lector sobre un punto capital. Cuando Brígida se refiere a Claudia, la llama «Señora» haciendo un especial, curiosísimo y respetuoso hincapié en la «s» inicial. Es un «Señora» reverente, casi fetichista. Como si aludiese a la *Signoria*, el gobierno de Florencia en su época de más esplendor, cuando los Médicis. Desde que lo dijo, yo mismo, cada vez que pienso en Claudia tiendo a hacerlo en esos términos: la *Signoria*. Bueno, no en vano es la madre de mis hijos, de quienes apenas he hablado. Tampoco de mis mejores y más fieles amigos, por lo menos hasta este momento de la historia. Convendrás conmigo, pues, en que de lo que llegó el momento, lector, es de tomarme, de tomarnos un respiro.

## LIBRO II

—

*En donde el Perplejo Protagonista, postrado
de hinojos ante la realidad, hállase
ahíto de pingües sinsabores
y dudas, mas a la sazón
aún porfía.*

Había calculado demasiado justo.

RAYMOND RADIGUET

Al menos mi voz te sigue.
Ojalá te alcanzase.

JOSEPH JOUBERT

Dios es el nosotros existir
y el no ser eso todo.

FERNANDO PESSOA

Antes de explicar algo sobre mis amigos o mi familia, como prometí, creo que debo concretar lo que sucedió en la parte final de la noche de aquel día en el que pudo haber cambiado algún esquema importante de mi vida, aunque de hecho todo siguió más o menos como estaba, o sea: mal.

Apuré el whisky y volví a la cama tras comprobar que había cesado el ruido de muelles. Instintivamente en esas ocasiones tengo la sensación de que debo mirar en dirección al techo. Pensé que mi vida sexual estaba bastante reducida, precisamente, a eso: a mirar como un bobo hacia arriba, en espera de si a los vecinos se les ocurría dejar de follar o seguir en ello. Bueno, también está lo de mis novias, aunque ahí entraríamos ya en otro sendero mental, con múltiples ramificaciones, éstas de difícil acceso. Habría que explicarlo con detalle y correctamente, pues no dejo de pensar que hay mucho fisgón o fisgona a quien le interesarían ciertas escabrosidades. O igual soy en exceso cándido y dudo si una considerable parte de los hipotéticos lectoras y lectores de esta historia casera devorarían literalmente, casi sin masticarlas, lo que yo llamo nimias escabrosidades. Sólo sé que me gustaría recalcar esto:

Debería idearse una especie de correo secreto e inviolable entre autor y lectores para subsanar aspectos como éste: ¿Desea usted conocer detalles sobre tal o cual punto delicado de la narración, o prefiere que ésta le ofrezca un discreto y elegante salto sobre el tema?

Por su parte, el autor tendría ya preparadas determinadas respuestas de esas polivalentes, lo menos arriesgadas posible. Cada uno iría viendo qué hacer a tenor de las preguntas o dudas que surgieran, con un único y sagrado objetivo: no decepcionar nunca a quien decidió depositar en él su interés, su paciencia, su dinero y su tiempo.

Dijéramos —tengo el rato quejumbroso y eroticolacrimógeno, lo siento— que encuentro una cierta complacencia en exponerlo justamente de esa y no de otra manera: mi vida sexual, la auténtica, se reduce a mirar hacia el techo esperando que se oiga o deje de oírse ruido de muelles.

Hombre, para qué voy a engañarme, no me parece la mayor de las suertes, ni siquiera una pornoacústica eventualidad digna de envidia, aunque tiene su cosilla, doy fe. Pero me consuelo pensando que otra gente estará aún peor. Y no aludo a aberraciones máximas, ni a servidumbres dolorosas, sino simplemente me pongo en el lugar de alguien que, estando obligado a compartir lecho y techo con otra persona, se ve abocado a practicar una cierta modalidad del sexo que posiblemente nunca ha sido definido en manual alguno, ni lo será jamás. Algo que está entre lo vulgar, lo necesario, lo rápido, lo archiconocido y lo por completo carente de encanto que, pasito a pasito y día a día, camina hacia la construcción del asco mutuo, aunque convenientemente disimulado bajo las diversas formas de la apatía: me refiero a lo que supongo acaban siendo la mayor parte de las relaciones sexuales entre personas que durante demasiado tiempo seguido comparten eso.

Tenía un amigo muy, pero que muy disoluto que afirmaba, ni corto ni perezoso, que después de un primer polvo era imposible que siguiera habiendo verdadero encanto. Otras cosas tal vez, seguro, pero encanto-encanto ni hablar. Eso decía él: encanto-encanto, como si se tratase de la mosca tse-tse. Entonces, luego de muchos polvos, digamos 76, 187 o 254, ¿cómo puede mantenerse el encanto-encanto?

Bueno, yo sólo sé que mi vida con Claudia, en ese sentido, no fue precisamente lo que se dice desenfrenada. Más bien lo contrario. Imagino que también fuimos Paulsen y Morphy en eso. Tendíamos ambos hacia una cierta castidad y... (no, ¿para qué mentirme?). No era una vida de locura sexual. Lo hacíamos relativamente poco, pero cuando lo hacíamos acostumbraba a ser muy bueno. Había allí, como en todo buen *match* entre maestros, un litigio de soberanías discernidas, y eso lo convertía en un juego excitante, aunque desafortunadamente cada vez más espaciado. Y hacia el final aún era mejor que en la primera época. Por otro lado, siempre estuve convencido de que si en algo miente la gente, por pasiva o activa, es en el tema del sexo. Así que lo de «relativamente poco» que escribí renglones antes, si pudiésemos confrontarlo con la realidad de cada cual, nos mostraría el panorama más enrevesado y sorprendente de cuantos le son propios a la condición humana.

Como una y otra vez a lo largo de mi relato, vuelvo a la noche crucial: ya venía alterado por lo del maniquí, y con un susto morrocotudo por el dichoso gato, ya me había hecho sangre con un vaso sucio. Ahora todo dependía de la sinhueso, como llamo a mi pene. Igual que gelatino es quien piensa, la sinhueso parece que a menudo haga lo propio. Miré fugazmente en dirección al techo y no se oía nada. Me acosté de nuevo. Al poco, oí pasos. Sonaban en mi techo, en el suelo de los vecinos. Un reguerito de pipí. Y una voz femenina: «¡Cari, tráeme una Coca-cola light!» Ella le llama a él «Cariño» en versión mutilada, algo que me tuvo muy impresionado durante un tiempo, porque a veces había follón —no folleteo— y creo que hasta golpes. Pienso que la curraba, y ella, entre lágrimas y chillidos, seguía llamándole «Cari». Él, en cambio, no sé cómo la llamaba, porque debe de hacerlo al oído mientras le muerde con fruición los lóbulos de ambas orejas, o en un tono de voz que no logro oír, pero el caso es que ella ríe gozosa y sintiéndose una reina. Se nota. Poco después, en la misma noche, igual le cae un sopapo o le retuerce un brazo. Pero no pasa nada. Formas de amor que están en relación causa-efecto con el cociente intelectual de quien las pone en práctica.

Lo de los trompazos y las broncas supongo que forma parte

de la salsa sentimental de tan ardorosa pareja. Hay bastantes así. Con Claudia, lo reconozco, casi nunca elevábamos el tono de la voz a lo largo de las discusiones que pudimos tener en todos esos años. Peleas, en el sentido plenamente desatado del término, prácticamente no recuerdo más que una o dos. Lo aclaro: de ella conmigo, y yo casi callado. Discutíamos encarnizadamente durante horas, eso sí, dándole vueltas a lo mismo, para acabar casi siempre en nada. Tablas, como dije. Nos cedíamos la palabra con ademanes de cortesía. Así hasta que nos salía humo del cerebro. Botvinnik y Tartakower, Euwe y Steinitz, Tal y Fischer, Lasker y Capablanca, Spassky y Petrosian, Rubinstein y Tarrasch, Janowski y Tschigorin: qué barbaridad, el daño que nos hicimos, ahora lo pienso, pese a lo mucho que nos queríamos. Eso es lo que ocurre cuando coinciden, y si encima se aman es peor, dos sádicos fajadores del tablero vital que se empeñan en hacer a diario la partida cumbre de sus vidas y nunca dan su brazo a torcer, como si eso fuese en sí misma una filosofía del juego, dolorosa y a la vez inexplicablemente placentera.

Supongo, ahora lo creo así, que la perdía poco a poco, luego de cada una de aquellas curiosas e interminables discusiones que por su aire comedido y hasta a veces diríase que de sano debate, más parecía la exposición de un problema de álgebra ante el aburrido tribunal que una discusión doméstica. Yo, en cambio, tenía la sensación de salir fortalecido de ellas. Y no porque me sintiese bien, no, tan masoquista o cruel no creo ser, y mucho menos hacia la persona a la que más he respetado y querido en toda mi vida (¿la única, realmente?, me pregunto con frecuencia) sino porque creía que era inevitable discutir, de un lado, y de otro me encantaba constatar el nivel ofensivo del ajedrez mental al servicio de los sentimientos que Claudia esgrimía en dichas ocasiones. Y cuanto más se encolerizaba más brillante estaba. ¡Y guapa! Partidas memorables, lo aseguro. No es que para mí fuese un juego en sentido estricto, o parte del juego. Era la vida. Pero ya que de eso se trataba, no podía evitar percibirla como un feroz combate sobre los escaques y con incesantes combinaciones geométricas por trazar. Ella no. Por eso acabó yéndose. Siempre Paulsen y Morphy. Pese a todo, sigo creyendo que yo tengo mucho más de Morphy que de Paulsen, y si de Claudia pensé un tiempo que era muy Paulsen, en el sentido de analítica, severa y lúcida, pronto me di cuenta de que ella tenía también mucho de quien yo siempre quise ser: Alekhine.

El sexo, y a veces pienso que como el amor, constituye un problema crónico: nunca supe en qué anaquel ponerlo. Ni mucho menos cómo etiquetarlo. Yo soy fiel (por ejemplo, siempre dejo el auto en la misma plaza de un enorme parking de la ciudad, aunque ello suponga largas caminatas). También me considero lo que se dice buena persona (por ejemplo, eludo a las palomas para no tropezar con ellas), y sin embargo me siento cada día más acorralado por el sexo y por las palomas. Nada de lucha dialéctica pero honesta de dos psicologías contrapuestas, como defendía el ruso Bronstein. Nada de burlar, ya que estamos en ello, las posiciones inherentes al Contragambito Falkbeer, que busca impedir que el rival, con sus peones, se apodere del centro del tablero, para propiciar partidas de infarto y arriesgadas por ambas partes. Yo estoy con el maestro Lasker, quien creía que lo idóneo no era tanto realizar los mejores y más audaces movimientos, sino los más molestos para el contricante concreto al que nos enfrentamos.

Teniendo en cuenta que el sexo es para mí como esas puertas que tan pronto cierran más o menos bien como no hay manera de hacerlas encajar, según sea la humedad o la temperatura (emocional), me atrevo a decir que desconcertar a alguien a quien deseas o amas es, eso creo, empezar a vencerle. El problema sería, contando con que si la ecuación que aúna lógica y experiencia no se desmorona de forma estrepitosa, cómo mantener lo previamente conquistado.

Hay personalidades y caracteres. Yo debo de tener personalidad. Claudia, carácter. Lo primero indicaría una cierta habilidad para hacerse notar, aunque sin establecer por eso ningún juicio de valor moral. *Ursus* es otro ejemplo de lo mismo. Llena las estancias en las que se halla. Provoca caídas. Y, sin embargo, si dejas de mirarlo durante un rato, incluso olvidas que existe. Hasta que de nuevo tropiezas con él. Suele estar todo el tiempo mirándote. Si le devuelves la mirada, agita el rabo. A veces, aunque no le mires, te mueve el rabo igual, por si te quedaban dudas del inmenso amor que parece embargarle. Su homónimo en versión infinitesimal, el *Tete*, tenía carácter. Y si no que se lo preguntasen a los veterinarios que pasaron por el mal trago de tenerlo entre sus manos, lo cual era un decir. Según lo veían entrar, ya empezaba el folclore. Qué botes, qué mordiscos, qué forcejeos. El *Tete* se escabullía como una anguila. Recuerdo a cierta veterinaria que nos sugirió llevarlo a otro colega suyo, hombre más dado a «este tipo de perros», dijo con acritud, por lo que dedujimos que se trataría del clásico torturador de perrines con un diploma enmarcado en la pared. La veterinaria lo veía aparecer por la puerta y exclamaba cosas como:

—¡Vaya, ya tenemos aquí a *éste*...! —Mientras se ponía los guantes especiales en ademán de combate y con cara de pocos amigos.

Entonces empezaban aquellas memorables sesiones de lucha grecorromana. Si yo hubiese sacado más del *Tete* que de *Ursus*, quizás las cosas me habrían salido mejor, quién sabe.

Por otro lado siempre he considerado inexplicables ciertos mecanismos mentales de los perros: *Ursus* —lo cual supone una gran ventaja— ha decidido hacer sus necesidades sólo en el jardín, con lo que, si se mezcla debidamente con la hierba y la tierra, voy teniendo abono de primera. Antes, por el contrario, decidía hacer caca en los sitios menos idóneos: el portal de la típica familia pulcra y escrupulosa, junto al flamante auto recién comprado de algún vecino tiquismiquis, y por supuesto en su presencia, cuando no en mitad de una calle aprovechando que por allí circulaba un coche patrulla de la Policía Municipal. Como si lo hiciese a propósito. Porque, es fácil de imaginar, lo de *Ursus* son unos «pasteles» de impresión. En cambio, el *Tete* hacía apenas nada, legajos churriguerescos, liviandades cual trufas deshilachadas, pero llamaba la atención cuanto podía. Ladridos, gestos de triunfo y toda la parafernalia al servicio de la causa: «¿Verdad que lo he hecho bien?» Con lo que, a su modo, era el centro de todas la miradas. Lo último por mí deseado. Se me antoja pensar que en el *Tete* latía una pulsión megalómana —o perrómana, como decía Claudia— de mucho cuidado. Era igualito a Hitler o Napoleón, pero en mierdecilla de perro. Ante cada movimiento que efectuaba, diríase, hubiera necesitado un Hoffmann para fotografiarle y dejar constancia del evento, o a un David para pintar un inmenso cuadro testimonial. *Ursus*, pese a su estructura ósea y su nulo cerebro, es aire, o lo parece. El *Tete* era en sí mismo como el famoso cuadro de *La coronación de Napoleón*. Un caso.

Volviendo a mi noche loca, por fin hubo risitas más allá del techo, y el semental orangután se paseó de un lado a otro de la habitación. Algo de simiesco había en ese atlético vecino. Algunos tabiques del edificio dejan mucho que desear, y el propio techo de mi casa, otro tanto. A veces, en pleno coito, y como parece que ella no acaba de correrse nunca pese a que él aprieta y aprieta que es un primer, tenaz esfuerzo en el que yo me solidarizo en su machacona determinación (y seguramente esta vez me ha quedado más fino), da la sensación de que las paredes tiemblan. Juro que, bajo el impulso de lo que adivino poderosos, secos golpes de pubis, he visto la lámpara de mi habitación moverse con un característico y delator temblequeo, así como diversos objetos que tengo en mi estantería, o las perchas del armario, o la superficie del espejo de pared en el que obviamente procuro mirarme lo menos posible.

Al oír esas nuevas risitas de ella me estremecí, pensando: «¿No irán a volver otra vez a la carga?» Pero no. Ya no eran unos recién casados cualesquiera. Entonces, sin duda, habrían vuelto de nuevo a la carga. Ahora pueden llevar, según mis cálculos, casi diez meses de matrimonio, y ya no es lo mismo. Para cuando lleguen al polvo número 254 de su vida conyugal, quién sabe cómo andará la cosa. Igual privan más los mamporros que los jadeos. Aunque teniendo en cuenta que triscan como ratones, y sin perdonar prácticamente ni una noche, lo mismo han alcanzado ya esa cifra, o incluso superado, no sé. Es indistinto: simple cuestión de tiempo.

Hablando de polvos: creo recordar que en ese preciso instante, cuando entré en la cama y cerré los ojos, acaso por no haber conseguido masturbarme un rato antes o por lo sugestivo que a veces me resultaba vivir bajo esa pareja de impenitentes fornicadores, decidí que la noche siguiente me atrevería a ir, por fin, al club Quickie's, uno de esos antros de carretera con chicas y tal. Llevo dos años, desde el momento en que me quedé realmente solo en esta casa, diciéndome que el día menos pensado cojo y entro en el Quickie's, que para mí es ya una especie de mito, seguro que porque aún no me he atrevido a hacerlo.

Qué sé yo, como si el Quickie's —y cuando digo ir me refiero estrictamente a eso: tontear con alguna de las chicas y dejarse el dinero en copas, ni me atrevo a pensar más—, supusiera un cambio radical en algo. Lo dudo. Nunca he estado con una prostituta, y eso que lo intenté. Vaya si lo intenté. Pero estar, en el sentido amplio de la palabra, jamás lo logré. El día que eso suceda y sea más o menos satisfactorio, me temo a mí mismo. Ya pueden ponerme una habitación personalizada en el Quickie's o donde sea. De ahí mi amenazante máxima al inicio del relato. Nada, puros fuegos de artificio. Es como si sintiese que llevo mucho, demasiado cariño físico atrasado por recibir. Que ello se obtenga pagando puede parecer lamentable, y sé que de hecho lo es, pero ¿eso cambia algo? ¿No es también lamentable encadenarse con alguien a sabiendas de lo que ello comporta, para tener un *quick* más o menos asegurado con la misma persona de siempre?

(¡Alarma general!: algo me dice que si sigo por ese camino voy a resultar muy desagradable o, lo que es lo mismo, en exceso incisivo. Un autor que se propone poner en cuestionamiento la capacidad del lector para admitir ciertos temas de índole moral no puede esperar la más mínima benevolencia por parte de quienes van a juzgar su trabajo, así que opto por desviar prudentemente tales reflexiones, la dimensión de cuyo genuino dolor radica, tal vez, en que valen para todos los humanos, casi sin excepción. ¡Pero que no nos lo recuerden, caramba!)

Me adormilé, pues, con imágenes confusas y vagamente lascivas chapoteando con torpeza en la conciencia, igual que niños en el agua de una piscina en sus primeras prácticas. Petete, los muelles de esa cama que no veo, el cuenco con whisky, el fregadero lleno de cristales y mugre, el contestador con varios cepos listos para cerrarse. La sinhueso aparentaba sólo morcillona. Últimamente parece que también ella ande con depresión. Caí ya en la sima del sueño cuando algo me despertó bruscamente de esa primera incursión en el descanso nocturno.

Los folladores de arriba estaban de bronca. Resultaba previsible. Pero, además, era de las gordas. Desconozco qué pudo ocurrir luego del polvo de un rato atrás, los «caris», los refrescos *light* y las risitas. Qué rara es la gente. Miré el despertador: eran sólo la una y media de la madrugada. Aquello tenía mala pinta. Iba a ser una noche tonta. Es decir, empezaba a tener pinta de lo que justamente había pasado ya más de una vez en ese apartamento: ellos follando de nuevo dentro de un rato tras haberse tirado los trastos a la cabeza, y yo aquí, con los ojos abiertos como platos e insomne toda la noche. Sólo que mañana tenía que levantarme pronto para ir a trabajar, y ellos... bueno, ella no trabajaba, que supiese. Así estaba de fresca y de marchosa la tía, por lo general. Pero él sí. Se iba hacia las ocho y cuarto. Sólo que él es joven, hace pesas y carda hasta el hartazgo, algo que aconsejan muchos médicos. Y yo, ¿lo dije ya?, me encuentro en esa cosa tonta, y tan terrorífica como el concepto de limbo, que se conoce comúnmente como «ecuador de la vida». Tan tonta como las noches tontas que de vez en cuando debemos padecer los vecinos de Atlántida, bloque C, gracias a la fogosidad del Cachas y la Aulladora. Sé que también los vecinos de los bloques A y B suelen oírlos, y puedo imaginar sin excesivo esfuerzo que si mi indignación por ese asunto es sólo relativa, la de esa gente debe de ser mayúscula. El sexo, sobre todo el ajeno, claro, suele afectarle al personal más de lo que debiera. Aunque, reconozcámoslo, también debería haber una serie de formas, de límites. Los Sementales del 1.º 2.ª no respetan las formas y han trascendido con creces los límites. Se les ha avisado, sugerido, rogado y hasta amenazado. Y siguen igual: como Bugs Bunny y su novia en plena luna de miel, o más bien de zanahorias.

Lo acepto ya como una de las crónicas taras psicológicas inherentes al tiempo y al lugar en el que me ha tocado vivir. Es ahí donde me veo moviendo una vez más la pieza del tablero de la existencia, justo la que debe utilizarse, o al menos yo lo hago, en estas ocasiones. La que lleva la inscripción: «Podría ser peor.» Quiero decir, ahí al lado mismo, en los bajos de los bloques contiguos, en épocas recientes ha habido una academia de bailes de salón, otra de aeróbic y hasta una especie de taller de carpintería. Lo digo por el escándalo.

Puedo asegurar que cuando alguna vez ha venido cualquiera de mis así llamadas «novias» a esta casa (evento que tardó casi dos años en producirse desde que Claudia, *Ursus* y los niños se fueron, pues para mí era un sitio sagrado e inviolable hasta que los rigores de la carne dijeron: «¡Basta!»), he procurado que se mantuvieran, en los momentos de intimidad (casi siempre unilateral porque yo no soy nada dado a entregarme) y de solaz (supuesto o, cuando menos, relativo), del modo más riguroso las leyes del silencio, o lo que es lo mismo: las del decoro y la discreción. Nada de chillidos como la de arriba.

Zulema vino aquí, por ejemplo, y no sólo eso, sino que contra mi voluntad se quedó casi un mes. Y Zulema, aunque pareciese medio autista en muchísimos aspectos de la vida, tendía a vociferar cuando se trataba de mostrar su entusiasmo por algo, y no digamos su goce físico. Nativel estuvo dos veces. Una, llegamos de noche y ya nos íbamos en mitad de la noche. La segunda, llegamos de noche y nos fuimos cuando rompía el alba en el horizonte. Lola habrá estado aquí, en esta cama, cuatro veces. En dos de esas ocasiones se quedó hasta la hora del desayuno, lo que marcó una diferencia cualitativa considerable que la hace peligrosa y susceptible de no ser invitada ya nunca más. Ni Esperanza ni Aurora, como se diría en ciertos textos medievales, «yacieron en aqueste lecho». Aunque con Espe, antigua y entrañable medio novia que fue años atrás, casi de antes de vivir con Claudia, sí me acosté varias veces, allí y acullá, pero no aquí, en esta casa, con lo que ahora la situación es de curiosa ambivalencia. No sé qué pasará, lo reconozco. Y en cuanto a Aurora, aún no ha caído

¡Ahí va!, compruebo que debe de habérseme desplomado literalmente la «o» según la escribía. ¿El motivo? ¿Fallo de la tinta?, no. ¿Mi pulso?, tampoco. ¿Llenar tres renglones más, así, por simple antojo?, ni mucho menos. ¿Entonces? Se trata del típico desplome ideológico (con secuelas gramaticales) del que me es imposible zafarme. Decir que una chica ha «caído» ya o no, en alusión al sexo, ¿no implica determinada percepción machista de dicha cuestión? Temo que sí. ¿Qué es eso de «caer»? ¿Es que acaso estamos hablando de un tropiezo, en el sentido literal del término, o incluso de una cacería en la que debe «caer» la víctima, asimismo en el sentido físico de la expresión, para que tal cacería se consume? En última instancia: ¿quién «cae» realmente?

Hasta de un impecable jaque mate, tal vez, podría argüirse algo similar. De hecho es una pieza la que se tumba, aun simbólicamente, para demostrar que ha sido derrotada por el rival. Pero tratándose de personas no me parece un lenguaje adecuado. Aunque, si lo pienso detenida y fríamente, teniendo en cuenta que no le deseo mal alguno —ni físico, ni intelectual, ni sentimental— a esa Aurora que «aún no ha caído», pero que está rondando hace tiempo tal momento, y teniendo también en cuenta que Aurora, a tenor de sus peculiaridades psicológicas, me inspira una serie de sentimientos que oscilan entre el puro deseo romántico y la abyección más despiadada (espero saber explicarlo en su momento), me hace dubitar sobremanera al respecto. Me refiero a su hasta ahora demorada «caída».

Ella quiere, creo. Yo, no tanto. O sea, sí «eso», pero no mucho más. ¡Me estoy liando! Y es que en el fondo es lo de siempre. Pienso que ella quiere historia sentimental y yo desenfreno del otro. Lo cierto es que me da un miedo considerable. Para empezar, y posiblemente para acabar, Aurora tiene veinte y tantos años, mientras yo estoy en el ecuador de la vida, como digo. Carne fresca, tierna, solomillo, bistec de primera, entrecot casi virgen. Acaso tampoco sea tan exagerado como lo expongo, a ver si una lectora de esas ultraconcienciadas y sensibilizadas ante ciertos temas va a creer que voy por ahí engullendo a criaturas del jardín de infancia próximo.

Aurora cumplió hace poco veintisiete añitos mondos y lirondos. Con lo que prácticamente puede decirse que ronda la treintena. Soy yo el que se complace morbosamente viéndola, pese a que ya no lo es, como una especie de Lolita, más corruptora inconsciente que perversa oposipanda, y cuando pasan días que no la veo y pongo mis ojos sobre ella, siento que ésa es una mirada descaradamente pederasta. «Qué extraño que ella no lo perciba así», pienso entonces sorprendido. Y no, ella no lo percibe así. Para ella, supongo, soy un madurito apetecible. Recién separado. Culto. Poco más. Tiene su morbo, imagino. Recuerdo que a partir del día que cumplí cuarenta y un años, y tampoco hace tanto de eso (el maldito ecuador) empecé a decir por ahí, cuando me preguntaban por mi edad, por ejemplo al teléfono: «Casi cincuenta...» De crío era igual. Por eso se me cruzan los cables con Aurora, y temo tanto como deseo que por fin venga a esta casa en disposición de, digámoslo en una suerte de perifrástica imposible, ser caída con todas las de la ley. Aunque, al final, la única ley que impera es la vida, y lo que podría suceder es que el verdaderamente «caído» fuese yo mismo, como insinué. Que la sinhueso ya no está para ciertos trotes. Espero haberme explicado.

Con este tipo de cosas me pongo muy nervioso y todo yo soy

un manojo de indecisión. Es como esas personas que nunca acaban de decidirse a apretar el botoncito de marras de la cámara fotográfica para hacerle una foto a alguien, que posa más o menos inquieto pero siempre incómodo, al otro lado del objetivo. Eso suele pasarle a mucha gente. Mientras te enfocan, y dicen: «Espera un momento», y oyes que, en efecto, han apretado de una vez el disparador de la cámara parece que haya transcurrido una eternidad. Incluso da tiempo de sentirse ridículo o, lo que es peor, en el vacío, como si en tan precisos y críticos instantes ese otro que está agazapado tras la cámara, al que además no suele vérsele el rostro, lo cual tampoco contribuye a serenar nuestro creciente nerviosismo, nos estuviera viendo y auscultando el alma, decidiendo qué hacer con ella. Con Aurora, cuando estoy cerca, e incluso cuando simplemente pienso en cosas relacionadas con ella, me sucede algo así. Me pregunto quién soy. ¿El que aguarda, impaciente, a ser fotografiado? No lo creo. ¿Quien tiene la opción de realizar la fotografía, y no obstante demora ese momento mágico con una cierta complacencia? Tampoco.

Yo soy el botoncito de la cámara.

Así me siento, lo aseguro. Al menos con Aurora.

Y, volviendo al barullo sexual de los vecinos de arriba, tampoco me parecen tan dignos de consideración, sobre todo dado el contexto acústico del complejo residencial Atlántida, que quizás sea un tema en sí mismo de frenopático. Porque, como dije, el bloque A es el paraíso de los pájaros. Yo le llamo:

El Orinoco.

Navegar en canoa por uno de esos ríos que surcan selvas tropicales no puede ser muy distinto a pasar frente o bajo el bloque A cuando a las aves que lo pueblan les da por elevar al unísono sus plegarias o protestas, o váyase a saber qué, porque lo cierto es que no hay quien las aguante. Ya expliqué que por ahí rondan gatos, bien alimentados sólo hasta un punto, con lo que no dejan de estar al acecho, cosa que detectan los pájaros y se monta una buena, por mímesis y mero pánico contagiado.

Ese bloque A está habitado en su mayor parte por viejos. Lo

cual constituye otro de los enigmas que caracterizan la originalidad de Atlántida. Imagino que como la sordera es una de las cosas con frecuencia inherentes a la así denominada «tercera edad», esos vecinos no deben oír el estrépito pajaril del mismo modo que nosotros, los de los otros dos bloques, aunque paradójicamente tengan más cerca a las aves. Y como durante la noche, que es cuando los ancianos suelen decir que no duermen, quejándose constantemente de insomnio, todo está considerablemente más tranquilo, no se enteran de lo que vale un peine (expresión ésta que no sé en absoluto a qué viene ni a qué se debe, pero como forma parte de la manera usual de expresarse no pienso modificarla pese a que posiblemente se trate de una completa estupidez: qué a gusto se queda uno de vez en cuando utilizando libremente términos coloquiales). Y del bloque B creo que ya comenté que le llamaban:

La Perrera.

Sus vecinos son de diversas edades, también tirando a ancianos. Suele haber familias numerosas, pero en raciones. Por eso entiendo: niños constantemente en los balcones, comilonas de desmayo en esos mismos balcones, sobre todo los festivos, bicicletas también en los balcones, partidas de dominó o cartas en los balcones durante las cálidas noches de verano, y perros ladrando en los balcones, pues no hay familia que no haya decidido tener su puñetera mascota animal. Eso, si no varias. Del bloque B, como dejo puntillosa constancia, sólo conozco los balcones, aunque temo sea suficiente para hacerse una idea aproximada del elenco humano y perruno que lo habita. Es más variado, eso puedo asegurarlo, el que se levanta justo sobre mi techo, el C, con sus seis apartamentos en los que, por a saber qué misterio, no suelen acostumbrar a tener perros o pájaros. Es como si en la inmobiliaria que los alquila pusieran esa condición. «¿Tiene usted pajarracos?... al A.» «¿Chuchos?... al B.» «¿Son sólo personas?... al C.»

Ahora bien, menuda colección de personas, o de supuestas personas, pueblan (iba a escribir azotan) lo que era hace apenas unos años un edificio tranquilo, un auténtico remanso de paz a un centenar escaso de metros de la playa y del paseo marítimo. No se me ocurre cómo resumirlo sin caer en tópicos o exageraciones. De entrada, aun siendo consciente de que me va a ser imposible justificar lo que explique, diré que por algún motivo que desconozco, pero que debe de tener relación con la botánica (en nuestro bloque hay plantas que no tienen los otros, y más moreras) tenemos una gavilla de bichos nada desdeñable. A saber:

— grillos,
— hormigas,
— moscas,
— gatos,
— pulgones y
— carcoma.

Se me dirá, y con lógica: ¿no dije que había gatos en los alrededores del bloque A, siempre merodeando ese hipotético y suculento manjar enjaulado que constituyen las decenas de aves llenando sus terrazas? Respuesta: sí, pero a medias. Muchos de esos gatos al acecho son «nuestros», o sea, de vecinos del bloque C, que van al A a tocar las narices, como vulgarmente se dice, y a ver si por un casual se pierde algo con plumas que llevarse al coleto. Otros gatos, supongo, son callejeros, sin más. Porque el tricoteo libidinoso de los gatos de noche es para contar y no parar. Menudos aullidos. Sabido es que los gatos arman mucho escándalo cuando copulan. Los de por aquí son increíbles. Todos me recuerdan a *Shere-Khan*, aquel tigre hijo puta de Mowgli. Se les habrá contagiado a los vecinitos del 1.° 2.ª.

Y se me seguirá diciendo: ¿acaso los bloques A y B no tienen moscas, ni las siempre tenaces hormigas, ni pulgones en los arbustos de sus jardines? Respuesta: no, pero también a medias. No tanto como en el bloque A. Personalmente, respecto a las moreras, no se me ocurre otra explicación más allá de la que ya sugerí: creer a pie juntillas aquello de que Dios los cría y ellos se juntan. Así, en el bloque B, las circunstancias, o sea Dios, han dispuesto que haya un sinfín de perros. En el A, pájaros, y en el C, personas y bichos varios. Pero tampoco quiero hacer aquí barata teología vecinal.

Si tenemos en cuenta, como ahora explicaré, que las personas del bloque C tienen más de bichos que los propios bichos, se comprueba que sigue imperando un cierto criterio de unidad. Otra cosa distinta, y más complicada, sería hallar la plausible unidad que se da entre los bichos del bloque. Por ejemplo: ¿qué unifica a moscas y grillos? Que tienen alas. ¿A pulgones y carcoma? Que tragan sin parar arbustos y madera. Pero, ¿gatos y hormigas? Ésa es la curiosa idiosincrasia del bloque C. Somos casi el Arca de Noé en versión playera, qué sé yo. También he solido plantearme a menudo, por supuesto ajedrecísticamente, qué afinidad podría haber entre el personal humano, no bichil, de este bloque. Y aquí sigue siendo necesario contemplar determinados factores.

Así como en el bloque A, y que yo recuerde (ojo, porque hablo de quince y hasta de veinte años atrás, no es ninguna broma) siempre hubo pájaros y en el B perros, el C reúne distintas faunas, todas ellas con sus peculiaridades, pero que poseen en común cosas como que cada uno de sus integrantes tiene: dos ojos, dos orejas, dos brazos, dos piernas. Tampoco esto es broma, pues puedo asegurar que ha habido rachas de tullidos, como si unos se llamaran a otros, o como si todas las inmobiliarias de la zona estuvieran de acuerdo para, en cuanto entre allí alguien tuerto, o cojo o con muñones interesándose por un apartamento, decirse en el acto: «Mira, otro para el bloque C de Atlántida.»

Además, y esto es muy importante, llevo dos décadas comprobando que en el bloque A, con viejos y aves, casi no se producen cambios sustanciales. Algún que otro abuelo ha palmado, claro, pero no tantos. En cuanto a los pájaros, tampoco me lo explico. Irán renovándolos conforme se les mueran, digo yo, porque creo reconocer hasta los mismos cánticos. Si uno tiene agapornis o jilgueros, ya es casualidad que den la vara con idéntica melodía. Los perros del bloque B sí cambian, de eso me doy cuenta, pues estoy más o menos al tanto de las distintas razas. Primero muy ladradores y vigorosos ellos. Dale que te pego a la bronca cada vez que pasas, fundamentalmente cuando voy con *Ursus*, a quien les encanta provocar de lejos. Aunque el que los soliviantaba al máximo, como ya dije antes, era el *Tete*. Luego, al cabo de unos meses, empieza a vérseles bastante más aplacaditos. Finalmente parecen estatuas en forma de perro. Una colección de perros de piedra. Los veo y pienso: «¿No se les habrá quedado fiambre ese perro, ahí en el balcón?» Quizás en sitios como Atlántida, más que en grandes urbes en las que todo el mundo está apelmazado pero apenas nadie se conoce, es donde se constata aquello de que la vida va poniéndonos a cada cual en nuestro sitio. En esta zona nos relacionamos caninamente. Me explico:

Conversaciones de perrines (es decir, de sus dueños) decididamente absurdas:

Son una de las especialidades del barrio, pues al margen de los incontables perros que tenemos los pobladores de Atlántida, hasta aquí se acercan gentes de otras partes a pasear a sus chuchos. Yo, que por lo general he sido siempre quien paseaba al *Tete* y a *Ursus*, me las vi y las deseé algunas veces. El *Tete*, provocador, causaba problemas a todas horas: escapándose, mordiendo o intentando hacerlo, poniéndose farruco con quien se le cruzase en el camino o, en última instancia y a falta de víctimas, arremetiendo contra *Ursus* y contra mí. El caso es que si el *Tete* era un constante motivo de sobresaltos y situaciones vergonzosas, también de vergüenza ajena, pero en duplicado, suelen ser algunas conversaciones sostenidas con los amos (y fundamentalmente las amas) de dichos perros vecinos.

Parecerá increíble, pero la moral sigue siendo muy rígida ante ciertas cosas, por ejemplo todo lo referente al sexo, aunque sea el de sus perros. Lo digo porque cuando los perros se encuentran en plena calle, como es natural, se huelen en sus partes y hacen todo ese ritual de movimientos en los que la genitalidad cobra un papel predominante. Es su modo de comunicarse. Pues bien, ¿cuál es la reacción de muchos dueños (y sobre todo dueñas, insisto) de perros ante ese constante y hasta gracioso marear la perdiz en pos o en torno al culo de su vecino o de las fragancias indecibles que emanan de esas heces?: echarles la bronca.

—¡Guarro... qué haces...! —Y frases por el estilo.

Cuando *Ursus* ha decidido ser cortés, aparte de perro, e ir a oler el culo de una perrita vecina, es durísimo controlarlo, pero aún peor han sido los comentarios de un par de dueñas de esas odiosas perritas, tildándolo poco más o menos de abusón, de depravado y de pederasta. En el fondo, esas dueñas estaban pensando: «No pretenderás metérsela a mi perrita con ese corpachón que tienes, ¿verdad, puerco?» En fin, situaciones harto embarazosas, y nunca mejor empleada tal expresión. Con el pérfido *Tete* aún era peor, y eso por los siguientes motivos:

A) Porque intentaba montar incluso a las dogos, a las mastines o a las enormes pastoras alemanas. Y a veces, si iba caliente y con sus novias-almohadones no acababa satisfecho, hacía lo propio con otros grandes perros machos. Un genuino semental. No le arrancaron la cabeza de milagro.

B) Porque si le salía mal la anterior operación, se lanzaba como un rayo sobre los tobillos de esas dueñas reticentes (aunque con él más relajadas y divertidas que con *Ursus*, justo es reconocerlo) lanzando en sucesivas ráfagas furiosos movimientos pélvicos.

C) Porque mordía (o lo intentaba) a cualquier perro o perra, pequeño o grande, pacífico o peleón, que pretendiese olerle.

D) Porque cuando todo lo anteriormente dicho le salía mal, se tiraba de cabeza a una de las patas de *Ursus*, quedándose aferrado allí (por los dientes y con sus propias patitas) igual que un oso koala al tronco de un árbol.

El *Tete* era como Alekhine, el maestro ruso de ajedrez, célebre por sus ataques borrascosos e inesperados. Alekhine recomendaba no dejarse seducir por el aparente bienestar que producen ciertos movimientos lógicos, en el sentido de que no haya que buscar lo que consideramos el mejor y más brillante de tales movimientos, sino simplemente el más adecuado. Pero el *Tete*, como Alekhine, iba al grano. Yo, por el contrario, y de eso sólo he llegado a darme plena cuenta últimamente, casi siempre jugué a provocar la falta de tiempo (en un sentido físico, de ahogo) en mis rivales, como esos jugadores de la escuela rusa: Grigoriev, Bronstein, Korchnoi o Reshevski. Las piezas de madera, sobre sus escaques, no se quejan ni de ésa ni de ninguna actitud. Las personas sí. Se cansan y te abandonan. Ése es el sino de mi vida: apurar el tiempo frente a rivales inexistentes o que ya sólo lo serán en el recuerdo y la nostalgia. Calculé demasiado justo, y eso fue un error. Quise imponer, nunca compartir. Quise convencer, jamás escuchar. Quise deslumbrar, casi nunca aprender. Calculé demasiado justo. Y perdí. Así Claudia, así todo.

Pero mejor será que pase a detallar qué fauna y flora conforma mi bloque. Aparte de las moreras que están en los dos lados del mismo, y sendos alcornoques de las aceras, hay otra morera en mi jardín, así como varios macizos de flores muertas, un ficus bastante alto y un par de rosales que suelen hallarse siempre en estado de coma, para desesperación de alguna vecina que lanza miradas aviesas y rebosantes de inquina en dirección a mi jardín. Ellos, los vecinos, son en esto muy originales, así que compiten a ver quién es capaz de poner más maceteros con geranios en esas terrazas. En algún momento, aquello ha parecido el Edificio de los Geranios. Uno coloca dos, el otro cuatro. Se pican de lo lindo. Los cuelgan de las paredes incluso. Creo que si se disputaran parte del jardín, esto sería una guerra civil. Hasta ahí la flora. La fauna es ya otro cantar. Una de las características que une a las sucesivas generaciones de habitantes del bloque C es el odio que me profesan. Y a mí y a mi casa, que es un chalet de piedra granítica. Yo qué culpa tengo de haber heredado esta especie de búnker o fortaleza construida a base de roca plutónica holomitalina.

A mi garaje y a mi jardín, que como dije suelo tener descuidado hasta extremos penosos, lo reconozco, los miran con ojos de deseo. Decenas de veces, hace ya años, han intentado implicarme en la dinámica social veraniega que se vive en el bloque, pero no hay manera. A eso se le llama la fase de Podadores: se ponen todos a podar las moreras de modo frenético. Otro pique. También Claudia y los niños pasaban mucho de todo. Y en cuanto a *Ursus*, es demasiado vago como para levantar el hocico hacia arriba y mirar qué pasa. Estoy acorazado. Sé que ceder una sola vez sería el final, conociéndome. Soy de esas personas que casi nunca saben decir que no a tiempo, aunque esa vez sí lo hice, por suerte. Pagué mi porción de poda, pero me negué a trepar a los árboles, hacha o sierra mecánica en ristre. Es como llamarle la atención a alguien. Me apoco. Lo que conté antes de Brígida y los puros quizás sirva de ejemplo. Ya hablaré de ciertas tiranteces con mis vecinos, aunque para hacerlo de modo coherente habría de transformar el tono de esta narración, eso sí, tras dudar si convendría hacerlo en términos de historia de terror o directamente del género policial.

Para empezar diré que esa característica común, el odio genuino que me profesan, se ve paliada por el hecho de que en una buena medida van cambiando los vecinos. Imagino que para cuando llegan a odiarme mucho, cosa que según mis cálculos acostumbra a ocurrir en torno a la primavera y la época preestival del segundo año que llevan viviendo ahí arriba, más o menos, entonces sucede que se van. Quedan algunos, los fijos, pero ésos deben de verme ya como una especie de ente fosilizado y sin apenas movimiento, como un insecto en su lecho eterno de ámbar. Me dejan relativamente en paz. Pienso que haber hallado una cierta serenidad en un sitio como la planta baja de Atlántida, bloque C, es uno de los pocos éxitos de mi vida. Sé que me lo he ganado a pulso. Claudia tampoco soportaba al vecindario, pese a que en teoría no nos relacionábamos con nadie. Tuvo incluso sus trifulcas, porque si en eso yo he sido siempre un poco Paulsen, más sereno (en apariencia) que una ostra en el fondo del océano, ella, Claudia, sobre todo con ciertos vecinos y vecinas, se ponía decididamente Morphy: agresiva al máximo.

Como aquel Paul Morphy que nació en Nueva Orleans y que a los diecinueve años abandonaba la práctica competitiva del ajedrez por no hallar rivales que pudieran resistir su juego brillante, sus ataques imprevistos, sus combinaciones inverosímiles y estratégicamente fuera de lugar pero siempre efectivas. Así, Claudia batalló contra esa pequeña horda de fisgones y metomentodo recalcitrantes, manteniéndola a raya mientras pudo. Pero no los tragaba, como ellos a ella, nosotros a ellos y ellos a nosotros, incluidos niños y perros, pues en esa época teníamos al *Tete* y a *Ursus* de cachorro. El *Tete*, si podía hacerlo, mordía a la primera vecina que pescaba metiendo el hocico entre los barrotes de la puerta del jardín. *Ursus* le jaleaba moviendo el rabo. Varias veces, en aquellas dos décadas de larvado enfrentamiento, hubo conatos de agresión propiamente militar, los vecinos con macetas caídas «distraídamente» desde lo alto y nosotros con la potente manguera de nuestro jardín dirigida «por azar» hacia sus terrazas, pero la verdad es que nunca llegó a desatarse un conflicto abierto, que adivino habría podido ser de proporciones insospechadas. De esos cuyo destino es acabar saliendo en las páginas de sucesos de los diarios. Y sé lo que me digo. Imagínese que de los casi ciento setenta octillones largos (vuelvo a mentar la cifra de posibles inicios de una partida de ajedrez) alguna que otra posibilidad sí pasó por mi cabeza, y doy fe de que hubiéramos salido en las páginas de sucesos. No sé cómo, ni quién. Sólo tengo clara la sección: «Sucesos.» Porque yo también a veces enfurezco ante el tablero, tanto en el cuadrangular de madera como en el de la vida, y entonces ataco sistemática y ferozmente.

Ataque Boboljubov: acosar sin tregua un flanco del tablero a fin de provocar el desplazamiento de las piezas rivales para, inmediatamente después, realizar una ofensiva en toda regla por el flanco opuesto. Algo así puede realizarse, aun con mucho tiento, en las relaciones personales que se dan en ciertos trabajos, o incluso en el ámbito de la amistad. En el amor resulta ya más complicado. Ahí, y al menos suele ser así durante la primera fase, la del descubrimiento-conocimiento mutuo y la subsiguiente entrega, sea ésta casi incondicional o con reservas, los flancos no están en absoluto delimitados. Uno rueda de aquí para allá creando un territorio que, pese a ser propio, es de dos. Aunque, la verdad, creo que debería abstenerme de pensar en ciertos conceptos ajedrecísticos aplicados a la existencia.

En cuanto a Claudia, ya lo comenté, siempre tuvo más del Alekhine que acosaba a sus contrarios hasta desarbolarlos que del Morphy genial pero imprevisible. Con nuestros vecinos terminó por imponerse algo más preciado aún que la razón, en cuyo nombre se han cometido las mayores barbaridades en la historia de la humanidad. Me refiero a la rutina.

A Claudia la odiaban, supongo, por su aspecto serio, elegante y discreto. Tenía cara de pocos amigos cuando no estaba por la juerga, y no solía mostrar pasión vecinal, precisamente. Dos o tres veces, la típica vecina-anzuelo la invitó a echarse una partidita al dominó o a lo que fuese. En sus terrazas, que eran como el Caesar's Palace de Las Vegas a lo cutre. Eso me incluía a mí, así como la ingestión desmesurada de licores, vocerío hasta las tantas de la madrugada y lo de siempre: no poder negarse la siguiente vez. Pero Claudia declinó cortésmente la invitación. Eso la indispuso con el vecindario. «¡Qué se habrá creído ésta!», fue sin duda la biliosa consigna. En cuanto a mí, también lo supongo, me odiaban por ser el «intelectual» del bloque C. Trabajar sólo media jornada en una biblioteca, además municipal, ser jugador de ajedrez que, al menos ocurrió así en cierta época, aparecía con relativa frecuencia en algunos periódicos, e incluso... ¡en la televisión! Qué sonrisas me dedicaron entonces, cuántas preguntas y amabilidades. Pero cuando me proponían encaramarme a las altas moreras de la calle para podarlas y yo declinaba educadamente la sugerencia en el más puro estilo victoriano de Claudia, insistiendo en mi sugerencia de que pagásemos a un jardinero entre todos, todos sin excepción, por ahorrarse unas malditas pesetas, pues habría tocado a nada por cabeza, preferían trepar a los árboles como chimpancés, por supuesto con riesgo de su integridad física. Como en sus fines de semana tenían pocas cosas interesantes que hacer, pretendían liarme. También dije en su momento: «¡Ah, no!», y se mosquearon. En cuanto a los niños, que por ser niños siempre son muy ricos y tal, tampoco es que se indispusiesen con el vecindario, pero como durante años nos oyeron hablar a Claudia y a mí del asunto, cuando miraban hacia arriba porque alguien les gritaba algo, por ejemplo ofreciéndoles caramelos o cosiéndolos a preguntas que, si bien empezaban siendo de rigor, terminaban por ser claramente indiscretas, los niños, digo, observaron siempre a los vecinos como quien entra en un acuario y mira con atención a los peces que están tras las vitrinas de cristal. Mis vecinos nunca soportaron verme tantas horas en casa.

A menudo la gente se queja de que lo peor es la falta de tiempo para hacer esto, lo otro o lo de más allá. Yo aseguro que lo peor acaso sea justo lo contrario: disponer de mucho tiempo libre, no sabiendo qué hacer con él. Es entonces cuando los fantasmas y las neurosis se te comen con patatas fritas. Es entonces cuando empiezan de verdad los malos pensamientos.

A lo que iba. Mis vecinos actuales son, excepto dos familias, relativamente nuevos. Los más recientes, la pareja de sementales, lleva ahí en torno a un año, como ya expliqué. Esas otras dos familias que están viviendo aquí más tiempo poseen el apartamento en propiedad, creo, por lo que para desalojarlos habría que tirar abajo el edificio con explosivos. El resto tiene alquilados los pisos, y como son caros acaban no pudiendo permitirse pagar dicho alquiler. Si tuviese que incluirlos en una lista ajustada a la realidad, ésta sería:

1.º 1.ª   Azafatas.
1.º 2.ª   Folladores.
2.º 1.ª   Broncas.
2.º 2.ª   Futboleros.
3.º 1.ª   Juerguistas.
3.º 2.ª   *Rockeros.*

Ruego se repase con detenimiento antropológico tan variado panel. A mí me parece en todo punto atinado a la fauna que vive ahí. Luego convéngase conmigo que podría estar un poco más y mejor repartida la cosa. Quiero decir: alguna de esa fauna debería ir a los bloques A y B, entre perros y pájaros, para que se equilibrase la definitiva locura de ruidos que en sí misma es la urbanización Atlántida. Por mi parte estaría dispuesto a soportar tucanes y guacamayos, setters y foxterriers, con tal de que la cosa estuviera más repartida. A fin de cuentas, en el bloque C ya hay vecinos que me miran con cara de perro y vecinos que son como cotorras desatadas.

¿Qué otra característica unifica a mi vecindario? Mírese de nuevo con atención la lista. No es difícil deducir de qué se trata. Justo aquello que más puede aborrecer alguien como yo, de quien ya siendo muy pequeño decían: «Pero este chiquillo tiene cara de funeral.» Exactamente: el jolgorio.

Se me dirá: ¿la alegría?

Y contestaré: no, o no lo creo.

A ver: hay momentos en los que entiendo que la gente se comporte de modo alegre (en realidad, esos comportamientos en su mayor parte me parecen energúmenos propiamente, pero tampoco puedo decirlo por ahí porque el «sector divertido» social que sea se me come vivo). Eventos puntuales, fechas concretas. Una celebración, una. Eso es lo propio. Pero aquí, en Atlántida C, siempre están de juerga, y no sólo los juerguistas del 3.º 1.ª. Esto es un suplicio generalizado.

Obsérvese: las Azafatas del 1.º 1.ª, es cierto, casi nunca están. Pero cuando llegan a horas intempestivas de la madrugada, como tienen los horarios *jet-lag* y completamente al revés, vienen con unas enfermizas ganas de marcha. Lógico. Sí, lógico, pero es que las tengo justo en la coronilla, sobre mi comedor. Oigo todo. Y montan saraos considerables.

Los Folladores del 1.º 2.ª, que geográficamente ocupan el otro cincuenta por ciento de la superficie de mi techo, ya lo comenté antes, actúan a ráfagas y con violencia inusitada, por lo que son decididamente molestos.

Los Broncas del 2.º 1.ª dan la impresión de ser una familia normal, pero deben de andar a guantazos y enzarzados todo el santo día, porque se los oye desde la esquina. Dos chavales de edad adolescente, un padre de esos que parece mayordomo de palacio, de tez alabastrina, y una madre en constante estado de crisis histérica hacen el resto de tan entrañable cuadro.

Los Futboleros del 2.º 2.ª se comportan con relativa decencia (es decir: el recato imprescindible para parecer —no digo ser, sino sólo parecerlo— seres civilizados) excepto cuando dan fútbol por la tele. Se trata de otra familia con chavalines que invita a lo más selecto y cantarín del bloque cada vez que hay partido televisado, lo que según la época suele ser a diario. Entonces se montan sesiones orgiásticas de gritos, bramidos varios y hasta de cohetes. Como no hay semana que uno se libre del dichoso fútbol, así como del atroz fanatismo que inspira el equipo de la ciudad, el escándalo está asegurado.

Los Juerguistas del 3.º 1.ª me tienen desconcertado. Hace ya casi tres años que viven ahí. Veteranos de la guerra de la vida. Son tres tipos de edad comprendida entre los treinta y los cuarenta, que casi cada fin de semana tienen fiesta en el apartamento, por supuesto en la terraza, incluso si hace frío, con lo que se oye muchísimo más. Con el buen tiempo se recrudece tal actividad. Entonces hay mambo, chachachá y salsa, lo que les echen. Se sabe de vecinos hartos que han ido a recriminarles su escándalo y han acabado absorbidos por la fiesta. Todo dicho. Abducidos, diría yo. En esta zona, excepto una breve temporada en pleno invierno, siempre acostumbra a hacer buen tiempo. En esas pocas semanas el viento arranca de cuajo las palmeras del paseo marítimo, el mar se acerca peligrosamente hasta nuestra urbanización —y yo estoy en segunda línea, en ligera pendiente hacia «abajo», no es por nada— y las lluvias parecen realmente monzónicas. Una delicia vivir junto al mar, sí.

También entre semana, los Juerguistas pueden atacar el sistema límbico nervioso del personal con una farra desatada de voces, palmas, risas y entrechocar de copas. Chistes verdes y demás es algo que no tan sólo imagino, sino que casi consigo paladear. A ese piso vienen otros tipos, por lo general en fines de semana. Los clásicos y temidos «amigotes». Y si fuese eso, estaría bastante claro, creo yo: «locazas», pese a su aspecto varonil, rayano casi en lo agresivo. A mí las locazas ya no me la dan. Pero el caso es que también han venido chicas, y eso complica las deducciones. La promiscuidad que se respira en el 3.º 1.ª es proverbial. Deben de generar un rencor y una envidia mayores, pienso, a los que les inspiro yo. A fin de cuentas, para el vecindario en pleno ahora soy poco más que un pobre tipo al que ha abandonado su mujer, al que le dejan al perro de cuando en cuando y al que el jardín se le ha muerto clínicamente de pura desidia. Porque Claudia lo regaba y lo cuidaba. Guardo fotos de ella haciéndolo, y con una sonrisa. Es raro porque casi nunca reía al hacerle fotos. Y tengo la duda de si cuando le tomé esas fotos, sobre todo una en la que está hermosísima, con su radiante sonrisa, en realidad se sentía feliz porque estaba embarazada y casi a punto de dar a luz, o si tan sólo le encantaba, como ella decía, «ir a regar las plantas». A veces, viendo esa foto, he querido pensar que en el fondo ella amaba a la persona que en aquel momento estaba fotografiándola: yo. Pues sólo se mira así a quienes se ama. Hace bastante más de un siglo, en el *match* disputado entre Gilbert y Gossip por correspondencia, Gilbert, con una antelación en todo punto encomiable, anunció mate en treinta y cinco jugadas, hasta que lo consumó. Claudia, y cuando digo «Claudia» resumo en ese nombre todo lo que he ido perdiendo a mi pesar a lo largo de la vida, hizo lo propio. Y yo, sordo, ciego, mudo, quieto. Vencido.

Como Morphy, Claudia era activa, bulliciosa. Como Paulsen, prudente y sobria. El jardín, su trabajo o la educación de los niños constituía su ajedrez vital diario. Necesitaba estar haciendo algo constantemente y, por ejemplo, la recuerdo en fases de verdadera fiebre lectora, aunque muy de tanto en tanto. Leía de modo sistemático un buen rato todas las noches, pero también la recuerdo literalmente embebida semanas enteras, en épocas distintas, por tres novelas que vi cómo se tragaba casi sin pestañear. Nunca he vuelto a ver a nadie leyendo de ese modo. Primero fue *En busca del tiempo perdido*, de Marcel Proust, luego *El hombre sin atributos*, de Robert Musil, y finalmente *José y sus hermanos*, de Thomas Mann. Yo, por aquellas fechas, ya me dedicaba a leer casi exclusivamente libros de ajedrez. Como ella me decía: «Tú te lo pierdes.» Y tanto que me lo perdí. Ella optó siempre por la vida y por lo vivo.

Mi preocupación, por contra, seguía siendo el ajedrez de verdad: mis textos con problemas de ajedrez, mis revistas de ajedrez, mis constantes pensamientos hacia el ajedrez, mis partidas de ajedrez y mi casi nula alegría no se sabe si a causa del ajedrez o consustancial a mi carácter. Porque lo cierto es que el ajedrez, aunque aún hoy continúe siendo una pasión, ha acabado dándome muchos más disgustos que satisfacciones. Por su culpa lo he perdido todo, creo, pues cuando una pasión no se controla, máxime si es mental, degenera en obsesión, y ésta en enfermedad.

Como en la llamada Defensa Tarrash, en la que se acelera deliberadamente el desarrollo de las piezas propias (incluso la pérdida) para debilitar la estructura de peones centrales del rival, así puedo ir dándome cuenta de que he afrontado los problemas realmente serios que iban apareciendo en mi vida. Y así he decidido, al menos, no caer en la necedad tan pueril como dañina de seguir mintiéndome durante más tiempo. Quizás vine haciendo esto a lo largo de años porque, en el instante de enfrentarme a los demás, a las personas de carne y hueso, con deseos y miedos como yo, cosidos a fantasmas y carencias como yo, no me atreví a arriesgar. Cuando de todo y de todos haces un contrincante al que incordiar y ante el que no arriesgas, es el fin. Al menos lo es a medio plazo. Así perdí a Claudia.

Pero mejor acabo ya con el bloque C.

Los *Rockeros* del 3.º 2.ª no tienen nada de original. Parejita joven chico-chica, con otros chicos y chicas que vienen de tanto en tanto y hacen ruido. Oigo chirriar, por lo menos, una guitarra eléctrica, y desde luego una batería. Este instrumento es el que me mortifica realmente. Quien lo golpea, creo que es el chico, debe de hacerlo volcando sobre esos tambores y platillos todo el odio que la gente de su edad tiene hacia la sociedad. Y así nos va a los vecinos. Pero también es cierto que pasan mucho tiempo fuera. Otro enigma. ¿De qué viven? Sospecho que ese apartamento se lo alquilan sus padres. O eso o empiezo a pensar en cosas más preocupantes. Alguna vez que me crucé con ellos en la acera me sorprendió el rutilante brillo de sus ojos, la sonrisa boba y una expresión falsa pero inevitablemente beatífica que no produce otra impresión que la que en verdad dan: llevan encima un soberano pelotazo, aunque no sé de qué. Me da igual. Cada cual es libre de destruirse o encontrarse a sí mismo como desee. Pero el Estado (y en esto puede que sea más bolchevique que Cosme, mi antiguo amigo comunista), aparte de legalizar ciertas sustancias, debería prohibir terminantemente el uso de instrumentos de percusión en lugares donde habitan apacibles (es una suposición) ciudadanos.

Ahora dedúzcanse las posibles combinaciones algorítmico-ajedrecísticas sonoras que pueden darse en el bloque C, cuando vecinos de distintos apartamentos coinciden en dar rienda suelta a su:

1. Ira.
2. Libido.
3. Entusiasmo.
4. Excitación.

Aparentemente, las combinaciones lógicas serían:

2.º 1.ª   1.
1.º 2.ª   2.
3.º 1.ª   3.
3.º 2.ª   4.

Pero no es así, ni mucho menos. A veces, los de determinado apartamento hacen justo lo que no deben, o lo que yo no había previsto. Y me desconciertan. Por ejemplo:

Los *Rockeros* pasan muchas veladas en medio de estrictas risotadas.

Los Folladores sólo se pelean, incesantemente.

Los Broncas tienen el día festivo y bailón.

Los Juerguistas parecen decidir que lo suyo es la melomanía y esa noche se oye sólo música, suave y romántica, sin barullo. Aquello suena casi a baile de un crucero para la tercera edad.

El panorama no mejora porque a menudo las Azafatas se suman a esa locura y los Futboleros son incapaces de disimular su contento o tristeza por un nuevo resultado que, aunque acaeciese dos días antes, nada cambiará en sus vidas, pese a que a ellos debe de parecérselo, a tenor de la gresca que arman y las discusiones a voz en grito que sostienen por un quítame un fuera de juego que el árbitro no vio, argumentando con filosófica tenacidad sus postulados y meditaciones o fobias balompédicas, bien sea en:

1. La calle.
2. La escalera.
3. La terraza.

O, lo que es más desagradable aún:

1. De calle a terraza.
2. De escalera a terraza.
3. De calle a escalera.

También está la variación, un tanto ortopédica por cierto:

4. De terraza a terraza.

Lo que implica cuellos y troncos grotescamente girados en busca de una posición semiacrobática que les permita seguir hablando. Esto me hace temer que cualquier día alguno caiga a mi jardín. Si es encima de *Ursus*, igual rebotan, pero si no, la espichan ahí mismo.

Como puede constatarse, un lugar idílico, para solaz del espíritu y el recogimiento intelectual más productivo.

Se me argüirá con buen sentido, recordando lo que sostenía poco antes al mencionar que excepto dos familias específicas —Broncas y Futboleros, o sea los apartamentos intermedios, ya que el resto de la fauna humana del bloque C parece más o menos móvil—, que tampoco es para quejarse tanto. Y aquí llega lo inquietante. Hay algo einsteniano en todo esto, por aquello de que la materia ni se crea ni se destruye, sino únicamente se transforma: siempre acaba viniendo un mismo tipo de gente a los apartamentos en cuestión. Por ejemplo: los *Roc-*

*keros* llevan un año y pico ahí, pero antes había otra familia que estaba todo el día con la música puesta. Amantes de la ópera, que son de lo más temible que ha dado la cultura de cualquier tiempo. En otras épocas siempre hubo en Atlántida C alguien que se hizo notar por algo relacionado con lo musical. El niño que escandalizaba con su xilófón, su órgano eléctrico o su pandereta. La sorda que necesitaba poner altísima la radio, etc. Hubo incluso un vecino del 3.º 1.ª al que todo el barrio llamaba Sam, pese a que, creo recordar, su nombre era José Ridruejo Cardenillas —lo sé a causa de correspondencia suya que por error era puesta en mi buzón—, y el caso es que tocaba el saxo a todas horas, casi siempre la misma melodía. Una plasta. Nos la sabíamos de memoria. Se decían chirigotas a su costa y a sus espaldas. De ahí, en referencia a la famosa película, lo de Sam. A mis vecinos les da igual que sea piano o saxo.

Con los Folladores, igual. Ahí arriba, justo sobre mi cabeza, siempre creo haber tenido una colección de conejos, si es que no se trata de un tópico eso de que los conejos se pasan media vida copulando. En cualquier caso, aseguro que éstos padecían los rigores de un celo crónico. Lo prometo. Con o sin muelles, con o sin gritos espasmódicos, con o sin orgasmos vaginales, clitoridianos, secuenciales, mesetarios, longitudinales, cóncavos, convexos o compartidos, ahí arriba siempre han estado fundamentalmente por la labor que más parece atraer y complacer a los humanos: el tricu-tricu, tan exento de misterio, tan primario que cuanto más sea así, más arcaico y deseable es. Pero acaso se me seguirá arguyendo: ¿no será que en el inmueble todo el mundo tricu-tricu, sólo que yo oigo únicamente a los que tengo precisamente encima? Ni hablar. Pues bueno soy para eso. Vamos, estoy más atento al dato que un capitán de submarino cuando hay algún problema. Ya avisé que me consideraba un paciente *écouteur*.

Claro que he oído a las Azafatas gritar supuestamente orgásmicas, y hasta a vecinos de los pisos superiores. En el denso silencio de la noche los seres profundamente insomnes como yo, que dicho sea de paso no tienen mucho más que hacer que estar con el oído alerta, a ver qué pasa (será por distraerme o sentirme algo acompañado y no por otra cosa, digo), en mitad de dicha quietud, cualquier ruido se oye. Hasta una tos o un suspiro.

Y aunque aquí todo el mundo jode como un mandril menos yo, puedo asegurar que el Antro Oficial del Meteysaca es el 1.º 2.ª, o sea: el techo de mi habitación. Los esquemas se reproducen de forma inexorable y cíclica. Ya con anteriores vecinos pasó algo similar, aunque de menos intensidad.

Se han dado en el bloque C con frecuencia, también, momentos sublimes que rozaron la folía, lo demencial e inaudito. Por ejemplo: ciertas y variopintas juergas casi en todos los apartamentos, desde flamencas a espiritistas. Constatadas, por lo menos, acústicamente. O polvos espectaculares en, por lo menos, tres o cuatro de esos apartamentos, pero es que ocurrían simultáneamente, como si se hubiesen puesto de acuerdo para hacerlo, como si se tratase del rodaje de un film porno. Qué perspectiva maravillosa, se dirá, para hallar una atmósfera de tranquilidad, que es lo único que hoy por hoy deseo en mi casa. Pues sí.

Téngase presente que cuando en cualquiera de los apartamentos se ponen en pie de guerra hasta las últimas consecuencias —concurso de chistes, encarnizadas partidas de mus o dominó, orgías veladas, goles agonísticos, cismas familiares o lo que sea— y el nivel de decibelios trasciende aunque sea un poco de lo que acostumbra a ser normal, que ya es mucho, ocurren dos cosas de modo automático. ¿Se las imagina el paciente y atento lector? ¿Será atento hasta ese extremo? ¿Hasta, por decirlo en términos físicos, haber entrado prácticamente a formar parte, a través de esta historia, del inquilinato del bloque C de los apartamentos Atlántida? En efecto, lo que pasa entonces, y era de prever, es que:

1. Los perros del bloque B ladran enloquecidos, y

2. Los pájaros del bloque A pían sin ton ni son, quiero decir, nada que ver con el trino medioamazónico y vagamente armonioso de las mañanas soleadas, sino que muestran su desconcierto más anárquico por el ruido de los vecinos-perros.

Entonces se monta la de Dios, y conste que no me complace en absoluto decirlo de ese modo, o no aquí, pero es bastante exacto. Es un griterío ensordecedor al que, por fortuna, y así resulta por ley de vida, sigue un periodo de hondo silencio, de paz. Entonces, puedo afirmarlo, de algún modo siento lo que vengo sintiendo desde hace más de dos años:

Dios se ha ido.

Porque Dios no es el Caos ni el Desorden ni el más completo Absurdo, sino todo lo contrario.

Si escribo Dios, rememorando a aquel Dios nietzscheano del que hablé páginas atrás, es, entiéndase, como concepto globalizador, no como presencia fiscalizante que juzga o crea a su antojo. No. Dios es las cosas y el reverso de ellas, la armonía y el equilibrio que se expande o permanece tras su paso. En ese sentido, el complejo residencial de apartamentos Atlántida es el Infierno.

Por cierto, Atlántida, no como ente mitológico sino como realidad —es decir, los tres bloques—, sufre aluminosis desde hace años. Se comprenderá que, en lo que se conoce como aluminosis Atlántida, no podía ser menos ni quedarse atrás en una zona costera a la que deterioran la arena, el salitre y el tiempo transcurrido desde que se construyeron tantos edificios de apartamentos, la mayor parte de los cuales padecen un desgaste considerable. No, Atlántida posiblemente sea el no va más de la aluminosis, por eso cohabitamos desde hace una década con legiones de obreros que, según van haciendo por un lado, el tiempo va deshaciendo su trabajo por otro, es decir, por donde empezaron aquéllos. Como mi casa es de granito, no me afecta directamente, pero tampoco me libro de los andamios, las obras y la constante riada de hombrecillos morenísimos y con traje de faena que sin cesar trajinan por aquí. El edificio tiene casi cuarenta años. Eso, las chapuzas urbanísticas consustanciales a este país y la cercanía del mar con su salitre destructor, como dije, han hecho el resto. Y testigos son generaciones de obreros que envejecieron simultáneamente a estos muros, aunque renovándose cada poco tiempo. En lo único que me parece se mantienen como siempre es en los desayunos que se pegan. Un bocadillo de barra entera que casi alimentaría a una familia pobre durante una semana, y eso sin contar lo que ya le habrán echado al gaznate antes de salir de casa, el café con leche, el chocolate deshecho, etc. Y eso sin contar tampoco lo que devorarán a horas «tontas» o «muertas», en cuanto se decida (que lo decidirán, no se dude) acudir a un bar próximo a reponer energías, aunque quede apenas nada para la hora de la comida. Entonces pueden caer bandejas con judías y salchichas, lomo con pimientos, pollo o carne estofada con patatas, bacalao con berenjenas y cebolla, todo bien untado con pan (de nuevo) y rematado con otro cafelito con leche (largo) y alguna que otra copa de licor. No doy crédito, pero así es. Y encima algunos están delgados.

Vivo en las catacumbas de una pura obra en proceso de permanente construcción, lo que necesariamente implica su propia y previa deconstrucción. Si ésta no tuviese lugar por sí misma, alguien la provocaría. Polvo (real), ruidos (auténticos) y suciedad (aún más de la que yo mismo soy capaz de concebir) conforman mi modus vivendi. Como se verá, vivo muy aislado, pero no estoy solo. Eso creo. Si me muriese un día de repente, y tal hecho no coincidiera con la visita de Brígida para limpiar o con que Claudia viniese para dejarme a *Ursus*, o con la aparición de alguno de los chavales para pedirme dinero, igual tardaban meses en encontrarme. Porque las obras de esta zona son un delirio. Nivel freático constantemente alterado, cloacas que revientan cada dos por tres, el propio mar, alcantarillas en reconstrucción, tantos bichos acumulados. Ya se sabe cómo huele el Zoo. Pues casi lo mismo. No sé yo si un olorcillo a cadáver macerándose iba a ser distinguido con rapidez por vecinos con las narices obturadas por años de oler rabiosos sofritos y cacas de perro o pajarracos. Aunque hay un par de vecinas que, supongo, tardarían escasos días en detectarlo, quiero decir en descubrir mi cadáver. Son las Espías, que están indistintamente en uno u otro apartamento de uno u otro bloque. Pero mejor no pensar en cosas así.

Petrosian combinaba medidos ataques en ambos flancos, casi de modo simultáneo, con precisos y calculadísimos momentos en que tendía a paralizar el juego. El propio Alekhine sabía combinar defensas obstinadas y feroces contraataques que llenaban de pavor a sus contrarios. Fue Fischer, creo, quien explicó mejor que nadie el secreto de Alekhine: supo darle profundidad y sentido práctico a la comprensión de las posiciones. Para Botvinnik, en cambio, su fuerza residía en la rara capacidad de prever combinaciones calculando con suma exactitud variantes forzadas que incluían sacrificios, pero esas combinaciones arrasaban cuanto cogían por delante. En efecto, ya que no de Alekhine, debiera aprender algo de Petrosian.

Lo de la aluminosis crónica del edificio en pleno es algo que unifica. Porque, además, no tiene solución, según se dice: lo comenté antes pero resulta tan grotesco que yo mismo necesito convencerme a veces de que es así. Cuando, luego de meses y hasta años, unos obreros han acabado de arreglar cierta parte del edificio, por otra parte, en la que trabajaron otros obreros, pongamos cuatro o cinco años atrás, empiezan a ir apareciendo las manchas y los desconchones generales. Humedad. Ésa es la palabra clave. Luego llega el cáncer de la piedra, el óxido en el hierro, el polvillo en la madera. La muerte. Y, sin embargo, los ancianos del bloque A aún resisten como bravos pese a que ese edificio tiene metástasis y un día se les hunde.

Me pregunto si será necesario, de cara a explicar la peculiarísima personalidad de este bloque bajo el cual habito, aunque mi casa sea una especie de fortaleza impenetrable, que establezca una cierta similitud entre las diferentes faunas humanas que pueblan sus respectivos apartamentos y aquella otra serie de habitantes del bloque, silenciosos y hasta invisibles, pero que yo creo sí guardan estrecha (aunque no sé cuál) relación con los vecinos. Sería ésta:

Azafatas — Grillos.

Folladores — Hormigas.

Broncas — Moscas.

Futboleros — Gatos.

Juerguistas — Pulgones.

*Rockeros* — Carcomas.

Las variaciones podrían ser múltiples (aunque ahora lo cierto es que no estoy para cálculos), pero el tema sigue siendo el mismo, por desgracia: todos, unificando criterios a modo de salmodia, horadan sin piedad ni tregua en la quietud del barrio. Todos viven, laten y desarrollan sus existencias socavando lo que hace un tiempo fue Atlántida, lugar al que el nombre le viene que ni pintiparado. Acaso me refiero a una vieja época de tranquilidad y silencio que ya nunca volverá. En esto me puede la añoranza, cuyo invisible latigazo me flagela el alma con demasiada frecuencia (y espero no estar poniéndome poeta-pedorro, lector, lo digo en serio. Si crees que es así, por probar que no quede: lanza sobre este texto el poder de tu telepatía. A ver qué pasa).

Finalmente, y para zanjar el tema de las clasificaciones de vecinos y sus posibles similitudes entre tanta horda invasora, creo que si hay algo que los engloba a todos eso es, sin duda, el sagrado rito de podar las moreras cada año, y que ya mencioné páginas atrás. Son los Podadores, un pedazo de estirpe. Hay Podadores A, Podadores B, y Podadores C, según el bloque a que pertenecen, pero la gestión y algarabía podadora es prácticamente la misma, aunque con días de diferencia, pues unos y otros «se pican» en momentos distintos, por expresarlo en términos de reto, a ver quién poda más y mejor. Han llegado al sublime e insuperable absurdo de ponerse a podar cuando en realidad aún no había prácticamente nada que podar. Sólo por adelantarse, por lucir sus herramientas de podar.

Es curioso: durante todo el año llevan vida de mineral. Pero de pronto parecen resurgir con brío y montan eventos por todo lo alto. Sin embargo, cuando llega la época de la poda todos se ramifican en la calle como laboriosas hormigas y no se quitan ojo unos a otros, pese a que parece que vayan a lo suyo. Quizás, si yo hubiera sido captado años atrás por el influjo succionador de Podadores C, quienes intentaron arrastrarme a la poda feroz y sistemática de nuestro sector de moreras, tarea a la que iban con el ímpetu que muestran los enanitos de la película *Blancanieves*, ahora no estaría hablando en unos términos que, insisto en ello, nunca son de desprecio, sino de perplejidad. Porque es justo cuando Podadores Reunidos —A, B, y C— se dan cita en las calles adyacentes, con sus utensilios de poda en ristre, escaleras, sierras, gruesas tijeras y demás, el único momento en que los veo en su faceta humana. Quiero decir, es ésa de la Poda casi la única actividad —no sabría enumerar otra, francamente— en la que actúan como auténticos vecinos, aunque el furor y dislate podador vecinal dure apenas una jornada o dos. Posiblemente, coincidiendo con la labor compulsiva de Podadores, me siento un poco animal.

Me pregunto, a fuer de ser no solamente sincero sino también justo y autocrítico, qué tipo de animal seré para ellos. Muchos de esos vecinos me llamarán «bicho raro». Lo sé. Sí, pero, ¿qué bicho? Tampoco es que me preocupe en exceso. Personalmente con el que me siento más familiarizado es, sin duda, con la carcoma. Por ejemplo, y si me fuese preguntado qué desearía ser para el lector de esta historia, qué quisiera ser en su conciencia, me da igual a qué nivel de metamorfosis, eso sería sin duda: carcoma.

Lo que no quita para que yo mismo haya llenado varias veces diversos rincones de la casa con Carcomín, porque aquello ya no podía aguantarse. El resultado, tras una de esas por lo general inútiles *razzias*, y otro tanto valdría para lo de exterminar hormigas, pulgones o moscas, es de muebles en la basura. Mientras no se invente un discreto y eficaz «Vecinín», supongo que mi espíritu no estará en paz.

Con lo anteriormente expuesto, y que me ubica en una interrelación un tanto precaria respecto al vecindario, quizás haya conseguido ofrecer una idea, aunque sea vagamente aproximada, de lo que considero la disyuntiva mental y vital de una persona que pugna por mantener la cordura en un ambiente poco propicio para ello, si es que eso existe en parte alguna. Porque si hablamos de la felicidad, empiezo a dudar.

Hace poco, en algún momento de una noche de éstas, puse

la televisión, cosa que casi nunca hago (la compré para que la vieran los críos y *Ursus* cuando están aquí, y el perro también la mira, pues lo tranquiliza, aunque si pudiera comérsela lo haría: considerables son los esfuerzos que he de hacer para contenerlo cuando salen anuncios de pienso u otros alimentos caninos, pero de momento la cosa funciona), y vi tres imágenes significativas respecto al concepto de felicidad. Una, los consabidos niños africanos con moscas en la boca, secuencias éstas que los servicios informativos parecen complacerse en pasarlas justo en las horas de las comidas. Para esos niños la felicidad será comer arroz, aunque sea con tierra, pero sin guarnición de moscas. Es como si quisieran que valorásemos aquello que tenemos, lanzándonos sobre nuestros platos con renovado apetito. Luego vi un breve reportaje sobre un japonés empecinado en ser torero, Finito de Osaka. Para él la felicidad sería despachar a un espantoso miura de más de media tonelada tras una faena temeraria y épica, o incluso, ya puestos en el plan samurai, ser espeluznante y mortalmente corneado en una plaza de las Ventas engalanada y abarrotada de incondicionales, en medio de un incesante flamear de pañuelos. Finalmente llamó mi atención otra noticia: bebés hallados en contenedores de basura, casi siempre muertos, evidentemente. Para ellos la felicidad no es de ninguna de las maneras imaginables, porque esta traidora vida no les dio tiempo ni posibilidades, siquiera, de imaginar juguetes de llamativos colores, tetas generosas y unos pañales calentitos y suaves. Y yo mirándolo todo como un estúpido, fija la retina en el cuadrado de la televisión, pensando: «Si sigo observando eso unos minutos más, voy a volverme definitivamente loco.»

En efecto: yo, aquí, con mis cosas. Y poco más. Y eso se reduce casi estrictamente a una determinada relación mental con el mundo que me rodea. Recuerdos, sensaciones, temores. Poco, como digo.

Hasta este preciso instante compruebo que he hablado de la señora de hacer faenas, un poco de quien fue mi compañera, muy de pasada de mis «novias» —aunque tal vez haya hablado más de las «novias» del *Tete*— y bastante de mis vecinos. O, para ser más exactos, de mi barrio (qué curiosos circunloquios voy efectuando, como cuando competía en torneos: qué rematadamente cobarde sigo siendo). Acaso me queda por establecer una relación de quienes son mis mejores amigos. Y hay ahí cosas ciertamente curiosas. Por ejemplo: ningún ajedrecista se encuentra entre ellos. Los tuve, sí, pero luego la competencia, las envidias y las miserias fueron minando esas relaciones que tal vez en el fondo nunca pasaron de una simulada cordialidad teñida de intereses espurios. Todo acabó reduciéndose a lo siguiente: «A ti te han invitado a tal certamen y a mí no.» Y daba igual que fuese en Lujbliana o en Sanlúcar de Barrameda: el mosqueo ya estaba ahí. O: «A mí me ofrecen escribir ese artículo y a ti no», y cosas por el estilo. Lo de siempre. Lo maldito de siempre. Lo que, temo, no se puede evitar. Mis amigos, pues, no pertenecen al ámbito del ajedrez, y es así por decisión propia. Prácticamente, ninguno de ellos sabe jugar siquiera de un modo elemental. Preferible.

Como no deseo demorarme, y dado que en verdad hay algunos de esos amigos a los que no veo durante años, con lo que podría ponerse en tela de juicio si es válida la afirmación de que son amigos, procuraré ceñirme a las personas que más frecuento: Alejandro, Pablo y Conchi.

Alejandro es homosexual. Siempre lo fue. Cuando yo le vengo con dudas y tonterías, él, que ya desde niño provocaba a los curas de nuestro colegio (llevándose la mano al paquete, así como por despiste, «dichosa cremallera» —después ya pasó a paquetes más gruesos y ajenos—), tiene la siguiente teoría: uno, en la cuna, ya es un ser lascivo en mayor o menor medida. Entonces, uno, según Alejandro, en la medida equis de sus habilidades más o menos desarrolladas y de su instintivo, peculiar sentido de la sensualidad, va y se folla al osito de turno. Gestos fugaces pero sintomáticos. Pero se lo folla. Como el *Tete* con sus «novias». (Por cierto, ahora caigo en la cuenta de que *Ursus*, mientras fue joven y vigoroso, se las comía, sin más: no dejaba un muñeco o almohadón sano.) Marcando el territorio de la genitalidad infantil con leves movimientos de pelvis es donde la teoría de Alejandro se hace más intransigente:

Uno, o se folla al osito por delante o se lo folla por detrás. No hay medias tintas.

Yo, claro, se lo discuto con ardor. Al menos lo hice durante años. Se puede ser bisexual con un osito, arguyo. O, ya puestos a imaginar, podría darse el caso de un osito bisexual al que le vaya de verdad la marcha y cuanto le echen. Bromas a un lado, Alejandro siempre insistió en que no: o por delante o por detrás. Bueno, es una metáfora, pero a mí lleva haciéndome pensar casi treinta años, que es el tiempo, si no me equivoco, que conozco y veo frecuentemente a Alejandro. ¿Habrá ositos bisex, aun en sueños?

Él, obvio es decirlo, se follaba al osito por detrás.

(Acotación importante: fue así hasta que en su vida apareció un profesor de latín y griego un tanto espabilado que, mientras le daba clases particulares en el chalet donde veraneaba en compañía de su familia, y aprovechando cierta crucial jornada en que se produjo la ausencia de ésta, que había ido en pleno al minigolf cercano, el citado profesor lo puso de espaldas y le dijo: «Ahora vas a ser osito», con sumo temor pero también gozo de Alejandro, por cierto, quede esto fuera de toda duda.)

Alejandro, rubio y bastante atractivo, además de un coqueto crónico —se ha pasado media vida haciendo pesas, natación, sauna, *footing* y diversos tipos de gimnasia para desarrollar su musculatura y luchar contra los michelines—, podía haber ligado hasta la desmesura, pero siempre sostuvo otra teoría enigmática: «Preferí follar de verdad que andar con tibios ligoteos, como vosotros, siempre mareando la perdiz.» Obsérvese la dureza de ese «vosotros» que suena a segregacionista. Yo, ni una cosa ni otra (ni follar de verdad ni lo de la perdiz), así que me es imposible opinar. Alejandro es profesor de matemáticas en un instituto de la periferia de la gran urbe. Aún no me quito de la cabeza su expresión «follar de verdad». Lo cierto es que, unida al hecho de que es matemático, hombre que pisa con los pies en el suelo y de un raciocinio y espíritu práctico fuera de cualquier duda, esa frase, digo, me produce un intenso escalofrío cada vez que pienso en ella. ¿A qué podrá referirse? Por mi parte es como si yo, uno más de ese difuso rebaño del «vosotros», siempre hubiese «follado de mentira».

Ahora, claro, como también él se halla en eso que comúnmente suele conocerse como ecuador de la vida, por lo visto ya no folla tanto. Pero que le quiten lo bailado. Me obsesiona cuanto pueda esconderse tras ese amenazante y ecléctico «follar de verdad», lo reconozco. A Alejandro también le ha gustado el ajedrez, e incluso llegó a mostrar cierto interés en una época —en esto sería una excepción a lo que dije de otros amigos y conocidos—, pero para él, como acaso no podía ser menos en un hombre de ciencias, nunca llegó a constituir una inclinación enfermiza. Por tal tipo de enfermedad degenerativa simbólica entiendo aquella actitud mental voluntaria que, ocupando la práctica totalidad del tiempo y el interés de una persona, además de no darle apenas placer, acaba abocándolo a estados de tristeza o ansiedad que al final son ya casi consustanciales a su modo de ser. Eso es el ajedrez para mí. Aspiré a todo y me quedé en apenas nada. Soñé con ser Gran Maestro Internacional, y tampoco. Luego decidí conformarme con obtener el título de Maestro Nacional, y tampoco. Era un muy buen jugador, sistemático, tenaz y a menudo de una agresividad y valentía que me hizo cosechar bonitas victorias, pero me faltaba algo. Supongo que lo que me faltaba era eso, el genio, el chispazo definitivo y abrasador. Saber ver el movimiento preciso y sorprendente en el momento adecuado, no una o pocas jugadas antes ni otra después. Me quedé, por expresarlo en términos benignos, en Maestrillo Local, aunque quizás esté siendo excesivamente duro y crítico conmigo mismo, lo cual es una de las cosas que, en ajedrez, tan pronto puede ser buena como aniquiladora: depende de la forma en que uno resista el constante autoflagelado intelectual en el que se sobrevive. Lo cierto es que fui campeón zonal, y luego comarcal y hasta provincial, pero ahí se quebró la racha. Ahí empezó a encogérseme el estómago —nervios, dudas— y a declinar mi estrella. Me quedé en las semifinales, aunque tras una larguísima y disputada partida con quien sería vencedor del torneo y futuro campeón nacional, todo hay que reconocerlo, obstáculo que de haberlo superado pudo llevarme a la disputa de otros campeonatos más prestigiosos, incluso en el extranjero. Sobre todo en el extranjero. Supongo que ése fue el punto de inflexión de mi destino. Yo había puesto todo lo necesario para ser un gran jugador, o eso creí, pero en mi destino no estaba escrito «Triunfará». Así es.

Hace ya mucho de todo aquello, demasiado. Hoy, mi desánimo ante las cosas en general, y mi desencanto ante el ajedrez en particular, hace que haya desistido de seguir intentándolo (¿qué exactamente?), lo que no significa que no siga amando con desesperación ese juego que en el fondo no lo es, pues se trata más de un arte y una ciencia. Aún pienso casi constantemente en términos de ajedrez. Me ocurre desde los quince o veinte años. Pero lo grave es que, temo, también he «sentido» siempre en términos de tablero. Eso es ya la enfermedad, su asunción plena. Todo es un simple y velado mover fichas para la obtención de unos fines determinados. Y no se crea que en ello subyace sólo egoísmo. En realidad puede que, incluso, esa actitud sea de un visceral desapego. Lo que pasa es que la gente no está por jugar, sino por vivir. Ahí empiezan las decepciones, las derrotas. Primero, tablas. Luego, verdaderos revolcones.

Estaba hablando de mi amigo Alejandro y me he ido, lo que, sumadas las veces en las que he incurrido en tales «fugas» argumentales, quizás debiera contemplar como una peculiaridad narrativa inherente a mi carácter. Quiero confesar lo siguiente: siempre creí que Alejandro, de haber canalizado en el sentido adecuado su fuerza mental y su indudable potencial especulativo —pienso lo propio de Claudia, ya lo dije—, podía haber sido un gran ajedrecista. Pero optó por ser un impenitente buceador en el sexo, aun arriesgándose a convertirse en un simulacro de *bon vivant*. Optó por los placeres inmediatos:

vivir y follar. Yo opté por todo lo contrario ya siendo muy joven, *ergo* ni viví, ni follé, ni llegué a Maestro Nacional, que es lo peor, aunque de vez en cuando siga surgiendo alguien que me llama así, «maestro», lo cual me escuece y amarga, pero también me hincha como un pavo real. Contradicciones.

Me da cierta envidia Alejandro, pues él siempre supo aquello que quería. Al menos desde que aquel profesor particular le enseñó «latín» y, lo adivino, también «griego» en clases inolvidables y en todo punto aceleradas. Así se autodefinió él mismo una vez: «En aquella época ya era un chaval ceporro, lamedor, con un majestuoso complejo de culpa y pecado, pero, no obstante, fui completamente feliz.» Alejandro adora las matemáticas, pero aborrece a los alumnos, si es posible generalizar ese segmento humano, que en su caso temo lo sea. Él los llama pseudohomínidos. Quiero decir, la alusión del Evangelio: «Dejad que los niños vengan a mí» no fue hecha para él. Como no fuese para tener un rollo con alguno de esos adolescentes pelmazos, y ni por ésas. Alejandro detesta a los jovencitos hasta extremos puramente eutanásicos. Los fumigaría, en palabras literales. Todo lo contrario que Pablo, su pareja, a quien también conozco desde hace mucho. Él es la persona que más tiempo ha estado con Alejandro. Pablo es más joven, le falta un poco todavía para llegar al ecuador de la vida, aunque sus hábitos morigerados y obsesivos le hacen parecer mayor de lo que es. Trabaja en una gestoría más o menos dependiente del Ministerio de Hacienda, le apasiona todo lo que tenga un cierto sello de diseño —él lo llama «estilo»— y pierde la cabeza, así como parte de su sueldo, en cualesquiera de las múltiples colecciones de quiosco que semanalmente tientan nuestro afán acumulativo. Luego o las amontona, o las regala o incluso las tira sin haber quitado siquiera el plástico que las envuelve. Rarillo sí es. También es un adicto al cine. Su mitomanía roza lo esquizoide: para él el mundo se divide entre «famosos» y «no famosos». Dice en broma que de haber sido abducido por extraterrestres, se los habría tirado, sin duda. Porque además de un consumado seductor es tremendamente inteligente y persuasivo. Pero él sólo se deja abducir por su trabajo como técnico informático en esa importante gestoría con sucursales en todos sitios. Otra de sus pasiones, a diferencia de Alejandro, son los jovencitos, pero de dicho tema apenas se puede hablar, porque entonces Alejandro se embronca, deja de ser matemático y se siente como la leona herida del friso asirio. Acaba pasando un mal trago, se pone celoso perdido. El problema reside en que si Alejandro es, o podría ser, monógamo y fiel hasta el aburrimiento, Pablo no. Sin que ello vaya en detrimento del amor que siente por Alejandro (sin duda el amor de su vida, como Claudia lo es de la mía), pero eso de los jovencitos, incluso de los muy jovencitos, no termina de superarlo. Tal vez, cuando también él supere el famoso ecuador de la vida, tal vez, nos dice. Alejandro tira a sedentario y Pablo a crápula. Alejandro a una tortillita de patatas entre amigos y música, Pablo a bacanal innombrable, a salidas intempestivas y estados de ánimo que nadie comprende y que con nadie puede compartir, que es lo grave. Aunque acaba volviendo a ser el de siempre. Porque todo es cuestión de tiempo.

Conchi, la tercera en discordia, siempre ha estado ahí, desde hace tantos años que ya casi ni me acuerdo de cómo apareció un buen día. Pero sí sé que apareció como una tempestad, estilo *Tete*. No hay concepto o fenómeno meteorológico que la defina con mayor exactitud: un ciclón. No es lesbiana, así que por tal senda no conoció a Alejandro. Como escribiría Céline, el lugar y viaje idóneos de Conchi son al final de la noche. Quizás los presentó la amiga de una amiga de otra amiga, en una época de constantes salidas nocturnas en las que todos andaban juntos y revueltos. Conchi, gaditana y un puro torbellino, trabaja en una agencia de viajes pero, como Alejandro a sus alumnos barbilampiños y Pablo el trasmundo económico informatizado, aborrece viajar a cualquier sitio que no sea su Cádiz natal y las discotecas. Es guapa, de perfil griego y voz trémula, lo que le confiere un especial encanto, sobre todo cuando está alterada por algo, lo que acostumbra a ser casi siempre. Entonces se le encienden las mejillas y le brillan los ojos. Conchi podría tener hombres a patadas. Pero posee, o padece, el mismo defecto que Pablo: es una buscadora nata. Lo cual la inflige severos correctivos. Pero va haciendo. Me ha explicado que, a veces, al irrumpir en un sitio de esos con música a todo volumen, alcohol, pastillas y lo que se tercie, que suelen estar frecuentados por gente muy joven, a menudo Conchi —pese a ser casi «ecuatoriana» vital— recibe un tipo de miradas incisivas que oscilan entre la simpatía, la curiosidad y la misericordia. «Ahí va una mamá de marcha», o «Mira, el típico exponente de la mediana edad que no se resigna a parecer más joven de lo que es». Eso ocurre la primera hora, sobre todo si va con Alejandro y Pablo. Pero cuando empieza el desmadre auténtico Conchi despliega todos sus encantos y lo que lleva dentro. Entonces, la situación se modifica. Acaba siendo la Reina de las Pistas, para morboso deleite intelectual de Pablo y relativa vergüenza, aunque sazonada de fraternal orgullo, de Alejandro, más flemático y conservador en estas cosas.

Por tal razón, mi amistad con Conchi nunca ha podido desarrollarse plenamente. Me abochorna cuanto se refiere al baile y la juerga: es mi papel, y a estas alturas ya no voy a cambiar. Porque ella es sólo ella en estado de catarsis nocturna. Y yo sólo soy yo delante de la enésima copa (bueno, ya no tantas, que el hígado protesta), frente a una mesa y en la penumbra, hablando de cosas muy serias, al menos en apariencia. Lo curioso es que siempre pensé que haría falta muy poco (o no: quizás únicamente una mano decidida y maestra) para desmadrarme hasta cotas indecibles, arrastrándome al terreno de Conchi, mientras que quizás haría falta mucho más para atraerla a ella a ese estado etílico conservador que tan incómoda parece ponerla. Le da miedo mostrarse, mientras que a mí me asusta desinhibirme. Por eso casi nunca coincidimos plenamente, aunque sintamos o deseemos lo mismo. Está claro, creo. Por su parte, Pablo se inclina más hacia una visión marcada y tortuosamente intelectual del mundo, que incluso a mí me sorprende y desborda. «¿Qué pretendemos, quiénes somos, adónde vamos?» Y Alejandro, más práctico: «Aquí te cojo, aquí te pillo.» Pablo, en tal tesitura, inicia una serie de angustiosas y aristotélicas disquisiciones: «¿Qué cojo realmente, cómo lo pillo?», etc... Conchi simultáneamente ríe, vocifera, conquista y provoca, baila, se expande. Le importa un pepino ser, estar o pensar. Sólo quiere sentir.

A Conchi lo que le encanta de verdad es la jardinería. En cuanto puede se lía con plantas, sacos de tierra, semillas y esquejes. Pablo, oyéndola perorar botánicamente, se sume en pensamientos que deben de versar sobre el alma de las flores y plantas, o sobre sus perversiones. A Alejandro le gustan únicamente como adorno de algún rincón, pues a detallista nadie le gana, aunque para él, como dice, «las plantas se comen». Cuida tanto su imagen que se ve inclinado a consumir todo tipo de vegetales, aunque no llega al extremo patológico de quienes se castigan a diario en restaurantes vegetarianos de un fundamentalismo gastrodemencial, como ese del que antes describí sus menús. Ahí, los temas de conversación más apasionantes que uno puede escuchar versan sobre los estrógenos, el colesterol, los triglicéridos, las migrañas ambientales o la próstata de nuestro planeta. En fin, toda esa gente sería capaz de devorar una fritura de legañas o un potaje de caspa siempre que tales sustancias fuesen nutritivas y hubieran tenido contacto con la madre Tierra.

No, Alejandro es mesurado y sabe dónde va y qué come. Por eso hace veinte años, como mínimo, que encuentra una hábil pero justificable excusa para no venir a comer a mi casa. Cuando venía, tiempo atrás, estando Claudia, era yo quien se empeñaba en cocinar. Lo disuadí con comidas fortísimas, mayormente: Variaciones de Cordero a lo Bestia. Si Alejandro supiese en qué consiste ahora la base de mi alimentación, seguro que sentiría una profunda lástima por la salud de su amigo. Pero lo cierto es que, en la medida de lo posible, evito que eso trascienda. De ahí que ya no venga ni por equivocación. La última vez que apareció con Pablo por aquí en pleno agosto y bajo un sol de justicia, les di fabada de lata, que quedó casi intacta, y un cordero que yo creo estaba buenísimo, pero a ellos iba sacándoles los colores a medida que lo ingerían.

Para dar una idea aproximada de mis menús, que acostumbro a preparar una vez por semana o quincenalmente, pues me harto muy rápido de la cocina, eso suele ser lo usual, bastará con la siguiente lista:

Lunes: Espaguetis con Nada (que son exactamente eso: pasta hervida lo que se dice a pelo, acaso con unos ajillos que antes freía con cierta ilusión, pero ya no, pues ensucian sartenes, o sencillamente me falta aceite). Estos espaguetis con nada, en realidad no son «con nada», sino con «sal y agua». En la primera época, al principio de vivir solo, mezclaba esos espaguetis escuetísimos con una ralea de condimentos. Salsas varias, boloñesa, napolitana, carne picada, maíz, jamón, chorizo, beicon, atún, de todo. Pero la cosa —es decir, los ánimos culinarios— fueron menguando hasta quedar en lo anteriormente expuesto. Una pena.

Martes: Arroz Transparente (si digo transparente y no «blanco» o «a la cubana», sé lo que me digo). Como sucede con la pasta, mi relación con el arroz empezó siendo idílica, apasionada y casi diaria, como la del alquimista con sus alambiques y pócimas. «A la cubana», con su huevo frito y su Ketchup, e incluso con su plátano frito, degeneró pronto en: sin plátano, sin Ketchup, sin huevo. Apareció el «arroz blanco» puro y duro. Eso fue cuando, tras cocinarlo, me lo comía de una sentada o, a lo sumo, en un par o tres de días. A partir de ahí lo reciclé. Simple pereza y, obviamente, carencia de arroz por no haberme acordado de comprarlo. Al reciclarlo una y otra vez, se va transparentando paulatinamente, hasta que desemboca en algo tirando a insípido pero que, eso quiero pensar, alimenta un poco, lo cual, a su vez, se convierte en la comida de casi todos los:

Miércoles: Ladrillo Granuloso (irreconocible a la vista, inquietante al tacto y repulsivo al sabor para quien no esté acostumbrado a ello). Y digo «ello» porque esa derivación quincenal de sucesivos arroces, primero de aires caribeños, luego más esmirriados, después blancuzcos como una sopa y finalmente alicaídos, por completo delicuescentes, parece algo de sabor neutro, comida de astronautas o prisioneros de guerra. Literalmente se trata de un ladrillo de textura, diríase, vagamente granulosa. Yo, para consolarme, lo llamo «Menú Delta del Mekong». En tales instantes me siento sublimemente vietnamita.

Jueves: Menestra de la Casa (que es, si cabe, el mayor prodigio culinario del que me veo capaz —no me atrevo a decir «gastronómico», pues eso supondría zaherir salvajemente la verdad—, lo suficientemente ingenioso de concebir), prueba fehaciente de que la necesidad ha estimulado la imaginación, no mi más que dudoso talento para estos menesteres. La menestra de la casa, por denominarla de alguna manera, consiste en una mezcla de mezclas de mezclas de cosas desperdigadas que rescato de aquí y de allá, incluidos los posos de las ollas con arroz y espaguetis en cualesquiera de sus fases a partir de un elemental hervor, lo que desemboca en otro ladrillo granuloso con chuscos de pan y un poco de embutido que compro para darle algo de color a ese engendro que realmente parece una nueva comida.

El problema, como bien puede deducirse viendo la línea descendente de tan fantasioso listón a la hora de imaginárselas con las comidas, empieza a partir del viernes, y es que el fin de semana se me hace larguísimo. Estar tantas horas en casa, solo y por lo general deprimido, me da un apetito de lobo. Igual esto no es muy normal, pero así sucede. A veces, en esos tres días infernales y de hambruna en soledad, he recurrido a comida que compraba hecha, o a latitas diversas. Salir a cenar con Alejandro, Pablo y Conchi era el súmmum. Entonces paso tantos nervios en los días previos que se me contrae el estómago a la hora de comer. Un sinsentido. Otras veces me salvó el pan de molde. Como siempre, la línea descendente también se notó ahí. Lo que al principio eran unos sándwiches descomunales y de varios pisos, de esos que llaman «a la donostiarra», con trece y hasta quince sabores bien diferenciados, acabó siendo pan con aceite de girasol, si es que había, o aceite de pescado recuperado, o margarina. O pan de molde duro como un cartón de embalaje, a palo seco. En tales épocas de despiste y desidia, encontrar uno o dos quesitos de esos triangulares en porciones, en pleno fin de semana, es motivo de absoluto gozo. Al final, y así llevo muchos meses, ni quesitos ni porciones ni leches, con perdón. Porque hablando de leches, ésa es otra: debo de ser el único ser humano capaz de hacerse un café con leche sin tener absolutamente nada de café ni de leche en su casa. ¿Cómo? Escarbando en el cono de papel de la cafetera, donde, si se rescata antes de que aparezca moho, es decir, en la fase «premoho», permanece el polvo negruzco de lo que tal vez fue café hace una semana. En cuanto a la leche, ahí el ingenio es necesariamente más agudo: restos de un yogur que aún no tiré a la basura (o incluso que estaba ya en la basura). O dos gotas de un envase de leche, aparentemente gastado. O de nuevo la polivalente margarina vegetal de oferta. O agua, directamente. Todo es válido con tal de colorear un poco ese caldo negruzco y así engañarse de mejor talante.

Pero tampoco es mi deseo dar un panorama apocalíptico en lo referente a mi alimentación. De tanto en tanto me harto, voy a comer por ahí y en paz. Antes iba los domingos a casa de unos tíos, ya mayores, que me invitaban. Tan cariñosos que no podía evitar acudir a visitarlos. Pero al poco iba allí de pura hambre, conteniéndome a duras penas para no diezmarles la despensa. Pobre gente. Mi tía guisa muy bien, pero últimamente cocina poco y habla mucho. Ella llegó, recién estrenada mi condición de hombre que vive solo (eso que quienes se llenan a diario la tripa no dudan en calificar de «solterón» un tanto alegremente), a ponerme comidas en recipientes de plástico. «Toma, para la semana.» Aquello me avergonzaba bastante, a mi edad, pero estaba todo tan rico que cualquiera decía que no. Ese chollo se acabó al cabo de medio año. Y no era plan exigírselo, claro. Aunque en esa época llegué a pasarme por allí tres y hasta cuatro veces semanales, a ver si inspiraba lástima. Pero no. Cuando iba me limitaba a engullir como un poseso cada fin de semana. La infeliz se hartaba de cocinar, y llegó a decirme: «Como te veo bien —se refería a: "en tu peso"— se me olvida hacerte "cositas".» En mis sueños, de hecho, sólo ha habido tres tipos de cosas:

1. Partidas de ajedrez infinitas.
2. Tragedias y catástrofes variopintas.
3. Las «cositas» de mi tía para llevarse al buche.

Quiero decir, casi nunca sueños eróticos, por ejemplo. O esas aventuras oníricas enrevesadas que la gente sufre de vez en cuando.

Por supuesto que algún día aparece en el frigorífico un filetazo de ternera, o sobras suculentas de algo que no consumí durante la semana, o incluso un trozo de pizza, o un frasco con alubias riojanas, aunque sean de Tercera División. Pero eso no es precisamente lo habitual. Lo habitual es que llegue el viernes y yo permanezca pasmado frente a la nevera abierta, preguntándome:

—¿Y ahora qué?

También recuerdo que al principio de mi separación, o sea, de haber sido separado de ese cuerpo mayor que responde al nombre de «familia tradicional» (y cocinara Claudia o lo hiciese yo mismo lo cierto es que siempre había algo decente que comer, aunque repetitivo, como solían protestar los críos), la nevera estaba a menudo casi llena. Incluso Brígida, en actitud de estar haciendo contrabando, y quién sabe si para compensar las tonterías que iba sisando, me trajo alguna vez unos potecitos con algo exquisito, una verdadera bomba para el estómago, que yo consumía con pasión. Se trataba de una especie de pisto a la Mindanao, manjar de auténtica pegada. Aquel mejunje divino y fortísimo tenía aspecto de pisto manchego, de ahí el nombre, pero en su interior había aguacates, nísperos, palosantos, kiwis, chirimoyas, albaricoques, y algo parecido al huevo que prefiero no pensar qué es, pues su mera visión resultaba amenazante. Todo ello mezclado con lo más indecible, pues le daba el toque genial: ancas de rana.

O, habría que matizar: algo que se parecía muchísimo (sigo sin querer pensar en ello) a los susodichos batracios.

Igual eran colas (¿cabezas sin ojos?, ¿antenas?) de gambas. ¿Gambas? Imposible saberlo si se trata de Brígida. Ella jamás me lo aclaró. Simplemente me plantificó los recipientes con ese raro y espeso pisto en los morros mientras decía:

—Comer tarde si todo necesitas.

Cuya traducción, lo reconozco, nunca llegué a concretar. Igual significaba:

—Consúmalo rápido, porque puede pasarse.

O quizás:

—No se lo coma de una vez o le sentará mal.

O incluso:

—Esto son sobras de sobras de sobras que rescaté de mi casa. Allá usted si se las come...

O tal vez, puestos a especular:

—Le veo tan tirado que he decidido darle este batiburrillo. Si no revienta al comerlo, igual hasta le alimenta...

La verdad es que con el paso de los días, semanas, meses y hasta años, en mi frigorífico dejó de haber sucesivamente: filetes-sorpresa, pizzas-olvidadas, latitas sugerentes, invitaciones a casa de mis tíos, ataques de hambre que me abocasen incluso al primer restaurante vegetariano o a Mister-Pollo, en el pueblo, Pisto estilo Mindanao e inesperados trozos de embutidos con pan de molde endurecido y recubiertos de algo verde que no era queso roquefort sino moho. Cómo he sobrevivido de viernes a domingo en esta última época, es algo que no llego a comprender. Tengo una teoría al respecto, pero que no deja de ser una teoría, y por lo tanto susceptible de todo tipo de interpretaciones. De entrada, y por ceñirme a dos de tales conjeturas, creo que «sobreviví» gracias a un par de factores:

1. Enceporrarme mentalmente con partidas de ajedrez de los grandes maestros, que he vuelto a estudiar una y otra vez con interés enfermizo. Ellas me han hecho olvidar el hambre, aunque sea de modo eventual.

2. Gracias a otro plato, invención mía, que acaso más bien debiera llamarse «vaso» en lugar de «plato», y que es la Suprema de Merluza. E incluso sin la partícula «de»: Suprema Merluza.

Va a costarme reconocerlo, y me doy cuenta de que conforme avanzo en mi narración me sucede con todo, pero si he aceptado la evidencia de realizar una confesión total, así debe ser, y no con medias tintas. Venga, pues, valor:

Viernes, sábado y domingo:

La Suprema de Merluza no guarda la menor relación con esos productos marinos típicos, tan ricos en el Cantábrico, y que llevan la denominación genuina de tan sabroso pez. No, qué más quisiera yo. La Suprema de Merluza, como su propio nombre indica, consiste en, en llegando (ese doble «en, en...» ¿no resultará cacofónico, pese a la coma-frontera que los separa?) el fin de semana, pescar (verbo absolutamente apropiado, dadas las circunstancias y lo que quiero decir) una merluza de impresión, y así ir tirando. Dicen que beber quita el hambre, o al menos la distrae. A mí me parece que sí. Mi especialidad de los largos fines de semana, casi siempre sábado a media tarde, consiste en una rara macedonia de sabores: absenta, vodka, grosella, licor de leche, ginebra, y unos pocos cereales que procuro pulverizar entre los dedos, yogur y una manzana troceada.

Como se comprenderá sin excesivos problemas, lo segundo está concebido para dar la sensación (convencerme yo mismo de) que realmente como algo. Lo primero, el hecho irrefutable de que en verdad no como sino que bebo, va incluido en lo primero, de mayor peso específico y graduación. Es lo primero, por supuesto, lo que me lleva a coger unas merluzas de impresión —en solitario, que son las peores— pero con el resultado final esperado. Dado que más que merluzas son cachalotes o ballenas, durante el resto del fin de semana casi ni me acuerdo de que tengo hambre. Quien se las haya tenido con bebidas como la absenta sabe de qué estoy hablando, y los que no, seguro que se lo imaginan. Repito que no siempre ocurre de ese modo, pero sí muy a menudo. Se comprenderá, enlazando con lo que comentaba antes, que Alejandro, tan fino y sibarita él, nunca encuentre oportunidad de venir a comer a mi casa. Y también podrá comprenderse fácilmente que me produce cierto temor tanta «merluza» sistemática en soledad (por lo menos, una semanal, pero gloriosa: de desmayo). Aún acabaré alcohólico por culpa de mi visceral negligencia para asuntos referentes a la compra. Porque de eso se trata. Yo no soy un tipo al que le guste beber. Sé que si mi frigorífico estuviera siempre lleno de comidas ricas, no bebería tanto, ni mucho menos. Bueno, quizás entonces comería y bebería con desmesura, hasta ponerme como una vaca. Quién sabe.

Naturalmente, si Alejandro desiste de venir a hacerme una visita que coincida con la hora de comer, porque de algún modo ya sabe a lo que se expone, tampoco Pablo ni Conchi lo hacen. Yo soy el amigo de Alejandro, y ellos, con los que también me unen lazos de gran amistad, no olvidan nunca aquello. Pablo siempre anda perdido en esas cosas que enumeré someramente: la pasión cinéfila que le consume como un vicio, sus múltiples y jamás acabadas colecciones, sus crisis en cadena, de las que nadie, con frecuencia ni siquiera Alejandro, tiene indicios suficientes para saber en qué se fundamentan o qué las provocó. Y en cuanto a Conchi, eso es ya otro cantar. Ella debería haber montado un consultorio sentimental en su propio domicilio, porque desde hace muchos años su casa es un reguero de abandonadas y afligidos por los estragos que causa la pasión, que por cierto siempre son los mismos. Cualquiera que tenga problemas recurre a Conchi, quien, pese a lo rematadamente bruta que a menudo parece, suele dar sabios consejos y, sobre todo, posee el difícil arte de saber escuchar, principalmente cuando lleva ya varios canutos encima, cosa que también es frecuente.

En fin, así son mis mejores amigos. Algo raros, por cierto, cuando lo pienso. Quiero decir que, eso creo, yo debiera tener amistad con personas relacionadas con el ajedrez, y lo cierto es que casi nunca ocurrió. Será porque no soporto la idea de seguir compitiendo incluso en las relaciones de amistad. Pero de ahí a lo otro —y lo otro son Alejandro, Pablo y Conchi— va un trecho. Insisto en que a veces me resulta muy complejo seguir manteniendo estrechos lazos con ellos.

Es raro, por ejemplo, que no me haya tirado a Conchi (otra vez se me escapó esa fea expresión) pero así es. Lo de la fea expresión, sin embargo, me resulta en este caso muy relativo, pues tratándose de Conchi y sabiendo lo fiera que es, estoy seguro de que, de haber ocurrido algo con ella, habría ido bastante más allá de un simple revolcón. «Tirado» se ajusta mejor a lo que imagino. Conchi, en la intimidad, debe de estrujar, literalmente. Más bien debiera haber dicho: «ser tirado por ella». Así está mejor. Pero no, qué digo yo: si es como mi prima o la hermana menor que nunca tuve.

Pablo es mi amigo porque, como dije antes, es la pareja más o menos estable de Alejandro, e intelectualmente me estimula bastante. Aunque su personalidad me parece cautivadora a veces, con él también tiendo a competir. No saber lo que piensa, lo que desea, lo que le desagrada, lo que anhela, desconocer cómo funciona su mundo mental y algo que, desde el punto de vista estrictamente ajedrecístico-psicológico, me incomoda sobremanera: él siempre me lleva ventaja. Y eso está bien a veces, pero otras me molesta, ya que, aunque está mal decirlo, mi relación con los demás se basa en conocerlos previamente desde ese punto de vista al que aludía. Saber mucho más de ellos que a la inversa, como en el ajedrez. Sé que es egoísta e ingrato, pero repito que así es. Y desde que era un crío actúo igual. Con Claudia, en cierto modo, me sucedía como con Pablo: ella llevaba siempre las riendas de todo. Ella marcaba las pautas internas de la partida en cuestión. Será algo relacionado con el carácter fuerte de ciertas personas, no sé. Sí sé que en principio, y de no ser por ese vínculo que me une a Pablo a través de Alejandro, yo nunca habría acabado siendo tan amigo suyo. De hecho, el problema es que con él compito siempre secretamente, a ver quién de los dos es más raro. Y creo que es él. Pablo, si jugara al ajedrez, sería de esos que resquebraja el sistema de defensas neurológicas de sus rivales más templados, y como si tal.

Hoy en día, la gente ya no vive en guetos mentales —ahora pienso en el tema de la homosexualidad, por ejemplo— como en otras épocas de mayor presión y prejuicios sociales ante determinados hechos irrefutables. Como dice Alejandro: «Ni gays ni bobadas. Hay maricones, siempre los hubo y siempre los habrá.» En una buena parte, respetabilísimos padres de familia con doble y hasta triple vida (él insiste en eso). Por lo general, la gente homosexual suele relacionarse con gente homosexual, y así ocurre con un largo etcétera de costumbres y modos de ver la existencia. Entonces es ahí donde detecto algo que sigue pareciéndome raro respecto a mi actitud con los amigos. ¿Cómo es posible que yo siga siendo el «amigo del alma» de Alejandro, homosexual desde la cuna (recuérdese su sólida Teoría del Osito), y yo no ser del ramo? No lo sé. Hace unas semanas, después de uno de esos atiborres que yo solito me monto a costa de la Suprema de Merluza, le llamé por teléfono, preocupado, y reitero este dato, bastante colocado. Acaso ese punto de coloque que distiende las ideas y suelta la lengua hasta el riesgo. Alejandro sabe que oigo poca música, y el jazz es quizá lo único que me gusta, aparte de la música religiosa. No soy un maniático, ni por lo tanto tampoco un experto. Le confesé que me sentía atraído, eso dije: «atraído» (aunque suene a adolescente) por una cantante de pop tirando a basta, chillona, llena de floripondios, quintaesencia del hortera folclorismo nacional, flamencoide en el peor sentido, es decir, el de la cutredad sin paliativos, y que sin embargo posee una voz poderosa y un *glamour* indescifrable. Esa tía parece un marciano. Cambia de aspecto como de vestido. Se pinta el paladar, vocifera como una soprano a la que acabasen de meter a la fuerza la cabeza en un tonel de ácido lisérgico. En entrevistas ha argumentado, astuta y comercialmente, que no sólo es bisexual, sino que se traga todo lo que le echen. Qué voy a hacerle: ¡me pone como una moto! Exactamente es eso: pulveriza mis prejuicios. Se me queda la piel de gallina en cuanto lanza un gorgorito.

Es decir, a mí y a mis neuronas, o las escasas que aún deben de funcionarme a tope en ese misterioso ámbito de la libido. Cada varios años surge un bicho de características de las de dicha cantante. Pero la principal característica de ese tipo específico de bichos propios del mundo del espectáculo es, siempre, además de que tienen un morro que se lo pisan, que vuelven locos a los maricones. También a las lesbianas, pero menos. Ésta lo logra con todos. La bohemia pura le rinde pleitesía.

Menudo mercado. Será su faceta provocadora. Esa apariencia tan pecadora, quizás. El caso es que al ser yo el primer sorprendido por mi atracción —casi de animal, de mamífero y propiamente felina— hacia esa cantante, se lo expuse con demoledora nitidez:

—Oye, Alejandro, ¿tú estás seguro de que yo no seré maricón perdido?

Al otro lado de la línea telefónica, Alejandro permaneció en silencio unos instantes. Luego, con paciencia de Job, preguntó:

—¿Ya estamos otra vez? —Y es que son más de treinta años de conocerme.

—Chico, es que no lo entiendo... —me lamenté.

—A ver, ¿quién te gusta ahora? —dijo el santo Job en versión moderna.

—Verónica Manzano —argumenté sin vacilar, conteniendo la respiración y casi con satánico orgullo. Vamos, como si fuese el presidente de un club de fans de la citada diva. Creí haberlo dicho con voz de palafrenero de atacaballos, pero seguramente se trataba de mi imaginación culpable.

—¿Eso...? —acertó a inquirir Alejandro que de pronto había perdido su flema y su tacto bíblicos, conmigo a veces rayano a la meditación trascendental. Era su forma más atinada de calificar a la diva: eso. Le hubiese arañado a través del hilo telefónico. ¡Yo, que sería el mayordomo, el felpudo de esa mujer! Le puse en antecedentes, y fue inútil: la conocía a la perfección. Ni por ésas entendió. Me preguntó cómo era posible que de las pasiones de Telemann y los motetes de Wallis o Mondonville, sin contar mi supuestamente amplia cultura jazzística, pudiera dar el salto a una tía que daba esos alaridos y era tan... tan... no le salió la palabra. Yo, que creo conocerle como nadie, pienso que iba a decir: «castiza», o tal vez «flamenca», pero no lo dijo, seguro que por ser consciente de que iba a equivocarse. Y es que mi diva es muy ambigua. Vaya, por ahí *pica* (creo que ya estoy poniendo gestos de maricón: es impresionante, debo moderarme).

Después de un rato de disertación mutua, inútil y pausada, porque hablábamos de cosas distintas aunque en apariencia de un mismo tema, comentó que mi atracción por esa diosa de la canción pop podía deberse a dos factores, estrictamente, y que tampoco debía darle mayor importancia. Parecía estar consolando a alguien que padece un principio de alopecia o a quien le ha salido un pólipo en las narices. Alejandro siempre tan de Ciencias.

Primero: que esa cantante iba de desmadrada total por la vida, esgrimiendo la bandera de la depravación máxima, y como yo estoy muy solo y muy tirado (iba a decir: muy mal follado, pero se contuvo), pues la veía como un objetivo a imitar. O, más bien, como un objeto de adoración. La antítesis de todo lo que soy.

—Quieres decir que soy un leño y un pasmao, y esa tía una perra viciosa y por ello me atrae... —le interrumpí dubitativo.

—Algo así —dijo Alejandro escuetamente.

—¡Pero es que yo también tengo derecho a ser una perra!...

Para él, todo lo que no fuese polemizar sobre tal o cuál diva de la ópera constituía una fatiga absoluta. Podía pasarse horas discutiendo de que si la Tetrazzini o la Lehmann, si la Freni o la Schwarzkopf, si la Callas o la Sutherland. Y, claro, esa perra viciosa, *mi* perra viciosa, le había cruzado los cables.

—Entonces —seguí su deducción, y observando su silencio—, según tú yo no debería desear convertirme, aunque sea un poco, en una especie de perra viciosa como ella... —Acababa de mover ficha sobre el tablero aludiendo a una pregunta inicial.

Ahora fue él quien dudó:

—Supongo que te fascina la idea de jugar a ese juego, pero ni te va ni lo deseas realmente.

Luego pasó a argumentarme el otro punto de mi presunta atracción hacia Verónica Manzano:

Segundo: la causa de mi interés se debía, no sólo sino también, al título de cierta canción de enorme éxito que en esa época arrasaba en las listas de ventas: *Me salvaré*. Según Alejandro, yo me veo a mí mismo en un pozo, y por lo tanto necesito salvación. La loca esa aullando: «¡Me salvaré, me salvaré!» es la medicina que estaba necesitando oír. Un mensaje de lucha interior, un grito de supervivencia.

—O sea —contraataqué—, que si la canción en vez de *Me salvaré* se titulara *Orquídeas rotas* o *Pienso en tu nombre*, a mí no me habría dado este absurdo encerrilamiento... —Iba a decir «telele», pero me pareció impropio.

—Exacto. —Puso su mejor y más convincente voz de profesor, y esto, aunque con los lerdos cenutrios de sus alumnos no le sirve de nada, conmigo aún le funciona.

Seguimos discutiendo del tema, y él retomó su actitud templada:

—Todo lo que sea perversión, aunque en el fondo no se trata de otra cosa que de falsos subproductos de mercado, te atrae como un imán. Estás en esa fase...

—Inmadura, quieres decir —comenté ayudándole.

—Sí, inmadura, casi juvenil, si me permites que te lo diga.

—Pero ¿no necesariamente anal...? —volví a la carga.

—¡Y dale, que no! —protestó Alejandro.

—¡Pero si le gusta a todos los maricones del país! —casi rebuzné, obstinado—. ¿Por qué debe gustarme entonces precisamente a mí?

—Esas cosas no son matemáticas —dijo, lo que viniendo de un matemático maricón era digno de ser tenido en cuenta—. Además, tú crees que te gusta —me atajó.

—Una leche —repuse, y Alejandro enmudeció porque yo nunca digo tacos.

—¿Qué?

—Que una leche —vocalicé, por si no lo había oído. Yo estaba haciendo una especie de Revolución Cultural China conmigo mismo.

Alejandro intuyó un movimiento de pieza con el que no contaba.

—¿Eso qué significa? —preguntó en tono nasal y temeroso.

—Que no es que crea que me gusta, es que la adoro, ¿entiendes? Me pirra... Además, me he comprado su último disco —mi voz sonó casi metálica en el teléfono—, el de *Me salvaré*, claro.

—¿Y?

—Me dan mareos. Grito y hasta quiero bailar. ¿Lo oyes? Bailar...

Al otro lado de la línea no se oía nada. Reconozco que en ese instante me sentía una *drag queen* confesándole la cosa por teléfono a su hermano mayor que fuese uno de los responsables del Seminario de Deusto. Le expliqué que también, semanas atrás, me había comprado otros dos discos de la Manzano. Y que uno era bestial. Eso dije, «bestial», y lo silabeé con fervor de niñata adolescente. Alejandro debió de sufrir un estremecimiento en su sofá. «Bestial, ¿entiendes?», me regodeé en lo dicho. Pude haber comentado: «genial», pero me pareció muy poco. Transcurrieron varios minutos de tal guisa: yo explicándoselo, intentando convencerle de que «no era lo que parecía», y que algunas canciones, muchas, estaban «muy bien construidas». Vi que por ahí no le impactaba. Entonces le recité de memoria un par de letras de su álbum «Promesa de hembra», cuyos temas me llevaron varios días de cabeza. Tampoco coló. Hasta me hizo dudar. «Qué mal debo de estar últimamente», pensé, pero he de reconocer que sin excesiva aflicción.

Yo, el hombre serio en el ecuador de su vida, al que le gustan las mujeres inteligentes de un modo patológico, que sólo escucha música de jazz y oratorios, impenitente lector de Sade, o santo Tomás de Aquino, el antiguo campeón de ajedrez, yo, todo un intelectual, con pinta de ser más austero y grave que un eremita cristiano durante la búsqueda de El Dorado en las selvas amazónicas, reconocía haberme comprado la discografía íntegra de Verónica Manzano, la tigresa del pop. Imagino que Alejandro sintió que algo se colapsaba en su interior:

—¿Cómo... es... posible...?

—Lo es. Pienso en sus canciones y se me contrae el páncreas —sentencié.

—Pero... —intentó contraatacar.

—Ni peros ni gaitas —recalqué—, estoy hasta el coño de fingir... —Esta vez, con lo del «coño» y lo de fingir, igual sí había ido demasiado lejos.

El silencio se hizo más espeso aún en la línea telefónica. Decidí dar la puntilla utilizando una expresión popular, chabacana y toreril pero harto eficaz:

—Y mola.

Sólo me faltó añadir: «Y mola, tío; ¿vale?» para sentirme del todo satisfecha, que diga, satisfecho. Transgresor o al menos un poco locaza telefónica.

Alejandro movió sus peones aún vivos, sus alfiles y sus caballos. Intentaba hacerme entrar en vereda. Él insistía, tras arduos razonamientos: «Estás atravesando una racha de suma ansiedad, tenlo en cuenta. Buscas los extremos. Todo es un espejismo.» Y yo, erre que erre:

—Te equivocas. Estoy seguro de que soy medio maricón y aún no me he enterado... —Habíamos pasado sutilmente del tema Verónica Manzano al de mi pregunta inicial. El asunto de la diva pop, tuviese ésta su gracia o fuese tope *lolailo*, quedó zanjado al argüir yo, haciéndome el ofendido (de nuevo iba a decir «ofendida»), que realmente estaba fuera de lugar su opinión respecto a ella, pues no conocía ni el primer disco ni *Promesa de hembra* ni *Me salvaré*. Fue mi jaque.

Pero no dejaba de ser curioso hablar en términos de «medio maricón» con alguien como Alejandro, homosexual hasta la médula del pensamiento. Vamos, que dejaría en mal lugar a los del famoso Batallón Lacedemonio. Más que ambiguo era estimulante, sobre todo porque no imaginaba cómo iba a reaccionar. En esos momentos debía de habérsele olvidado hasta sumar.

—Estás como una cabra... —dijo en un momento, pero más por no saber qué decir que por otra cosa, pues había quedado claro que él no conocía en absoluto la música vibrante de Verónica Manzano, ni tampoco sabía nada respecto a su grandiosa personalidad. Y sé que de habérselo reprochado así, abiertamente, Alejandro habría adoptado una actitud defensiva y a la vez algo agresiva, al estilo de: «Ni falta que me hace...» Lo acorralé con renovado ahínco:

—Además: ¿no recuerdas que hace años ya me ponía a llorar cuando oía a la pava napias judía aquélla de Barbra Streisand cantando *Woman in love*? —Alejandro no recordaba.

—Sí, hombre... *Woman in love*. —Y se la tararée como pude, un verdadero horror. Menos mal que nadie nos oía por el teléfono.

—Otra que tal... —oí que murmuraba con un deje vagamente despectivo.

—¿Lo ves? También la Streisand volvía locos a los maricones... —Me debatí a la desesperada, intentando convencerle—. No lo negarás... Son demasiadas coincidencias.

—No, no lo negaré —repuso él retomando la cordura en una conversación que empezaba a volverse delirante—, pero lo tuyo es distinto.

—¿Por qué? —quise, exigí saber.

—Porque lo tuyo es una paja mental —dijo escuetamente.

Retomé de nuevo la contraofensiva, recordándole nada sutilmente ciertas teorías respecto al carácter sádico-anal del ajedrez. Eso pareció colmar el vaso de su paciencia. Me gritó al otro lado del hilo telefónico:

—¡Mira, vete a tomar por el culo!... —Lo cual nunca le había oído decir, pero aproveché la ocasión:

—¡Pues eso digo yo!...

Me había perdido por completo: ahora ya no sabía si hablábamos de divas que chiflan, entre otros muchos, al público gay, o de lo otro.

Yo era medio maricón —protesté— o incluso maricón perdido, aunque no ejerciese de ello. Lo era y aún no me había dado cuenta. Ni yo ni nadie. Pablo recurrió al argumento lógico: mis novias. Aunque no por ello me lo esperaba. Había sido una puñalada trapera.

—Tú eres un tío cerdo, perdona que te lo diga —me espetó—. El típico tío cerdo que sólo piensa en cerdadas con las tías. El resto, lo de la Manzano esa, o la Streisand, es puro onanismo intelectual. Os matáis a pajas con la primera boca enorme que os chilla en agudos. —Ya volvían a salir sus obsesiones operísticas, que considero más depravadas que las mías.

De alguna manera comprendí que tenía razón. Sin embargo, seguía sin explicarme el porqué de mi fascinación ante tal dúo de monstruos, eso sí, con espléndida voz. Alejandro ofreció una versión que sonaría, por lo menos, desinteresada y sincera:

—Porque en el fondo no te resignas a ser un tío cerdo, pero a la vez quieres ser lo que eres: tierno y normal. Así que de vez en cuando decides jugar a la provocación y me tomas a mí como cobaya —se quejó amargamente.

Era un poderoso argumento. De índole más filosófica que matemática, sin duda. Lo sopesé. Sí, carecía de fisuras. Opté por darlo como bueno, pero no iba a declararme tan fácilmente vencido:

—Sigo pensando que yo no soy normal —titubeé un poco, casi viéndome con lentejuelas, altos coturnos, plumas y en un *show* erótico de esos guarrindongos.

—Pero, a ver, ¿a ti te gustan los tíos? —preguntó a bocajarro.

—Pues no —dije, aunque algo se me contrajo agridulcemente en el estómago al decirlo.

—¿Y alguna vez te has excitado pensando en algún tío? —Seguía ametrallándome.

—En ciertas fantasías nocturnas... a veces... no sé... igual sí ha intervenido algún hombre...

—Ya, mucha orgía de película de romanos, eso es lo que has visto. —Intenté protestar, pero no me dejó—. Y, sobre todo, mucho porno. Demasiado. Ahí os ponen cuatro rabos de impresión a los cerdos normales como tú y se os dispara el coco creyendo que sois unas locas perdidas.

—De modo que no... que de maricón nada... —se oyó mi vocecilla, por una vez algo afeminada, aunque sin dar la talla del típico eunuco o *castrati* de ópera.

—Nada, lo siento... —sentenció Alejandro.

Mira por dónde, pensé vagamente abatido. Ni siquiera eso, un puto *castrati*. Pese a Barbra Streisand y Verónica Manzano con su hit *Me salvaré*, pese a que cuando lo oigo es como si me penetrasen salvajemente y... pese a esas cosas tan raras que siento al escuchar sus canciones o ver una felación. Alejandro tenía razón y yo sólo buscaba una forma desesperada de salvación. Me conformé, qué remedio, con seguir siendo el jesuita anacrónico de siempre, aspirante a semental, como mi vecinito de arriba, y con mis contradicciones. Entonces, al comprobar que la conversación decaía a pasos agigantados y que yo iba a salir muy decepcionado de ella, me atreví y aproveché para sacar un último dato. Algo privado, algo que en su momento fue casi vergonzoso, pero que Alejandro sabía porque yo se lo confesé un buen día, atormentado por la indecisión. Desde hacía casi una década y media que no salía el tema:

—Pero, entonces... aquello que te... conté... —balbucí, nuevamente sobrecogido por un ataque de duda y pudor.

—¿El qué...? —me gruñó en tono decididamente duro al otro lado del teléfono.

—Lo del culo.

Casi sonó como un hipido. Pero lo había dicho: me estaba refiriendo a cierta ocasión en la que, habiendo caído en mis manos cierto artefacto que responde al nombre comercial de consolador anal, o más exactamente «vibrador anal», me lo introduje mientras me masturbaba. Me gustó. Y me asusté, claro. Al poco se lo expliqué. Alejandro pareció no inmutarse. Después me contó que a la gente, si no fuese tan decididamente reprimida y le diese por investigar las posibilidades de aumentar su placer, eso, estimularse analmente, le gustaría a casi todo el mundo, sin ningún género de dudas. Así lo expresó: sin ningún género de dudas. Lo cual fue muy tranquilizador. Alejandro sostiene que *eso* gusta siempre porque fisiológicamente se estimulan determinadas zonas erógenas y nervios, centros o focos de placer físico. Y, dijo, si no gusta es por cuestiones de rechazo cultural. Tan tajante fue. Quise creerle. De hecho le creí, siempre le creí. Seguía creyéndole hace una semana, cuando le susurré al teléfono esa curiosa frase:

—Lo del culo...

—¡Mira que eres pesado!... —refunfuñó Alejandro—, ya te lo expliqué en su momento, y no pienso volver a hacerlo ahora.

Para Alejandro una cosa es tener determinadas inclinaciones de índole sexual, y otra muy distinta ser gay. La frontera entre ambos mundos es definitiva, inmensa. Fue entonces cuando oí su voz algo más distendida y serena en el teléfono:

—Oye, ¿has pensado en lo que harías con el osito en la cuna, si pudieras? ¿Lo has pensado alguna vez en serio?

—Creo que me lo tiraría por delante y por detrás —contesté, loquísima, valiente y dispuesto a vender cara mi decepción.

—Es posible —dijo él—, pero eso ocurriría una vez, o dos. Y por probar. No más.

—Quieres decir que estás convencido de que yo me tiraría al osito siempre por delante...

Guardó silencio. Esperé. Al final dijo:

—No: tú jugarías al ajedrez con ese peluche, de ser posible... y si no, te enamorarías perdidamente de ella, porque sería una osita, bobo.

Me reí. Era cierto, la idea me gustaba. Incluso lo de cepillarme a la osita me ponía ciertamente cachondo. Y es que aquéllos debían de ser días de gran agitación interior. A los pocos segundos llegó la definitiva sentencia de Alejandro:

—Pero después de tirártela por delante, como mandan las reglas, claro...

Decidí resignarme, pues, a ser el típico tío cerdo y normal. Y no será porque no intenté autotransgredirme, puercotransformarme y zorratravestirme, así como locazaasumirme: en vano. En principio, y que yo recuerde, de eso sólo he hablado con Alejandro. Pero tampoco se me olvida cierta ocasión en la que, muchos años atrás, estando ambos en un apartamento en la playa, dormíamos en habitaciones contiguas. El ambiente era de insoportable bochorno. Pleno verano en la Costa Brava. Aquella madrugada de masturbaciones fallidas a causa del excesivo alcohol, me desperté como un resorte, sudando. Entré en su habitación. Me senté en el borde de la cama, desnudo y con el corazón palpitando. Iba como sonámbulo. Le pregunté cosas que ya no recuerdo bien. Quizás: «¿Nunca me has deseado?», a lo que repuso: «Estás idiota. No.» Insistí: «¿De verdad jamás has pensado que tú y yo deberíamos acostarnos, no sé, por probar?» Más o menos ésas fueron mis preguntas. Luego de monologar durante cinco minutos, tieso como un palo y con voz de muerto (jamás he vuelto a ofrecerme a nadie cual doncella temblando de vicio, que sabe va a ser violada con ensañamiento), Alejandro me miró atentamente y dijo algo memorable:

—Anda, vete a la cama y déjame dormir en paz...

Tan sólo eso. Pero yo obedecí, diligente. ¡Y tanto! De menuda acababa de librarme. Una doncella, aunque perra viciosa ninfómana como yo me sentía de pies a cabeza, obedece sin rechistar. En realidad estaba aterido de miedo. Recuerdo que, dado que tenía el cuerpo como un hormiguero en plena inundación, me hice una paja descomunal pensando en cierta actriz de cine que en esa época salía en un anuncio televisivo, de medias o pantys, no sé. Rubia y con lunar junto al labio. Me la tiré encima de un Chevrolet deportivo de color rojo sangre, en pleno desierto de Arizona, con cactus y serpientes de cascabel rodeándonos. Yo qué sé cuántos polvos. Casi la mato, y de su vestido negro ceñido y de sus pantys no quedaron más que trozos deshilachados. Por fin, mi espíritu reposaba. Lo cierto es que precisamente aquella noche, al masturbarme, no pensé en Alejandro o en cualquier otro hombre, ni se me pasó por la cabeza, sino en una vampiresa fetén al uso. Deduje que eso significaba algo: yo era un tío no sé si cerdo, pero sí normal. Pero soy desmesuradamente tenaz, y años después, en mitad de otra conversación etílica en la que el tema principal era el sexo, también medio desnudo a causa del insoportable calor que hacía, recuerdo haberle dicho a Alejandro de pronto y con voz quebrada:

—Tú no querrás que yo te la chupe, ¿verdad?...

Sonó como un cristal roto, nos miramos sin dar crédito, ni él ni yo, a que aquello hubiese salido de mi boca.

Fue una frase histórica. Creo que es la vez que más cerca he estado de la Revolución Social Íntima Permanente. Sé, y lo sé tras escalar con tiento por los acantilados de la memoria, que,

como digo, habíamos estado hablando —tequila va, vodka viene— del jazz de la década de los veinte y los treinta, que tanto
me gustaban a mí, y de la ópera, que le gustaba a él (ya dije que
Alejandro era sumamente exquisito y consecuente con su ser-
en-sí, como escribirían los filósofos existencialistas), luego de
las tías que eventualmente me apasionaban a mí y de los tíos
que se había ventilado él en sitios demenciales, pecaminosos e
inmundos, por mucho que al final coincidiésemos en que
nuestros grandes amores eran respectivamente Claudia y Pablo, y que si nuestros respectivos cuerpos pedían guerra por
otro lado, debía de ser sin duda porque ni con Claudia ni con
Pablo nos sentíamos colmados, lo que se dice colmados plena y
sexualmente. Después pasamos a hablar de carencias y de asig-
naturas pendientes, término delicado y sinuoso donde los
haya. De probar y experimentar, ya se sabe. Fue ése el instante
en que, borracho como una cuba, dije lo que dije, cosa que voy
a darme el sumo gustazo de repetir literalmente, ya que es lo
más osado que nunca salió de mi boca, y casi me enorgullece
ese acto de valentía.

(Repetición de la jugada, porque en realidad estaba jugando):

—Tú no querrás que yo te la chupe, ¿verdad?

Bien pensado, no sé si el signo de interrogación está correctamente puesto. O quizás debería haber dicho:

—¿Tú no querrás que yo te la chupe? —A secas, porque esa
expresión final: «¿verdad?» es una flagrante redundancia.

El caso es que la respuesta de Alejandro estuvo a la altura
de mi brillante sugerencia. Sonriendo dijo, ni más ni menos:

—Vete a la mierda.

Desconozco si llevaba demasiado José Cuervo o Moskovska-
ya en la sangre. Él le había dado sobre todo al tequila. Conocido es que dicho alcohol, presuntamente importado de México,
afecta sobremanera a quienes no son bebedores. Alejandro no
lo es en absoluto. Quizás se trataba de una de sus clásicas respuestas racionales, en ese caso tiznada de un toque escatológico. Me inclino por esto último. Lo cierto es que no insistí en mi
obsesión feladora, lógicamente. Cambiamos de tema con suma

habilidad. Dudo que él lo recuerde, y en eso, insisto, pudieron intervenir las ingentes dosis de tequila barato que llevaba en el cuerpo aquella noche. Me parece que incluso, viendo que volvíamos a hablar de la vida corriente y moliente que llevábamos, con sus efímeras satisfacciones y sus miserias consustanciales, le espeté casi con violencia:

—¡Pues que sepas que no pienso morirme sin chupársela a alguien!

También, ahora que me lo planteo: menuda perseverancia succionadora la mía, qué sublime empeño por degradarme hasta las heces, o por sacarme a mí mismo de grado, ascendiéndome a no se sabe qué nivel de las disolutas jerarquías del vicio. Vamos, como si me estuviese desangrando de puro deseo por pecar y corromperme.

Alejandro se limitó a reír por lo bajo, supongo que pensando lo evidente: que yo seguía jugando al ajedrez (en ese caso: con fuego), y al hablar de cosas íntimas jugaba al ajedrez mental en mitad de un incendio. Y no era ésa una partida rápida, ni a ciegas, sino lenta y tortuosa, de las que siempre me apasionaron. De ahí el peligro. No sé, todo aquello, tan juvenil y hormonalmente desarrollado, ya pasó sin dejar rastro. Supongo que son las cosas que uno piensa, dice y hace —o no hace, lo que fue mi caso concreto— en determinadas circunstancias. Luego quedan ya muy lejanas, y hasta se nos antojan ajenas. Bueno, incluso se me pasará lo de Verónica Manzano con sus alaridos desgarradores, su aspecto de hembra lasciva y las dudas y carencias nunca plenamente resueltas que ese asunto me ha transmitido. También deben de tener dudas mis vecinos del bloque C, pues luego de estar años y años oyendo a Cecil Taylor, Charlie Parker, Thelonius Monk, Chet Baker o John Coltrane, cuando no Magníficats y Pasiones, de repente oyen tronar desde mi aparato de música *Me salvaré*. Habrán alucinado.

Antes hice referencia al hecho de desangrarme de puro deseo de pecar (o dar un golpe de Estado a la rutina que me abotarga, lo cual viene a ser lo mismo), y a ese respecto me viene a la memoria el diálogo de una novela de Hermann Broch:

«Me dije a mí mismo:

»—Eres un imbécil, eres un platónico, crees que abarcando el mundo con una mirada de comprensión podrás formarlo a tu imagen y llegar a fundirte en Dios. ¿No comprendes que así te desangras?

»Me contesté:

»—Sí, me desangro.»

El caso es que continúo preguntándome: ¿por qué Alejandro sigue siendo mi mejor amigo, pese a ser gay y no haber permitido, siquiera una puñetera vez en la vida, que yo se la chupase, con lo que así podría haberme sentido, además de muy mal o confuso en un primer momento, el héroe de mi propia película? Respuesta: porque es inteligente, aun en el sentido de vivir ceñido a su rígido esquema de pensamiento, propio de un matemático o, quién sabe, de frustrado ajedrecista de élite. También es obvio que me aprecia. Ahora recuerdo lo que me comentó antes de colgar el teléfono tras la charla, o la discusión caótica y amistosa, a costa de la Manzano:

—A ti lo que te tiene preocupado es la expresión que antes me dijiste, refiriéndote a lo que se comentó de ella, o de lo que ella misma alardea: «Se traga todo lo que se le eche.»

Nos despedimos por fin, pero yo seguí dándole vueltas y más vueltas a ese razonamiento. No terminaba de tener claro qué era lo que realmente me perturbaba de aquella expresión, en parte soez y en parte reveladora. No sabía qué me excitaba más, si:

— se traga;

o si por el contrario:

— todo;

o tal vez:

— lo que le echen.

En cualquier caso, me sonaba a muchísimo pecado. Por eso mismo, en tanto nuevo y emocionante, muy bueno.

Soy consciente, llegado a este punto, que ya he empezado a hablar de mi vida íntima, incluido el sexo, sin ningún tapujo, así que será preferible que no abandone el tema hasta matizar un par de cosas que considero relevantes. Tras una de esas incursiones mentales imaginarias por los vericuetos de mi plausible y quién sabe si latente homosexualidad, cosa que me ocurre cada cierto tiempo —es verdad que de forma distanciada, pero también constante—, me vuelco sobre mis así llamadas «novias» como un mandril ansioso. Pero las mujeres son tan, tan extrañas, y el sexo con ellas es para mí tan difícil, que de ahí, quizás, mis fantasías eróticas supuestamente «desviadas» en el sentido de que, supongo, no obedecen a la realidad ni a la urgencia de mis auténticos deseos. O no sólo. Reconozco que tras un arrechucho de tales fantasías veladas y presuntamente homoeróticas ataco con decisión a mis novias. Sí, las ataco, eso es lo que hago. Me doy cuenta. O bien: me las ingenio para tener cerca mujeres a la vez proclives a atacar a un jesuita revenido como yo. Porque esto de la sotana simbólica también tiene su tirón. Imagino que ésa será mi truculenta e indirecta forma de sentirme violado. O violada, qué sé yo. Tampoco me importa mucho.

Durante toda mi relación con Claudia, lo confieso, también hubo algún asuntillo por ahí, cosas sin importancia real, pero que escocieron. Lo cierto es que fueron muchos años juntos. Además, creo que, si bien yo me considero una persona decididamente sexual,

(¿voluptuosa?)

(¿concupiscente?)

y de otra parte creo que también Claudia lo fue siempre, y además de un modo muy directo,

(¿cálida?)

(¿apasionada?)

en realidad nunca nos mostramos en exceso sexuales el uno hacia el otro, y eso constituyó un enigma para ambos. Claro que hubo sexo entre nosotros, y maravilloso, pero sospecho que los dos tuvimos demasiado a menudo la impresión de que, en ese aspecto, íbamos siempre a medio gas, como si nos diese miedo mostrarnos realmente. Con reparo. Con extraños e inexplicables prejuicios que en realidad no eran sino la muestra más cruda de nuestra permanente lucha por discernir el ámbito de nuestra supremacía intelectual en la pareja. Y ninguno de los dos dio realmente jamás su brazo a torcer, con lo que así nos fue como nos fue: mancos los dos, mancos el uno del otro. Personalmente he llegado al convencimiento de que nos queríamos tanto, éramos tan importantes el uno para el otro, nos sentíamos tan tozudos cada cual con sus cosas, nos respetábamos y temíamos tanto intelectualmente hablando, que lo otro, el cuerpo y el sexo, llegaron a ser algo secundario. Soy un desastre, debo reconocerlo.

Pierdo las gafas a un preocupante promedio de tres-cuatro veces por semana, con la lógica sarta de gritos y maldiciones a ráfaga, lo que en soledad y con prisas alcanza el más sublime de los ridículos. Teniendo en cuenta que otro tanto me ocurre con las llaves de la casa y también con las del coche, y aunque algo menos con la cartera de bolsillo, documentación incluida, debo pensar que he accedido a la fase Mijaíl Tschigorin: ideas sorprendentes sobre el tablero junto a errores elementales e inexplicables, capaces de romper los nervios a la gente normal que está a su lado. Parece evidente que así no se va a ninguna parte. Pero ¿quién lo pretende ya? En cualquier caso mi vocación de riesgo, mi inanidad y mi posterior tendencia a la pérdida me abocó a quedarme sin Claudia.

Lo que dije en la primera parte de esta historia cabría aplicarlo a Claudia y a nuestra relación íntima:

«Alguien suele estar de vez en cuando donde no debe.»

(Yo y mis contradicciones ante una persona como Claudia, más concreta, conformable y realista para todo, incluido el sexo), y seguía:

«Sin embargo, las cosas acostumbran a suceder exactamente como deben.»

(Nos conocimos, nos amamos, formamos una familia maravillosa y siempre seremos el uno para el otro lo más importante que acaeció en nuestras vidas), pero concluía:

«Entonces ese alguien y las cosas entran en conflicto.»

(El alguien era yo y mis indecisiones, fantasías y neurosis.

Las cosas, Claudia y la realidad que yo pretendía imponerle y de la que nunca pudo zafarse, que acabó entrando en contienda con todo lo anterior: me dejó.)

Es así y no de otra manera como se gesta la existencia. Sólo que duele. Si hace un rato afirmaba sentirme en posición ajedrecística de *zugswang* ante esa misma existencia del día a día, en la obligatoriedad de efectuar cualquier movimiento so pena de dar por finalizada la partida, con bastante frecuencia creo que a lo que realmente estoy abocado es a lo que también los alemanes llaman *zwischenzug*: una especie de movimiento intermedio en lo más disputado de la partida, un interludio entre problema y problema. En tal sentido, por ejemplo, lo de mis «novias» será un *zwischenzug pasota*. Porque lo de mis «novias» me va a matar si sigo así. Y aquí veo, o detecto, la huella de la desmesura inherente a mi pasión por Verónica Manzano que, insisto, se traga todo lo que le echen. En apenas un tiempo ya ni me acordaré, por supuesto, y volveré a Dave Brubeck, o Gerry Mulligan, a Jan Garbarek y a Charlie Parker, que es lo mío. Me refiero a cierto matiz de orden gramatical cuando aludo a esas mujeres. Reitero esa frase que acabo de escribir: lo de mis «novias» me va a matar. Relacionémoslo con mi pasión hacia la Manzano:

| VERÓNICA MANZANO | - | MIS NOVIAS |
|---|---|---|
| se traga | _____ | lo |
| todo | _____ | novias |
| le echen | _____ | matar |

Ésos son, pienso, los términos clave, aunque quizás habría que reflexionar acerca de las posibles interconexiones entre tales palabras y conceptos, o si he efectuado la relación vinculante adecuada. Porque, tal vez, sería correcto establecer dicha relación del siguiente modo:

| todo | _____ | lo |
|---|---|---|
| se traga | _____ | novias |
| le echen | _____ | matar. |

Igual estoy liándome. El caso es que en la última época siento como si mis así denominadas «novias» me estuvieran echando de mí mismo, que es incluso peor que sentirse exprimido como un limón. Como si me desalojaran, sin más, de la propia carcasa de mi cuerpo, e incluso del mismo reducto (hasta ahora irreductible) de mi conciencia. Me siento como una crisálida sumida en su continuo estupor. Desconozco qué me ocurre. De un lado quisiera ser con ellas el mandril al que ya aludí, y de otro lado soy el peluche que se niega a adoptar una posición concreta a fin de que le hagan o hacer dulces cochinadas. Tan pronto decido que debo estrechar vínculos con cualquiera de ellas, como me obceco con la máxima con la que abría mi relato: nada de amor, que eso sólo termina produciendo dolor. Y cuando pica lo otro, a echarle valor y pagárselo. Pero es falso. El suelo de tal teoría se mueve al más mínimo movimiento. Se nace frío como se nace putero. Qué dilema.

También sucede con ciertas cosas que me pasan y obsesiones que me persiguen. Todavía lo sucedido con ese maniquí que llevaban alegremente unos obreretes desvergonzados y piripis en su coche fúnebre, todavía eso se limitó a una obsesión que pudo perseguirme, qué sé yo, durante media hora, quizás una. No más. Fui curioso. Resolví el misterio y se acabó. Lo peor son otras obsesiones de más calaje y hondura. Esas de las que a veces ni siquiera distingo si son sueños o imaginaciones, porque tan pronto están como se desvanecen. Se trata de auténticos fardos opresivos en la mente, como bloques de metal triturado, y cuesta mucho librarse de ellos. Por ejemplo, desde hace un tiempo estoy obsesionado con una imagen que me persigue:

*Primer sueño:*

Sordomudos gesticulando debajo del agua.

Así es. Llevan escafandras como esas que usan los submarinistas. Hablan por señas (es obvio). Parecen contarse algo que, diríase que eso creen, es fundamental para mí o que me afecta de modo directo, pero por supuesto no sé descifrar. Tengo memorizados, al menos parcialmente, varios de los movimientos que efectúan. Me hice con un manual ilustrado del lenguaje de los sordomudos, intentando reconocer alguno de tales gestos. No tuve suerte. Todo es confuso. En realidad, esa obsesión empezó de manera un poco tonta: mezclé sin motivo dos percepciones distintas.

Vi imágenes de un congreso de sordomudos, por una parte, y por otra un documental sobre submarinismo en un atolón coralino del Índico, en el que quienes buceaban iban comunicándose mediante señas, en el silencio de las profundidades. ¿Por qué superpuse unas imágenes con las otras? Lo desconozco. Pero sí sé que una noche ya soñé con las imágenes en cuestión, las que llevan obsesionándome cerca de medio año. Y desde entonces permanecen pegadas como una lapa en el cerebro. Aquello coincidió con un fin de semana en el que fui víctima de un empacho etílico considerable, pues la Suprema de Merluza me salió en exceso fuerte. En realidad fue una *fondue* de coñacs y armañacs en toda regla, con pistachos y almendras garrapiñadas. Hubo, además, uno de esos cambios de hora que decide el Gobierno de tanto en tanto. Empecé a obsesionarme con la hora que nos quitaban: ¿dónde iría esa hora? Me sentí animal, en el sentido de que ellos no entienden esos cambios absurdos que obedecen a cuestiones de ahorro y que nos son impuestos por los *lobbys* del petróleo, de las empresas eléctricas o las bolsas de Tokio, Frankfurt y sobre todo Nueva York. Una y otra vez me preguntaba, ya sumido en la sugestión de la fantasía: ¿dónde están mis sesenta minutos desaparecidos? Nadie respondió. Los dos reportajes a los que me refiero, sordomudos y submarinistas, los vi durante aquella extraña jornada del cambio (sustracción) horario. Así que me dio por especular si no habría relación directa entre mi creciente, obsesiva ansiedad y la desaparición (física y mental) de un lapso de tiempo robado de mi vida. Soberana comida de coco, como puede verse, que con toda seguridad trasciende los límites del ajedrez para adentrarse en los arcanos de la parapsicología. Pero lo innegable es que desde ese día, o más concretamente desde esa madrugada en la que fui ultrajado y se me hurtó miserablemente el tiempo (que si lo pensamos con detenimiento es casi lo único que de verdad poseemos) no dejo de sospechar que algo pudo haber cambiado dentro de mí. Algo que, por seguir fantaseando, y aquí reside la clave de mi obsesión, intentaban decirme esos sordomudos acuáticos. Lo grave, insisto, es que tampoco podría asegurar que no soñé con los sordomudos bajo el agua. Es decir, que sólo los vi en la pantalla televisiva. Y no bajo el agua sino en su peculiar congreso, puramente gestual, aunque después algo me hiciese creer que lo había soñado. ¿Por qué fundí ambas imágenes y por qué me persigue tal obsesión? Eso es algo que sigo sin comprender. Pero sí creo que, como ocurrió con el episodio de Petete y el coche fúnebre, tuve sensaciones muy parecidas. Es como si el absurdo hubiese hincado de súbito una afilada cuña en la desidia perfectamente controlada de los días, llevándome a creer que en mi vida estaba a punto de consumarse una enorme modificación.

Pero en el ámbito de Petete, seguimiento nocturno incluido, tal vez me expuse a mayores peligros que simplemente imaginando tonterías. También quizás por esa misma razón, y pese a lo problemático que a menudo resulta, es por lo que me congratulo de tener tantas «novias» o, lo que es lo mismo, otro tipo de obsesiones prosaicas y carnales, de cariz sexual. Al menos esas cosas, las de siempre a fin de cuentas, las tengo más o menos controladas y voy tirando. Los sueños, ciertos sueños, no los controlo. O determinadas imágenes recurrentes y obsesivas. Preferible, pues, pensar en mis «novias», que de hecho no han estado nunca cerca de serlo verdaderamente, pero ante las que yo mismo me doy cuenta de que siento una cierta complacencia denominándolas así. Es como si estuviera más acompañado. Voy a hablar de ellas.

Zulema: todavía llama a esta casa de tanto en tanto, pese a que cuando dejamos de vernos creí que difícilmente volvería a estar con ella. Es escultora y nació en la Patagonia. Yo diría que medio autista y, de eso no me cabe duda alguna, debe de acercarse enormemente a lo que se entiende por una ninfómana. Le da por cosas como el hi-chi y el feng-shui: iba como loca por la casa viendo malos rollos y rollos un poco mejores. Ya se sabe:

ese tipo de mujer a la que le da por imaginar que un polvo en Katmandú será siempre mejor que en Arcos de la Frontera. Pero cuando le da el sarpullido erótico, todo se paraliza a su alrededor. Aunque se le caiga un edificio encima, ella parece inmutable. Se me metió en casa con la delicadeza de un reptil, aunque no es en absoluto venenosa, más bien resulta de una ternura glacial. Sigue teniendo el récord de varios días viviendo conmigo. Pero unas horas más y creo que acabo llamando a los bomberos y la policía para que la desalojen.

Esperanza: fue una buena amiga hace años, y ríe que te ríe, charla que te charla, acabamos en la cama. Éramos jóvenes. Ya se sabe: Espe es de la escuela de Conchi, una leona buscando pitanza para sus crías. Lo que se entiende por un auténtico felino sexual, acrobacias incluidas. Cuando estaba con ella (iba a poner «yacía», pero de pronto me he sentido Gonzalo de Berceo) tuve frecuentemente la sensación de que estaba follando o más bien siendo follado por la niña de *El exorcista* en plena sesión. Qué barbaridad. Nunca estuve a su altura, pero es que Esperanza, eso creo, aspiraba a un sexo himaláyico. Lo digo por lo de esos orgasmos que tienen algunas mujeres, y que se llaman así: «con picos», o mesetarios. Últimamente le ha dado por un misticismo más castizo, ya superada la atracción por lo oriental, el flamenco y todo eso. Es la única persona que, mientras ella sentía un orgasmo, me ha dejado la espalda llena de arañazos. Y yo he estado casi únicamente preocupado de taparle la boca para paliar su escándalo.

Nativel: es maestra de lengua y literatura en un instituto de enseñanza media de cierta localidad cercana. La conocí con ocasión de un certamen de ajedrez que se celebró en dicho centro, y mediante el cual se pretendía estimular intelectualmente a los chavales. Ni uno solo se sintió estimulado, me consta, de no ser por cierta profesora de educación física que con un pantaloncito vaquero corto mariposeaba por allí, la verdad es que no sé bien para qué. Pero al menos Nativel sí se estimuló conmigo. Es decir, a Nati le gusta oírse. Y yo suelo escuchar con ojos de arrobo. Es mi táctica. No me entero apenas de nada, claro. Mirar a las pupilas y escuchar con suma atención cuando hablan de ellas mismas es algo que les encanta. Además, no lo hago de modo forzado. Me sale espontáneo, quiero decir: me interesa oír lo que dicen, aunque al poco me aburra o me distraiga y me dedique a mirarlas fijamente. Entonces se van poniendo nerviosas poco a poco. Nativel tiene un no sé qué de actriz. Es como si actuase permanentemente. Pero no me atrevería a decir que posa, en el peor sentido del término. Casada y con hijos, en verdad es bastante tradicional, aunque a pesar de todo es la única de entre mis «novias» que podría encontrarle el punto morboso a una aberración tan injustificable como deliciosa: lo «mío» con Verónica Manzano.

Lola: ejerce de secretaria en los locales de la Federación de Ajedrez de la ciudad. Es algo regordeta y de carácter risueño. Tiene rasgos de gata. Una glotona empedernida. Es el drama de su vida porque, como es natural en estos tiempos naturalmente estúpidos, Lola, en vez de lucir lo que tiene quisiera ser un esqueleto andante. Me he enfadado varias veces con ella por esto, pero resulta inútil. Es pecosa, pelirroja y lo de glotona lo dije en un doble sentido que debo explicar: no sólo actúa enfermizamente ante los dulces, que son su perdición, fundamentalmente porque vive preocupada por tal proclividad, sino que siente una arraigada atracción deglutidora hacia el pene, o hacia el pene como concepto. Mi sinhueso la teme. La llamo a veces con motes diversos, y ella se ríe. Es cierto: se trata de la única mujer con la que he estado que me ha hecho pensar que disfrutaba de verdad, quiero decir, que disfrutaba ella al realizar una felación. Cada vez que lo hacía yo sentía como si, a costa de mí mismo, Lola estuviese dando cuenta de un bombón almendrado o uno de esos refrescantes polos que hacen sus delicias en lo más duro del verano. Pugna por extraer jugo, murmura lascivamente y parece entretenerse tanto que uno la deja hacer. Una felatriz nata. Sospecho que queden pocas de éstas.

Aurora: es la más joven, aunque de algún modo también la más perversa. Ya dije antes que es la única con la que aún no me he acostado plenamente. Es morena, rizosa, con el pelo corto. Boca inmensa. Miope. Bajita. Trabaja conmigo, ahí reside el problema, como informática en el archivo de la biblioteca, del que soy responsable. Aunque a menudo va a otros departamentos del ayuntamiento. Pero su auténtico problema, a mi entender, es que quiere ser escritora. Y si fuese tan sólo eso, yo lo comprendería, pero no. Lo que ella quiere es triunfar, comerse el mundo, como la mayor parte de gente joven. Y ahí me indispongo tajantemente con Aurora y con todo lo que Aurora significa. Es muy lista, eso sí. Quizás demasiado trepadora. Podría disimularlo, pienso. Creo que me apetece estar con ella por pura necesidad, no porque me atraiga alguien que, sin haber escrito jamás una línea en serio, ya ve sus futuras obras llevadas a la pantalla por tal director, e interpretadas por cual actor, y eso después de ganar el cacareadísimo Premio Orbe, dotado con una porrada de millones. A lo dicho: a esa muchacha lo que le gustaría ser es Verónica Manzano o la primera mujer presidente de Gobierno en la historia de este país. Y a mí la gente con tamaño empuje me echa para atrás, no puedo evitarlo. A mi natural discreción le produce grima.

Nos hemos dado nuestros buenos tutes, conste. En su coche o en el mío. Chiquilladas. Y como estaba hablando de sexo antes de acceder a estos concisos perfiles psicológicos de mis novias, se me permitirá que vaya al grano sin contemplaciones, pues pienso seguir hablando de sexo todavía un poco más. Ya lo dijo John Lennon: «Todo es sexo.» También yo lo pienso. A veces dudo, y entonces me sobreviene una cierta efervescencia intelectual, o incluso me pongo romántico. Pero cuando es sí, es mucho sí. Creo que me explico.

Una tarde del pasado otoño, en la biblioteca, cuando no quedaba nadie por allí, nos dimos un magreo. Le metí mano. Ella es de las que preferiblemente se dejan, aunque se muestra algo apática para lo demás, es decir, tomar la iniciativa. No sé cómo fue, pero, pegados a la pared y en una postura un poco inverosímil, me pasó lo de siempre, una de las dos cosas que constituyen un azote para mí desde tiempos inmemoriales: me

lié con la cremallera de su pantalón. Esto ocurrió porque llevaba pantalones, claro, cosa que, al margen de la comodidad,
odio en tales ocasiones. En las películas no sucede.

(El otro azote es que en la mayoría de los bares, cuando
entro y solicito la atención del camarero, haga yo los aspavientos que haga, en las modalidades de:

a)    manotazos ostentosos,
b)    chisteos repetidos,
c)    silbidos discretos,
d)    señales de humo,

casi nunca me ven, o no parecen verme, o no les sale de las
narices demostrar que me han visto. En cambio, cualquiera
que, recién llegado, se ponga a mi lado y se limite a elevar unos
pocos milímetros las cejas, ya le atienden con solicitud, para mi
vergüenza y desesperación. Quede este fenómeno anotado,
pues sigo pensando que guarda relación vinculante con la franca
hostilidad que me profesan las cremalleras de ciertas mujeres.
No sé, a lo mejor se trata de una relación erótica, con enigmas
subyacentes e inexplicados, como la del maniquí Petete o la de
los sordomudos submarinistas: ahí están y no puedo evitarlo.)

Sigo con el cuadro que describía (bibliotecarios rijosos en
la pared): de pronto, superándome a mí mismo y mi aversión
hacia los pantalones ajustados con esos cepos amenazantes que
son las cremalleras, me vi con las manos en su vagina. Así,
como suena, y espero que no suene tosco. Más exactamente:
con dos dedos allí dentro. Y aquello me resultó especial, no sé
cómo definirlo. Era como una balsa de aceite. En confianza,
lector, alguna que otra vagina sí he palpado, y aseguro que
aquella vagina era especialmente aceitosa. Digo yo que cada
persona lubrica de determinada forma, igual que cada cual
posee un metabolismo propio y un sistema hormonal que obedece a causas variables y no siempre lógicas. Lo cierto es que
cuando llegué a casa, excitado, con innumerables planes copu-
lativos (¿copulatorios?) en mente, y azuzado por esa impresión
táctil que no me abandonaba, escribí unas notas sobre los otros
elementos en cuestión, definitivamente disuasorios, de mis

otras «novias». Me refiero a sus coños. Quede claro, también, que paso por llamar vagina al coño, pero me niego en redondo a llamarlo vulva. Hasta ahí podríamos llegar. No sé, sentiría, de hacerlo, que me estoy refiriendo a un sapo abierto por la mitad para los alumnos de una clase de vivisección. Una cosa es parecer tosco y otra ir de veterinario, o de obstetra, o como se diga. Pensé, pues, en los respectivos coñitos (así es mejor) de mis novias (observo que, desinhibido, ya le he quitado las comillas a tan enojosa palabreja) y luego de tener claro que no es lo mismo palpar manualmente un coño en su interior, pues palpando se conoce mucho, que meterla allí (y me refiero aquí, naturalmente, al objeto de predilección succionadora de Lola) establecí la siguiente relación:

Zulema: su coño es *constrictor*. Se ciñe, aprieta, incluso hace daño. Todo eso lo provoca no sólo su morfología interna, sino ella mediante hábiles contracciones y sacudidas propias de una criatura reptante del Mato Grosso.

Esperanza: denomino a su coño Fauces del Lobo, porque cuando estás dentro parece que mordisquee con dientecillos invisibles. Igual es el DIU. Teniendo en cuenta que fue siempre la más aparatosa en sus manifestaciones de placer, a veces pensé que iba a cortármela con ese serrucho de carne. Pero no. Cuando se lo tocas le da por reír.

Nativel: su coño es la Gruta del Fingal, y no sé bien cómo explicar esto. Al ser ella tan literaria en sus expresiones, y poseer ese pedazo de hueco que reúne las condiciones justas (textura, viscosidad, paredes, etc.) para extraviarse a la menor, por eso lo llamo así.

Lola: debería haber sido la protagonista de *Garganta profunda*, pero se quedó en secretaria encantadora. Lo suyo es la Caverna Platónica, y habría de ponerme excesivamente filosófico para explicarlo. Es como si cuando me la chupa estuviese follándome. Y a la inversa. Lo que se folla de verdad son mis dedos. Sé que resulta raro, pero también Platón escribió cosas raras.

Ya aclaré que aún no he entrado en la Balsa de Aceite de

Aurora, y la verdad es que no sé si lo haré alguna vez, porque estas cosas, si uno las deja madurar mucho, se pudren. O quizás debería haber dicho: se esfuman.

Tuve otra medio amante hace tiempo que, sin poseer un coño declaradamente *constrictor* como el de Zulema, era de esas en cuyo umbral ya piensas que acabas de entrar en los intestinos de una anaconda. Tenía algo ahí que nunca me expliqué: era como un cepo ratonero. Te exprimía por arriba y por abajo, sin llegar a doler, pero tampoco era la sensación más agradable que uno podía desear. Incluso le pregunté:

—¿Llevas uno de esos aparatos para no quedar embarazada?

Y me dijo algo que no llegué a entender. Tampoco pregunté más. Sólo oí la terminación: «...ismo», y en aquel momento creí que me había dicho:

—Otro que lo mismo... —O algo así. O sea, debía de ser el enésimo imbécil de turno que le hacía la preguntita de rigor acerca de eso: su cepo ratonero.

Con el tiempo, y a tenor de cierta charla que sostuve con ella, deduje que lo que me había dicho en aquella ocasión fue:

—Tengo vaginismo.

A mí me daba igual, porque en dicha época, un poco como en ésta, reconozco que yo iba a piñón fijo. Pero entre una cueva de proporciones enormes y aquel estrechísimo pasadizo, pese al indudable placer de una u otra incursión, sigo quedándome con algo intermedio. Soy difícil hasta para eso. Y aseguro que le di vueltas a tal asunto. Fisiológicas, psicológicas, morales. Hasta que un día llegó Claudia, tan clarividente como siempre, y zanjó el tema por lo sano, en su estilo. Dijo:

—Lo único que pasa es que la tienes muy gorda.

El tedio campa por sus fueros en este simulacro (soportable), incluso tibiamente dulce a ratos, en cualquier caso temo que ya adictivo, que es la vida diaria. La sinhueso y gelatino mandan sus mensajes de tanto en tanto, y uno reacciona ante ellos tímidamente, como si se desperezase. La sinhueso agradece un par de toques igual que si fuese un viejo diapasón desafinado. Lo de gelatino es, si cabe, más preocupante. A veces creo tenerlo todo bajo control, pero otras me sorprende, o mejor debiera decir me aterra. Un ejemplo: suelo hacerme constantes llaguitas y cortes. Antes pensaba que se debía a mi proverbial torpeza con las manos, pero son ya demasiadas torpezas juntas. El caso es que me he visto echándome colonia —o cogiendo sal— justo en esas partes dañadas. Así, como por equivocación. Y aúllo de dolor, está claro. No entiendo qué me aboca a hacerlo. Sólo sé que ese gesto es inconsciente e irrefrenable. Algunas veces me produzco cortes de mucha consideración y apenas me duele. Otras, por ejemplo, tras la lluvia salgo al jardín, de noche, y al pisar algún caracol siento dolor (en el estómago, entre los pulmones, en la sangre) casi antes de escuchar ese característico crujido de sus caparazones al resquebrajarse. Gelatino mengua a marchas forzadas, y en cuanto a la sinhueso, casi prefiero no pensar mucho en ella.

Total, para lo que la sinhueso ha servido, me digo a menudo... Porque, pese a la idea que tal vez pueda haber dado con todo esto de mis novias, en el fondo mi insatisfacción es rotunda. Espero haberme explicado. Con ellas casi no yazgo (de nuevo me ha entrado un brote a lo Arcipreste de Hita, cómo estoy), pues sé perfectamente que yacer supone complicarse la vida sentimentalmente, modificando los horarios, las costumbres y todo eso. Así que he hecho poco más que «catar» a mis novias. Y dentro de nada, como no les dé marcha, me dirán que hasta luego y buscarán a un tío que las mime, esté con ellas y las complazca justo en ese sentido. Tengo «novias» (recurro de nuevo a las comillas: si no las pongo es como si me obligaran a salir desnudo a la calle) sólo desde un tiempo a esta parte. A raíz que se fuesen Claudia y los niños me vine abajo por completo, y me refiero al aspecto sexual (lo digo por Claudia, no por los niños), hasta extremos preocupantes. Tardé meses y meses en reaccionar, pues seguía hundido en un pozo horrible. No conseguía ni masturbarme. Luego forcé ciertos acontecimientos. Después me lié la manta a la cabeza. Y todo ello, pienso con pena, por olvidar a Claudia. Por tapar un poco la hemorragia de su ausencia.

¡Cómo será que hasta probé con la Viagra! A lo dicho: la tomaba, y nada. La sinhueso seguía morcillona, con depre. Se iba la «novia» de turno y, ya a solas, padecía unas erecciones de esas que hasta causan dolor. Así que me mataba a pajas. Y a mis años. Ahora ando ya un poco más relajado, sin pastillas ni porquerías, viéndolas venir.

Pero no voy a hundirme precisamente en este momento, cuando mi historia, lo haya hecho mejor o peor, ya está encarrilada. Prefiero hablar de cosas picantes: lo que de verdad me estimula, y es así mucho más mental que genitalmente, suele ser todo eso que rodea al sexo presuntamente voraginoso y fácil, que en realidad nunca es de tal modo, pero da igual. Como todos nos engañamos, pues cuela. A mí me tiene inquieto y a menudo siento tentaciones de husmear en ese mundo. Hablo de los anuncios con ofertas sexuales. Soy un adicto a la lectura de esas páginas. Un verdadero forofo. En medio de la vulgaridad de los tiempos que corren, tales páginas siguen pareciéndome como aquellas viejas y magistrales partidas de los grandes maestros del ajedrez, por suerte fielmente registradas en antologías que para mí han sido la Biblia, y hasta conservo un buen manojo de ellas. Poesía pura, eso son. ¿Mentiras? Puede, pero ¿acaso no lo es también la poesía, en cierto sentido, y fundamentalmente cuanto la rodea? O el Arte.

Para empezar, todo ese surtido de anuncios con servicios sexuales posee unos códigos propios, unas leyes genuinas (tal vez la primera es que no existe límite ni ley que valga), que pasan, como siempre sucede, por el lenguaje y su particular universo de matices. Por ejemplo, cuando una mujer se anuncia advirtiendo que es una «madurita», o «viuda», está avisándote de algo que debes tener muy, pero que muy en cuenta si no quieres llevarte un sobresalto mayúsculo. Aunque hay hombres para todo. De hecho, eso pienso, en el fondo una buena parte de los hombres son, o somos, como Verónica Manzano: ya puestos, somos capaces de tragarnos todo lo que nos echen.

Por cierto, hace poco cayó en mis manos un anuncio de esos que decía: «Abuela. Se lo traga todo.» Me impresionó. Cómo se ha ido de las «maduritas» o «viudas» hasta la geriatría más batalladora. ¿Dónde vamos a llegar? Entiendo que todo eso no es en sí mismo nada edificante, pero así está la cosa: la gente va muy mal follada. Y como eso es acumulativo, pues pasa lo que pasa: que no pasa nada y que uno, al final, se conforma casi con cualquier cosa. Aunque supongo que también, igual que esas mujeres que avisan con reclamos como «madura con experiencia» y otros del estilo, hay que tener en cuenta también a las obesas. Si te advierten: «Rellenita», o «Culito respingón y pechugona», o «Tetona traviesa», te están avisando de algo, justamente. Otras van aún más allá: «Rellenita, muy tragona, de las de antes.» Conservo una joya de ese tipo de servicios. Decía: «Piérdete entre mis tetas. Desaparece en mi trasero.» Aunque la auténtica fantasía, el mayor grado de *delicatessen* que conservo de ese grupo, es un anuncio en el que se leía: «Experta. ¿Sueñas con un océano de grasa que te mate a polvos? La Gordi es tu solución.» Quedé estupefacto al leerlo. La Gordi. Obviamente, si se anuncia así, es que sus clientes buscan eso y no otra cosa.

Están las de alusiones herméticas, pero directamente relacionadas con lo sexual, por ejemplo: «Esposa de notario. Se ofrece.» Insisto: ¿adónde vamos a llegar?

También las hay más normalitas, que aluden al color de la piel como reclamo o advertencia, aunque sin citarlo directamente ni recurrir al tópico: «ébano». Uno en concreto me impresionó:

«Senegalesa voraz. Bwananízame. Si quieres, yo seré tu caníbal.»

Me pareció fantástico. ¡Ah, si tuviera valor —y dinero, pero sobre todo lo primero— para indagar en esos micromundos! Igual me cansaba rápido. Pero al menos vería cosas y gentes fuera de lo común. Después están las chicas empecinadas en lo gastronómico. Tres ejemplos:

«Lorena y Margot, hermanas lesbis (comprobar). Petit suisse. ¿Te untamos?»

«Jennifer y Belinda, panteras en celo. Nosotras hacemos el sándwich. Tú eres el chopped.»

Increíble: sentirse mortadela entre dos tías que en verdad deben de llamarse Paqui y María José. Al releer el anuncio, y así consta en mis notas, observé que donde yo había entendido «panteras», ponía «panaderas». Por eso la obcecación con los bocadillos, me temo. Y aún otro gastronómico:

«Adela, mulata exuberante. Mi capricho es atragantarme con tu chupachús.» Jolín, qué hambre.

Luego están los anuncios con su prurito de fascinación por lo extranjero: «Madame Follatier presenta a sus nuevas chicas. El morbo francés.» O: «Erika Penelssohn, nórdica fogosa. Te quitará el frío.» A mí, no obstante, me atraen decididamente las escatológicas y lanzadas, nada de finuras:

«Necesito un taladro. Mabel», o:

«Desatáscame ya. Yoli», o:

«Quiero que me partas. Judith.»

Ésos son de la gama bricolaje.

Pero es que, además, la tal Mabel se anuncia también como «niñita ingenua». Yoli como «tímida en apuros», y Judith como «pija viciosa». Me parece un formidable muestrario de lo que es capaz de ingeniar la condición humana en apuros. Entre este tipo de anuncios y los siguientes, que denomino sólo aptos para «penitentes», puede que estuviera el punto Verónica Manzano elevado al relax telefónico. Y como no investigaré, voy a quedarme sin saberlo. Los aptos sólo para penitentes son así:

«Lady Samanta. Te voy a poner a cuatro patas y vas a ir fino. Mi mayordoma te recibirá antes con su lencería de éxtasis, dándote ya unos azotillos. Yo me dejo un poco, aunque sólo si tú me seduces. Vas a salir de aquí escocido, pero repetirás.»

«Alicia, amísima, y su país de disciplinas (de maravillas nada, rico). Yo, cuero. Tú, suelo. Y zaca. Suplicarás jacuzzi, champagne y pomadas. Advierto, no soy nada dócil.» Lo de «zaca», ¿quién puede superarlo?

«Rebeca, de negro. ¿Quieres ser mi perrito lamedor? Ven a babearme, pero debes saber que detesto a los chuchos. Tengo la correa fácil.»

Son anuncios de sumisión cremátistico-altruista, ni siquiera especialmente sado, porque si a bastonazos, bastonazos, y no jacuzzi, champagne y pomaditas. Ingenuas, no saben lo que hacer. Como decía la tal Alicia: «Tú, suelo.» Ésa es la clave. O el «comprobar» que las hermanas lesbianas eran realmente lo que sugerían a sus clientes. No me cabe duda de que la totalidad de hombres que acudan a ellas querrán ver el libro de familia o el carnet de identidad de ambas. Qué bien tirarse a dos hermanas, y encima tortilleras. Y si fuesen siamesas, mejor. Siempre pueden contárselo a alguien. El mundo está loco.

Otro grupo de anunciantes es el que conforman aquellas chicas que hacen hincapié en cuestiones casi técnicas, como uno que considero punto de referencia inexcusable. Ponía las iniciales de la chica, la palabra «Estudiante», y luego las cifras de su teléfono de contacto. Después: «1,78. 95-60-90. Te corro en 30, de 12 a 24, 100.» Ahí iba todo: su altura, sus medidas anatómicas más sugerentes, su capacidad disuasoria bucal, su horario y su tarifa. ¿Era o no un anuncio aritmético y fuera de lo común? Otro me pareció un dechado de exquisitez historico-geográfica:

«Stefanía. Te invita a un Carnaval de Venecia privado, con antifaces, pelucas, miriñaques y vibradores. Fóllame con ferocidad en la góndola de mi canal.» También estaba el reclamo astronómico o científico en otro anuncio:

«Olivia. Si deseas ver las estrellas, súbete a la cápsula de mi cuerpo. Astronáutica anal. Enemas siderales. Conoce mi agujero negro y te haré un Big Bang.» Espabilada la chica, pardiez que sí. Una obra de arte. Reconozco que me quedé con ganas de conocer a esta presunta lectora de literatura científica divulgativa.

La constelación del sexo es inagotable, aunque de hecho todo suele reducirse siempre a un poco más de lo mismo. El resto, lo importante, es imaginación. Y valor. Creo tener lo primero pero no lo segundo. Procuro estar al tanto, siquiera siguiendo de cerca lo que se cuece a través de la lectura de ese tipo de ofertas que, igual que ocurre con las modas, acostumbra a ir cambiando cada temporada. Me cuesta entender los códigos secretos, las palabras talismán, y entonces la imaginación, como sucede con el ajedrez, se dispara aún más: cruz de castigo, bondage, látigo, grado máximo, lluvias doradas, blancas y bolas chinas. Hasta ahí llego, pero he ahí que de pronto uno lee:

«Jenny. Electricidad», y no creo que esté hablando de un concepto, sino de verdaderas descargas de corriente eléctrica, lo cual es sustancialmente distinto. O sea, existen hombres, seguro que respetabilísimos, con sus vidas primorosamente estructuradas, su indudable poder adquisitivo, o de lo contrario no irían ahí, que pagan para ser electrocutados en pequeñas y supuestamente dulces dosis.

«Brigit. Te cabalgo.» Eso lo entiendo.

«Jessica. Fistro duodenal.» Eso ya no.

Lo mismo con otros dos anuncios que leí recientemente:

«Casandra. Dame tu biberón.» Eso está medianamente claro.

«Sandy. Joool.» Eso tampoco lo entendí.

Cuando pienso y recapacito en la escasa experiencia que tengo en el tema del sexo, y lo mucho que en teoría hay por ahí, no puedo por menos que lamentar profundamente el hecho de que un día moriré sin haber opositado siquiera a un Doctorado en Vicio.

Nunca dejaré de arrepentirme de no meter las narices, por ejemplo, en lo que hay tras ciertos anuncios de cariz o con sustrato étnico, y de los que extraigo con pinzas otras delicias:

«Deborah, devoradora, piel de ébano, melones tropicales, comebananas. Busto de marfil, caderas de vértigo. Sentirás la magia del Caribe en el pito.»

Qué final de anuncio tan portentoso, con lo contenido —hasta buscando su rima y su pulsión lírica— que empezaba. O:

«Melina. Minina dulce. Griega aborigen que te hará un griego de apnea.» O:

«Pamela-Chu. Tu nipona americana te espera para hacer de geisha.» O la que sin duda es mi favorita:

«Rusa brutal. Todo. Eva Guarriskaya.»

Honda impresión me producen ese tipo de anuncios en los que las anunciantes advierten de sus plausibles defectos: «Betty. Fea y gordita, pero pago bien», o «Vanesa, 130 kg, una bomba.» Y tanto. A veces se sofistica ese reclamo con un matiz escatológico que debe de resultar atractivo a algunos hombres: «Margot: gorda, bajita, gafas, fea, pero limpia.» Al estilo de: «Golfas y guarras» hay bastantes, pero debo reconocer que me atraen mucho más los de cariz severo: «Señora madura superestricta busca sumisos reales que soporten castigos extremos.» Me parece sublime.

Y otra perla: «Pueblerina virgen con herencia, medio tonta, necesita primera experiencia.» Lo cierto es que introduzco en el inconsciente toda esa información y acabo, cuando llevo varios días reciclándola, por hacer cosas absurdas y que considero hasta denigrantes, más para mí mismo que para otras personas. Por ejemplo, en la zona del Pinar, donde suele haber prostitutas tentando a los conductores. Una noche que llegaba tarde a casa, como hice con el auto fúnebre con su maniquí inexplicable y su rocambolesco recorrido, me desvié hacia ese sitio. El corazón saltando. Quería mirar. Ya que no ejerzo ni ejerceré en mi vida de Verónica Manzano, qué menos que mirar a esas chicas desde lejos, amparado vil y rastreramente en el anonimato, cobarde tras los cristales de mi coche.

Casi sin darme cuenta paré junto a una de ellas (no se me dirá que no fabulo bien: iba tan sumamente agarrotado que casi ni me hizo falta parar. Sencillamente ya no tenía fuerzas para apretar el acelerador). Morena, aspecto latino. No entendí su nombre, que yo le pregunté de entrada por no saber qué decir. Sólo oí el precio de sus sugerencias. Mamada, tanto. Follada, tanto otro. Con condón. Ella lo ponía, recalcó. Y dije: «Sube, con lo primero bastará.» Corazón desbocado. Me dijo: «Aparca ahí.» Lo hice, pero casi me empotro contra unos matorrales. Yo seguía empeñado en hablar de su nombre y de no sé cuantas cosas más. Hablar por hablar. Ella ni me miraba. Muy erótico todo. Cometí un error. En vez de abrirme la bragueta, extraer el pene y exigirle: «Chupa», le pregunté de dónde era. Y era de los Balcanes. Eso dijo. Igual era de Chipiona y sólo ponía el acentillo típico eslavo. Mala zona los Balcanes para sobrevivir dije, guerras, emigración. Me observó con mirada vidriosa y neutra, como diciendo: «Claro, por eso estoy aquí, gilipuertas.» Y la observé con mirada oblicua y huidiza, como diciendo: «¿Tú no serás de Potes o de Algeciras y me estás viniendo con ese cuento balcánico?» Tampoco le costaría mucho poner un acento exótico a sus palabras. Además, estas chicas —algo que nunca llegaré a meterme en la cabeza— sólo deben chupar, no hablar. Lo demás parece que las humille. En cualquier caso, ya estaba liada la partida de ajedrez. En ese preciso momento yo quería hablar, en principio sólo hablar, aunque la chica no estaba nada mal. Su acento me resultó muy atrayente, y la verdad es que no creo que estuviese fingiendo. «La pasta, tío», dijo de pronto y como muestra de suprema delicadeza. Yo se la di pudorosamente, insistiendo en que charlásemos un poco más. Puse cara de Bogart mientras seguía ametrallándola con preguntas tiernas. Mi mente se dulcificaba. ¡Hasta creo que me estaba enamorando perdidamente de ella! Pero permanecía muda y con cara de perro. Se puso así en cuanto metió los billetes en su bolso. Monologué por espacio de tres o cuatro minutos en tono galán. Lo hice con esa voz seductora de la que me han hablado algunas locutoras de radio, que de esto saben lo suyo.

Como al menos, a tenor de lo unidireccional de nuestra relación, nuestro amor era a todas luces imposible, y como por lo tanto no nos podíamos casar ya mismo, noté que casi me sentía su pariente español. Me dieron ganas de preguntarle por los niños. Ella seguía impávida o respondía con monosílabos que, más que onomatopeyas transilvanianas, empezaron a parecerme esputos impacientes. No, no le gustaba nada que yo la cortejase. No le gustaba ni pizca que fuese atento, ni delicado. Ella estaba allí para hacer una mamada en la primera polla sucia que le pusieran delante, y después irse sin decir adiós. Qué erótico, sí. Le faltó tiempo, en cuanto me oyó su-

surrar: «Bueno, pues nada...», para lanzarse del coche literalmente. Repito que no dijo ni «gracias», ni «adiós». Me sentí mal, muy mal. Y necio, sobre todo. Me dije: «Nunca más vuelvas a hacer algo así.» Eso ocurrió hace tres semanas. El propósito de la enmienda, aun en su constreñido reducto mental, resistió incólume dos semanas, durante las que fui san Juan de la Cruz. Pero llevo una semana que me subo por las paredes pensando en el Pinar y en aquella boca oscura y húmeda de los Cárpatos, tan pintarrajeada. No sé qué puede fallar. A lo mejor se trata de:

1) no poner cara de Bogart,
2) no decir: «chupa, nena»,
3) no preguntar nada,
4) no pensar nada, sino

simplemente bajarse la cremallera del pantalón, tirarse éstos un poco hacia abajo y cerrar los ojos. ¿A ver si el secreto para sentirse Verónica Manzano será cerrar los ojos, tan sólo eso?

Otras veces, a la fuerza obligan, me planteo muy seriamente que todo lo relacionado con el sexo es una invariable pérdida de tiempo. Entonces ni me entretienen esos anuncios de las secciones de contactos de los periódicos. Pienso que cuando pique la cosa, pues de eso y no de otra cosa se trata (el resto es pura y dura ausencia de amor), me compraré algún vídeo porno en el quiosco próximo, y en paz. Venden *packs* a buen precio, y con dos películas. Ahora mismo, y lo digo de memoria porque me han llamado la atención algunos de tales títulos, hay varias opciones. Una suena más ecologista. *Te la meto bajo un abeto* y *Alud de mamadas en el Tirol*. En otro *pack*, éste con tintes más gastronómicos, creo que vienen *Conejos jugosos y leche condensada* y *Hoy follamos con Isabel*, supongo que título recontratraducido libremente a fin de aludir a cierto anuncio televisivo que promociona una marca de latas en conserva. El tercero pertenece al género pastoril, aunque sospecho que escasamente entroncado con la mejor tradición de Publio Ovidio Nasón: *Bacanal de zanahorias para Desirée, y Nacho, el desvirgador de culos en la granja*. Se comprenderá mi indecisión, aparte de mi natural vergüenza, a la hora de escoger entre los tres *packs*. No se puede fallar. De hecho, hay otro *pack* al que llevo echándole el ojo desde hace un tiempo, sólo que para verlo, ése sí, necesitaría montar una buena juerga con alguien, y no me atrevo. Lo componen: *Las 3 cerditas y el lobo*, y *Pollin Hood*. Adivino que tienen unos diálogos memorables. Sé que de lo que se trata es de solazarse en prácticas onanistas. Y ahí voy: onanistas claro que lo son, pero lo de «prácticas», ya tengo mis serias dudas. No consigo ser nada práctico, ni mucho menos sistematizarme, ante esos vídeos porno. La verdad: no consigo llegar ni al final de la primera escena fuerte. Casi me corro cuando aún no han acabado de pasar los títulos. No cunde. Por otra parte no me da la gana darle al cabrito del quiosquero la satisfacción de verme la cara de besugo que sin duda debo de poner al coger un artefacto de tal calaña. Me ha pasado un par de veces, hace tiempo, y no deseo sentir esa humillación. Además, por aquí (habría de tener alguna paranoia, digo yo) todo el mundo está a la que salta.

Ayer mismo me tropecé con un vecino del bloque A, de ahí al lado, al que llamo el Controlador porque está todo el día fisgoneando sin el menor recato. En esa total ausencia de disimulo reside su diferencia cualitativa con las dos o tres vecinas del bloque C, el mío, que también espían de modo natural e incesante. El Controlador ya me había dicho hace apenas un mes, mientras yo subía a mi auto tras cerrar la puerta del jardín:

—Usted va hoy de verde...

En efecto, llevaba un jersey verde. Le pregunté qué significaba eso. Repuso:

—Que, desde hace dos meses, casi siempre viste usted de negro o de gris...

Era como para rogarle que se metiese en sus asuntos y me dejara en paz, pero como por lo visto no soy capaz de ser putero ni maleducado, respondí que era —vaya si era— curiosa su curiosidad, e ilimitada su capacidad de observación. El tipo contestó sin complejos, casi orgulloso:

—Estamos para eso...

Un Controlador genuino, de los de siempre, como puede comprobarse. Porque hay gente ociosa, o perturbada, o simplemente metomentodo, que cree que vigilándote (excuso redundar en ello: y poniéndote a caldo como producto de su tenaz acecho) en realidad te hace un enorme favor. A ti y al barrio. Recuerdo haber bromeado con lo de mi ropa. De nervios, claro. Entonces, el Controlador me dio la puntilla:

—Porque esa otra chaqueta de color beige, así como marrón terroso, hace tiempo que no se la pone...

«¡Cielos, la Gestapo en versión Inserso desocupado!», pensé con cierta alarma. ¿Sabría también lo de esos calzoncillos tan cucos con diminutos rinocerontes amarillos sobre fondo azul que me regaló una de mis novias unos meses atrás? ¿O lo de mi pijama de oseznos sobre violeta? Era cierto lo de la chaqueta. Coincidían las fechas. Me imagino al Controlador, un abuelete de aspecto pulido y venerable, mirando con potentes prismáticos desde su ventana del bloque A, estilo a lo general Rommel en la batalla de El Alamein, entre cortinas de polvo y arena, en pleno desierto.

Porque el Controlador es todo un caso. Enviudó hace apenas un año. Llevaba, según cuenta él mismo con prolijidad inusitada (quizás la fórmula idónea para que nadie se meta en tus asuntos, más bien al contrario: te huyen), toda una vida casado con la que era su esposa. La primera semana no salió de casa. Luto riguroso. La segunda, sólo salió para ir al bar cercano y tomarse un carajillo, quejándose de todo, según su costumbre inveterada. La tercera, sorprendió al vecindario en pleno insertando un anuncio de cuarto de página en la revista local *Primera Mano*, en la que normalmente hay compras y ventas de pisos o locales, y a veces autos y motos, por supuesto absolutamente todo de segunda mano. Pero el anuncio se titulaba «Busco pareja». Como suena. Y seguía: «Viudo con apartamento en zona de playa busca mujer respetable y culta. Seriedad máxima. Discreción. Atenderé todas las llamadas.» Luego detallaba su teléfono y dirección. Parece que tuvo un aluvión de aspirantes a ser la Chica del Controlador. Una auténtica riada de ellas, me deslizó sibilinamente al oído (aunque yo no se lo pidiera) cierta vecina que no le va a la zaga en las tareas de espionaje vecinal. Y, todavía, otra vecina, ésta del bloque B, asegura que eso era poco. Una catarata de Iguazú de aspirantes al apartamento y las presuntas pertenencias del Controlador, pues únicamente de eso se trataba para ellas. Como se ve, en Atlántida los rumores crecen como la espuma del mar en días de tormenta.

Según otros datos, reunidos desde diversos puestos de observación estratégica, mencionaron que esas «mujeres» (aunque los más educados decían: «señoras», y los menos: «ésas») llegaban, salían con él a comer o a tomar algo por ahí, y venga, otra nueva ya examinada. Pareció que cierta señora venía varias veces. Fue un clamor soterrado: «¡La Controladora!» Pero no, ya lleva un tiempo sin venir. Ahora, el Controlador, que sigue viviendo solo, únicamente se queja, que es lo suyo. «Qué desastre de vida», «Esto no hay quien lo aguante» y comentarios de esa índole tan positiva. Lo último que debe hacerse, so pena de ser secuestrado por el Controlador es, ante esas dos frases, insinuarle: «Hombre, tan, tan desastrosa no será...», o: «¿A qué se refiere?» Entonces uno está perdido. Y la verdad es que a menudo estoy a punto de darle la razón cuando algunas mañanas me picotea, como pájaro carpintero en su tronco, con insinuaciones cotidianas, y todo en el breve recorrido de la puerta de mi coche a la del jardín, para cerrarla (dos metros) y el camino inverso, de la puerta del jardín a la de mi coche, para irme a la biblioteca (otros dos metros, pero éstos se hacen más fatigosos): parece que esté ahí aguardándome. Y de hecho así es como está, rondando por los aledaños de la puerta de mi garaje mientras pasea a su chucho pustuloso y medio cojo, a ver si salgo. Pero yo, controles aparte, sigo en mis trece y procuro no desesperar. Unas veces casi me resigno a la rutina. Otras veces, sin embargo, creo que sucederá ese algo insólito que venga a cambiar radicalmente el curso de los acontecimientos, y no. Ahí mismo, en el piso de arriba, los folladores follan, aunque menos. Y los futboleros vociferan. Y los otros ríen y los otros se pelean. Y todos los animales del barrio dejan oír su presencia en Atlántida, gritando: «¡Estamos vivos!» a su manera, o: «Tú qué, ¿vas de chulo por ahí?» Y los obreros siguen trabajando como hormigas (de mentira) en el exterior, y las hormigas siguen trabajando como los obreros (de verdad) en el interior. Aquí todos trabajan aunque se estropee lo que ya hicieron tiempo atrás —ésa es la gracia, la justificación de sus vidas: la de reconstruir—, por lo que deben empezar de nuevo. Y el Controlador controla. Y la otra vecina espía. No deja de espiar, sobre todo al Controlador, pues no acaba de controlar lo que éste controla o cree controlar. Y absolutamente todos, en su mayor parte, se ignoran. Los pájaros del bloque A enloquecen de terror ante los gatos de todos los bloques y de la zona. Y los perros del bloque B ladran a unos y a otros de aburrimiento. Y yo sigo preguntándome por qué estoy solo y triste. Qué he hecho mal para estar así de solo. Quizás me falló el Contragambito Blumenfeld.

Contragambito Blumenfeld: negras que hacen saltar el centro de peones blancos antes de que éste pueda consolidarse. En lo referente a la pasión, o mientras ésta se halla en la fase de formación trazando una sutilísima trama umbilical, sirve relativamente. En cambio, anímicamente (aplicarlo) es bastante dañino, pues exige tener muy presente todo el rato que es ésa y no otra estrategia la que has decidido, porque ésa y no otra es la que te conviene. Pero cuando alguien te impacta súbitamente, cuando te llega a la piel, cuando te inunda como una descarga eléctrica que nos emociona incluso mientras la disimulamos, el Blumenfeld salta por los aires, hecho añicos, como los peones-prejuicios que pretendía destruir. Es idóneo para gente muy quemada, muy fuerte, que asume sin culpa su egoísmo, y lo interesado de sus objetivos. Obviamente, ya lo dije, no me sirvió.

En verdad, todo se reduce a la falta de amor. Pero supongo que el amor, el de verdad, es como esos inviernos que no acaban de llegar. No parece estar tan lejos la Navidad y la gente más osada aún va en manga corta: de pronto se nota un bajón enorme de la temperatura, diríase que en apenas unas horas, unos días a lo sumo. Entonces caminas por la calle encogido, exhalando columnas de aliento que se dispersa en la transparencia del aire, entornados los párpados, prietas las mandíbulas de modo instintivo, los labios ligeramente azulados a causa del frío. Y, sin embargo, una sensación de pureza nos atraviesa el cuerpo: he ahí el amor.

Me pregunto por la causa de uno de los dos sueños que se me repiten con relativa frecuencia y apenas ninguna variación desde que Claudia me dejó: «Ahí te quedas, con tu ajedrez, tu amargura reconcentrada, tu jazz, tus libros y tus cosas.» Es un sueño aturdidor, doloroso por lo muy tangible que llega a parecerme.

*Segundo sueño.*

La nave en el desierto.

En el sueño me despierto en pleno desierto, lentamente. Me escuecen los ojos a causa de la intensidad de la luz, que por momentos parece vaya a cegarme y me obliga a girar el rostro. De pronto ante mí se mueve una espiral de arena formando una gigantesca columna que enlaza la tierra con el cielo, y a lo lejos, quizás a medio centenar de metros, sobre la ligera ondulación de una duna, emerge, majestuoso e inmóvil, el perfil de un transatlántico vacío, en apariencia. Estupefacto, abro la boca sin darme cuenta. Es como un milagro, un espejismo. En esos momentos creo que se trata de la imagen de la más absoluta belleza, pero no dejo de tener la sospecha, en el sueño, de que puede tratarse de eso precisamente, de un sueño, y de que por lo tanto la visión es imposible. No hay barcos en la arena. Pero ese enorme navío está frente a mí. El color de la arena brillando al sol me llega a la cara abrasándome, y me hace entrecerrar los ojos. Incluso lagrimeo un poco porque me niego a apartar la vista de allí. Mi atención está imantada. Es entonces cuando hago un gesto, sólo uno: intento dar unos pasos en dirección hacia el transatlántico encallado entre las dunas que, así lo creo, parece el esqueleto de un gigantesco dinosaurio.

Algo cruje, el suelo registra una leve vibración. Al poco, el ruido crece como si alguien estrujase las entrañas del desierto, envenenadas de sol. La vibración se convierte pronto en creciente temblor. Me quedo quieto, aterrado, pero aquello no cesa. Poco a poco el transatlántico va hundiéndose en la arena en medio de un gran estrépito. El cielo y el suelo parecen resquebrajarse. Yo grito, pero no oigo mi propio grito. En apenas unos segundos las dunas se han tragado el barco y sólo se ve una inmensa humareda de polvo. Entonces cesa el temblor del suelo, y lo hace igual que el trino de los pájaros en su árbol cuando oyen algún ruido. Todo se calma y yo me pongo a llorar como un niño. Rompo a llorar desconsoladamente. Me rompo. Es ahí cuando suelo despertarme, y el primer sentimiento que me acosa, desolador por cierto, hace que me increpe a mí mismo, todavía con lágrimas resbalándome por las mejillas: «¡Todo lo echo a perder, todo!» Ya despierto, pienso que si en el sueño no me hubiese movido, el hermoso barco aún seguiría ahí.

Así mi familia, mi vocación, mi vida.

La verdad es que sólo lloré la primera vez que tuve ese sueño. Las otras cuatro o cinco siempre fue muy desazonador, pero contuve el dolor. Después es como si se me hubiesen secado o sencillamente acabado las lágrimas. Es triste, pero he aprendido a convivir con ese sueño, y por lo tanto a admitirlo. Me muevo un poco y doy al traste con todo. Al despertar de esa pesadilla me digo a mí mismo, casi con ironía: «Si soy un trasto, cómo no iba a estropear esa bonita visión. Un crucero en el desierto. ¡A quién se le ocurre!», y me conformo. Como soy cobarde, lo olvido pronto. Mi trabajo en la biblioteca, mis fantasmas sexuales, mis amigos, mis novias, mi casa, mi ajedrez, que últimamente está muy abandonado.

Llevo demasiado tiempo jugando y viviendo a ciegas. Como esos maestros capaces de enfrentarse de tal modo a numerosos rivales simultáneamente. Paulsen y Morphy fueron versados en ellas. Y Kostich o Koltanovski, que llegó a realizar cincuenta partidas simultáneas, a razón de diez segundos por jugada.

Para salir del paso en situaciones así hay que poseer la habilidad de un Capablanca, cuya visión profunda del tramo final de la partida solía ir combinada con una peculiar capacidad de abstracción para «adelantarse» visualmente a los posibles finales. Uno ha de saber en todo instante con qué cuenta y hacia dónde va. Traducido a lo cotidiano: partiendo de la base de que todo es una gran mentira cuya finalidad es que alguien se enriquezca en alguna parte, y por cierto, sabido es que suelen ser siempre los mismos, realmente de ello podemos colegir que sólo existen un pensamiento y una ideología: el hambre y el dinero. Acaso también, a fuer de ponernos especulativos y un tanto líricos, exista una secreta obsesión: el orgasmo. Pero poco más. De allí podríamos seguir coligiendo que, teniendo en cuenta que sólo existe una realidad (pensamiento global que se impone a los pensamientos parciales), y ésta es que hay tantas realidades como personas, y aun así muchas personas conviven en el desgarro de no saber con qué realidad quedarse, tal vez cabría hablar de que todo entra en la órbita de esos conceptos: hambre, dinero y orgasmo. Craso error. Se nos olvida el factor más importante, el que en muchos ejerce una tiranía más pérfida, casi, que todas las anteriores juntas: la vanidad.

Delimitar qué tipo concreto de defensa (la «Siciliana» ya no vale entonces) sería lícita para enfrentarse a esa certidumbre constituye un dilema de primera magnitud. Por lo general entonces sobreviene lo que en ajedrez se denomina *amaurosis scacchistica*, expresión latina que recuperó el maestro Tarrasch y que podría traducirse como una forma de ceguera momentánea, de ofuscación súbita que propicia toda suerte de inexplicables descuidos, tan ilógicos como inesperados en mentes experimentadas, que a fin de cuentas llevan a un consumado maestro a cometer errores monumentales, de principiante, por no haber sabido prever una jugada elemental. También sé que existe otra expresión alemana, *der heisse brei*, que resume lo que quiero decir: se refiere a ese discutir sin tregua sobre determinado tema o sobre un tema que tiene varias interpretaciones, en el que cada uno dice y defiende su opinión, de modo que, aun teniendo presente que se habla de ese tema y no de otro, puede pensarse que en el fondo ya no está claro siquiera aquello de lo que se discute, pues luego de darle vueltas y más vueltas, al final todo sigue donde estaba y nadie se pone de acuerdo. Así ha solido ocurrirme en la vida, por lo cual no dejo de sufrir accesos de furiosa *amaurosis scacchistica*. Mis medicinas fueron (cuando me sentía insuflado) imitar a mis venerados Lujlubomir y Alekhine, y cuando no, al maestro Bogoljubov, con su táctica de atacar insistentemente un flanco del tablero a fin de provocar el desplazamiento de las piezas enemigas para, poco después, contraatacar por el flanco opuesto. Qué inocente por mi parte. Así me va.

Ahora, por ejemplo, me doy cuenta de que sigo siendo cobarde ante esta historia, en la que, eso constato, conforme voy avanzando en ella evito enfrentarme hasta las últimas consecuencias a aquello que más temo, porque es también lo que más quiero. Lo que perdí: Claudia y los niños. Actúo ante ese destino inevitable mencionándolos de modo nunca directo, como siempre actué ante el tablero: eludiendo la confrontación. Dando interminables rodeos y circunvalaciones, usando las elipses a modo de trapecios. Buscando posiciones equívocas. Sopesando múltiples posibilidades respecto a cómo seguir. Soy consciente, en efecto, de que en este momento yo encarno a Paulsen más que nunca. Aunque también he mostrado gran parte de mi juego, es decir, de mi vida interior, todavía no he realizado una sola jugada en verdad comprometida. Podría dejar, pues, que pasasen las horas, los días, los meses, los años, los siglos, las páginas y el lector acabaría mirándome, mitad cansado, mitad expectante. Y entonces yo diría, como Paulsen:

—¿Me tocaba mover a mí?

Y sí, hace mucho tiempo que me corresponde hacerlo.

# LIBRO III

—

*En donde el Agotado Narrador asume su nulo
heroísmo y, a guisa de inconsútiles
molinos, afronta con gallardo
temple los envites de la
vida.*

Golpes que duelen a quien los da.

RAYMOND RADIGUET

Dios es el lugar en el que
no me acuerdo de todo lo demás.

JOSEPH JOUBERT

Haya o no dioses,
de ellos somos siervos.

FERNANDO PESSOA

Evidentemente, aquí es donde el juego sube de nivel y se pone morboso. Me refiero a la partida de ajedrez mental a través de la que se accede a la fase de jaque entre lo que yo cuento y lo que quien lee puede pensar al respecto.

¿Por qué? Pues, sencillamente, porque quizás hago trampa. ¿Lo has pensado, lector? ¿Has caído en la cuenta de que es más que posible que yo oculte información, o que la distorsione de forma deliberada, con el objeto de lograr determinados fines? Por supuesto que estamos hablando todo el rato del ámbito de esta ficción, o de esta ficción aparente. Toda obra de ficción en prosa es, o puede ser, una mentira. ¿Te estoy mintiendo, entonces, aun dentro de la mentira? No lo creo, en serio. Lo único que ocurre es que tú habrás de creerme. Careces de alternativa. Llega un momento —y en la vida esto sucede con demasiada frecuencia— en el que nos vemos obligados a fiarnos de alguien. Aunque sea, indirectamente por ejemplo, en quienes nos cuentan una historia de ficción, como en este caso.

Ponte en mi lugar. También yo debo creer que tú sigues ahí, al pie del cañón, leyendo cada día o cada cierto tiempo un fragmento más de esta historia que describe mi vida, que lo haces sin ceder en tu interés o, en cambio, si decides que todo esto te aburre —ya que, como suele decirse, no te aporta nada—, tal vez cerrarás con desidia estas páginas para siempre, sin siquiera saber cómo terminan. Piensa que yo, si existo —que creo existir, pues de lo contrario no estaría contándote todo con tanto detalle—, debo perseverar en mi labor y convivir con la amarga incertidumbre de no saber si me has apartado de tu pensamiento y de tu vida. Más o menos lo que para mucha gente es la idea de Dios.

Cada cual define a Dios según sus propias conveniencias y temores. La fantasía cobra ahí sólo una función relativa. Cada cual lo verbaliza, o cree presentirlo, o lo proclama, o lo busca aquí y allá, incluso al margen de todas las creencias imaginables. Yo lo he buscado en determinados libros y en el ajedrez. Eso pensé. Mi Dios siempre estuvo hecho de sutiles, variables, infinitas combinaciones geométricas. No me di cuenta a tiempo de que quizás se hallaba en lo más sencillo, en lo que estaba al alcance de la mano: objetos, hechos o personas. De algún modo, evalúa tal posibilidad, quizás ahora sea yo un poco Dios para ti, diluido entre la voz de tu propia conciencia lectora, pero no olvides que tú también lo eres para mí, puesto que tienes la capacidad de otorgarme la vida, a través de tu lectura, o la muerte, si en un momento como éste decides cerrar el libro.

¿Te produce una sensación especial esa idea? De ser así, ¿es grata, quizás desagradable? Hazme caso, acepta el riesgo, prosigue con tu partida. Ambos aprenderemos. Aquí nadie va a perder, y las tablas nos unirán para siempre.

*Kibitzer* es un vocablo alemán que, según creo, designa al típico espectador de una partida de ajedrez que realiza frecuentes y gratuitos comentarios sobre la misma. Llegados a este punto, lector, y pese a la legión de *kibitzers* que sin duda nos rodea, tengo el pleno convencimiento de que eres lo menos *kibitzer* que puede concebirse. Llevas ahí, atendiéndome en silencio e imbuido de respeto, horas y horas. Te parecerá mejor o peor lo que escribo y cómo lo escribo, pero ahí sigues interesado, juez imponente y flemático de tus propias decisiones. Sabes que está en juego mi condena. Sabes que me habré salvado (y tú conmigo, intuyo) si algo de todo esto, por poco que sea, te sirve para entender, para compartir o para soportar tú ya sabes qué.

Cada cual mueve las piezas en su tablero. Cada cual especula con ese cúmulo de variaciones que, sobre la marcha, irá introduciendo en la partida. Porque lo que resulta cierto es que casi siempre los planteamientos iniciales se transforman. Uno piensa que determinada experiencia será así o asá, y luego es todo al revés. Mejor o peor, pero distinto de como en principio imaginó. Es como el ángulo de la luz al incidir en el agua: distorsiona los objetos sumergidos. Y ese ángulo, en lo recóndito de las cosas, quizás sea Dios.

Somos, lector, misterios mutuos, pero acaso nos complementemos sin saberlo en ese especialísimo objeto que responde al nombre de libro. Algo de lo que, quién lo diría tras siglos y siglos de vida, quieren privarnos los tiempos venideros. Y eso, aunque lo denominen «nuevas tecnologías» o «progreso», será robarnos una parte de nuestra alma. Tú y yo lo sabemos, lector. Seamos fieles, pues, ya que ahí, en el libro, confluyen y de alguna manera se funden nuestras respectivas conciencias. Esto que ahora mismo sostienes entre tus manos, acaso a punto de dormirte o con el interés súbitamente alerta, es la criatura que gestamos entre ambos. Sigamos buscando incesantemente si así lo deseas, pero recuerda conmigo una frase de cierto escritor que, por mi parte, procuro tener siempre presente. En ella recapacito cuando me afecta algo o alguien cuyo sentido o comportamiento no entiendo. La escribió Heinrich von Kleist en su obra dramática *La familia Schroffenstein*:

«Soy un enigma para ti, ¿no es cierto?

»Pero consuélate, Dios lo es para mí.»

Enigma o no, en realidad creo que estoy volcando en estas páginas prácticamente todo lo que llevo dentro. Que manipule un poco esos materiales narrativos, ¿qué importancia podría tener? Apenas ninguna. Dame la razón en ese punto y estaremos aún más unidos.

Cuando inicié este relato escribí: «Lo que no se da, se pierde», ¿recuerdas?

Yo estoy dando. Tú recibes.

Pero recibir también es dar, aunque sea un poco.

Si he distorsionado algo levemente —por vergüenza o por falta de talento para expresarme—, en el fondo carece de importancia.

Reconozco (para que veas que quiero jugar limpio) que podría haber manipulado esta historia de modo mucho más artero del que probablemente haya hecho, si es que ha sido así en algún momento. Pero prefiero decírtelo de una vez, ya que sé que ello constituirá para mí una especie de gradual proceso de autoevisceración: hay cosas que, como escribió alguien, parecen haber existido para ser escritas, nunca dichas. Es lo que me ocurre con esto. Y contigo. Uno puede vaciarse una vez. No más. Ésta es mi vez. Sólo tú mi oyente, mi testigo.

Reconozco también haber realizado una pequeña trampa, que deja de serlo desde el instante en que la pongo por escrito aquí: entre el capítulo anterior y el inicio del presente ha transcurrido tiempo, no sé si demasiado tiempo. Pero seguro que sí suficiente para que yo me decida a afrontar hasta las últimas consecuencias la realidad, mi realidad, esta realidad de la que ahora te hago partícipe. Tampoco voy a pormenorizarte cuánto tiempo pasó. Entonces sentía que, más que lector, eras mi Controlador, y para eso con uno ya tengo bastante.

(Tengo otra tentación: escribir que el Controlador, ese viejo fisgón del bloque A, ha muerto. Fantaseo con hacerlo no sólo por liquidar un personaje de esta historia, sino porque tú mismo especules, lo sé, con la idea del tiempo que ha pasado desde que yo mencioné a ese hombre. Pero no. De momento no tengo por qué matarlo. Ya lo hará la propia vida.)

Pasó tiempo, en efecto. Yo permití que ese tiempo pasase como un riachuelo de aguas cristalinas y mansas, para ver —igual que con Petete, como mi propia y mortecina rutina diaria— si por fin pasaba algo. Y no. Es decir, sí: todo se deteriora en silencio. Pero lo hace tan lenta y discretamente como el complejo residencial Atlántida. Soy yo el que se ha deteriorado un poco más en este intervalo de tiempo que no te especificaré. Me doy cuenta de que lo verdaderamente importante es el modo en que te lo expongo. Porque también tú te deterioras día a día, lector, y perdona que te lo recuerde.

(En el Manual del Novelista Triunfador debe haber un primer axioma que dice: «Jamás digas nada desagradable o lesivo para el lector; muy al contrario: halaga su insaciable vanidad y su inteligencia fuera de cualquier duda, hazle sentir no necesariamente mejor, sino especial, único, y entonces será tuyo».)

¡Pues no me da la gana!

Si esta es mi particular catarsis, también, en justicia, debe ser, al menos en parte, la de quien participa de ella, aun desde un estado de aparente pasividad.

Ese modo de exponerlo vuelve a poner sobre el tapete el tema recurrente del lenguaje, para mí tan obsesivo como esas imágenes o sueños que no me dan apenas tregua, como las inherentes al sexo. La verdad es que no sé si todo es sexo. Pero para algunos, entre los que me incluyo, sí me atrevo a afirmar que todo es lenguaje. Hasta el ajedrez, sobre todo el ajedrez, deviene puro lenguaje. Hay momentos en que las cosas son como son por el lenguaje. Ayer vi en televisión a una gitana dirigiendo su arenga a las cámaras de los reporteros. Anoté su frase, dicha entre aspavientos, para no olvidarla. Es un diamante en bruto:

«Cuando nos haigan ponido las galerías, asquí naide vabrirá el pico.»

Teniendo en cuenta que se refería a unas cañerías de agua que estaban causando serios problemas en el seno de esas familias gitanas, que habían provocado incluso conflictos con otros vecinos, así como enfrentamientos con la policía local, y que la mujer llamaba «galerías» a las cañerías, es fácil comprender su mensaje enojado. Pero es que así son las cosas. Ininteligibles, aunque se entienden lo mismo.

Se da una situación. Luego surge la injusticia. Unos se aguantan y otros no. Los que no, protestan. Hay problemas. Llegan los palos, pero al final las cosas se arreglan porque así tiene que ser. Ése es el pequeño e invisible Dios de los acontecimientos. Lo único que no se arregla es la enfermedad definitiva que nos conduce a la muerte. Ésa sería la siesta de Dios. Ante la emblemática frase de la gitana, y por mucho que pensara en ella, al principio sólo entendía el artículo «las». Es como aquella reacción tan locuaz y ácida de Federico García

Lorca cuando le preguntaron qué pensaba de cierto verso de Rubén Darío: «que púberes canéforas le brinden los acantos». El poeta granadino repuso, encogiéndose de hombros: «Sólo entiendo el "le".» A menudo ocurre igual ante la vida.

Por ejemplo, no es lo mismo, para describir el tono rojo de unas mejillas encendidas de improviso a causa del rubor, hacerlo así:

«Su faz cobró la tonalidad de la piel de una cereza», que de este otro modo:

«Sus pómulos parecían el culo de un mandril.»

Bueno, depende de cómo se mire, todo es un problema o medio problema.

Ante determinados problemas que acaban haciéndose crónicos en nuestra vida diaria uno piensa, quizás para consolarse, en la fatalidad. Con ellos sucede como con cierto tipo de cosas malas —enfermedades, averías domésticas, búsqueda desesperada de taxis, crisis de ansiedad, etc.— que acaecen sólo en fin de semana. A ser posible en pleno puente de varios días de vacaciones y con todo cerrado.

Uno, también aquí, sobre todo aquí, debe optar con valentía. Expresando las cosas de una manera llegarás a cierto público, quizás. Expresándolas de otra, a un público distinto, pero en realidad has querido decir exactamente lo mismo. ¿No es una incongruencia? Y yo, que sin duda soy el especialista por excelencia en dar al traste con cuantos flamantes transatlánticos se me pongan a tiro, incluso en sueños y en pleno desierto, me veo obligado a arremeter con ímpetu contra el oleaje efímero de las palabras, incrustando allí la proa de mi buque, aunque a riesgo de zozobrar e irme a pique, incluso entre dunas de arena. Que mi vida sea un tanto sórdida, o si se prefiere vulgar, y mi experiencia decididamente angosta para casi todo (a lo que habría que añadir: y mi más que dudosa capacidad de evocación para agarrar por el pescuezo a un lector y no permitir que se vaya en busca de algo decididamente más entretenido) no significa que deba reprimir el deseo de contarlo. Sólo que voy haciéndolo poco a poco, igual que se destila artesanalmente en su oxidado alambique un licor añejo de alta graduación. Así creo que debe ser: en una medida exacta y aritméticamente proporcional a mi propio deterioro. Compartamos, pues. Pero hagámoslo también permitiendo que me convenza a mí mismo de que sé, o al menos creo saber, ciertos trucos para captar una atención que decae, sobre todo si es la tuya. No quisiera que esto sonase a afirmación petulante, en absoluto. Más bien se trata de una sutil indicación, de una tibia sugerencia.

Prueba de lo que digo: improvisemos una Tetralogía de supuestos ardides narrativos y argumentales que, llegados al presente extremo de la historia, tuvieran un elevado número de probabilidades de reavivar la llama de su interés en el lector menos sugestionado por el decurso de esta obra. No todo el mundo se deja seducir fácilmente, ni de igual manera. Teniendo en cuenta, por lo tanto, lo que afirmé un poco antes respecto al tiempo transcurrido desde el capítulo anterior y mi irreversible deterioro, puestos a ello, insisto, y con la única pretensión de, como se recordará, utilizar un posible «truco» para ir despejando a un lector cada vez más amodorrado, podría decirle que últimamente:

1.   Me tiro pedos por la casa.

(¿No se trataba de dar pruebas fehacientes de un determinado tipo de, llamémosle, desmoronamiento psicológico?)

Como frase-reclamo, me refiero al punto 1, creo que no está nada mal. Debo explicar que para ciertas costumbres relacionadas con la higiene estomacal fui siempre una persona demasiado rigurosa. Mi sentido del decoro, supongo, ha rozado con frecuencia lo ridículo. No es sólo que bajo ningún concepto y absolutamente en ninguna situación imaginable se me pudiese escapar una ventosidad habiendo alguien cerca, eso por supuesto. No, la cosa es más fóbica: he llegado a sentir ganas de peer, estando solo en casa, pero cuando aún vivía aquí mi familia, y, por instinto, no pudiendo resistir más, he ido al lavabo a hacerlo. Tal como si me dispusiera a evacuar. A veces, lo recuerdo, no me daba tiempo de llegar hasta el inodoro, así que salía al jardín a toda prisa. Pero es que incluso allí el sentimiento de suciedad, en todo punto absurdo y nacido de un simple prejuicio o de unas reglas de educación equivocadas, era inmenso. Ahora, por el contrario, esté donde esté de la casa, pedo que me viene, pedo que suelto. Y no es que me quede, como *Ursus* o el *Tete*, feliz con ese acto trivial y cotidiano, no. Sencillamente me digo: «Y qué más da.» Aun a sabiendas de que ese «y qué más da» es la frase sobre la que se construyen los cimientos del edificio llamado: el principio del fin. Con todo ello únicamente pretendo que se valore en su justa medida la confesión que acabo de realizar.

No me cuido nada, y eso es preocupante. He observado que la orina, al caer sobre el blanco impoluto del inodoro, tiene el color verdigualda de la absenta. Todo dicho.

Otro asunto a tener en cuenta serían las probables secuelas o deformaciones de ese obvio desmoronamiento y sus síntomas iniciales más llamativos, como podría ser el hecho de peer sin recato alguno aun en la más estricta soledad. Me refiero a pasar a mayores con algo tangible: las pelotillas de moco reseco. Otro mundo. ¡Ah, si pudieran filmarnos a cada cual en soledad, lector, cuántas cosas saldrían! (aunque no compraríamos esa película ni, si lo describiese, adquiriríamos esa novela). Pero ¿acaso ello, filmarnos o describirnos con minuciosidad escatológica, nos haría mejores o peores como personas? No. Sin embargo, tal vez, la contemplación de esas imágenes filmadas en furtividad nos ayudaría a entender ciertas actitudes que tenemos, incluso más allá de nuestra voluntad. Serían documentos de alto valor psicológico. Ningún tic se produce porque sí. Hay, debe haber toda una genealogía del tic en cada uno de nosotros. De ahí que me haya sorprendido a mí mismo, no sólo pedorreando por la casa solitaria con la misma facilidad con la que canturrearía una canción, sino incluso haciendo bolitas —¿se las llama «albondiguillas»?—, y estrujarlas convenientemente entre los dedos índice y pulgar, con la puntual ayuda, en mi caso, del dedo corazón, antes de lanzarlas alegremente al aire, lejos. «Ya barreré mañana», pienso en esos momentos. O:

«Ya barrerá Brígida», lo cual resulta más arriesgado, ya que ella puede pasarse semanas sin hacerlo, según le da.

Recuerdo (volviendo al pedo) la primera vez que, estando solo en esta casa, quiero decir, en estos últimos años de padre de familia abandonado, sentí enormes deseos de peer. Estaba tumbado en el sofá, donde Brígida se fuma mis puros, y tapado con mi mantita de cachemir a cuadros. Era invierno y afuera llovía a mares. Había estado en casa mi hijo mayor, comiendo conmigo. Le di garbanzos con ajos y salsa de tomate. Como a él no le gustan, prácticamente yo me zampé la fuente entera. A media tarde, algo en mi vientre hizo: «Catacrás». Al sentir gases alarmantes tuve un primer impulso de levantarme del sofá, tras apartar el libro que leía en aquellos momentos, y salir al jardín para, con suma delicadeza (que aquí los vecinos están a la que salta) dejar que escapase esa ventosidad. Pero, de reojo, vi el diluvio que se abatía en el exterior. Me arrebujé en la mantita y, luego de unos instantes de agudísima duda, cerré los ojos, relajando de paso el resto del cuerpo. Oí algo que, lo prometo, era prácticamente desconocido para mí. Un «¡Buuuruuum-pruuumncloccc!» que supuso, visto ahora, desde la perspectiva espacio-tiempo pertinente, el inicio de una liberación. Supongo que aquella tarde y en aquella hora, al oír aquella onomatopeya surgida inconteniblemente de las entrañas de mi cuerpo, me dije: «Soy un perfecto cochino.» Lo asumí para siempre, amparado y justificado en esa otra actitud más nihilista y tal vez comprensible: «Y qué más da.»

*Nota* al punto 1 de la Tetralogía de trucos para recaptar la atención del lector: como éste habrá notado, he vuelto a perderme en una larga y escabrosa disquisición —¡y ya en el primer punto!— a costa de algo tan tonto como los pedos. Prometo ser más conciso en los restantes. Podría, también, haber seguido otra senda argumental:

2.   He logrado descifrar parte del mensaje de los sordomudos.

Me refiero a los que aparecían en las imágenes obsesivas de las que hablé en el capítulo anterior.

Sería fácil describir cómo contacté con personas especializadas en dicho lenguaje y, a fuerza de estudiar determinados gestos, llegué a la inquietante conclusión de que el mensaje en cuestión era, en verdad, toda una amenaza para mí. «Vas a morir», por ejemplo.

Mejor lo dejo aquí, pues me conozco y, dado lo obsesivo que soy y lo vulnerable que me siento en esta época, sé que acabaré asustándome de verdad. O sea, asustándome de la mentira que subyace (acabo de inventarla) en la mentira de la mentira que soy yo mismo.

No sé si al lector le parecerá lo que he dicho motivo suficiente para tener miedo, quizás no. Claro, es fácil ser fuerte, porque no es al lector a quien persiguen y acorralan tales imágenes. O, intuyendo que pudo interesarle la historia del maniquí grotesca y groseramente transportado en un coche fúnebre con gran jolgorio de sus ocupantes, seguir con mi intento de reavivar su interés con el punto:

3.   Pasó algo con Petete.

Sólo que no me atreví a decirlo de modo directo en su momento, por miedo a no ser creído ya a esas alturas de mi historia: justo al principio.

Lo que ocurrió con aquel maniquí, al salir de nuevo del pub y aguardar dentro de mi auto, entre sombras y con los focos apagados, a que salieran los tipos de la funeraria (esto no te lo esperabas, ¿verdad, lector?) es algo que me impresionó tanto que tardé en reaccionar. Porque, en efecto, parecían decididos a ir con aquel maniquí a alguna parte y por alguna razón no sólo concreta sino también oscura. Lo delataban sus rostros, que unos minutos antes parecían relajados a causa del alcohol ingerido. Ahora, esos rostros mostraban el indudable signo de una preocupación que era creciente conforme se acercaban al vehículo. Así, en ese segundo seguimiento, me mantuve a escasa distancia de ellos en mi auto, procurando no ser visto. Fue de tal modo como llegamos al lugar que yo menos podía imaginar: (...)

(Ni hablar. No pienso seguir. Que el lector se lo imagine.

Para escribir historias de intrigas ya están otros, que lo hacen muy bien y forman una prolífica caterva. Yo me he limitado a mostrar que pude haber tirado de ese hilo narrativo, pero me parece mal mentir con tamaño desparpajo. Lo de Petete fue un chasco. Ojalá hubiese acabado todo aquello en una aventura demencial e incluso arriesgada, ojalá.)

Observo que ya he pulsado la eventualidad de tocar tres teclas argumentales, y todo para justificarme aún no comprendo con exactitud de qué, pero sí ante quién: tú. En la primera —pedos— entra en acción lo escatológico. Mucha gente lo rechaza de plano, soy consciente. Pero otra, incluso la que de entrada afirma, desdeñosa, rechazarlo sin más, meten ahí las narices, atraídas por lo humano que late en las heces, culos, pis, caca, pus y todo eso que cautiva a los niños. Afirmamos que precisamente los niños dicen la verdad en los momentos importantes. Ellos sostienen —su alborozo ante un chiste de culo, pis y caca así lo confirma— que eso es importante. Nuestros prejuicios lo rebaten. «Niño, cállate la boquita y no seas mal educado...», pero quizás convendría hacerles caso de vez en cuando.

En la segunda opción —los mensajes descifrados de los sordomudos submarinistas— se barajaban factores más etéreos y complicados. Algo, acaso, relacionado con los más tenebrosos vericuetos del inconsciente. ¿Ciencia ficción? Hasta ahí no llego, pues desconozco en profundidad el género. Sé que si estoy frente a una Formación Maroczy, con su estructura de peones que pretenden contrarrestar una Defensa Siciliana, todo en el tablero me hace pensar: cuidado. O: deshaz el enredo. O: elude la trampa. Cuando entren extraterrestres por mi ventana y hablemos un rato, creeré en ellos. No sé más. Quiero decir: carezco de la menor predisposición hacia nada relacionado con lo que no se ve, pese a ciertos sueños.

Lo mismo que sugería de la ciencia ficción o de géneros como el policial, llamado «negro» o como se desee, puede pensarse del punto tercero. Ese episodio con Petete de protagonista, posible hilo conductor de una trama sin duda atractiva, porque ahí hay presunto cadáver o gato encerrado (igual que aquel otro gato que me saltó desde un contenedor de basura rozándome el rostro y dándome un susto de los grandes, minutos después de dejar el rastro de los de la funeraria), oscilaría quizás entre lo policial y el terror clásico, quién sabe si asimismo aliñado con unas gotitas de ciencia-ficción. ¿Por qué no? Sospecho que hoy muchos autores suelen mezclarlo, y así sale lo que sale. El caso, y voy a ponerlo con las letras que a mi entender realmente son necesarias para dejar claro este aspecto (al menos me doy el gusto de escribirlo así en mi manuscrito. Luego quienes piquen el texto verán qué hacen: también allá ellos con su conciencia. Quién iba a decirles que acabarían siendo protagonistas de esta historia), es que el objetivo de una buena parte de quienes escriben historias es únicamente:

## VENDER

Que sean originales o no, igual da. Preferible que sí, pero tampoco es para romperse los cuernos. Que estén bien construidas o no, qué importa, si al final se venden.

Ésa es la palabra que más aborrezco del mundo: «vender». Quizás la única de todos los diccionarios de absolutamente todas las lenguas y dialectos en los que no tiene cabida «Dios».

Una pena que los libros no lleven ciertos aditamentos, como esos cuentos para críos con cosas pegadas en sus páginas, músicas incluidas, etc. Pondría en torno a ese verbo totémico, matriz y motriz en el que se resume todo el pensamiento de nuestra civilización, diminutas lucecitas de neón con un lema que palpitara cada vez que el lector abriese el libro por cualquiera de sus páginas: vender por vender.

Pero como yo no quiero vender por vender (doy fe, y, por poco perspicaz que seas, lector, comprenderás que con una historia con la estructura narrativa que posee ésta, es prácticamente imposible hacerlo con lucecitas de neón, pues lo que a ambos nos une está, posiblemente, en el punto más alejado imaginable de las lucecitas de neón como concepto) sino que deseo llegar a ti del modo más directo y sincero posible. Es por ello por lo que desecho oficialmente seguir ninguna de las opciones con las que he (hemos) especulado hasta ahora. Ni siquiera me parece digno ahondar demasiado en la cuarta posibilidad que tenía preparada —recuerda que era una Tetralogía de trampas— y que guarda relación con el sexo, lo cual, como sucede con lo escatológico, motiva a muchas personas, lo reconozcan éstas o no, aunque también indispone a otras. Mi añagaza argumental para reestimular tu lectura era:

4.   Lo que ocurrió cuando volvieron a caer al jardín las braguitas de la vecina.

Pues tampoco esto pienso contarlo. Ya no considero que esté dándose el contexto o atmósfera adecuada para tal intento. Baste decir que cada cierto tiempo sobre mi jardín parecen llover braguitas de cualquiera de esas vecinas a las que a veces ni conozco de vista. Prendas cuquísimas, por cierto. No me refiero a la fiera de arriba, esa mezzosoprano de los orgasmos longitudinales en Si sostenido para poner nervioso a cualquiera. Curioso que nunca me caigan pañuelos, o calzoncillos, o trapos de cocina, o calcetines remendados. No. Sólo braguitas. Y tan coquetas. Tampoco me cae, por expresarlo con nitidez aunque ello implique cierta inexactitud en el léxico, uno de esos bragoncios descomunales que acostumbran a usar mujeres entradas en carnes, años y escaso apego a la ropa más moderna. Pues bien: todas y cada una de las veces que me han caído unas braguitas, su dueña en persona, aunque a veces fueron sus maridos, justo es decirlo, bajó a buscarlas con el consiguiente corte que da pedir algo así. Tengo sobre mi jardín parte de sus tendederos, los del ala norte, y aquí los vientos suelen ser un incordio, no se olvide el dato. Pero tanta braguita junta me inquieta. Las últimas que cayeron, con bonitos colores estampados en la cintura y de tacto suavísimo, como nadie parecía dispuesto a reclamarlas, decidí no devolverlas, cosa que podría haber hecho con facilidad volviéndolas a lanzar hacia un patio que da a la escalera general de entrada a los apartamentos del bloque C. Allí cualquier vecina-espía, y todas opositan un poco a ello, las habría hecho llegar a su destinataria, y de paso fisgar. Ahora, cada vez que veo algo de ropa en el jardín hago eso: la devuelvo tirándola a la escalera. En minutos suele haber desaparecido. Con las braguitas, sin embargo, ocurría que ni me daba tiempo a devolverlas, pues rápidamente aparecían ellas pidiéndolas, aunque no con excusas o particularmente azoradas, sino como quien te pide la hora por la calle pero con un no sé qué en la mirada, más que en la sonrisa. De hecho, y que yo recuerde, casi ninguna sonríe durante su solicitud. Sería demasiado.

La última vez que me llovieron braguitas, nadie bajó. Y las tomé como rehenes. Imagínese la película que me monté yo solito. Porno durísimo autista. Pasaron los días, y yo con mis braguitas. Es decir, las suyas, de quien fuesen. Empecé a sentirme mal, o sea, excitado y bien —que no siempre es una mezcla que funcione— al pensar en la película que a su vez podría haberse montado la misteriosa y aburrida vecina al comprobar que el sádico de abajo no le devolvía la prenda, ni siquiera tirándola hacia el patio de la escalera. Pero, como sucedió con lo de Petete, después de fantasear lo indecible repitiéndome: «¿Ocurrirá un milagro esta vez?», al final todo fue en extremo decepcionante. Pensé, quise pensar que seguramente la vecina en cuestión no estaba en casa cuando se cayeron de su tendedero (suele pasarles al tenderlas, pero no siempre) y lo mismo ni pensó que las tenía yo. El aire, ya se sabe. Pasó el tiempo y lo olvidó. Yo, como en lo de Petete, con un palmo de narices.

Naturalmente todo esto que acabo de describir, y que se ciñe a la más rigurosa realidad, lo he contado porque decidí no mentir elucubrando con un episodio de cariz elegantemente erótico a costa de las vecinitas de turno y sus descuidos. Ya sé que así resulta más vulgar, pero así es y no voy a traicionarme ahora. Pese a todo, si he de ser sincero, reconozco que me queda la duda de si habré dado o no una idea correcta de lo que podríamos entender genéricamente como mi vida íntima. De un lado, creo que sí. Mucho onanismo mental y mucha fantasía libidinosa, es evidente. Del otro, tantas novias a la vez, tantos tipos variopintos de coñitos y tanta obsesión. ¿Parezco un crápula? Espero que no. Es más, afirmo que no lo soy, en ningún sentido. Desde los trece años, o incluso antes, me digo con frecuencia: «Acabarás matándote a pajas.» Pero ni eso. Ni se me cae el pelo, ni las uñas, ni de joven me dio una enfermedad linfática por practicar el vicio solitario, que en realidad es como una oración sin retorno o como una partida a ciegas. Últimamente estoy tan tirado que apenas ejerzo siquiera de monologador. Estoy aislado en mi propia sexualidad que (lo adivino, hasta ahí aún llego), aunque chamuscada sigue latente. Ando un tanto apático, y con la certidumbre de que es tarde para casi todo. También en eso surge la pregunta nociva: ¿para qué? Cierto día, hace semanas, recuerdo que llevaba una calentura de impresión, algo simiesco y juvenil: culpa de Aurora y sus faldas ceñidas. Determinado usuario de la biblioteca a quien conozco desde hace mucho empezó a contarme, con todo lujo de detalle, que la calidad del semen se relaciona con algo que al parecer está ocurriendo en el sistema nervioso de los renacuajos, cuando aún no son ranitas. Y todo ello, a su vez, depende de la dichosa capa de ozono. Así que, eso pensé, el aire, las ranas, el semen, yo y el improvisado ponente aquél hechos polvo. Se me quitó casi de golpe la calentura.

Creo que el mayor problema que he tenido durante toda mi vida en relación con las mujeres es que siempre mezclo lo que es vida sexual con vida sentimental. Procuré explicarlo al principio. Sé que conjugar ambos segmentos sería lo ideal, pero yo doy por perdida esa lid. Es verdad, cuando hablo de esto con alguien, por ejemplo con Alejandro, me mira como si se lo estuviese contando una jirafa o un lagarto. No da crédito a mis palabras. En esencia llevo años diciéndole que, para mí, las mujeres son complicadísimas en el terreno sexual. Lo más complicado del mundo. O será que yo soy un patán, será. Incluso hacerles un cunnilingus acaba siendo una verdadera empresa de titanes. Excepto en algunas ocasiones, nunca es sencillo. Cada una tiene su punto, sus pensamientos al respecto, sus temores. Acabo con la lengua hecha trizas (varios días de dolorcillo por la zona inferior del citado órgano bucal) y molestias en el cuello, pues evidentemente termino actuando en posturas de consumado acróbata, si no de hábil antipodista. Al concluir (si concluyo felizmente para ellas, ésa es otra) me quedo (amén de magullado y con tortícolis) con un profundo complejo de obrero de la construcción que acaba de salir de un pozo o fosa séptica y comprueba que la fatigosa jornada toca a su fin.

Esto no incluye, por supuesto, que tenga mi propia teoría respecto a las mujeres. A saber: lo que son, lo que les gusta, lo que hay.

Lo que son:

Toda mujer es un volcán nevado.

Lo que les gusta:

1. Que las *laman* con palabras.
2. Que las hagan *reír* a carcajadas.
3. Que las hagan creer que están un poco *locas*.
4. Que las hagan sentirse *distintas*.
5. Que las hagan sentirse *inteligentes*.
6. Que las hagan dudar.

(Como se ve, la introducción sintáctica a las cinco últimas propuestas, «que las hagan», implica que alguien consiga precisamente eso. No obstante, he subrayado en cursiva el concepto que considero clave para la obtención de dichos fines.)

De lo cual se colige —moraleja— lo siguiente: todo eso está muy bien sobre el papel, sí, pero luego vienen (nos caen encima, a nosotros y a ellas) los veinte mil años de historia que arrastramos y lo manda todo, absolutamente todo, a freír espárragos.

Lo que hay:

Toda mujer (y para ellas todo hombre) supone un problema a medio plazo. *Ergo* uno (o una) se parasita más o menos plácida y voluntariamente en tal estadio, o no se tienta nunca la posibilidad de acceder a niveles donde la situación será más llevadera.

Quede claro, pues, que mi vida sexual no es lo que se dice estimulante, pero tampoco nula en un sentido metafísico. Desde el estricto punto de vista del aristotelismo más ortodoxo podría decirse que soy un ente que suspira. Hace mucho que mis novias no llaman. O no las que yo quisiera, ni cuando realmente las necesitaría para eso. A este respecto voy a hacer otra confesión, que es doble:

A.     Arrimarme, lo que se dice arrimarme a una tía sólo lo hago cada varios meses cuando estoy con mi dentista. Esa sádica trajina encima mío y yo, pegado a su lado, ni puedo ni quiero apartar el brazo. Entonces pienso: «¡Joder, el lote que se está pegando tu brazo...!», en alusión a mi propia extremidad superior, pues en tales momentos parece bastante ajena a mí mismo, como con Estatuto de Autonomía propio, y:

B.     Meterla, lo que se entiende por meterla, ya confesé de entrada que sólo meto (la tarjeta de crédito) en el agujerito del cajero automático del banco. Entra con suavidad y como perfectamente lubricada en esa especie de coñito de estructura metálica y sexualidad electrónica. «Mmmmmm», pienso entonces. Y ahí me quedo, pues de inmediato me sobreviene el bajón de ánimo, la certeza de que estoy tirando mi vida (sexual) por la borda, o la otra vida (hormonal) a la basura. Y los pensamientos traviesos: anuncios de relax, el Pinar...

Pero tampoco voy a privarme de explicar lo que al respecto sucedió hace unas semanas. Si no lo he comentado hasta ahora es tan sólo porque creí que si lo hacía de entrada o a mitad de mi narración no iba a ser creído, tan inverosímil podrá parecer esto: yo no follo con asiduidad, pero recuérdese que los vecinitos de arriba sí. Ya no como conejos sino, cuando lo hacen, con un especial encarnizamiento. Mi teoría (a tenor de sus conversaciones, que de hecho más parecen discusiones, así como del modo en que —los ruidos y ciertos gemidos no engañan— se dan algún que otro «toque») es que ésos desearían molerse a palos pero, como a pesar de todo siguen siendo medianamente civilizados, se quisieron hace tiempo y aún están casados, no se atreven a dar rienda suelta a sus combativos instintos, con lo que lo hacen esporádicamente y sólo a medias (quiero decir: currarse). Pero cuando follan, entonces sí, es cuando les sale la destreza grecofenicia, la saña goda, el trapío ibérico, la solera latina y el vándalo-vándalo que llevan acumulado. Había salido aquella tarde y cuando llegué a casa serían las once de la noche. Con la excusa de una reunión en el Club de Ajedrez que duró demasiado, venía de efectuar en el auto el enésimo careo (mensual) conmigo mismo, sojuzgado por la intensidad del dilema: «¿Voy o no voy a la zona del Pinar?» Llevaba calentura. Nada más entrar en la habitación oí los muelles y los gritos. También el golpear de algo que debía de ser una cama, o quizás un sofá siendo sacudido con violencia. «Hoy el cachas está desmadrado —pensé—, lo que me faltaba.» Ella sollozaba literalmente de placer. Qué envidia. Me acosté, pero aquello no concluía. Intenté manosearme, y creo que habría conseguido eyacular sin dificultad, un poco siguiendo la pauta de los chillidos de la chica, como antaño pasó alguna vez, de no ser porque me di cuenta de que allí ocurría algo. Se oyó un ruido peculiar, como de piedras cayendo en el suelo del piso superior. Y los batacazos eran cada vez mayores. El fortachón de arriba, cosa extraña, también había empezado a vociferar:

—¡Que me voy, que me voy...!

Pero el muy puta no terminaba de irse ni a la de tres, para supremo goce de ella, supongo, y mortificación mía. Las sacudidas en la cama o el sofá, es decir, el techo de mi habitación, eran más y más brutales.

—¡Pero es que me corro...! —bramaba mi hercúleo vecino, que por lo que deduje debía de llevar demasiado tiempo sin follar. Para él, pongamos, tres días. Ella, que a su vez gritaba para no ser menos en aquel dislate fornicador, iba intercalando comentarios audaces y prácticos, al estilo de:

—¡Venga, venga...! —Porque igual la estaba descuartizando viva pero había que aparentar.

Yo pasaba por los gritos. Qué remedio. Lo cierto es que en la primera época, de recién casados, aullaban casi de ese modo. Eran los otros ruidos los que me tenían inquieto.

—¡Cari... Cari... Caaaariii...! —guturalizó él, que la llamaba así, como ella a él, para mostrarle su cariño en los momentos especiales, es decir, entre hostia y hostia.

A lo que ella, solícita, respondió:

—¡Síiii...!

Pero él seguía con su baile de San Vito trasladado a la pelvis, lo cual me pareció espectacular. Ese chico era para llevarlo al circo o a una feria ambulante. Entonces, lo recuerdo, di la luz de la mesita. Vi caer algo del techo. Era polvo (y no lo digo como metáfora de lo que arriba acaecía), o trozos de pintura que estaban desconchándose del techo. Los golpes no cesaban.

—¡Ah, ah, ah! —rugió él.

—¿Eh... te... vas... ya? —Oí que trinaba ella entre suplicante, ansiosa y dolorida.

—¡Córrete ya de una santa vez, leches...! —Sé que le animé desde mi cama, quizás por inercia de lo que había pretendido hacerle momentos antes a mi pollita (ya fláccida, simple punto de referencia, supongo, de mi identidad extraviada), porque aquel escándalo, como es natural, dinamitó la erección que, asustado, a duras penas mantenía. Pero mi frase no sonó muy alta, es cierto. Me sentía estremecido por ese barullo formidable, desconocido incluso para mí y, sigo suponiendo, también para ellos. No sé por qué razón, pero debió de ser el polvo de sus vidas. Y yo ahí en medio, como el jueves o como *Ursus*, siempre molestando. O sea, yo allí debajo, mirando con cara de estúpido hacia el techo, que seguía perdiendo pintura. Acongojado al ver que en un extremo de ese techo, justo en el vértice bajo el que había unas estanterías, ante mis ojos apareció una gran grieta de recorrido sinuoso y, aproximadamente, un metro de extensión. Y los golpes seguían. Y aquel mamón no se corría ni por el forro, pese a mis ánimos y pese a las arengas de su compañera de lecho, lo cual también es un decir, porque igual lo estaban haciendo en el suelo, es decir, en mi techo, y de ahí el incipiente problema arquitectónico con el que nos enfrentábamos.

—¡Aaaauuuureuggghhhahhhas! —Creo que intentó vocalizar él entre estertores.

Que debían significar: «Cari, esto es estupendo, pero ya no puedo más, y ahora te lo digo muy muy en serio: me corro sin remedio.» Expresión rica en matices, a la que ella, versátil y sin duda fatigada, así como vaginalmente hecha puré, repuso entre alaridos:

—¡Vida... vida...! —Cuando en realidad estaría matándola a golpes con los mazazos de aquellas robustas caderas, y lo digo por haberlo visto en tanga, paseando por ahí, como si anduviese por su casa.

(Aprovecho para decir que la gente orgullosa de su cuerpo, y mi vecino lo es, sin duda, acostumbra a andar por ahí distraídamente en bañador a la menor que puede. Es comprensible.)

—¡¡Jiiiiiiivvvvggggs!! —sentenció él por fin en una especie de grito salvaje y proferido hacia adentro.

Debía significar: «¿Lo ves, Cari, no te lo dije?» A lo que ella, tan solícita esa noche, respondió como buenamente pudo:

—¡Ooooaaaaaaaarrsss! —Lo cual, según mis deducciones, debía de significar: «Ya era hora, cabronazo. Me has dejado rotita», o incluso, puestos a seguir deduciendo: «Ya era hora, cabrito, me has dejado el chocho escocido» (aunque esto quizás sonase hiriente a un lector, y temo que sobre todo a alguna lectora especialmente sensible. Bueno, mejor lo dejo así: es más explícito) o, por qué no, lo anteriormente expuesto con el añadido: «Bien podrías repartir mejor tanta fuerza, y no masacrarme en un solo día.» Porque la sensualota es ella, me consta. Él se deja hacer. Y, como verá el lector, yo siempre traduciendo, sea a Brígida o a mis vecinos. Es una lacra, el sino de mi vida. Si volviera a nacer y pudiera elegir, creo que decidiría estudiar para tener un puesto en la ONU, de traductor simultáneo. Me han dicho que ganan un sueldazo.

Aquí llega lo verdaderamente increíble: fue entonces cuando oí un estruendo seco, o a mí me lo pareció, y vi desplomarse parte del techo entre una nube de polvo y cascotes de piedra y ladrillos. Un grito ahogado me hizo comprender, encogido en mi cama como estaba, que también ellos dos habían caído al desprenderse esa zona del techo. Se oyeron unos gemidos y entre el polvo pude ver los cuerpos de ambos, medio envueltos en algo que podrían ser mantas o almohadones, aún abrazándose y llenos de restos de pintura, alelados a causa del susto, el ruido, sus propios orgasmos, supongo que por suerte no interrumpidos, y la absurda sensación de saberse vivos tras ese fenomenal batacazo, allí en mi alcoba, delante de mí, que los miraba desde mi cama, mudo por la impresión y a la vez...

Está bien: ya le pongo freno a la imaginación. Todo fantasía. ¿Has visto, lector, con qué facilidad se me va el tarro, o la olla —como dicen respectivamente mis hijos Manuel y Alvarito, lo que durante años fue motivo de arduas disputas dialécticas entre ellos— a la hora de abordar ciertos temas? Pues eso. Con esta nueva mentira no iba a ninguna parte, te lo aseguro. Por un momento, tan sólo por un fugaz instante, al visualizar —espero haberlo conseguido— esa escena de mis vecinos cayendo, techo incluido, en mi habitación, ¿pensaste que realmente algo así podría ser cierto? Al menos, te dirás en tal caso de modo autojustificatorio, en una historia de ficción eso sí podría suceder. Es más, los edificios se hunden, por desgracia, y no pasa mucho tiempo sin que veamos imágenes de pisos desvencijados o en ruinas. Respecto a tu posible decepción al saber que no era verdad lo que contaba, que sólo —como Petete y todo lo demás— pudo haber sido: qué quieres que diga. De ser así, lamento sinceramente haberte cortado por lo sano. Yo (en la ficción) me quedé de idéntica manera, pollita en mano y corrida no consumada, cuando sucedió lo de la noche de amor loca de los vecinos, pues eso sí fue real, y lo de los ruidos y lo de la grieta surgida en mi techo, que Atlántida tiene ya muchos años. Siempre que quieras creerme, por supuesto (de lo contrario no sé a qué demonios jugamos), te aseguro que es cierto que la grieta apareció en ese rincón a causa de la humedad. Lo de las cópulas espeluznantes en el 1.º 2.ª era habitual.

Ya concluyo con lo de los «trucos» argumentales que podría haber usado al cien por cien y por mor de estimular tu interés, siempre que los hubiese sabido desarrollar con astucia (me considero plenamente capaz de ello: soy ajedrecista, por lo que ciertos laberintos de la inteligencia no me son del todo ajenos) y con mesura (me considero dudosamente capaz de ello: soy un desastre para llamar la atención o quizás para mantenerla, que narrativamente hablando acaso sea más difícil, ya avisé al respecto). Por eso decidí no abusar tan deshonestamente de tu imaginación, o no del todo.

Hoy he recordado con verdadera añoranza sendas «pruebas psicológicas» que le hice al *Tete* y a *Ursus*: como si estuviesen ante un problema planteado sobre el tablero. La verdad es que ha sido un pensamiento a traición, agridulce. A *Ursus* le enloquecen las manzanas. Bueno, de hecho todo lo que sea susceptible de ser llevado al estómago e inmediatamente ingerido y deglutido es su pasión, pero las manzanas en particular parecen constituir un capricho de primer orden. Si no marease el rabo de tanto moverlo absolutamente todos los días por la ilusión que le causa verle, devoraría al cartero en un abrir y cerrar de ojos. Al *Tete* otro tanto le ocurría con los albaricoques, siempre que se les hubiese quitado los huesos. Pero los quería solamente si estaban lavados, y de un color muy concreto, entre amarillo y rojo. La prueba inicial fue ponerle a *Ursus* una manzana enorme y apetitosa en la repisa de mármol de la cocina, en el mismo borde. Hacer que la viera y decirle: «¡Quieto ahí...!» Entonces, yo me iba un rato. Unos minutos tan sólo, espiándolo de reojo. La primera vez, el muy bandido resistió aproximadamente un cuarto de hora. Las tentaciones de san *Ursus*. Entonces dio un salto y se la tragó sin masticar. Al entrar yo se fue directamente a un rincón de la cocina, arrebujado y con gesto de absoluto pavor y arrepentimiento por aquello que terminaba de hacer. Como esperando una somanta de golpes. Le reñí con dulzura: «¡Eso no se hace...!» Podrá pensarse, lo sé perfectamente, que soy un perfecto torturador por hacerle sufrir de tal modo, pero en el fondo lo que quería es que una bestia como *Ursus* supiera contenerse al menos un poco. Porque, de lo contrario, cualquier día a alguien se le cae algo de comida, el perro se abalanza y se traga a quien ponga ahí la mano para recuperar lo caído. Insisto en que una energumenez hecha perro como *Ursus* debe temperarse. Tras la regañina, a las pocas semanas volví a realizar el experimento. Esta vez no fui capaz de hacerle sufrir tanto rato. A los cinco minutos de verlo tieso ante la repisa de mármol, con la manzana-reclamo allí, en el filo, entré a la cocina. La manzana seguía intacta, y *Ursus*, a escasos centímetros del mármol, temblaba como una hoja movida por el viento. Me dio tanta pena, tanta, que le premié con cinco manzanas. Supongo que es nuestra particular relación gastronómico-psicótica. Con el *Tete* el asunto tenía otros matices más truculentos. Voy a contar cómo fue el primer experimento, y último, porque después de ése ya no podía haber más. Una tarde que estábamos solos él y yo en casa le mostré un exquisito albaricoque. Hice que viese cómo lo lavaba, sacándole brillo como si de la restauración de un icono se tratase. Era de textura ideal, del color preciso. El *Tete* parecía una estatua o un cuadro: «Perro observando un punto inconcreto del vacío (albaricoque).» Le dije, como a *Ursus* con su manzana, que ni se le ocurriera tocarlo, sólo que para el *Tete* se lo dispuse apoyado, a modo de cebo, en una mesa baja, a la que tenía acceso mediante un ligero saltito. Allí lo dejé, sentado sobre sus patas traseras, ni siquiera ansioso o en apariencia expectante. Sólo se limitaba a mirar con fijeza el albaricoque. Lo vigila, pensé. Ocurrió que entonces, antes de que yo realizase la prueba del espionaje visual —y a tal efecto ya había dispuesto, como con *Ursus*, un sistema de puertas semiabiertas que reflejaban la escena—, sonó el teléfono. Fui. Era alguien que se había equivocado. Tardé menos de quince o veinte segundos en realizar tal operación. El *Tete* seguía igual, quieto como una estatua. Miraba ese punto concreto, aunque allí ya no había albaricoque. Prodigioso. El muy sagaz seguía fingiendo, por si yo quería volver a jugar al albaricoque desaparecido. Me enterneció tanto que ni le reñí. Para qué. Al contrario, le di otro albaricoque. Pero éste (cuando nos sentíamos muy amigos así solía hacerlo) se lo di directamente, cachito a cachito, de mi mano. Y, si no nos veía nadie, él me comía a lametones.

Leí hace poco un sesudo ensayo en el que aún se defendía vagamente la idea de que el ajedrez, por la tensión continua que provoca la búsqueda del movimiento adecuado, sublima los impulsos más hostiles (me pondré a prueba pensando intensamente en el Birmano), a la par que corre un tenue velo sobre ciertas tendencias homosexuales de sus más empecinados practicantes (se lo diré a Alejandro, aunque sé que me enviará a la porra), y después ahí se leía que se accede a una especie de atrofia dilatada de las tendencias introversivas y extratensivas mediante el voluntario sacrificio (qué escalofrío: suena a automutilación) de nuestra capacidad, la del jugador, para la experiencia. Ja. ¡Pero si sólo querría darme el gustazo de vencer a un digno rival tras una bella y enconada partida, emborrachándonos después!

Si yo sólo quisiera ser querido. Sin más. Debo de tener sed de eso tan necesario. Demasiada sed.

Entre un perro sediento y un hombre sediento que beben con avidez para calmar su sed en mitad de un largo y fatigoso camino sólo hay una diferencia: el perro tiene la lengua más larga. Pero lo cierto es que con toda probabilidad ambos beberán hasta el hartazgo, hasta el eructo. Casi todo, en la vida, acaba reduciéndose a flatulencias o a derivaciones de éstas. Aunque quizás haya otra diferencia: el perro emprenderá su camino saciado y alegre, mientras que el hombre lo hará parcialmente obsesionado por la certidumbre irrefutable de que tarde o temprano volverá a acosarle la sed. A menudo pienso que en mi próxima reencarnación, si la hay, me pido *Tete* o *Ursus*.

Y es ahora (prometo que ya no sé cómo eludir nuevamente el tema) cuando debo referirme a lo que está abocándome hacia a lo que yo llamo la fase (espero) terminal del incesante, paulatino e implacable deterioro que me corroe (¿azota?). No, dejémoslo en «corroe». Suena a algo más enfermizo: ellos.

Mi familia.

Pero es que no sé si voy a poder.

He hablado de Claudia y de los niños. De ella más, con nostalgia, respeto y ternura. Esa sensación me da. De ellos, sólo de pasada. Aún se me hace un nudo en la garganta cuando pienso en todo eso.

Mi hijo Manuel es ya un tío mayor. De hecho, siempre fue

muy mayor para sus cosas. Viene a verme a menudo. Intercambiamos pocas palabras, pero muy medidas. Es parecido a mí en casi todo, así que con leves monosílabos ya nos entendemos. Parco de palabras, como yo, que no hablo mucho.

(Lector: si acabas de poner una sonrisa por lo que acabo de escribir ahora, supongo que pensando en lo muy dado que te parezco a las digresiones sin fin, al palique escritural más desaforado —¿eso piensas, cruel?—, mejor ahórratelo, puedo asegurar que es verdad cuanto afirmo: hablo muy poco, y en público, con más de dos o tres personas, apenas nada. Otra cosa muy distinta, y ésta sería una nueva patología para estudiar, es que al escribir me lance como un poseso.)

Decía que Manuel es tirando a lacónico, con un sentido del humor muy suyo, así como anglosajón. Recuerda a un joven *lord* haciendo chistes que uno nunca sabe si son negros o violetas. Parece que esté enfadado, y no. Quizás esté muy enfadado de un modo crónico, diríase que consigo mismo, pero lo disimula ante quienes no le conocen a fondo, que son casi todos. Y está en apariencia embobado precisamente porque es muy suyo y muy exigente con cuanto hace. Quisiera despuntar en todo, lo que es complicado. Esta vida no perdona, cada cual forma parte del maldito rebaño. Es como si la normalidad estuviese criminalizada, como si, de no distinguir en algo, uno careciera del derecho a subsistir dignamente. Esto, Manuel no lo entiende y, temo, nunca lo entienda ni lo acepte. Como yo a su edad. Haga lo que haga, él pugna por sobresalir. Es cuando surgen los lógicos contratiempos, el momento en el que le entran dudas y se viene abajo. Entonces se enfada.

Manuel quería ser bacteriólogo, o virólogo, o qué sé yo. Pero estudiaba lo justo para aprobar, cosa que dada su inteligencia y su gran memoria tampoco le cuesta en exceso. Después fantaseó con dedicarse a la música, quiero decir para ganarse la vida con ello. Tiene un oído privilegiado. Tocaba los bongos. Incluso quería ir a vivir a Nassau, Bahamas. Como lo digo. Si le diese por la jota aragonesa, querría ir a vivir ya mismo a cualquier pueblecito de Huesca y ser más mañico que

Agustina de Aragón. Su sueño en esa época era haber nacido *rasta* jamaicano y con el cigarrillo de marihuana ya en la boca, en vez del biberón en la cuna. Siempre le fue mucho todo eso de la percusión. Al menos él pudo apreciar alguna de esas piezas antológicas que tengo de ciertos grandes baterías de jazz. Fue un error: o dominaba —superándola— la técnica de un Art Bakley, o aquello no le compensaba. Tentó la guitarra, y lo mismo: o Django Reinhardt y Eric Clapton o nada. Un verano se echó una novia porreta de verdad (empedernida fumadora de porros; ¿hago bien aclarándolo?) natural de Chipre pero con familia portuguesa y que anhelaba recorrer el mundo en *roulotte*, haciendo cualquier cosa y viviendo de cualquier cosa, estado este último de sublime nirvana, de etérea vegetación cerebral semiactiva al que sólo se accede, temo, desde el porro y alucinógenos que, en demasía, te convierten el cerebro en membrillo. El caso es que Manuel dudó. Y nosotros con él. Por suerte no siguió con ella, aunque era buena chica. Dejó los bongos, la guitarra y la idea de Nassau. Durante un tiempo ya le vimos yéndose a vivir allí, al crudo Peloponeso, dedicado a la gestación de quesos o a la crianza (no industrial sino puramente hippy) de gallinas u otros animales de granja. Si ésa hubiese sido su decisión, hubiéramos tenido que conformarnos. Es la terquedad personificada.

Pero entonces decidió que él iba a ser algo así como ingeniero hidráulico. Siempre tuve la sospecha de creer que lo que de verdad quería era ser surfista, o de que eso significaba: «oceanógrafo» o algo por el estilo, pero como Manuel es tan suyo y tan serio, suele admitir de bastante mal grado cualquier observación, lo que en el acto, como persona joven y rebelde, él entiende se trata de una crítica, que para qué vamos a engañarnos, de hecho sí lo es, aunque disimulemos con fatuos discursos de tolerante hondura pedagógica. Finalmente acabó matriculándose en Filosofía y Letras.

Manuel, aunque posiblemente él pensase con frecuencia que no era así, sobre todo en esa época difícil en la que los chavales se hacen mayores casi de repente, pasando de ser adolescentes histéricos a personas con criterio racional, me tenía robado el corazón no tanto por ser el primogénito (en el sentido bíblico) y lo que se dice un gran chaval, sino por detalles de su carácter que siempre me han dejado perplejo. Me refiero fundamentalmente a su integridad moral, a su nobleza. Como hermano mayor que era, se metía de manera constante y mordaz con Álvaro e Inma. Fue ése, como digo, un acoso sin tregua, feroz. Y es que en esta casa, desde el *Tete* hasta el último mono (yo mismo) siempre hemos cultivado con mimo nuestra faceta Alekhine. El caso es que después era Manuel quien, en la soledad de sus habitaciones, iba a buscar a sus afligidos hermanos para consolarlos, diciéndoles cualquier frase tierna y de broma. O, si se terciaba, que se terciaba muy a menudo pues ése era su estilo, para soltarles allí mismo una nueva filípica, una admonición si cabe más seria que la anterior. Pero aquello ya era otra cosa. Los pequeños comulgaban, directamente, con cuanto Manuel les dijese, aunque fuesen broncas o forrarlos a mamporros. Todo esto, y de ahí su mérito, Manuel procuraba hacerlo sin que ni Claudia ni yo nos diésemos cuenta. Iba acompañado por el *Tete* y *Ursus*, se encerraban todos en las habitaciones de los chicos y allá que les soltaba sus discursos. Al cabo de un rato salía, flemático y con cara de no haber dicho o hecho absolutamente nada, antecedido por el *Tete* con sus sempiternos aires de guardaespaldas cabreado, y seguido por *Ursus*, que agitaba parsimoniosamente el rabo como si echase incienso tras la estela del arzobispo o el cardenal celebrante. A los pocos minutos, siempre sucedía así, los pequeños salían de su encierro (en el que se instalaban, por lo general, con gran aparato lacrimógeno y de portazos) diríase que insuflados de una súbita adultez. Veneraban a su Lisias.

Manuel es tan noble que a veces pienso que la expresión «trigo limpio» debiera haber sido acuñada para él, aunque no sé si por lo de «limpio» o lo de «trigo». Aquello habla de sus sentimientos, esto otro de su carácter. Ni la menor doblez. Veo a ese chaval, de haber nacido en otra época y lugar (en sentido bíblico), dirigiendo como un rebaño a cualquier pueblo elegido, mientras con su bastón abre las aguas del Jordán o del mar Muerto: a él siempre le encantó jugar al patriarca enfadado con los pequeños. Y cómo será de trigo limpio que aún le recuerdo, con apenas cinco añitos, después de haberse disgustado muchísimo con Claudia y conmigo porque le regañamos, yendo a encerrarse en su cuarto. Allí permaneció largo rato. Demasiado. Claudia y yo nos mirábamos, indecisos. Optamos por no entrar, pero nos preocupaba aquel silencio. De pronto se abrió la puerta y apareció Manuel como un ciclón. Lloraba a puñados, con un verdadero ataque de tristeza. Hubo que aplacarlo, pues se nos ahogaba allí mismo. Cuando pudo hablar nos confesó que había hecho algo muy malo. Sencillamente, nos dijo con la cabeza sobre la almohada y gritando su rabia, que debía de ser inmensa, y tras dar varios puñetazos mientras barruntaba: «Os odio, os odio...» De repente, siguió diciéndonos, era como si se hubiese visto a sí mismo evaluando lo que para él debía de ser la falta más grave que podía cometerse en la vida. A lo mejor —y sin necesidad de leer a Kafka, Freud o Lacan— el crío estaba liquidando mediante tan certeros puñetazos en la cama al Padre, la Madre y al Espíritu Santo: y así, todos abrazados en un mar de lágrimas, incluido el *Tete*, que vio la ocasión que ni pintiparada para ser sobado, hicimos las paces. Menos mal que entonces aún no estaba *Ursus*, o si no aquello habría parecido una *melée* de rugby con alguien medio asfixiado. Jesús, qué escenita.

La casa aún está llena de sus cosas.

A mí todavía a veces se me parte el corazón al verlas.

Alvarito es el del medio, como siempre dijimos en familia, y eso suele marcar. Está en esa edad adolescente que da tantas alegrías como sobresaltos. Todo lo contrario a su hermano Manuel, con el que tan pronto parece llevarse a las mil maravillas como por nada se enzarzan en serias disputas. Alvarito es extrovertido. Más aún, dicharachero, lo que no sé es de quién puede haberlo heredado. Claudia no destaca, que digamos, por su proclividad a la juerga, igual que Manuel o yo mismo, ambos de corte vagamente curil. Aunque los chavales, como insinué al trazar el perfil de mi hijo mayor, poseen un peculiar y agudo sentido del humor. ¿Quizás humor inglés, insisto, esa cosa refinada y hasta un poco luctuosa? Es posible. Tanto Claudia como Manuel son, aunque ella más práctica y él más obsesivo, profundamente intelectuales. Todo lo analizan, todo es puesto en cuestión y sopesado antes de ser dicho o hecho. Alvarito, en cambio, y le llamamos así, en diminutivo, porque no destacó nunca por su altura, es más de los de culo, pis, caca y todo eso. Puro nervio. A cualquier cosa, por dura que parezca, él le pone la coletilla chistosa. Un tío majo, eso es y eso será, no me cabe duda. Bien pensado, el humor de Alvarito sería una amalgama entre lo más selecto de Essex y un sevillano de los de «¡Quillo...!»

Todavía es demasiado crío para tener claro qué quiere ser de mayor. Hubo un tiempo en el que nos decía: futbolista. Y luego, abogado. Y aún después: zoólogo. Y todo según iba tragándose seriales en la tele. Tan voluble es. Pero llegó otra época, cuando contaba aproximadamente con la edad que ahora tiene Inmaculada, la pequeña, en la que Alvarito se obcecó con la peregrina idea de que quería hacerse cura. Además, no para vivir del cuento, lo que nos habría parecido pequeñoburgués recalcitrante pero no exento de interés, sino para ir por ahí, a las selvas o a las misiones. A cualquier país pobre donde pudiese ayudar. Por un lado, como digo, y desde el punto de vista laico de unos padres como Claudia y yo, eso nos conmovió, pero de otro nos inquietó bastante. Vocaciones así de piadosas que han acabado en canonización o el martirio empezaron a tan tempranas edades. En casa, las reacciones fueron distintas.

Claudia lo sometió a un interrogatorio feroz en esencia, lo que se entiende por un tercer grado, aunque procuró disimular su ansiedad de madre roja y progresista que ya ve a su hijo en los altares, alzando la Eucaristía: un palo.

Yo moví piezas mentalmente, preguntándome a qué podía deberse aquello. Era la única forma de contraatacar.

Inma se puso a llorar como una loca, porque ya vio a su hermanito comido por los caníbales o las fieras. Eran tan niños.

Manuel, entonces adolescente pero ya peleón, dijo:

—Mejor, que se vaya. Así dejará de molestar y de quitarme las cosas.

—¡Eres malo, muy malo! —Se le encaró con fraternal violencia una Inma que entonces apenas levantaba pocos palmos del suelo.

A lo que Manuel, sin apartar los ojos de su plato de sopa, añadió:

—Y que de paso se lleve a ésta para que le ayude allí, con los conguitos...

Hubo que llamarle al orden, evidentemente. ¿Qué eran esos modos? Se liaron los tres en una bronca colectiva que sólo zanjó Claudia diciéndoles que iban a acabar en un internado irlandés. Aquello pareció sobrecogerlos, aunque no tenían ni idea de dónde estaba. Yo a duras penas pude contener la risa. Es decir, la sonrisa, pues me cuesta horrores reír. Desde pequeño era así, como el personaje de un relato de Heinrich Boll. Todo quisqui haciendo el gilipollas para que me riera, y nada.

Pero Alvarito, en aquella sesión memorable, ya parecía tener inscrita la santidad en el rostro. Había algo en aquella mirada...

Claudia, olvidada ya la amenaza del internado irlandés, atendía o consolaba a una afligida Inma, quien se había refugiado en su cuarto sollozando entre decenas de muñecas al grito desgarrador de: «¿Y ahora quién me comprará chucherías?», lo cual sonaba, sin duda, interesado. Afronté el dilema, nada cómodo por cierto en tan ideológico hogar, de esa presunta y pertinaz vocación religiosa de Alvarito. Lo cierto es que un par de veces ya nos había avisado de sus intenciones, pero sólo oímos «mmmmm..., selva», o «eeehhh... los pobres». Esa vez fue distinto. Salió la conversación y se hablaba sin bromas. Además, estaba esa dichosa aura que parecía envolver al crío. Hablando con él a solas, pues Manuel se levantó de la mesa dando las buenas noches y diciéndome: «Ahí te dejo con el Santo Padre», Alvarito y yo recordamos las risas que casi consiguieron ahogarle cuando, apenas un año y medio o dos antes, durante otra cena, le dije: «Tú, si sigues así, lo que serás es sacerdote.» Estaba comiéndose un bol de cereales con leche y cacao. Tenía toda la cara manchada y aparentaba realmente gracioso. Nos miró perplejo.

—¿Sacerdote? —preguntó luego de permanecer unos instantes en silencio. Parecía un muñeco de chocolate hablando y con el bol suspendido en el aire.

Yo seguí, muy serio:

—Sí, sa-cerdote. ¿Lo coges?

Todos me miraron. Se hizo el silencio.

—Sa... cerdote —pronuncié con delectación. Tenían la vista fija en mi cara, impertérritos pero desconcertados. Parecían en coma. Entonces me puse a hozar como hacen los cerdos: «Hoink, hoink, hoink...»

Claudia añadió, sonriendo:

—Cerdote. —Y aquello fue un estallido de carcajadas. Cómo sería que hasta Manuel, tan especial para dar muestras de su alegría, participó de la cosa.

Igual yo impulsé la vocación de Alvarito con aquel episodio. Aunque la culpa de esa idea debió de tenerla, según pude sonsacarle, cierto reportaje emitido por televisión, cómo no, y que sólo vieron él e Inma, aunque ésta parece que se durmió ya al principio con la sintonía del programa, sobre religiosos en países en conflicto. Gente digna de admiración, sin duda. Ahí le vino la llamada de la fe. Estuvo casi medio año con ese tema en la cabeza, y sólo le apartó de tal idea el rabioso enamoramiento de cierta modelo de fama internacional que le recordaba mucho a una niña de su clase, que era muy *litri* y hasta odiosa según sus propias palabras, pero que le arrancaba irreprimibles suspiros de arrobo con sólo mentarla:

Puri. De «Purificación», imagino. Como se ve, todo en el crío conducía a la mística y la religión. Lo de la inalcanzable modelo y Puri, su versión escolar más a mano, supuso la primera vacilación. Otra noche nos soltó de pronto que de mayor pensaba ganar mucha pasta, eso dijo, para comprarse cierta marca de auto deportivo, rojo o negro, matizó en tono completamente convencido, para poder llevar en él a una *titi*, eso siguió diciendo, como la despampanante modelo de marras. A esas alturas,

Puri, la *litri* desdeñosa, ya había sido desterrada de su corazón. Las reacciones no se hicieron esperar. Claudia repuso:

—Hijo, el Tercer Mundo estará a salvo mientras haya vocaciones perseverantes y encomiables como la tuya... —Pero se lo dijo tan seria que Alvarito debió de creer que estaba conmovida de verdad. Yo añadí:

—Y la cristiandad. —Aunque seguía moviendo piezas mentales en busca de los motivos que le hubieran podido abocar a tan radical cambio.

Inma exigió a gritos:

—¿Me llevarás en tu deportivo?

Pero como Alvarito se apresurase a asegurarle que se iba muy mal en el asiento de detrás del supercoche que él pensaba tener, Inma se ofreció rápidamente a ir en el maletero. Manuel ironizó lo más pérfidamente que se le ocurrió, pero sin que se le moviese una pestaña:

—Y algún fin de semana irás con tu avión particular a ocuparte de los conguitos, claro... —Él seguía a lo suyo con ese cáustico y saleroso cinismo del que a menudo hace gala.

A Alvarito se le cambió la expresión. Seguro que no tanto por sentirse herido en su amor propio como —o no lo conozco bien o no soy su padre— por no haber contemplado, en la hora sublime de planificar económicamente su futuro, lo de ese jet de uso privado. De pronto, una sonrisa parcialmente nostálgica asomó en su boca. Pudo pensar: «¡Qué chulada!» Claudia reconvino a Manuel por la fea expresión «conguitos», a todas luces escasamente afortunada, pero decidimos dejarlo para otro día. Lo último que Alvarito ha pensado, y de esto no hace mucho, es en hacerse militar profesional. Yo ya se lo decía a Claudia, intranquilo: «Ese crío ve demasiada tele. Pasa en un plisplás de querer cuidar conguitos a matarlos en serie y sin el menor escrúpulo, como un mercenario», con lo que Claudia me riñó —es decir, a ellos los reconvino, a mí me lo increpó hoscamente— que ya estaba bien con lo de «conguitos». Consiguió que me sintiese xenófobo. Álvaro siempre ha estado liado con los deportes, o con la videoconsola, o incluso leyendo. Y, quizás, por ser el del medio, ha solido quejarse de que no le hacíamos suficiente caso, apretándonos inconscientemente las clavijas del único modo que el instinto le decía: requiriendo nuestra atención. Porque una cosa es que un hijo te venga con la historia de que quiere ser el mejor futbolista del mundo, o astronauta, con lo que le dices: «Sí, hijo», mientras lo olvidas rápido, y otra muy distinta que te venga diciendo que quiere ser militar o cura, con lo que le dices: «¿Sí, hijo?», mientras tragas saliva. Sea lo que sea, Alvarito será siempre un tío feliz, de esos que tienen la rara capacidad de reírse de sí mismos y, de paso, se ganan a los demás.

Sólo la perspectiva del tiempo transcurrido nos da un correcto enfoque de las cosas, sólo de ese modo llegamos a contemplarlas en toda su intensidad bajo el cono de luz que irradia el prisma de las percepciones. Ayer pensaba en Álvaro, precisamente, que era el más bullicioso de esta casa, cuando esta casa estaba llena de vida. Pese a todo, en Álvaro había un punto de amable retraimiento, de risueña timidez. Él solía quejarse de que por hallarse justo en el medio (es decir, entre Manuel y la entonces aún pequeñísima pero ya mandona y seductora Inma, a quienes Álvaro no sólo no envidiaba sino que adoraba sin contemplaciones: a aquél por inteligente, sensible y mayor; a ésta por rata, manipuladora y pequeña) estaba marginado. Creo que no eran simples celos, sino una observación muy lúcida. Álvaro estuvo y estará siempre entre esos dos centros de luz que desprenden una enorme energía, y por tal razón él debe compensarlo con su exquisita e instintiva discreción, con su contagiosa forma de transmitir cariño, con sus salidas extemporáneas y brillantes.

En cierta ocasión, y únicamente hoy me atrevo a reconocer que creo haberlo hecho así a fin de consolarlo un poco en sus penurias al respecto, le dije que en el fondo (y eso debía ser siempre un secreto entre ambos, recalqué) yo me consideraba muy parecido a él. Que de hecho, y así fue desde niño, me sentía prácticamente como él. Con su habitual escepticismo me observó durante unos momentos. Luego enmarcó una amplia sonrisa, añadiendo:

—Sí, pero: ¿y tú entre quiénes estabas emparedado?

Me desarmó fulminantemente. No contaba con que utilizase, o al menos no de modo tan veloz y oportuno, el dato de saber que yo fui hijo único. Aquélla era la típica situación apurada en ajedrez. Recapacité, procurando no perder la calma. Contesté:

—Yo me sentía un sándwich entre nadie y nadie...

Álvaro abrió desmesuradamente sus ojos lánguidos. Algo de aquello le había interesado. Insistió en que no era lo mismo. Reconocí que tenía razón, pero intentando hacerle comprender que a veces uno se siente marginado en sí mismo, sin necesidad de hermanos sabihondos o hermanitas zumbonas que le amarguen la vida. Uno, le dije, lleva el jamón y el queso encima. Sentirse o no emparedado es una libre elección, a menudo, o falta de inteligencia. Él era él, y todos le queríamos y respetábamos por esa sencilla evidencia. Pareció conformarse, aunque mascullando que preferiría, de vez en cuando, estar solo y tener toda la casa para él. Lo cierto es que luego pensé que no le había engañado en absoluto. Que, pese a ser hijo único y por lo tanto tener todas las atenciones para mí, ya siendo muy niño me sentía exactamente como Álvaro, aunque por motivos distintos: presionado entre fuerzas opuestas, antagónicas. Y eso, uno lo lleva puesto. Desde que nace hasta que muere.

La casa también está llena de cosas de Alvarito, incluso de juguetes, pues nunca me atreví a darlos ni a tirarlos.

Algo diferente es Inmaculada, con la que un día intenté hacer una broma similar a la de Alvarito con lo de «Sa-cerdo-te», la llamé «Inma-culada» y la cría pescó tal rebote que aún no me lo ha perdonado. A ella con guarradas no, protestó ofendida. Sin embargo, cómo ocultarlo, nos adoramos mutuamente. Y lo de «mutuamente» puede sonar a redundancia, pero no lo es. Se trata de que nos adoramos mucho. Un clásico «Edipo-Electra cruzado del copón bendito», como afirma taxativamente Claudia transgrediendo de modo sorpresivo su sana costumbre de no decir jamás palabrotas. Así debe de ser lo mío con Inma, de quien por cierto aclaro que se llama así por una de sus abuelas. A nosotros no nos hacía especial gracia un nombre de connotaciones religiosas y virginales.

Porque Inmaculada es voluptuosa hasta extremos insospechados. A veces, naturalmente en broma y sin estar ella presente, hemos disertado en familia qué calificativo le correspondería: «Putón de arrabal» sonaba muy duro. No, «Zorrón verbenero» era más simpático, pero también poseía resonancias chabacanas. «Pendón desorejado»... eso fue lo que se convino por unanimidad. Eso la cualifica. Y es que la cría era especial ya en la cuna. Seguro que de haber realizado un seguimiento minucioso acerca de sus juegos con todo tipo de ositos y muñecos, la teoría de mi amigo Alejandro —o por delante o por detrás— se habría quedado corta. ¿Cómo explicarlo? La niña, ya en la cuna, a mí, cuando la miraba mientras ella hacía ciertos gestos, me recordaba a Rita Hayworth en *Gilda*, por supuesto durante la famosa danza del guante previa al bofetón. Con Inma pasaba igual: estaba sexy hasta dejándose quitar o poner el pijamita. Ella, de haber podido, habría salido de su cuna exactamente con los movimientos de Gilda, guante en ristre. Pero, así como la Hayworth estaba incluso más sexy después de que Glenn Ford le diese aquella célebre bofetada, con el pelo cayéndole a la cara y aquel rictus ya no se sabía si de marranona o de virgen (¡ja!) iluminada, así también Inmaculada está especialmente guapa y sexy, lo repito, cuando se la riñe, o las escasísimas ocasiones en que alguien, Manuel una vez y Claudia un par o tres, le arreó un cachete en el culito. Eso es *glamour* a raudales, me dije, y lo demás jauja. Entonces, al verme embobado mirándola, Claudia, que a su pesar siempre adoptó el papel de «mala» en la ardua película de la educación de los niños, mientras que yo funcionaba mentalmente con el típico retraso ajedrecístico que me caracteriza, me increpaba con dureza: «¿Es que vas a quedarte ahí, sin decir nada?» Y yo, que en realidad hubiese dicho: «Hija, eres un bombón», haciendo grandes esfuerzos, le decía a la cría: «Hija, ¿por qué has hecho tal o cual cosa?», pero debía de seguir poniendo cara de estar comiéndome un manjar: ¡era tan bonita! Y ella me caló. Vaya si lo hizo. Ni siquiera recuerdo si opuse o no resistencia. Supongo que sí, pero fui inexorablemente arrastrado al huerto, como quien dice, por ese torrente de seducción que es la cría. Desde siempre, saca de mí lo que quiere, como quiere y cuando quiere. A cambio, de tanto en tanto, cuando se le antoja, y lo hace con frecuencia porque es muy cariñosa, me otorga el favor de sus mimos. Por eso me gustan tanto las mujeres. Me desarbolan. Por eso las temo tanto. Porque eso no lo hace nunca un chaval, nunca.

Inma, que está también en una edad conflictiva en la que aún no acabamos de acceder a la adolescencia, quiso ser, como sus hermanos, diversas cosas en cuanto fuese mayor. Hubo una época en la que deseó ser sucesivamente:

Verdulera. Todo fue, creo, porque yo le hablaba con entusiasmo, al hacer la compra con ella, de cierta tienda que tiempo atrás fue una espaciosa verdulería a la que a mí me gustaba ir. En el plazo de pocos años, esa verdulería pasó a ser el bar Marcelino, luego un restaurante muy acogedor llamado Bistro Monique. Posteriormente una tienda de ropa moderna, Flash-Fashion, que cerró a las pocas semanas. Tenían ese tipo de indumentaria ideal para llegar a la tienda en un Cadillac fucsia, o en una aparatosa y mastodóntica Harley Davidson, por supuesto con camisa de cuadros, botas de piel de serpiente y siendo aborigen de Dakota del Sur. Ahora que lo pienso, camisas así únicamente se las he visto al Birmano. Aquí ese tipo de cuadros sólo se ven en ciertos manteles. A él le quedan que ni pintadas, pero me pregunto si ese detalle de las camisas a cuadros no será lo que solivianta a la gente y la induce a pegarle. Como si en presencia de tales camisas a los agresores les entrase el síndrome de ser granjero malaleche de Iowa, Oregón o Wisconsin, qué sé yo. En cualquier caso, algo muy poco civilizado. Luego, la tienda volvió a ser un café-bar y finalmente se ha convertido en un negocio de ofimática. Pero a Inma se le quedó lo de la verdulería, y será por aquello del proverbial palique de las verduleras, cosa que igual oyó en alguna parte, no sé dónde, aunque lo cierto es que mezclando toda esa serie de datos y sabiendo que le apasiona largar sin descanso por esa boquita tan mona que tiene, debió de pensar que lo suyo era la verdulería. Se le pasó, naturalmente. Y también quiso ser:

Cantante de rock, pero eso fue cuando Manuel tocaba los bongos y ella, lógicamente, deseaba practicar en lo que fuese. El chaval, en su línea agradable, le espetó: «A ti no te quiero ni de gogó..., pues estamos listos con la niña repollo esta», con lo que la cría se enfadó muchísimo, más por no saber qué era exactamente «gogó» y qué un «repollo», que por el rechazo en sí, algo a lo que ya estaba acostumbrada tratándose de Manuel. Pese a que luego era él quien de modo más cariñoso se comportaba con la pequeña. Una vez le fue explicado, y ya que repollo lo tenía difícil, por supuesto quiso ser:

Gogó: nos costó bastante convencerla de que no era ése precisamente un futuro profesional envidiable, más bien al contrario. Se conformó con relativa rapidez, aunque entonces aspiró a convertirse, no en un simple «sucedáneo de», sino en la mismísima Olivia Newton John: la chica de John Travolta en la película *Grease*, que en el diminuto código de valores de Inma debía de ser como la elevación de una gogó normal a la categoría de diosa. Inútil hacerle entender que a lo sumo podría parecerse a la cantante-actriz pero en ningún caso ser ella. Menudas pataletas. Y menos mal que en aquella época aún no rondaba por ahí Verónica Manzano, porque si la cría llega a entusiasmarse con ella, íbamos listos. Con todo lo cual iba aproximándose a pasos firmes a aquello que verdaderamente parecía interesarle. Siguió una época de desconcierto en la que anheló convertirse en:

Farmacéutica: acaso seducida tal vez por cierta farmacéutica del pueblo, una mujer de mediana edad y bastante atractiva que llevaba gafas bifocales en la punta de la nariz, con lo que miraba a sus clientes por encima de ellas, y además colgadas de una cadenita de oro que cautivó a Inma desde el primer momento, así como que esa boticaria le diese siempre paquetitos de caramelos de colores; todo ello, supongo, la inclinó temporalmente a la farmacología, aunque después modificó su vocación por la de:

Maestra: lo cual nos llamó la atención, dada la escasa paciencia que Inma solía demostrar hacia los seres más pequeños e indefensos. Son inenarrables los sopapos que les arreaba a sus Barbies y demás muñecas cuando no se sabían la lección (!) o no hacían exactamente lo que ella consideraba adecuado (?): verdaderos correctivos, con la intervención de una vara que Inma trajo un día del jardín. Otra vez, a cambio, le dio por insistir en que quería ser:

La novia de Pinocho, me imagino que llevada por su pasión hacia ese personaje, tras leer el cuento y ver la película casi de modo simultáneo, lo que el incisivo Manuel, que por aquel entonces se hallaba en su edad más batalladora y criticona, aprovechó para preguntar:

—¿Veis como esa niña es un leño?...

En fin, ante la imposibilidad evidente de ser Catalina de Rusia o Nefertiti, que es lo que le hubiese gustado, Inmaculada dejó de decir que quería ser tal o cual cosa, aunque yo, que creo conocerla mejor que nadie, sé que a esa cría lo que le gustaría de verdad es subir a recoger un Oscar de la Academia de Hollywood, lagrimitas y discursos incluidos. Va de estrella, y por esa misma razón puede tener serios reveses en la vida. Pienso que conseguirá prácticamente cuanto se proponga siempre que deje de mirarse tantísimo en el espejo, saliendo de tales sesiones de observación con síntomas de considerable obnubilación ombliguil. La vida irá poniéndola en su sitio, que nadie sabe cuál puede ser, dada su corta edad.

Insisto en que lo único que Inma es, y eso no se lo quitarán fácilmente, es voluptuosa. Siendo bebé, pero un bebé de semanas, ya era así. Recuerdo a su madre dándole besitos y soplándole en las ingles mientras le cambiaba los pañales, y recuerdo la cara de la niña, totalmente traspuesta, su risa no sé si voluptuosa o concupiscente, y sus manitas intentando coger la cabeza adulta de turno para incrustársela allí, entre sus piernecitas aún combadas, abriéndose exageradamente en un ángulo recto, provocador, propio de contorsionistas. Con aquellas «pedorretas en la entrepierna» que le hacíamos con la boca, la niña llegaba a éxtasis inmencionables. Tanto es así que hubo que suprimirlas, porque cualquier visita que se acercaba a su cunita salía medio espantada al ver a la cría piernabierta y pidiendo guerra, con lo que era menester dar molestas y a menudo ambiguas explicaciones. Ya lo dije, una Rita Hayworth justo después de la bofetada. Recuerdo que a Alvarito también le hacíamos de bebé lo de las «pedorretas» y él se quedaba inmóvil, como diciendo: «¿Qué debe ser esa agradable sensación ahí abajo?» Y Manuel, un par de veces, de bebito que ya aspiraba a su condición posteriormente adquirida con creces de simpático irresistible, cuando le soplábamos en la ingle, con fuerza y haciéndole arrumacos y risitas, nos soltó sendos guantazos. Puede que al crío aquello lo excitase de algún modo, pero el guantazo salía inexorable, y su cara de seriedad también era sintomática de lo que pretendía decir: «¿Podéis dejarme tranquilito y no hacer memeces?»

Si es válido aquello de que por sus anhelos los conoceréis, los de Inma parecen asimismo sumamente delatores. Si escarbo en la memoria, puedo recordar cinco de aquellos sueños que la niña manifestó anhelar:

1.    Poseer una isla absolutamente llena de perritos y gatitos, todos felices y en libertad. Cuantos bichos desdichados iba encontrándose por la calle, incluidos los de las tiendas de animales, se los llevaría a su isla. Y si en lo concerniente a los animales ése suele ser un deseo común a muchos niños, en lo de la «isla» ya se reveló como la persona ambiciosa que era. Un día le confesé a Claudia que creía que todo lo de esa confederación perruna y gatuna era una simple tapadera de Inma para su auténtico y solapado objetivo: cazar a un armador griego o un jeque árabe del petróleo. Si no, ¿a qué lo de tener una «isla»? Claudia se rió pero, raro en ella, no se esforzó en rebatírmelo. Otros deseos de la niña eran:

2.    Contar con multitud de modelitos para poder ponerse en un mismo día, dando envidia a sus compañeras de clase.

3.    Bañarse en una piscina repleta de huevos fritos.

4.    Dirigir las sesiones de tortura a una profe de Sociales que tuvo, siendo pequeña, pero a la que aún no había olvidado.

5.    Disponer a su antojo de quince o veinte novios. Simultáneamente, claro.

Claudia, nunca plenamente repuesta de los politraumatismos psicológicos que le supuso pasar la infancia en colegios de monjas, rápidamente se apuntó al 4.º sueño. Yo al 5.º, aunque me lo callé, es lógico. No quería ni preguntas comprometedoras ni broncas vanas. Alvarito rugió, entusiasmado: «¡Qué tope lo de los perros y de los huevos!», algo que con toda seguridad, sumado a su deportivo rojo o negro, su *titi* despampanante y su jet privado, que eso también nos lo dijo, colmaba cualquier expectativa. En cuanto a Manuel, sin perder la flema, me miró, pues yo era el único que permanecía en silencio, y dijo indignado:

—Pero estos niños ¿son tontos o qué?

—O qué —le respondió Claudia.

—Lo de la isla no está nada mal —argüí para frivolizar un poco.

Así es Inma, inquieta, brillante, fantasiosa, seductora. Muy dulce.

Hay un gesto suyo que siempre me conmovió, y lo hizo en más de una ocasión. Cuando por alguna razón me increpaban algo en plena cena, quiero decir, no sólo Claudia me reñía (tampoco es que esto fuese anómalo, que digamos) sino que también Manuel y Alvarito entraban al trapo, la diminuta Inma trepaba como una loba a su taburete y desde allí, con el dedo índice amenazante, se dirigía a todos:

—¡Dejad a mi papito en paz!... —Con lo que el estallido de carcajadas era espontáneo y generalizado. Ella, repentinamente avergonzada pero orgullosa de su numantina defensa (pues imagino que la cría ya debía de asumirme inconscientemente como una causa perdida), se ponía a llorar y venía a que yo la consolase. Y yo, claro es, me la hubiese comido a besos allí mismo.

Quizás me ama desmedidamente, pero en el fondo a quien respeta y adora es a su madre, como no podía ser menos, porque Claudia no sólo es una madre sino un ciclón de pasión con Inma. Yo soy más tibio, lo sé. Poco dado a expresar estados de ánimo afectivos o juegos de efusividad, justo lo que da vida a la cría. Inma, por ejemplo, le repite a Alvarito varias veces por semana lo mucho que le quiere y lo guapo que es, pero a quien mira arrobada y con ojos completamente traspuestos es a Manuel, que, todo sea dicho, cuando no le ve nadie más que la niña, o él eso cree, se desvive por ella y hasta le hace alguna que otra carantoña. Ya le hemos calado de tanto en tanto. A Inma lo que la pierde es su orgullo, el espejo como única fuente de inspiración metafísica, y su genio. Recuérdense las hostias a las Barbies y los varazos a los peluches.

Con ella tengo la extraña cualidad de hacerla reír, lo que no es nada fácil y no consigo casi con nadie, porque una cosa es que la cría sonría hasta a su sombra, por aquello de la coquetería, y otra muy distinta que se parta de risa a la menor. Si me lo propongo, abro la boca y la hago desternillarse. A veces lo consigo sólo con mirarla de determinada forma. Es inaudito. Y que dure. Eso debe de ser amor, o de lo contrario no me lo explico. Un ejemplo: en cierta ocasión ocurrió una anécdota que después, cada vez que la cuento requerido por los aspavientos de Inma, consigo que la niña acabe tirada por el suelo, loca de risa. Lo cierto es que fue una tontería mayúscula. Inma era muy chica, tendría dos o tres añitos, y yo estaba con ella en casa, una tarde. Jugábamos a vestir, decapitar, operar, golpear o mimar a varias de sus muñecas. Ya entonces, las Barbies se llevaban la peor parte. Yo les había puesto unos bigudíes en sus lacias y largas melenas, con los mechones enroscados. Esos rulos de plástico con vivos colores le hacían mucha gracia. De repente, Inma cogió un rulo y, señalando mi cabeza ya un tanto clareada, dijo: «Tú.» Quería que me lo pusiera. Con cierta dificultad, eso sí, pues no se enganchaba, lo logré. Me miró. Sonrió: «Más.» Y así, rulo a rulo, conseguí colgarme precariamente siete u ocho bigudíes de plástico. Ella reía complacida. Nos distrajimos. Sonó el teléfono y permanecí hablando un rato. Volvimos a las muñecas y nos liamos con la cocinita de la casa de unas Barbies que ya parecían parapléjicas. Entonces sonó el timbre del jardín. Yo salí a abrir. Era el vecino que vivía en el piso de arriba, el que ahora ocupan los folladores. Abrí la verja, atendiéndole. Quería no sé qué de unos fontaneros que, eso dijo, habían venido esa mañana a arreglar algo en el baño. Me avisaba, entendí, de que estuviera al tanto por si aparecían goteras en mi lavabo, que coincidía con los desagües de su fregadero, también averiado. Pero mientras me hablaba observé que se le transfiguraba el rostro. Nos despedimos y el pobre hombre parecía en verdad estupefacto. Otro rarito de cojones, pensé yo, pues llevábamos una racha de vecinos algo extraños. Llevaba ya jugando de nuevo un rato con la niña cuando caí en la cuenta de que había estado charlando con ese vecino, aunque raro uno de los más circunspectos que nunca haya tenido, con la cabeza llena de rulos. Yo, que soy desde hace años fiel consumidor del Alopecín, yo, que sin mis docenitas de miligramos de finasterida vía oral, a un promedio de una pastilla diaria, así como mi complejo vitamínico fortalecedor a base de metionina-cistina-piridoxina, ahora tendría la cabeza como una bola de billar gigante. Bueno, pues de tanto en tanto Inma aún me pide que vuelva a contarle aquel episodio. Y le echo un poco de aparato escénico. Hago visajes con el rostro, pongo carotas y todo ese tipo de cosas que, en cualquier caso, sólo parece moralmente lícito hacérselas a una hija de corta edad de la que uno está irremediablemente prendado. Y ella, aunque esto parezca una inexactitud genérica, se descojona. Puedo asegurarlo. (Lector, conste que hubiera escrito: «se desovariza», pero el lenguaje también es machista demasiado a menudo, yo no tengo la culpa. Al menos no de eso. Bueno, no sé. Igual de eso también me acaba correspondiendo parte. Si es así, no pasa nada: lo acepto.)

Inma a menudo ha solido sorprenderme con verdaderos golpes de gracia. Claudia, con obvio cariño, los denominaba «los golpes de Estado de la dichosa cría». Recuerdo un día mientras cenábamos, cuando Inma tendría seis o siete años. Creo que fue Álvaro quien mencionó algo referente a las mujeres, que si tenían ventajas o desventajas. Manuel, naturalmente, atravesaba su enésima fase misógina empedernida. Yo decía a todo que sí, el *Tete,* tras sus habituales ejercicios autoafirmativos de musculación frente al espejo del pasillo, dormitaba en el sofá y *Ursus* miraba con arrobo los restos de la cena que alguien podía dejarse. De pronto, Inma descendió de su taburete, solemne y desafiante, trepó en él hasta ponerse de pie allí y, con ese gesto suyo tan característico de amenazarnos con su dedito enhiesto, bramó:

—¿Sabéis lo que yo seré de mayor?

Enmudecimos. Tras un denso silencio, proclamó altiva:

—¡Salvadora de prostitutas!

Aquello fue el acabose. Nos partíamos de risa, y es que la cría debía de haber visto fragmentos de algún documental al respecto por la tele. Luego, mirándola con detenimiento, convine para mis adentros que era cierto. Inma podía acabar siendo eso perfectamente, pero también *madame* de burdel fino. Bueno, es un decir, yo me entiendo. Me la imagino tanto de Juana de Arco de las desdichadas mujeres de la calle como de Señorona, conminando a sus chicas: «¡Venga, nenitas, que es para hoy. Espabilad que en nada estarán aquí los de esa convención de empresarios!...» Hay muchas, o por lo menos varias Inmas. Algunas son maravillosas, pero casi todas son sorprendentes.

Inma es mi ilusión, y su ausencia duele como nunca imaginé fuera posible.

Toda la casa, cada rincón, rezuma a ella.

A veces, supongo que de puro despiste, me veo envuelto en situaciones absurdas, como ésa de los rulos. Y no sé resolverlas a tiempo, pese a que lo intento. Igual que hace un rato, en que intento animarme dejando de hablar de los niños porque hacerlo es, en efecto y como temía, coger el toro por los cuernos. Pero en el caso de ellos, de mi familia, ese toro no es un simple toro. Es un miura decidida y exageradamente cabreado.

Por cierto, antes mentí un poquito: a Claudia sí la hacía reír con relativa frecuencia en los primeros años de nuestra convivencia. Luego, de tanto en tanto y para sorpresa mía, aún era capaz de sacarle alguna que otra risita, mayormente sin pretenderlo. Lo hacía con una salida extemporánea de las mías, o por mi manera en apariencia grave de decir cosas de trasfondo banal. Alvarito se reía a medias conmigo, como haciéndome un favor. Y Manuel apenas nada, pero cuando lo hacía, también le daban verdaderos ataques de risa. Imagino que mitad por la tontería o chiste que yo terminaba de decir, mitad por los esfuerzos titánicos que él efectuaba para no reír ni participar de la juerga. Era como si, en esos momentos, pudiera verse desde fuera de sí, conteniéndose tontamente. Y se partía, claro. Aunque pronto volvía al orden.

Me pregunto hasta cuándo. Hasta cuándo seguiré cayendo en estos abismos ciclotímicos que me llevan tan pronto arriba como me hunden en lo más profundo. Hoy, absolutamente por sorpresa y a traición, ha habido mucho de esto último. He tocado donde no debía, y miré lo que tampoco debía: una foto en la que se nos ve en uno de esos vagoncitos que van por raíles, como en las montañas rusas, y que chocan contra el agua. Risas, cuántas risas. Es decir, risas para todos excepto para mí, que padezco un vértigo considerable y muchísimo respeto por tales atracciones. La foto podría titularse: «Familia unida en vagoncito cayendo en picado.» El orden es: Inma, Álvaro abrazándola por detrás, Manuel, Claudia y yo. A Inma se la ve gritando, loca de excitación. Álvaro también grita con síntomas de obvia alegría, pero tiene los ojos un poco entornados. Manuel, en su línea *fashion rompedor*, como solíamos decirle en broma, intenta poner cara de estar viendo la tele, en plan duro, como si se desayunase todos los días con ese tipo de sensaciones fuertes. Claudia, que para estas cosas es casi tan poco intrépida como yo, esboza un amago de chillido. Todo comedido y femenino. En cuanto a mí (ahí se agazapaba, macabro e inesperado, lo peor del descubrimiento), estoy con el rostro completamente ladeado —epítome de la pusilanimidad—, tensas las mandíbulas —un perfecto cagón—, y el corazón hecho ciscos —en las antípodas de un héroe de la *Ilíada*—, pero el caso es que recuerdo que aquel día, al ver la foto, cuando nos la dieron (vendieron: si no nos la llevábamos, Inma se suicidaba allí mismo) ya me di cuenta de dos cosas: de lo calvo que me estoy quedando —la velocidad absurda de aquella «caída» dispersaba la escasa pelusilla capilar— y de lo cobarde que era. Han pasado los años, el mundo se divide entre quienes disfrutan en las montañas rusas y aquellos a los que las montañas rusas les parecen del género imbécil. Quienes estábamos en dicha escena seguiríamos reaccionando exactamente igual a como lo hicimos en ese instante. Desde entonces yo jugué a olvidar sin conseguirlo. Quizás esté un poco más calvo. Sin duda soy un poco más cobarde. Pero aún hoy sigo preguntándome hasta cuándo. Supongo que el mundo también se divide en dos: los que apenas nunca lo hacen y los que se preguntan con demasiada frecuencia: ¿Hasta cuándo?

(Ahora quisiera saber: tú, lector, ¿a qué grupo perteneces? No puedes decírmelo, aunque mentalmente, siquiera sólo por un breve instante, hayas tenido la tentación de hablarme. Reconoce que sería fascinante que entre ambos fluyera una especie de telepatía y yo pudiese saber qué piensas, y contestarte. Pero obsérvalo de otro modo: a efectos prácticos, de alguna manera tácita y a la vez constante, estamos haciéndolo ya.)

Hay situaciones que me desbordan. Así es. Desde niño me pasa lo mismo. Significa eso que, como digo, estoy en pleno *zwangzug* vital, y el movimiento forzado que confiero a mis actos ya apenas lo controlo. De controlar va la cosa.

Hace un par de semanas, de modo casi sucesivo ocurrieron dos hechos que me dieron bastante que pensar. Dos hechos irracionales, de esos que, bien contados, incluso podrían provocar risa, pero que a mí no me la hizo. Con lo que, pienso, debo de estar perdiendo hasta la capacidad que siempre tuve para reírme de mí mismo. Ahí quizás avanza el deterioro del que hablaba antes. El primero de los hechos tiene relación con el Controlador del barrio, ese vecino del bloque A que fisga cuanto puede. Como está ya muy mayor, pierde el oremus día a día. Sólo eso hace excusable ciertas actitudes suyas, así como las situaciones que provocan.

La escena fue del siguiente modo: estaba yo en el comedor de casa, junto al tocadiscos, y las puertas que dan al jardín tenían las cortinas a medio echar. Acostumbro a dejarlas así porque no me gusta que cuando hace mucho sol entre demasiada claridad. En un momento determinado creí ver algo allí, al otro lado del jardín y los arbustos, justo bajo una de las moreras de la calle. En cualquier caso, se trataba de una de las moreras que pertenecen a la acera que da al bloque C, el mío. Me fijé con atención. No había nada. Sólo un tenue balanceo de las hojas de esa morera, como si alguien acabase de mover el tronco o alguna de sus ramas. «Un gato», pensé. Andan siempre enredando por ahí. Pero al volver a cruzar el comedor en dirección a la cocina vi de pronto la cabecita del Controlador, entornados los ojos tras sus gafas de gruesa montura, mirando hacia el salón en el que me encontraba. Conozco perfectamente la altura de la verja, el seto y la de ese viejo, y si ese viejo no había crecido un metro y medio en los últimos días, era imposible que asomase la cabeza de tal modo sobre la parte más alta de los arbustos. De no ser, claro, que...

Pues no. No acertaba a imaginar qué hacía ahí ese tipo. Como no levitase... De manera que, sorprendido y sin la menor malicia, abrí la puerta del salón y desde varios metros de distancia le dije:

—Qué... —No era una expresión interrogativa y hostil, insisto, sino más bien inocente y sincera. Casi un: «Hola, ¿desea algo?»

—Qué de qué —respondió él, tan pancho.

Ahí estaba, mirando hacia mi casa con total desparpajo, suspendido en el aire o como fuese. Y ahí fue donde yo me enredé.

—Qué, que... qué... Eso digo... —acerté a decir. Por supuesto, debía ser él quien me explicase qué hacía allí parado, mirándome con tan inusual descaro.

—Nada... Aquí —oí que decía, ahora ya sí, enmarcando una cierta sonrisa en su boca, a la que faltan varios dientes. Los mofletes se le inflaron.

Fue entonces cuando comprendí que aquel hombre, el viudo curioso del complejo residencial Atlántida, había alcanzado su fase máxima de delirio controlador. ¡Por fin era El Controlador: el genuino, el único, el incomparable! Pero, insisto, me puse nervioso y casi violento al sentirme tan descaradamente observado, y me seguí liando:

—Cómo que qué que... de qué... —Sé que expuesto así parecerá una soberana chorrada, sobre todo porque supongo que en tales momentos yo ya había empezado a gesticular grotesca y torpemente, dando muestras de un evidente nerviosismo.

El Controlador se encogió de hombros. Yo, por instinto, me aproximé unos metros a los arbustos. Él dijo con aire intrascendente:

—Pues mirando un poquito...

Yo, boquiabierto, pensé: «Quiero asesinarlo», pero sólo acerté a murmurar:

—Mirando, claro...

Y él respondió, ahora ya decididamente alegre:

—Sí —Y me mostró, a distancia, algo que llevaba colgado del cuello y que, por taparlo la copa de los arbustos, yo no alcanzaba a distinguir desde mi posición. Por fin lo vi:

Unos prismáticos enormes.

«Oh, cielos —seguí pensando—, qué difícil es preservar la intimidad.» Pero era tal mi indignación que, sin darme apenas cuenta de lo que hacía, me dirigí hacia la puerta del jardín dispuesto a recorrer el tramo de acera que me separaba de aquel demente y encararme con él. Pero ni se inmutó. Quien ejerce el control de un modo tan firme y omnisciente, me dije, estará seguro de que su tarea de observación es lo más natural y respetable del mundo. Igual hasta esperaba que le felicitase por estar espiándome de esa forma tan delirante y vergonzosa. De denuncia, vamos. Y allá que me fui, dispuesto a cantarle las cuarenta. Era, de momento, uno de los escasos actos de valor (como seguir a Petete, como charlar con la balcánica del Pinar, como preguntarle a mi amigo Alejandro si quería que se la chupase y como poquísimas cosas más, que yo recuerde) que podía atribuirme a lo largo de la vida. Pero en apenas unos instantes todo iba a cambiar. Salí hecho un basilisco, como digo, aunque en cuanto lo tuve en frente me desmoroné, porque vi al Controlador en su salsa: estaba encaramado hasta el penúltimo peldaño de una escalera no muy alta. Llevaba una especie de delantal que parecía una faldita de flores estampadas. Una hoja de morera, a modo de presunto camuflaje, reposaba sobre su hombro, y tenía los prismáticos muy aferrados a ambas manos. El mariscal Rommel al que aludí páginas atrás, pero ahora de verdad, reencarnado. Abrí la boca incrédulo, casi conmovido a causa del estupor:

—¿A usted... le parece...? —No conseguí acabar.

—Qué... —volvió a cacarear en el tono insustancial pero provocativo de antes.

—¿Cómo que... qué...? —repuse. Ya volvíamos a las andadas, porque él, sin perder la compostura en ningún momento, me contestó, incluso haciendo el gesto de mostrarme sus grandes y potentes prismáticos:

—Echando un ojito al barrio. —Y sonrió con candor.

Fue ese instante en el que volví a fijarme en su delantalito de flores estampadas. No sé qué cara puse, pero sí sé que pensé:

«Mata Hari... ¡No es Rommel, es Mata Hari!»

Entonces, me explicó, pero nunca en tono de excusa, que iba «así», eso dijo (de camuflaje), para quitar hojas malas de las moreras, o no sé qué. Se subía a su escalerita, las quitaba y las ponía en una gran bolsa de basura que descansaba a sus pies. Era cierto, ahí estaba. Y había hojas marchitas. Pero, ¿y los prismáticos? Qué más daba. Me derrumbé interiormente.

Lo definitivo fue que, luego de decirle algo así como: «Pues nada, nada, siga usted en lo suyo...», con tanta bilis que, supongo, se me puso la cara de color violáceo o verde morera, a ver si el tipo cogía onda. Volví a mi casa. Di un portazo en la verja del jardín y otro en la puerta del comedor, para que se enterase de lo que valía un peine y de que yo estaba muy al tanto de su reprochable actitud. Evité mirar durante el trayecto y mostrar así supremo desdén. Pero una vez en el comedor, y al pasar de nuevo junto al tocadiscos, el rabillo del ojo se me desvió automáticamente hacia los cristales de la puerta interior (aquí quien no espía a los espías, o es tonto o lo parece) y le vi como antes. O peor, es decir, en toda su plenitud, pues ahora... ¡miraba incluso hacia mí a través de los prismáticos!, cosa que no acabo de entender, ya que imagino que un aparato de tales características posee los suficientes aumentos en sus lentes como para necesitar distancias muchísimo más grandes si se quiere ver algo: el Controlador no podría ver un churro, pero allí seguía, en su particular, visual y solitaria misión observadora. Ese día pensé que iba a volverme loco. Me encerré en casa a cal y canto. Ventanas, cortinas, todo. Y, como escribí antes, dicho episodio me sirvió para probar lo que ya sabía por mi experiencia ante el tablero de ajedrez: no sé jugar con presión. En mis sucesivamente frustradas relaciones con las mujeres tengo un gran inconveniente: lo que pienso y lo que digo. Ojalá consiga explicarme.

Cada mujer que, firmeza en la actitud, falda corta y ajustada, entra en su coche, sabe, o al menos tiene indicios suficientes para saberlo, que es Cleopatra reencarnada. Algo parecido escribió Virginia Woolf en *Orlando* cuando hablaba del poder de sugestión que ejerce un simple tobillo de cualquier mujer —sea bonito o no, se muestre más o menos esa protuberancia de la parte baja del peroné— sobre una muchedumbre de hombres, por ejemplo en un barco o en una obra en construcción. ¿Ventajas de las mujeres en lo sexual? Tal vez no. ¿En la silente y perpetua batalla de la sensualidad? Sin duda. Es así desde hace siglos, y quien lo niegue es incauto(a) vocacional.

La verdad es que, con el tema del sexo en general y mi relación con ciertas mujeres en particular ya he optado por asumir que he llevado, llevo y llevaré dos mundos en la cabeza. Uno, el de lo que debe decirse y hacerse en cada momento. Otro, más retorcido sin duda, el mental, que sólo a mí pertenece. Y aun éste lo sobrellevaré, soy consciente de ello, con enormes dudas, pues siempre cabe, por lo menos, la posibilidad de elegir una segunda opción. Un ejemplo. Viajo en avión y estoy bastante salido. Se me acerca una azafata que está buenísima y, toda ella servil simpatía (falsa, claro es) me pregunta:

—¿Desea algo el señor? —A lo que yo digo que no, gracias, mientras simultáneamente pienso:

«Pues comerle a usted el chirri.»

Ésa es la otra sexualidad, nunca exteriorizada y sin embargo latente. Las dudas me sobrevienen cuando me pongo a pensar si no sería más adecuado decirle:

—Lamerle a usted el chichi.

¿Chirri o chichi? ¿Comerle o lamerle? En mi cabeza todo son problemas ajedrecísticos, como se ve.

De acuerdo: reconozco que a veces, cuando me pongo, puedo resultar definitivamente soez. ¿Qué es ese lenguaje de típico tío guarro en medio de una historia que pretende ser tierna? Bueno, será que forma parte de mis más oscuras contradicciones.

Para entender ciertos secretos mecanismos del juego que es (fue) mi pasión, sé qué debo hacer. Estudiar los trabajos de Maizelis o Spielman sobre finales de peones, los de Averbach o Müller sobre finales de alfil y caballo, los de Löwenfish y Smyslov sobre finales de torre. Si se trata de aperturas, tanto abiertas como semiabiertas y cerradas, habrá que leer a Pachman y a Euwe. Por el contrario, el juego de la vida te sorprende de vez en cuando, descentrándote primero y descolocándote finalmente de la posición cómoda en la que estabas. Recuerdo que hace tiempo tuve la desgracia de presenciar un atropello. Fue una niñita de aproximadamente cuatro años, quizás menos, a la que se llevó por delante una moto. Si me impresionó tanto, además de por el accidente en sí, fue porque entonces Inma tenía más o menos esa edad. Lo cierto es que no quise mirar. Pero vi. La cría parecía en coma —eso dijeron los de la ambulancia al llevársela—, aunque el caso es que, como iba con un chupa-chup en la boca, tras el brutal impacto debió de desencajársele, o encajársele, la mandíbula, qué sé yo, una especie de rigor facial que dio como resultado que fuesen completamente inútiles los esfuerzos por sacárselo de allí. Se temió que ese chupa-chup le impidiera respirar, pero ni los enfermeros lograban abrirle unos milímetros la boca, esa bonita boca de piñón. Y se la llevaron así, en la camilla: lívida, un vago gesto de estupefacción en el rostro, y el chupa-chup sobresaliendo de su boquita herméticamente cerrada. Nunca hice nada por enterarme qué se había hecho de esa niña. Para qué. En el fondo sé que no me atreveré a ciertas cosas. Admiro a Alekhine y su osadía, aunque actúo como Steinitz: provocativo, encerrándome siempre en las esquinas del tablero. No sé, no quiero saber si aquella niña será ya una atractiva chica, o si...

En la vida me ocurre exactamente igual. Temo y temo, eludo y eludo. Lo que pasa es que, viendo la presión que ésta ejerce a veces, me tomo las cosas con demasiada calma. Y así suceden cosas como que:

A)   Me enredo (haciéndome profundos y dolorosos rasguños, alguno de los cuales ha llegado a infectarse al cabo de los días) con el rosal que está junto a la entrada de la puerta de la cocina, en la parte trasera del edificio, y por la que suelo entrar una vez he aparcado el coche en mi garaje. Nadie poda correctamente ese rosal desde hace mucho. De vez en cuando, yo mismo le pego un tijeretazo aquí y allá, pero he llegado a la indemostrable conclusión de que ese rosal la tiene tomada conmigo, y me ataca (sssssshhhhhh... lector: esto no se lo comentes absolutamente a nadie, que quede entre tú y yo). Diríase que aprovecha la oscuridad de la noche (tampoco me he decidido a cambiar la bombilla que ilumina esa zona del garaje y el jardín, pues me da la corriente cada vez que lo intento: nuevos datos que me inducen a sospechar una conjura botánica en mi contra; pero sigamos guardando nuestro secretillo) para arañarme con renovados bríos. A veces he estado a punto de, a plena luz del día, ponerme un guante de jardinero que debo de tener por ahí y arrancar el rosal de cuajo. Pero Claudia lo cuidaba con tanto mimo que soy incapaz de tocarlo. Que siga arañándome. A fin de cuentas, también me lastiman los recuerdos. Ellos son la corona de espinas que se ciñe a mi frente, y tampoco quiero seguir por esta vía lacrimógena-evangélica.

B)   Al evitar el artero y dañino contacto con el rosal, confabulado en mi contra, y al ir siempre caminando entre tinieblas (ya he mencionado lo de esa bombilla del garaje: ¿un intento de golpe de Estado de la electricidad, que colabora con el rosal para hacerme la vida imposible, ya que no pueden hacer lo que tal vez desearían: desollarme vivo o electrocutarme?), voy y me incrusto literalmente en una pared llena de hiedra, que cubre casi en su totalidad el granito de esa parte de la casa. La hiedra tiene bichos, y al estamparme ahí me los llevo puestos. Menudo lío. Si lo pienso con detenimiento, y aunque parezca un poco esquizofrénico plantearlo así: no descarto que también la hiedra pueda estar involucrada en ese contubernio de la casa en contra de mi persona.

C)    Descubro evidencias de que mi dejadez avanza cual maremoto en el Índico. En uno de los fuegos de la cocina sobre el que se acumulaban sucesivas capas de grasa y pegajosidades alimenticias varias, ahí, a medio zambullir en un poco de aceite (atrapada) había una cucaracha, o una cosa similar. No era ni tan negra ni tan grande ni tan repugnante. Más bien pequeñita y gris. Inmóvil, ahogada en su piscina de aceite pegajoso. Eso pensé. Me dio asco, evidentemente, pero esa noche era muy tarde ya y decidí que todo lo haría al día siguiente: o sea, un ataque militar con armamento no convencional al fregadero en particular y la cocina en general. O que lo hiciera Brígida. También decidí dejar para el otro día las debidas honras fúnebres a la especie de cucaracha caída en combate por su gula. Además, esa noche no estaba para ponerme a trajinar con entierros de insectos bulímicos que no dominan su apetito, ni para fanáticas limpiezas de cocina. Ya me había enredado, primero con el rosal y luego con la hiedra. Sólo que a la mañana siguiente comprobé que toda la porquería acumulada en la cocina a lo largo de tres semanas seguía allí, todo excepto la cucaracha. Inverosímil. ¡Si estaba muerta! Pasé varios días viéndola por los rincones.

D)    Medito incesantemente en torno a un extremo que me preocupa cada vez más: ¿hasta dónde llegará mi dejadez mental, mi desidia espiritual o mi indolencia sentimental?, y pienso eso cuando observo ya no sólo el fregadero o los mármoles de la cocina, ni los fuegos, muestrario eventual de insectos incluidos —yo los llamo licopondrios—, sino simplemente cuando miro el suelo. Ese suelo, que Claudia supo embaldosar coquetamente de piezas blancas. Ahora es casi negro. Aunque lo friegue Brígida y yo vaya detrás con el mocho, el Plim Saca-brillos Mágico y toda la ira muscular de mis bíceps, nada modi-fica su negrura. Una vez le supliqué a Brígida que no realizara otra tarea, en su media jornada de faena, que no hiciese otra cosa, digo, bajo ningún concepto, que fregar a mano y con estropajo aquel horrible suelo. Lo hizo, eso creo, y le ocupó no una, sino dos mañanas (imagínese el descalabro de porquería en otras partes de la casa, habitáculo licopóndrico donde los haya, como podrá imaginarse). El suelo de la cocina quedó bei-ge, pero tirando un poco a blanco. De hecho ya nunca ha podi-do volver a ser blanco, como cuando Claudia se ocupaba de él, fundamentalmente conminando a Brígida para que ésta lo hiciera.

A mí mismo, cuando le supliqué que lo hiciese, y que ade-más no hiciese otra cosa que eso, me gruñó:

—¡Pones sí pero dónde unas rodillas que van!

Y eso me llevó un rato traducirlo, pues igual me había dicho:

—¡Pues vaya, veo que me va a tocar ponerme de rodillas!

Como, y esto lo deduzco por su morro de malhumor:

—¡Mira, macho, eso no lo hago ni que te me pongas de ro-dillas!

De ella todo puede esperarse.

Lo usual, no obstante, es que ese suelo de la cocina esté es-pantosamente sucio. Al caminar allí, oigo «cuangchs, cuangchs, cuangchs...» si llevo zapatos con suela de goma dura, y «fruwsk, fruwsk, fruwsk» si lo que llevo son zapatillas deportivas, con la suela más gruesa y mullida. En ambos casos advierto que las suelas del calzado se quedan pegadas allí durante unos instan-tes. *Ursus* adora estar en la cocina. Se pasa horas pegando lame-tones, oliendo maravillosas fragancias que sólo él percibe de esas baldosas. Al principio le reñía, porque sus lametones, ima-gino, contribuían de alguna manera al «cuangchs, cuangchs, cuangchs» de rigor, pero ya le dejo. Al pobre apenas le saco a pasear y casi no le hago caso. ¡Pues que lama el suelo de la coci-na, si le gusta! Me imagino que para él será como un plato de percebes, un polo gigante o algo así. Al menos se entretiene y durante un rato me deja en paz de pedos y ronquidos. Eso cuando no me somete a la descomunal presión psicológica —el peor de los chantajes caninos— de observarme fijamente durante horas, en espera de que lo saque a la calle, o sencillamente para mover el rabo en cuanto nuestras miradas se cruzan.

«Mañana fregaré con indecible vigor», me convenzo. Lo que sí recuerdo es que tras el palizón que se dio Brígida aquellas dos mañanas íntegras invertidas en el suelo de la cocina la vi, por primera y única vez en la vida, bastante alterada. Cómo será lo de ese suelo que, creo, tiene mucho más de cultivo biológico que de suelo al uso. La mujer sudaba a mares y, llevándose una mano a la frente, al acabar, entre resoplidos (quiero decir: al acabar de dejar el suelo sólo beige, no blanco) me gritó:

—¡A la Virgen tan difícil si no porque eso y sí o no es que parece tanto!

(El lector más receloso y avispado dudará de la verosimilitud de esas frases que esgrime mi señora de hacer faenas. Lo comprendo. Quizás yo en su lugar haría lo mismo. Pero aseguro que es tanto lo que desde siempre me ha fascinado ese lenguaje de Brígida que, teniendo en cuenta que casi nunca abre la boca para nada, cuando lo hace yo apunto, por lo general breves momentos después y procurando que sea literalmente, todo aquello que dice. Así que puedo equivocarme en una sílaba o una palabra, no más.)

Lo que, traducido (y esa vez no me costó hacerlo), creo que significaba:

—¡La Virgen, qué marrano es usted, con lo poco que le costaría fregar esto de vez en cuando!

Tengo otro par de opciones para traducir la frase, aunque la clave está en «Virgen» y, ahí especulo y me arriesgo, en el «eso», que yo decido traducir libremente por «marrano», más a tenor de la cara que puso al decirlo que porque posea elementos sintácticos verificables. Y es que Brígida, incluso para decir «Hola, buenos días», o «Hasta la próxima semana», suele decir, cabizbaja y medio refunfuñando, cosas como «Paredes y jardín están que hacer» o, para despedirse: «Que no sé lo que digo, y cuida», lo cual parece de bastante fácil traducción, en ambos casos, creo yo. A lo mejor es que ya estoy acostumbrado. Dejo al lector que traduzca.

Pero reconozco que esa mujer me inquieta. Hace un mes apareció una araña enorme —con las patas desplegadas era como un plato de café— en la bañera. La vi cuando iba a ducharme. Me quedé paralizado. Ya se sabe, el viejo temor y hasta odio instintivo de los vertebrados supuestamente superiores hacia los insectos. Pensé: «Qué horror, ni que fuera una viuda negra crecidita», imaginando que podría tratarse de esa araña célebre por su mortal y fulminante veneno. Pero esto no es el trópico y, pese a su sospechoso aspecto, decidí que no podía ser una viuda negra. Demasiado grande. Era la Zsa-Zsa Gabor o la Liz Taylor de las arañas, como una de esas actrices-arañas que coleccionan maridos, la mayor parte de los cuales van muriéndose consumidos, sin más. Brígida me vio dubitativo junto a la bañera, aunque debo reconocer que mi primera reacción —eso deseé, eso me pidió el cuerpo— fue salir corriendo de allí, al tiempo que emitía los consabidos y vagamente afeminados gorgoritos de miedo. Pero me contuve, mostrando tan sólo lividez por aquel hallazgo. Tampoco quiero que el lector vaya a creer que mi predilección por Verónica Manzano tiene connotaciones que se me escapan. El caso es que Brígida miró allí dentro y dijo entre dientes:

—¡Vaya cuchurraré si maldita quedas, porque lo bueno sigue a veces!

Alarmado, traduje en el acto:

—¡Quédate ahí donde estás, maldita, que te voy a espachurrar ya mismo!

Insisto en que Brígida, pese a lo hermético de su modo de expresión oral, siempre da claves acerca de qué pretende decir. O sea, suele sugerir una clave. Y si se siente locuaz y generosa, un claro indicio.

La clave: «maldita» (ahí no queda duda).

El indicio: «cuchurraré» (futuro amenazante del verbo «espachurrar» en su mezcla tagalo y a saber qué).

Pues no lo hizo. Cierto que realizó algo peor, o, como dije, más, mucho más inquietante. Si yo hubiese sido la clásica mujer boba que me hubiera puesto a chillar cuando vi que Brígida entraba en el lavabo con un palo largo y afilado (no sé de dónde pudo sacarlo, pero se fue al jardín y volvió con él. Lo tenía en el lavadero para emergencias así: tendrá un arsenal), tal vez me hubiese encantado chillar y hacer el consiguiente numerito, pero soy un tío, un machote, y aunque estaba cagado a causa de la impresión, era incapaz de quejarme. Brígida señaló la puerta del lavabo y, mirándome con aspecto de cirujana en plena faena de desguace, barruntó:

—Me la tocas si tan rápido, ¡fuera!

Mi mente no bombeaba con la suficiente energía y precisión como para realizar una traducción simultánea. Mis nervios estaban a punto de estallar, y el bicho allí, mirándonos. Lo de «Me la tocas» me sonó así como un poco obsceno, pero supongo que me equivocaba. Lo de «rápido» tan pronto podía suponer una demanda de ayuda o la indicación de que ella pensaba hacer algo con suma celeridad. De forma que, con lo poco valiente que soy ante ciertos invertebrados, decidí seguir al pie de la letra la última parte de su frase: ¡«Fuera!» Qué descanso obedecer a veces. Me fui y cerré la puerta. Al poco salía Brígida, seria y con la araña ensartada en el palito, moviendo sus patas como una bailaora flamenca. Esta vez no dijo nada, y eso fue lo malo. Yo, ávido, y ella se limitó a sonreír enigmáticamente. Traducción a posteriori de lo que seguramente quiso decirme:

Versión A:    «Déjeme a mí y no me la espante.»

Versión B:    «Si nos movemos se escapará por el sumidero.»

Versión C:    «Métase en sus asuntos y deje que yo haga esto.»

En cualquier caso, creo, viene a significar lo mismo, y lo único tranquilizador de todo había sido ése: «tú fuera» que sonó como una sentencia. Pero me preocupó, una vez se hubo ido Brígida, no ver en la basura restos de la araña, ni del palito. Tampoco oí grifos. Ni el desagüe del inodoro, por si la hubiese tirado ahí. Repito que la vi salir con ella ensartada. ¿Dónde estaban, pues, araña y palito?

Como lo relacionado con ciertas criaturas, y las arañas son unas de ellas, me pone fuera de mí, sumime en barrocos esfuerzos mnemotécnicos para recordar algún detalle que me explicase la no aparición de rastro alguno de la araña. Recordé que Brígida, al marcharse ese día, llevaba algo en una mano. Sí, era una bolsa con periódicos viejos. ¿Estaría ahí la araña? Imposible saberlo. En la otra mano, sin embargo, llevaba una especie de trapo cuidadosamente doblado. O quizás era una de esas esponjas para limpiar la cocina que a menudo nos sisa. Sus cosas. Me puse a imaginar lo peor: ¿es en lugares como Filipinas, la Polinesia, Tailandia y otros del Sureste asiático donde existen curiosas costumbres gastronómicas, como comer insectos? Creo que sí. Preferí no seguir pensando, pero lo que desde luego sería en todo punto inútil es intentar hablar con ella respecto a qué hizo con la araña. Mira por dónde, lector: quizás a partir de ahí podría construirse una más que decente novela experimental.

Al día siguiente —cómo iba a poder evitarlo— le pregunté de modo muy fino si se había llevado la araña, aunque lo cierto es que hubiese querido decir «el cadáver de la araña». Y ella me soltó:

—Que te rías claro donde fue. —Y se puso a fingir que hacía su faena a ritmo *ma non troppo*. Pensé y al fin pude llegar a la conclusión de que era posible que me hubiese dicho:

—Pues es evidente, ¿no le parece?

Pero como no oí tono interrogante en su frase, pensé en otra opción:

—Siga tranquilo, que ya no está.

Aunque también pudo soltarme:

—No, me la comí con salsa de guacamole, que está de rechupeteo. —Ante lo que ambos nos hubiésemos quedado, supongo, tan tranquilos.

Brígida no tiene remedio, como el Controlador, tú o yo, o mis hijos, o Claudia.

Somos lo que fuimos.

Sencillamente, tú y yo, lector, evolucionamos en el seno de nuestras mismas virtudes y defectos. Brígida, en su caótico mundo mental, el Controlador en su faceta indagadora a ultranza y permanente. Pienso, por ejemplo, que quizás pasarán los años, nos haremos mayores y, si alguna vez surge estando con los niños, que entonces ya serán adultos, aquella anécdota que refería el sueño de mi hija de meterse en una bañera llena a rebosar de huevos fritos, las reacciones que tendremos, tanto yo como el resto de mi familia, serán casi idénticas a las que tuvimos tiempo atrás:

Claudia fruncíría el ceño, y poco más.

Alvarito exclamaría divertido: «Anda que no sabe nada ésta...»

Manuel: «¡Qué excelsa cochinada!»

Yo, supongo, permanecería a la expectativa, sin atreverme a dar tan rápido mi opinión, sopesando los pros y los contras de la idea (¿imagen?) de una bañera llena a rebosar de huevos fritos. ¿Cómo será eso exactamente? ¿Cuántos huevos entrarían en una bañera tamaño normal? ¿Cuál sería la temperatura ideal aproximada de ese particular amasijo? Y, para cuando decidiese por fin que ya tenía una opinión formada al respecto, los demás estarían en otra cosa. O, como realmente me pasó, se habrían ido. Maldito ajedrez.

Paulsen, siempre Paulsen.

Ahora pienso en lo que nos reíamos a costa de Brígida y sus cosas. Hasta Claudia se sumaba a aquel pitorreo generalizado, y que se consumaba generalmente en las cenas, aunque ella, luego de reírse, retomaba su papel y decía muy bajito: «Habría que echarla, es una inútil.» En realidad lo pensaba, pero no lo quería hacer. Si no, siendo como es Claudia, lo habría hecho, y varios años antes de que por su parte, también Brígida, todo hay que decirlo, nos tomase por el pito del sereno. Aunque eso, ahora que recapacito en ello, empezó a ocurrir ya de un modo exagerado una vez me quedé solo. Con Claudia siempre era un tira y afloja. Además, Claudia sabía traducirla mejor que yo, porque conmigo Brígida filosofa (arañas, novias, puros, lo que sea) y con Claudia hablaba casi a base de monosílabos y gestos. Es decir, eso Claudia, porque Brígida le respondía con simples chasquidos de lengua. Claudia le decía: «Hoy, cristales», «Baños», «Suelo, fregar», «Sólo plancha», y así todo. Podía ser muy concisa si quería. Así y todo, Brígida hacía ya entonces, más o menos, lo que se le antojaba y a su ritmo, pero vigilada de cerca por Claudia.

Puedo imaginar lo que se divertirían los niños si hoy visualizasen la escena que tuve con Brígida —a quien temen y quieren a partes iguales, aunque por supuesto jamás lograron entender ni jota de cuanto dice—, hará de eso unos tres meses. Fue de lo más esperpéntico que me ha pasado en la vida, incluyendo lo de los rulos, y hasta temí que eso afectara a nuestras futuras relaciones, ya bastante complicadas hasta la fecha.

Como me salen michelines de grasa por todas partes, decidí comprar unas pesas para practicar en casa. Sé que eso quizás parecerá un poco anacrónico tratándose de un consumado bibliotecario ajedrecista, pero si se tiene en cuenta lo que me ha ocurrido últimamente con Verónica Manzano, tal vez se entienda un poco mejor. Nunca se sabe si conviene estar cachas. Compré un par pequeñas y una grande. Ésta es una barra de más de un metro, y gruesa, en la que van insertadas sendas pesas. En ese momento había dos pesas de veinte kilogramos, cada uno de los extremos de la barra metálica, o sea, cuarenta en total, más lo que pesara la barra, que pueden ser otros tantos. Bien, era un jueves, el día que viene a limpiar Brígida. Yo había salido a correr un poco por la playa, aprovechando el buen tiempo y que esa mañana tenía que ir a hacer un recado a cierto sitio, lo que me permitía llegar más tarde a la biblioteca. Llevaba casi un trimestre sin correr ni hacer prácticamente ejercicio alguno. Regresé exhausto y medio mareado, pero como soy tan bruto para ciertas cosas, luego de los estiramientos necesarios me dije: «Pues ya que estoy hecho puré de corazón, pulmones y piernas, al menos voy a potenciar el tronco y la musculatura superior.» Y me puse con la pesa grande, directamente. Como había visto hacer en los gimnasios. Al carecer de aparatos de apoyo (de mi cuerpo y de la pesa) adecuados me las ingenié en plan casero. Coloqué un banco de mimbre junto a un sillón. Incliné allí la espalda, apoyada en sendos almohadones. Las piernas, exactamente las pantorrillas, en ángulo recto con los muslos y perpendiculares al suelo. La gran barra metálica la apoyé en los laterales del sillón, mullidos y bastante dados de sí. Lo cierto es que entré en aquella ratonera con suma dificultad. Levanté la barra, que pesaba una barbaridad. Luego otra vez, aunque ahora ya la elevé menos. Y una tercera, apenas separándola del tronco, a la altura del cuello. Me entró flojera, el mareo continuaba. Pero aún intenté elevarla otra vez, con fuerzas que ya no tenía. Ahí ocurrió lo idiota. Me sentí súbitamente agotado y de nuevo con síntomas de absoluta debilidad. Quise quitarme de encima aquella barra que me apretaba cada vez más. Oí la puerta del jardín al cerrarse. Debía de ser Brígida que llegaba. Me puse nervioso, ahora sí. No quería que me viese en tal estado, aprisionado por mi propia barra en pleno ejercicio.

El esfuerzo hecho en el rato anterior me pasó factura, y fue muy duro comprobar cómo fracasaba mi último y desesperado intento de levantar la barra para poder apoyarla en los laterales del sillón. Lo hice, sí, pero sin energía como para evitar que rodase un poco, lo suficiente para aprisionarme definitiva y peligrosamente el cuello. Vencidos los brazos, hundidos los laterales del sillón por el peso de la barra, todo el artilugio cedió un poco más —y a escasos milímetros de la nuez de mi cuello—, con lo que estaba del todo atrapado. Era incapaz de mover la barra ni siquiera un poco. Así que, colocado de este modo:

me entró un acceso de risa tonta, lo que me faltaba para perder el escaso cúmulo de fuerzas que quizás aún hubiese podido reunir para trasladar un poco la barra. Inútil. Qué situación tan bochornosa. Allí estaba, a punto de ser estrangulado por la barra con sus pesas, viéndome como un necio, la cabeza ligeramente ladeada para evitar que la barra me apretase el cuello por la parte frontal, temblando todo yo, cuando apareció Brígida. Pasó junto a mí sin mirarme siquiera, canturreando, y se dispuso a abrir las cortinas del salón. Yo pedí auxilio, directamente, aunque seguía riéndome. Cada vez menos, es cierto, porque la barra apretaba tanto que iba asfixiándome:

—Por... faaavoorrr... oigaaaa... —intenté decirle, y ella ni caso, a lo suyo. Menos mal que no iba cascándose uno de mis puros.

Algo tuvo que percibir, desde sus escasas luces, que la preocupó. Sabiendo lo tímido que soy (nunca dejo que me vea en pijama, por ejemplo), debió de intuir que allí pasaba algo. Mis manos, inútiles en su posición sujetando la barra ceñida al cuello, pues el metal se apoyaba directamente en la carne, mis manos y mis brazos, digo, se movieron espasmódicamente en dirección a Brígida. Solté la barra. Eran unas manos y unos brazos que, a tenor del movimiento de rotación histérica que tenían, encogidos, crispados los dedos en solicitud de urgente ayuda, y explicándome como mejor podía, pues la presión de la barra y su peso en el cuello empezaba ya a no tener gracia alguna resumían exactamente aquello que me estaba pasando, o sea:

—Aooocchrruuughh a fa... vooorrr...

Brígida entró en acción. Sentí un inmenso alivio, lo reconozco, al pensar que era lenta pero no lerda. Nunca creí que me alegraría tanto de tener tan cerca del mío ese rostro de tono cetrino y sus ojillos rasgados. Sonrió, como dando a entender: «Tranquilo», o: «Ya le ayudo.» Y yo pensé: «Salvado», o, ya no recuerdo si: «Qué increíble, morir asfixiado de este modo tan chorra.» ¿Salvado? ¡Y una gaita!, con perdón. Brígida entró en acción, sí, pero con el *tempo* filipino que la caracteriza. Ya se sabe. Todo como a cámara lenta y a su aire.

—Cuesta de entrar lo que pasa entonces... —dijo sin inmutarse.

Una vez más, aunque los efectos del progresivo estrangulamiento iban ofuscándome la mente, intenté traducir sobre la marcha, ya que ahora me iba en ello la vida. Quizás dijo:

—No se mueva, que yo se lo quitaré en seguida...

Eso me tranquilizó, aunque un segundo más tarde, y por el cariz de su frase, aquello podía significar también:

—Pero mire que llega usted a ser gilipollas...

Como pude, imagino que suplicándoselo con la mirada ya vidriosa, le rogué que se diese prisa, que me ayudara a elevar unos centímetros la barra y colocarla en la parte más alta de los laterales del sillón, desde donde, si encajaba, no podría deslizarse de nuevo hasta mi cuello, que supuse debía de estar ya amoratado. Pero, pensé, si hacíamos (ella sola no podía) ese esfuerzo, y nos quedábamos a mitad de camino (por mor de la ley de gravedad) la barra cedía de pronto volviendo a su lugar de origen (Newton nunca se equivocaba en cosas así), es decir, mi cuello, me rompería la tráquea en un santiamén.

(No es broma: reconozco que nunca he tenido mucha fuerza en los brazos, pero que cualquiera pruebe, estando precisamente con los brazos como salchichas en la sartén o puerros en ebullición, a levantar una barra con esas características —podrían ser más de cincuenta kilos— en una posición incorrecta, con un precario punto de apoyo y siendo atacado por el peor de los virus imaginables en una situación en la que se necesita tener tanta energía física como templanza mental: el ridículo. Pruebe el lector, y veremos quién se ríe más.)

Como explicaba, Brígida no se alteró apenas. Hizo un par de suaves intentos de mover la barra, pero no parecía fácil. Impenetrable con su aire de tahúr ensimismado y su monólogo ininteligible, empezaba a desesperarme. En esos instantes, yo ya sabía que no iba a estrangularme, pues había logrado poner el tronco y el cuello en una posición incómoda y tensísima, pero en la que ya no padecía directamente la presión de la barra. También cierto que, de seguir como estaba, podía morir allí de inanición. Imposible salir por delante, y tampoco por los lados. Sólo cabía la posibilidad de elevarla, colocándola sobre mi cráneo, en ese anhelado punto de apoyo más alto. Y eso era precisamente lo que me daba miedo, que se nos cayera en pleno rostro o en la cabeza. Por un momento imaginé que Brígida se iba, que me quedaba solo y allí permanecía tiempo y tiempo. Un día, alguien entraría en casa, seguramente el Controlador, vería mi esqueleto medio tumbado en un sillón, con la barra encima y mis zapatillas de deporte puestas. ¿Hay algo más imbécil? Brígida me preguntó:

—¿Vendrá nuevecito a lo que entonces...? —Y mencionó correctamente el nombre de mi vecina del Bloque C, la espía, la Controladora Oficial de todo este centro operativo de chismes que es Atlántida.

Casi me desmayo sólo al pensar que esa vecina podía bajar a intentar echarle una manita, pues rápidamente deduje que Brígida me había dicho:

—¿Quiere usted que vaya a pedir ayuda a...?

Antes que sufrir las miradas de la Loli, así como sus comentarios, me parecía preferible acabar como la princesa de Lamballe Madame Du Barry o María Antonieta.

Negué con la cabeza, asustado, aunque haciendo un movimiento afirmativo —pese a tener torcida la cabeza, es decir, lateral y literalmente aplastada en el sillón— lo que era la consecución del absurdo dentro, a su vez, del más completo ridículo: no poder ni mirar de frente. Le dije, con un hilillo de voz, que teníamos que hacerlo entre ambos. A ver, descansábamos un poco y luego, a la de una, a la de dos y a la de tres, hacíamos fuerza simultáneamente para llevar arriba la barra. Iba a decirle: «Pero no deslizarla, por favor, pues en ese caso me arrancará usted las mandíbulas», aunque fui incapaz de decir una sílaba. Mis ojos suplicantes, supongo, hablaban por mí. En realidad no pesaba tanto, pero Brígida ahora parecía temer la eventualidad de hacerme daño si la movía de modo incorrecto. Ella, desde donde se hallaba, casi puesta de bruces encima de mí, debía de verla completamente encajada en mi cuello. Claro que pensé, nuevamente aterrorizado; ¿cómo y cuándo sería «a la de tres» según el sistema numérico de esta mujer? ¿Los filipinos cuentan igual, y los de Talacañang, y los de Talacañang raritos? Como que si no coincidíamos en eso de «a las tres» podíamos liarla buena a costa de mi carótida o de mis pómulos o incluso de mis orejas, que supuse también progresivamente amoratadas. Me concentré, respiré hondo. En efecto, estaba aún mareado y Brígida algo asustada, de ahí que la barra nos pareciese tan pesada. La adrenalina suele obrar milagros en situaciones de peligro, y habría que añadir también de bochorno, como aquélla. ¡Arriiiiba!

Subimos en un solo movimiento la barra. Una vez libre me dio por reír de nuevo, ahora supongo que de puros nervios por aquella situación. Y Brígida, que parecía súbitamente enojada conmigo, me increpó algo mientras agitaba su cabeza:

—Mucho cantar pero luego acaba de salir lo que.

—Lo que... ¿qué? —pregunté, canelo de mí.

Ella me observó con un punto de cólera:

—¿Lo qué...? ¡Cantando...!

Aturdido y avergonzado, casi cometo la torpeza de preguntarle de nuevo a qué se refería exactamente con ese «lo qué». Estaba a punto de iniciar un fantasmagórico diálogo como el sostenido con el Controlador. Pero pensando que, sin duda, ella me lo había explicado con detalles y en su estilo, decidí callar, cómo no. Parecía bastante comprensible el tono general de reproche. Y curiosa la inclusión del concepto de «cante». Presumo que significaba algo así como: «A quién se le ocurre meterse debajo de un armatoste como ése. Menudo cante», y estaba yo discurriendo a tal respecto cuando me increpó con una nueva frase, ésta, si cabe, dicha con una agresividad a duras penas contenida:

—Si arriba porque abajo podría, ¡come pollo!

De veras que me sentí ultrajado por esa nueva arremetida de la filipina. Ponía ojos de estar furiosa, hasta el extremo de que, de cuantos comentarios le había ido oyendo a lo largo de los años, éste era sin ningún género de dudas el que más me desconcertaba. Lo de «arriba» y «abajo» es muy posible que tuviese relación con mi postura bajo la barra, sí. Pero hubo algo que me descolocó plenamente, como cuando en una disputadísima partida con un consumado jugador de ajedrez, de improviso éste efectúa un movimiento tan desconcertante como ingenuo. Ves malicia donde, en principio, quizás no la haya. Para entendernos: «demasiado» ingenuo. De forma que, medio atragantándome a causa del temor y del aún cercano recuerdo de la barra metálica presionando mi cuello, me atreví a preguntarle en tono, sospecho, algo pusilánime:

—¿Pollo?

Abrió desmesuradamente sus ojillos oblicuos y negros. Luego graznó:

—¡Claro, arriba donde abajo! —Sus gestos indicaban cómo se levantan con facilidad las pesas.

—Pero... ¿y el... pollo? —insistí, ya con evidente angustia. Aquello para mí era una cuestión personal.

—¡Abajo! —rugió literalmente Brígida, llevándose una mano a la altura del bíceps del otro brazo y tocándoselo.

—Claro, claro... —musité, asintiendo, pero sin tener ni pastelera idea de lo que había querido decir.

Fue algunos días después, al meditar intensamente en esa última parte de la conversación, en la que sin duda la clave, la indicación y la madre del cordero orbitaban en torno a la palabra «pollo», cuando empecé a comprender, aunque fuese muy vagamente, que para Brígida el pollo era lo máximo. Eso me pareció que decía un día, años atrás. Algo quizás más litúrgico que económico. Tal vez una fijación de su infancia, en la que pollo comerían los ricos. Pollo, pese a que ahora estaba al alcance de cualquier bolsillo, en su casa sólo se comía muy de tanto en tanto, y siempre en ocasiones especiales. Así se lo explicó una vez a Claudia. Igual se debía a alguna creencia o rito, como digo. Y teniendo presente que para ella el pollo simbolizaba el alimento por excelencia, deduzco que la mañana de las pesas quizás pudo haberme dicho algo por el estilo:

—Si se alimentase usted mejor, estaría fuerte y no le ocurrirían cosas así...

Es posible. Nunca lo sabré, porque como se comprenderá tampoco es cuestión de ponerse a discutir con Brígida acerca de la simbología del pollo. Lo que sí me pude suponer, tras el bochornoso episodio de las pesas, es lo mucho que tal vez Brígida y su marido, el Birmano, se divertirían a mi costa cuando ella se lo contara, a saber en qué jerga y de qué modo. Misterios de la naturaleza. Durante un par de días, e imaginándome esa situación, fui presa de un odio visceral hacia el Birmano, a quien visualicé mentalmente riéndose con sus dientecillos de pescado puesto entre hielos en el mostrador, en mi fallido coqueteo con el mundo halterofílico. Arremetí mentalmente, contra ese hombre deleznable. Es decir, contra ese microhombre, ese canijo contrahecho. «Un Birmano... ¡ja!», me dije. ¿Adónde va a ir alguien que es de un sitio que ni siquiera existe, pues ahora se llama Myanmar, pero al que sin embargo todos siguen y seguirán llamando Birmano entre curro y curro que le arrean?

Pero en tales pensamientos el Birmano seguía riéndose de mí a todo pulmón, con su risilla oriental tan... tan... ¡oh, cuánto le odiaba en esos momentos! ¡A él y a su maldita cara de Buda relajado! Qué poca gracia debía de hacerle que le llamaran así, me recreé pensando. Es como si a los de Zaragoza les dijesen que Zaragoza ya no es Zaragoza, sino Monegrópolis. O, a escala un poco menor y sin salirnos de la región, a los de la Almunia de Doña Godina les dijesen que ése ya no era el nombre de su pueblo, sino san Tururato de los Llanos. O a los de Alfajarín, otro tanto. «A partir de ahora sois ciudadanos del municipio de El Cilindrín.» No les haría ni puta la gracia, pensé en el colmo de mi cabreo hacia el Birmano. Pues con él lo mismo, por poco que recapacitase sobre ese punto, si es que un birmano, especie subhumana donde las haya, puede recapacitar sobre algo, cosa que en efecto, bien pensado, pensé, no creo que él pensara nunca. Lo cual me cabreó todavía más y hasta me descubrí a mí mismo deseando dar de puñetazos al Birmano. Qué digo puñetazos... ¡ducharlo con napalm!: porque llegados a tal punto, en mi mente el Birmano se había desdoblado a sí mismo multitud de veces, y yo me veía acosado casi por el *vietcong* en pleno. (¿Ves, lector, cómo se fraguan las leyendas? Yo, ser pacífico hasta límites sorprendentes que frisan lo mesiánico, acabo de sufrir un incomprensible brote de ira hacia alguien de quien ni siquiera tengo el menor indicio de que hiciese lo que supuse poco antes: reírse de mí.)

Pero algo hay en el Birmano, algo... Cuando todos le dan por algo será... ¡No, es éste un pensamiento atroz, maligno! ¡Fuera, lejos de mí! Si la filipina y el Birmano de los huevos se lo pasan pipa a mi costa (contención, de nuevo contención...), pues mejor para ellos. Al menos la risa es gratis, y tampoco creo que esa gente vaya sobrada de alegrías. Pero es que... ¡no puedo evitarlo!: la sola imagen del Birmano tronchándose a mi costa por lo de las pesas es algo que me enerva. ¿Será un sarpullido racista, éste sí, y no lo de los conguitos, ante lo que permanecí significativamente impertérrito? ¿O es que late algún elemento oscuro en mi mente que aún no he contemplado con claridad? Tan pronto me digo: «Pobre Birmano», como me lo imagino riéndose («¡Ji ji ji..., estlamplado con la bala de acelo soble el lostlo... ji ji ji!»), y entonces se me sube la sangre a la cabeza.

Esto me recuerda algo que leí años atrás en el *Discurso de mi vida*, obra que en el siglo XVI escribió el capitán don Alonso de Contreras. Cuenta ese aventurero que se encontró con un turco en cierto lugar. Se encararon. Ambos iban armados. De pronto, el turco, con su sonrisa de burla en los labios, le espetó la frase:

—Bremaneur casaca cocomiz,

que el bravo capitán español, no podía ser menos, tradujo en el acto, e imagino que un tanto libremente, como:

—Putillo, que te hiede el culo como un perro muerto.

(Aquí siempre dándonos por aludidos.)

Dicho y hecho: el cristiano lo ensartó con su espada. En ningún momento de su relato Contreras explica o justifica que él entendiese el idioma turco hasta ese extremo. Además, conocida es la secular y respetable tradición según la cual al Infiel siempre ha sido conveniente darle una somanta de hostias, sin más.

Pero también a Contreras, como a mí con el Birmano, se le subió la sangre a la cabeza, obnubilándole la razón, en cuanto oyó lo de «... casaca cocomiz». Porque todavía lo de «Bremaneur», con ese toque francés, suena exótico. Encima, el Birmano es prácticamente mudo. Ya dije que, esa sospecha albergo, debe de reservar lo más selecto de su capacidad parlante para llamarnos por teléfono en la Navidad, deseándonos lo mejor. Infeliz. No tengo perdón al dejarme arrastrar por esos sentimientos alonsocontrerianos.

Conozco cada palmo y cada centímetro de esta casa como la palma de mi mano. A veces he llegado a pensar que podría maniobrar por cualquiera de sus estancias o rincones, haciéndolo a gran velocidad, con una venda sobre los ojos. Aunque últimamente (y se me antoja pensar que ésta quizás sea una larvada vena sufridora que tengo: pedazo arteria aorta, me atrevería a calificarla sin ningún recato) soy tan torpe que de noche, y por lo tanto en una relativa oscuridad, pues aquí ésta nunca es total, sólo en el corto trayecto del lavabo a mi habitación me atizo unas leches que no son ni normales. Contra las estanterías, contra los tabiques, contra los cantos de las puertas, contra lo que me echen. El problema empieza cuando lo mismo ocurre en pleno día y con visibilidad perfecta. Tan pronto me siento un auténtico monje shaolin —esos que, se dice, poseen una rara capacidad para «percibir» cosas que no se ven a simple vista— como voy descrismándome por ahí como un animal. Digo yo si a mucha gente no le pasará algo similar, aunque por supuesto nadie suele ir por ahí contándolo. Me consolaría saberlo. A menudo estoy hablando con alguien y de pronto me dan ganas de preguntarle: «¿Tú eres de los que vas dándote trompazos cada dos por tres y sin motivo?» Igual constituimos un ejército y, aislados cada cual en nuestra propia cárcel de golpes furtivos, seguimos creyendo que somos como guerrilleros desperdigados por los montes tras una operación desastrosa. A veces creo que se deberían poner anuncios en los periódicos, en busca de contactos y nuevas amistades. Me siento un poco culpable por desear eso.

Aunque ya pago con creces el cupo de culpa con cosas como mi trabajo en la biblioteca municipal. Horas y más horas perdidas lastimosamente mientras busco libros para niñatos gazmoños que no leen, ni quieren leer, ni seguramente leerán nunca, porque van a crecer ya atrofiados desde su más tierna infancia. Me dicen, cuando les saco una novela: «¿Y lleva fotos, jefe?» No puedo evitarlo, en eso soy como Alejandro, aunque él se vea obligado a soportarlos muchísimo más que yo. A fin de cuentas a mí me piden libros, luego montan allí sus habituales y breves escándalos y se van. Los mandan a la biblioteca para realizar trabajos y librarse un rato de ellos. De un grupo de cinco chavales, uno sólo será el que realmente haga el trabajo, y los otros cuatro jetas, además con desgana y guasas, a chupar del bote. Así es la vida. Alejandro, por contra, debe enseñarles matemáticas. Menuda tarea. Decididamente, tengo un problema con esas personas que en realidad son meros proyectos de personas y que responden al nombre genérico de «jóvenes». Me asusta pensar que tengo un hijo «joven» y otro a punto de serlo, y la niña lo mismo, porque además ésta va «adelantada», de dar hasta miedo. ¿Cómo reaccionaré ante ellos dentro de un tiempo? Como padre (buen padre, en esencia, pero en la práctica un padre bastante desastre) creo que reaccionaré bien, o sea: aguantándome, conformándome con lo que venga. Pero tampoco lo sé con seguridad. A ese respecto, siempre he tenido cuatro cosas muy claras (la última no tanto, pues pertenece al futuro):

1) de niño temía a los jóvenes,
2) de joven evitaba a los jóvenes,
3) de adulto detesto a los jóvenes y
4) de viejo, si llego, espero ignorarlos, por fin.

Aunque a estos cuatro puntos habría que hallarles una justificación, una hilazón interna, siquiera mínima. Para mi propia tranquilidad, porque leído así de un tirón suena un poco a Alonso de Contreras. A ver:

1)   lo que temía, puedo imaginar, es que me pegaran o que se burlasen de mí;

2)   los evitaba, eso sí lo sé, para no pegarme con una buena parte de ellos, o, a mi vez, burlarme sibilinamente, lo que hubiese sido más propio de alguien como yo;

3)   porque sí.

4)   Es un deseo, pero ni siquiera despectivo, creo: a lo sumo denota cierta apatía hacia el tema.

Los críos muy chicos son, sencillamente, monstruitos pedigüeños. Bolas de sebo con ojos y pelo que sólo quieren llamar la atención. Toda la culpa de sus monstruosidades la tienen sus papás. Allá ellos. El único problema es que después depositan tales engendros en la sociedad.

Los jóvenes, como concepto y como realidad, nunca han sido santo de mi devoción: tanta insolencia quintaesenciada en un constante despliegue de pura arbitrariedad, mayormente agresiva, cuando no cínica y ruin, pues se afirma con feroz inquina en la debilidad de los demás. Y no me creo lo de su torpe timidez ni lo de su positiva inocencia, ni hablar. Ese presunto candor no me resulta grato de contemplar, en la mayoría de los casos, pese a que se insiste en su pureza, tosca pero supuestamente exenta de perfidia. A mí, por el contrario, los jóvenes me recuerdan lo más primitivo y egoísta de la condición humana.

Los ancianos me deprimen, entre los adultos hay de todo, y los niños me encantan, aunque preferiblemente lejos, pero con los otros, los intermedios, no puedo. Atragantaditos los tengo, porque los he visto desarrollarse en todas las tesituras, y ya llevo varias generaciones de ellos, soportándolos, sobre el tablero de la vida. Menos mal que ésta acaba dándoles jaque sin contemplaciones en cuanto se descuidan: al redil. En cierto modo a Schopenhauer le gustaría tal certeza: quedan los mejores. Con todo lo inaceptable y crítica que pueda ser dicha idea. A Nietzsche le encantaría: quedan los más duros. Pero sabido es que si por Schopenhauer, Nietzsche y alguno de sus más ilustres epígonos fuera, adolescentes no sé, pero birmanos, lo que se dice birmanos, pocos quedarían.

Hace poco me abordó una chica por la calle para pedirme tabaco. Era muy joven e iba literalmente transida de puñales, quiero decir con el rostro cosido a *piercings*. Me habló de malos modos, puedo asegurarlo. De cualquier forma, sé que perdí una inmejorable oportunidad para iniciar por fin una nueva etapa de mi vida. Ésta hubiese empezado si en vez de decirle lo que le dije:

—No guapa, lo siento; no fumo, —hubiese sido capaz de contestarle justo lo que pensaba en esos precisos momentos:

—Perdone, yo no hablo con fakiresas...

Y es que impone mucho respeto esa desagradable moda de castigarse la cara. O sea, todo lo contrario: no le tengo ningún apego a esa gente. Soy incapaz de evitarlo.

Creo pensar atinadamente en esto desde dentro, con causa, porque tengo hijos de esa edad. Por tal razón procuro hacerlo con objetividad: en el sentido de que soy parte implicada y pretendo tener los pies en el suelo. También es justo reconocer que la mayoría de personas, y esto vale incluso para ellos y no sólo para el resto de personas, de uno en uno o hasta de dos en dos son encantadores. El problema es cuando forman grupo o manada. Me aniquila pensar que quizás, y no veo cómo podría cambiarse esa situación, voy a tener que estar aguantándolos prácticamente a diario, en la biblioteca, hasta que me jubile.

Me siento fatigado con demasiada frecuencia. Mi actitud ante la vida recordaría a los ojos de esas personas que a menudo pueden verse en los trenes o autobuses, quienes ceden al cansancio y sueño que los acosa. Los entornan una y otra vez, en un estado de sopor que se vuelve contagioso. Cuando veo a tales personas me sobrevienen incluso ganas de acariciarlos, sin distinción de edad, sexo o vestimenta.

Tarde se descubre la evidencia de que el ajedrez, pese a ser una reproducción a escala de la propia vida con las dificultades que ésta nos plantea, no es la vida. La fantasía del ajedrecista se reduce a poco más que a prevenir, visualizándolos mentalmente, los tres, cuatro o cinco movimientos que podrá realizar nuestro contrincante como respuesta a los que hagamos nosotros. Así pueden «verse» con anticipación una serie limitada de movimientos tácticos que ofrece cada situación complicada. Esa situación de hipotéticas variantes se efectúa mediante un cálculo muy concreto y continuo. Pero mientras Botvinnik creía que es necesario «aislarse» en determinada zona del tablero y luego ir proyectándose hacia distintas zonas, para otros maestros la gracia —el estado de gracia— del juego consiste precisamente en todo lo opuesto. La vida es igual, aunque la gran línea divisoria la forma el hecho en sí de la ansiedad: hay quien sabe contener (e incluso trabajar relativamente cómodo en sus intestinos) los momentos de suma ansiedad, llevando entonces al límite sus propias posibilidades. Otros, entre los cuales me incluía yo cuando era joven y aún creía en muchas cosas, piensan en alcanzar ese grado de equilibrio que debe reunir todo buen jugador: memoria, perspectiva, organización e imaginación. Entonces, cuando uno cree que posee las dosis adecuadas de cada una de estas cualidades, vienen los «cazadores» de despistes, como Najdorf o Fischer, y te pegan la puñalada. Han «visto» un leve descuido por tu parte. ¿Son mejores que otros? ¿Peores? Quién sabe. Ellos son los que suelen salir adelante, pues intuyen que cuando apremia la falta de tiempo para reaccionar o nos sobrevienen dudas es el instante terrible en el que falla la estrategia (previamente concebida, a veces, a lo largo de toda una vida: «procuraré ser o comportarme así a fin de conseguir esto o lo otro») en detrimento de la más pura, salvaje e improvisada táctica (mayormente la supervivencia, una huida a la desesperada cubriéndonos las espaldas, que quizás nos lleve a la aniquilación del rival y, por ello, a superar las dificultades). Pero ahí medra la vanidad: no suele gustarnos ganar de ese modo. Es como si hubiese vencido el azar, utilizándonos. A la agridulce sensación de saberse (relativamente) superior a un rival acostumbra a sobrevenir la amarga certeza de haber sido «víctimas» de una serie de contingencias en cadena que nos han abocado a vencer en nuestra lid. O eso o se es un iluminado. Lo espantoso del ajedrez, y otro tanto sucede con la música o con las propias matemáticas, es que de pronto aparece por ahí un chavalín (quiero decir un niño) medio tonto (quiero decir lo que digo: justamente medio tonto) y ve lo que tú no ves. Te liquida en apenas unos movimientos y se va, tan tranquilo. Eso no sucede en ninguna otra de las disciplinas de la vida. Capablanca, Mozart, Gaul. Es un castigo. En el fondo (con ese pensamiento nos consolamos, aunque el consuelo se desvanece cuando seguimos pensando que no nos queda otro, con lo cual las posibilidades ajedrecísticas de alivio merman hasta reducirse a la humillante cifra de cero) quizás se trate de una permanente y positiva lección de humildad. Con tal certidumbre se desayuna, se come y se cena. Algunos incluso merendamos largo tiempo con ella, llevándola luego también a nuestros sueños. Es decir, a nuestras peores pesadillas.

De momento aquí sigo, hundiéndome día a día en esta especie de nube de desidia, abatimiento y escasa higiene que me rodea. No logro reaccionar. Me siento como cuando Morphy, al final de su vida, pese a que murió muy joven, había perdido ya completamente los papeles y apenas salía a la calle, pues estaba convencido de que le perseguían. Se subía al tejado de la casa y monologaba largas horas. Parece que en sus últimos días solía repetir incesantemente una enigmática frase en francés: *«Il plantera la bannière de Castille sur les murs de Madrid au cri de Ville gagnée, et le petit Roi s'en ira tout penaud»*:

«Asentará la bandera de Castilla en las murallas de Madrid, al grito de ciudad conquistada, y el reyecito se alejará cubierto de vergüenza.» Chaveta perdido, como Schumann.

Quizás un grito de victoria sobre el rey, figura máxima del ajedrez. Seguramente alusión a su propia cordura. También el propio rey de la partida de mi vida se ve irremediablemente acorralado por las circunstancias. (Recuerda, lector: «Alguien suele estar de vez en cuando donde no debe...») Parece obvio que no supe mover con diligencia y precisión la ficha de esa crucial partida. Cuando llegó el momento de la más importante jugada (sigue recordando: «lo que no se da, se pierde»), no fui Morphy, el arriesgado, genial y creativo, sino Paulsen, tan analítico, temeroso y conservador.

No di, o no suficiente, y lo perdí todo. O di a destiempo, o quizás di cuando ya no había nadie para recoger mi ofrenda. Siempre invertiré un número indeterminado pero demasiado alto de horas antes de tomar cualquier decisión importante. Cada vez que en mi futuro llegue un momento en el que me juegue el rumbo que vaya a tomar ya no el resto de mi vida, sino simplemente el devenir de los acontecimientos inmediatos, sé que volveré a hundirme, por lo general, en la inútil ciénaga de la reflexión, de los pros y los contras, me haré el despistado o fingiré amnesia, pero cuando la vida me señale, exigiéndome un brusco cambio de posición, un movimiento que al menos indique que sigo vivo, *zugzwang, zwischenzug* o *zwangzug*, yo volveré a resucitar el espectro de Paulsen:

—Ah, ¿me tocaba mover a mí?

Incluso en el seno de la Muerte, si es que hubiese algo en el más allá, sé que procuraría ganar tiempo, hacer tablas empleando todas las añagazas y trucos imaginables, huir del enfrentamiento directo con mis homónimos, los fantasmas. Y allí estaré: con mis hermanas, las almas en pena, en ese Purgatorio de entes indecisos que también en vida decidieron, por a saber qué extraña razón, que no querían ser voz sino, a lo sumo, ecos de sí mismos.

Mi admirado Alekhine, luego de dedicar toda su vida al ajedrez hasta extremos realmente enfermizos, incluso mucho más que otros grandes campeones, dijo en su última entrevista publicada poco antes de morir que seguía jugando no sólo por el dinero, sino más bien porque eso era lo único que sabía hacer y que le distraía. Indicó: «Fundamentalmente me alivia del dolor de pensar y recordar.» En una conversación con cierto ajedrecista portugués, también días antes de morir en un hotel de Estoril atragantado por un trozo de bistec y con el tablero a punto de iniciar una partida consigo mismo, Alekhine, con los ojos vidriosos a causa del alcohol, le confesó: «La soledad me está matando. Quiero vivir.»

Qué decir que no sea: miedo.

Todos los castigos que pueden recaer sobre uno, y me refiero a las circunstancias adversas y reveses que propina la vida, parecen coincidir. Vulgarmente se dice: «Como si quisiera ponérsenos a prueba», así, en abstracto. ¿Quién? ¿Por qué? Es entonces, por ejemplo, cuando se tiene la revelación de que Dios se ha ido.

Eso es lo que soy, poco más: un sonámbulo gastronómico que efectúa cíclicos viajes al frigorífico en plena madrugada, mitad dormido, mitad despierto, no tanto para vencer el hambre como para aplacar la ansiedad de... ¿de qué?, me pregunto. No hay respuesta a esa doliente incertidumbre que se regenera a sí misma como la humedad en un sitio al que nunca llega el sol. Quizás necesite más tiempo para madurar una estrategia que contrarreste mi rutinario descontento estomacal. Últimamente he vuelto a las latas. Con el asco que me daban hace apenas dos años. Que yo recuerde, cuando vivía aquí mi familia sólo entraban latas de maíz. Claudia y yo éramos partidarios de comprar panojas enteras, pero los niños protestaban porque les quedaban restos de maíz entre los dientes. Hoy (exactamente desde hace un par de meses o tres, pues hasta entonces seguía con mi plan de Arroz Reconvertido Semanal) me alimento prácticamente de latas y productos envasados al vacío. A este paso acabaré cogiendo un botulismo galopante. Me estará bien empleado, pues tampoco estoy muy al tanto de fechas de caducidad, lugares de procedencia y datos así.

Hará un par de semanas tuve un mal presagio con lo de la comida: comprendí que voy por camino equivocado. Debería cocinar en serio, aunque fuese las escasas comidas que sé preparar, o irme a comer todos los días a cualquier bar, o en días alternos. El caso es que estaba frente a un plato que me había recalentado en el microondas, y que creí era fabada asturiana reciclada, es decir, restos de un bote de fabada asturiana mezclados con a saber qué. Probablemente arroz varias veces recalentado. Veía la tele y en ese momento obsequiaban a los telespectadores con una de esas noticias que abundan en la programación. Oí:

«Los restos de masa encefálica esparcidos por el suelo de la acera, incluso a varios metros de distancia, dan una idea de la violencia del ataque y del empeño que el agresor puso en impedir que su víctima pudiese delatarlo...»

Y yo pensé: «Alekhine actuaba así.» Y es cierto: sobre el tablero nadie se ensañaba con los rivales como él, aun adoptando riesgos. Eso lo hace fascinante. Mientras, seguía a lo mío: ñam, ñam, ñam. Pero aquello que pasaba por mi garganta tenía un sabor extraño.

En la pantalla apareció el primer plano de un crío de la edad de Alvarito: la víctima. Violado y asesinado machacándole la cabeza con una piedra de gran tamaño. Aparté la vista, como hago el noventa y cinco por ciento de las veces que estoy frente a la televisión (ese cinco por ciento restante suele estar dedicado a reportajes sobre animales y tal, pero a menudo también te ofrecen imágenes de la boa tragándose al conejo, o el águila trincando a la cabra, o la leona rebañando a la cría de antílope, con lo cual ni cinco por ciento), e intenté pensar en otra cosa. Ñam, ñam, tragaba ya con serias dificultades. De pronto recordé que aquello no era exactamente fabada asturiana proveniente de una lata, sino alubias de un frasco de cristal que tuve que mezclar con algo, pero tantos días atrás que ya ni me acordaba. Ante aquel plato de alubias sin memoria, marca Las Riojanas aunque tan condenadamente malas que acaso debieran llamarse Las Piojanas, se me planteó un nuevo dilema: ¿cuándo había mezclado esas sobras con, a su vez, sobras de col o repollo o, a tenor de su peculiar coloratura, brócoli? Porque aquel plato, lo aseguro, era un amasijo indescifrable. Y cantaba que ni los pinreles de una soprano, como diría Alvarito sin tener excesiva noción de cuanto está diciendo. Ñam, mastiqué sin apenas convicción, supongo que influido, cómo no, por la agradable noticia que aún seguía en la tele, la del crío, pues esas cosas las dan (son tan fieles a lo que acontece en la realidad y a lo que supuestamente el gran público necesita ver y saber, que se amparan en el deber moral de informar a la audiencia con todo lujo de detalles): Hijos de la Grandísima Puta. Y lo siento por las putas, otra cosa no puedo decir. O sí, a ver: mil veces criminales. ¿Queda bien? O mejor: mil veces criminales de conciencias (así parece más intelectual). Aunque podría ser: mil veces criminales de conciencias, el cielo os juzgará (uy, creo que me he pasado, igual suena un poco a las hermanas Brönte).

Volviendo a mi plato, entonces me di cuenta: era moho. Judías con moho incrustado ahí, entre su amorfa estructura. Yo había echado, antes de llevar el plato a la mesa, una buena cantidad de salsa curry a la pócima. Luego, como me sobraba algo de salsa tártara, también se la eché. Ya puestos, me dije, pues a menudo me sobrevienen estos accesos experimentales, ¿por qué no atacar la cosa con carbonara y unos culillos de nada de sendos botes de salsa de: mostaza, barbacoa y queso azul? Pesto no tenía. Qué más da, si no también lo hubiera echado, pues me encanta. El caso es que sea sabroso. Es decir, que sepa a algo. Y vaya si sabía. Sólo que teniendo en cuenta que yo no había incluido salsa pesto en mi improvisación, y que eso verde no podían ser fragmentos de pesto solidificado, ¿qué otra posibilidad cabía? Sólo una: moho.

Hay moho en la ropa de los armarios, en los libros, en zonas del tresillo, en los cubiertos que no acabo de secar convenientemente. Hay moho en las bolsas de viaje (de los viajes que no hago) y en los zapatos que, la verdad, no suelo ponerme. Vivo tan cerca de la playa (lugar idílico para la mayoría de la gente) que ya se sabe. La humedad. Éste es el Hogar de los Licopondrios, palabra de animal inexistente pero que, para mí, es una simbiosis perfecta entre: escalopendra, roña y moho. Toda mi casa está siempre (aparte de hormigas y algún que otro bicho que aparece eventualmente y a veces en masa, y a los que entre Brígida y yo procuramos exterminar sin contemplaciones) llena de moho y de arena. Qué maravilla, el mar. En fin, mejor me callo, pues si sigo se me reprochará que no sé disfrutar de ciertos privilegios que sin duda tengo. Mejor me callo... (no, no puedo): es duro dejar un jersey colgado, por ejemplo, de uno de esos enganches metálicos, en el baño, y olvidarlo. Pasan los días, claro. Ahí encima van acumulándose otras prendas: pijamas, batines, camisas. Toallas mojadas no, para eso procuro ser cuidadoso porque de lo contrario se me comerían las pirañas o los tiburones. Al cabo de los días, como me pasó anteayer, descubrí mi jersey. «Qué bien, voy a ponérmelo —pensé—, porque sólo lo utilicé una tarde.» Era color crema y ahora estaba de color crema al pesto. O sea, moho. Lo sacudí con vehemencia. Quedó entonces estilo pesto liviano. Pero ese hedor persistía. Además, por efecto del pivote o enganche metálico, al jersey le había salido una especie de joroba picuda justo en la base de la nuca, de donde se suele colgar. Tampoco esa marca se podía quitar. Lo eché a lavar, aunque despidiéndome de antemano de dicho jersey, pues sé que Brígida, que refunfuña por lo bajo y de modo preocupante cuando le doy una de esas prendas, la reducirá al tamaño de ropita de las muñecas Barbies con las que jugaba Inma de pequeña. No es ni la primera, ni la segunda, ni la tercera vez que le doy una prenda amada, incluso muy cara y recién comprada, y me la devuelve —el rostro a medias contrito, más bien ceñudo de enfado y con signos de sorpresa— poniendo ante mis ojos una especie de babero de guardería.

—Sí, pero ¿qué hago yo con eso...? —le pregunto procurando ocultar el enorme disgusto que me embarga—. Casi mejor désela a cualquiera de sus sobrinitas...

Mi antiguo y holgado *pullover* le valdría a las sobrinas de Brígida, quienes, a juzgar por unas fotos que me mostró, son enanas o casi, como ella. Pero pronto arguye, defendiéndose:

—¡El loca agua de los colores bajos también...! —Ahí cesa su protesta, pero al poco me pregunta—: ¿O siempre se acuerda de qué poco contaba?

No es fácil, en absoluto, dar con una traducción siquiera aproximada de tal frase. Pero como van varias ocasiones en las que Brígida me la juega en ese sentido, y todas y cada una de ellas me espeta algo similar, de hecho exacto en esencia pero con leves variaciones fonéticas (mi memoria lo ha registrado), he llegado a la conclusión de que, insisto, teniendo en cuenta la tonalidad que la frase en sí, puede significar:

—¡Otra vez me la ha pegado la lavadora del demonio, oiga!

—Y luego—: ¿No podría comprar usted prendas menos delicadas?

Porque yo tengo la culpa, obviamente.

En cierta ocasión en la que Brígida se sentía especialmente locuaz, habiendo convertido en ropita de muñecas un amplio jersey de lana que yo le había regalado a Claudia, cogió a ésta por banda intentando explicarle algo referente al cloro. Casi media hora después de que le tocara irse, aún seguía allí monologando delante de la compungida Claudia. Casi hubo que echarla a patadas.

Me dejo pisar por la filipina, y lo hago sistemática y hasta sistematizadamente. ¿Por qué sigo permitiendo que venga, pues? No sé. Debo de inspirarle una gran lástima, lo cual me conmueve, y ella para mí es adictiva, lo cual es irremediable. La costumbre hace el resto.

El factor moho fastidia cuando afecta a la ropa, porque a menudo incluso hay que tirarla, pero en lo referente a la comida la cosa se agrava. Suelen estropeárseme las escasas reservas de las que dispongo. Entonces se complica todo. Ha llegado el momento de confesar algo: no sería la primera ocasión en que —picoteo por aquí, como si se tratase de una cata, picoteo por allá, ya decididamente hambriento— le robo parte de su comida (recién hecha, eso sí) al bendito de *Ursus*, que me mira con sus ojos bondadosos, pero seguro que pensando: «Serás grandísimo malvado. ¿Es que no puedes comerte tu comida y dejar en paz la mía?» Lo cierto es que eso no ha sucedido muchas veces. Sólo alguna, y de modo estrictamente testimonial. En cambio, cuando le faltó poco para gruñirme (ya avisé de que es prácticamente mudo), fue hará un mes. Era mi cuarto o quinto día sin cenar. Una vez más, por negligencia olvidé tener algo en la nevera. Sentía auténtica hambre. *Ursus* se hallaba en casa esa noche crítica. Estábamos, para ser más precisos, *Ursus*, yo y el pienso de *Ursus*, de la marca Triskies, que es la que más le gusta. Unos gránulos bastante gordos, como copos de nieve, con cereales, carne y no sé cuántas vitaminas incluidas. Deliciosos. Aunque la verdad es que suelo mezclárselos con cuanto cojo por ahí, porque *Ursus* se traga todo, como ya he dicho, y en cantidades fantásticas. Esa noche la carestía era palpable. El estómago me hacía ruido desde media tarde, y yo intentaba pensar en otra cosa. No había sobras, no había arroz, ni pasta, ni mendrugos de pan duro. Ni siquiera mohoso. Nada. Cero. Sólo el poco pienso del paquete de Triskies, que lo cierto es que no llegaba ni a la mitad de la ración que *Ursus* puede engullir por la noche. Pero algo es algo. Yo lo probé en cierta ocasión para ver qué tal. Como los cereales de nuestros desayunos, no estaba mal. Extrañamente, *Ursus*, cuando le puse su bandeja de plástico —que más parece la bañerita en la que bañábamos a los niños cuando eran bebés— se quedó sentado frente a su pírrica ración, exenta, esa vez, de suculentas y heterodoxas tentaciones. Benignamente yo las llamo: «Salpicones», Claudia: «Vas a poner a este perro como un oso», Manuel: «Quieres reventarlo, papá», Alvarito: «Qué guay, si casi no puede ni moverse», e Inma: «Papaíto ya sabe lo que hace», mientras que Brígida siseó un día: «Mucho vaca bien visto» refiriéndose al perro, lo que por orgullo —y en parte por un agudo sentimiento de culpa— me abstengo de traducir. Lo cierto es que ante su escasa (media) ración, *Ursus* me miró como diciendo: «¿Sólo esto?», lo cual era ya en sí mismo un juicio cuantitativo y cualitativo. Muy serio, me erguí frente a él, amenazándole:

—O Triskies o nada...

Él seguía inmóvil, implorantes sus pupilas, pero digno.

—Mira, macho, no me toques las pelotas, que el horno no está para bollos... —A veces me pongo procaz y se me olvida que ese perro podría comerse al obeso cartero, si quisiera, en un abrir y cerrar de ojos.

*Ursus*, imagino, detectó mi enojo. Pero no mi hambre.

Su instinto está bastante atrofiado, creo, entre otras cosas por lo mucho y constantemente que traga. El veterinario, muy flemático y chistoso él, nos ha avisado en alguna ocasión que a este paso habremos de transportarlo en grúa o camión trailer. *Ursus* permaneció en su actitud pasiva y deduzco que provocadora a su pesar, no decidiéndose a atacar la ración raquítica de

Triskies. No contaba con mi reacción. Fue, lo reconozco, la respuesta, esta vez sí, propia de un Alekhine inspirado y dispuesto a destrozar a su contrincante a las primeras de cambio: me lancé sobre su bandeja, llevándome sucesiva y compulsivamente sendos puñados a la boca. *Ursus* torció la cabezota de modo sintomático, gimoteando y no dando crédito a lo que veía: ni más ni menos que a mí comiéndome su Triskies.

Todo un cuadro: perro y amo con los roles invertidos. Incluso me había arrodillado, quedando a cuatro patas frente a la bandeja.

«El hambre es el hambre, macho...», pensé repetirle a aquella masa de pelo con ojos cuyas fauces babeantes y semiabiertas estaban a dos palmos de mi cara. Pero para qué hablar con el perro, si es obtuso. Fue entonces cuando, en una reacción impropia de él —que parece de la escuela Brígida en cuanto a lentitud o cachaza, excepto para comer— se abalanzó sobre lo que aún quedaba en su bandeja y por poco la absorbe. Los dos estábamos allí mirándonos cara a cara, masticando con voracidad. Todavía con la boca llena, le advertí para el futuro:

—Fonmi... igo... o... e... ouega...

No, conmigo no se juega. Quise que el perro lo supiese. Y la verdad es que pareció entenderlo. Sólo que inmediatamente después de haberme comido parte del poco pienso que tenía *Ursus* esa noche, me sentí decididamente patético. Más aún: desdichado.

Como tiendas y supermercados estaban cerrados a esa hora, acabé en un bar, tras ir al cajero automático y sacar algo de dinero, comprando varios perritos calientes, exactamente diez, de los cuales nueve fueron para *Ursus* y uno para mí. No le hizo ascos a esos bocadillos, y estoy seguro de que aunque hubiese estado al tanto de su nombre, se habría comportado de modo genuinamente caníbal. Fue un modo de premiarle por mi desquiciada intromisión en su cena. Pero sé que es cierto lo siguiente: días después, en cuanto cogía un hueso «tentación», capturado casi al vuelo mientras le ponía la comida, se escapaba con él entre los dientes en dirección al jardín. El intercambio de miradas cómplices entre *Ursus* y yo, en cuanto había comida de por medio —o suya o mía— duró casi dos semanas. Parecía un duelo de pistoleros del lejano Oeste.

La soledad certifica el fracaso de algunas personas. En tal sentido, y pese a tener amigos, podría decirse que mi fracaso es prácticamente total: porque me siento solo. Incluso cuando iba por la calle paseando al *Tete* y a *Ursus* al mismo tiempo. Primero intenté llevarlos a ambos juntos, con una de esas correas estirables. El bruto del *Tete*, que parecía tener más energía que el propio *Ursus*, no se dejaba, así que hubo que llevarlo suelto y a sus anchas. A *Ursus* no: puede asustar a cualquiera con sólo hacer el amago de acercarse. En el barrio, en los últimos años en que el *Tete* estuvo con nosotros antes de volatilizarse misteriosamente, había tres gatos muy curiosos, pues parecían inseparables. Y el kamikaze del *Tete*, pese a que cualquiera de aquellos tres mininos hubiera podido abrirlo en canal de una tacada, no sólo les plantaba cara sino que los achuchaba con inusitada rabia y en actitud leonina. Un gato era el *Tuerto*, que como su propio nombre indica iba por la vida hecho un cromo a causa de las peleas nocturnas que mantendría a costa de sus cenas y sus hembras. Parecía un boxeador, pero en gato. Ese ojo que le faltaba me impuso siempre un inmenso respeto. Aquello era la lucha por la vida en estado puro. Otro de sus secuaces era el *Zarpitas*, que en cuanto nos veía aparecer ya mostraba sus argumentos en forma de pequeños cuchillos digitales. Pero era bastante cobarde, imagino que amedrentado por la anormal corpulencia de *Ursus*: entonces se escondía un poco o se colocaba discretamente detrás del jefe, el *Tuerto*, a ver qué se cocía allí. Y como yo no dejaba que se enganchasen, acabaron enseñoreándose de nosotros, los muy provocadores. El tercer gato se define solo. Era el *Chivato*: un cagón integral que iba de aquí para allí dando el soplo de que llegábamos. Lógicamente, yo evitaba siempre pasar por donde estuviera dicho trío, pero alguna vez me los topé de narices y montamos un numerito. El *Tete*, enloquecido y mostrando sus dientecines diminutos pero amenazantes, a punto de sacar chorreones de espuma por el hocico. Una furia desatada. Un genuino depredador. Me las veía y me las ingeniaba para reducirlo in extremis, pese a que me cabía en un bolsillo de la chaqueta. El *Chivato* se escondía tras cualquier verja de jardín. *Zarpitas*, en lo alto de un árbol, se dedicaba a vigilar. El *Tuerto*, sin embargo, quieto y tieso como un monolito, con las garras prestas, erizado el lomo y diríase que guiñando su único ojo inyectado en sangre al *Tete*, como diciéndole: «Anda, rico, acércate un poco más y ya verás cómo te dejo.» Y *Ursus*, tirando de mí (pero literalmente arrastrándome por la acera, conmigo tirado por el suelo), intentando huir de allí más que otra cosa, mirándome con la pregunta en los ojos: «Pero ¿qué hago? ¿Qué debo hacer ahora?»

El problema, como digo, era el *Tete*. Con él no se podía bajar la guardia ni un instante, porque te la montaba, y además convencido de que había hecho una heroicidad sin par, toda una gesta canina. A veces pienso que le hubiera venido bien, aunque fuese para rebajarle un tanto esos humos dictatoriales y pendencieros que se gastaba, que el *Tuerto*, o incluso un tercio del *Tuerto*, le diese un par de pasos de tango. Lo hubiera dejado fino, lo que se dice «engrasado» para posteriores encuentros fortuitos de ésa índole. Pero el *Tete* no aprendía. Tuvo siempre bula para todo. Mitad porque se lo consentimos, ya que nos tenía seducidos hasta niveles de hipnosis, creo yo (toda una familia mirando cada noche durante horas sus monerías y posturitas: a ver si no tengo razón), mitad porque era su carácter indomable. Tanto es así que cuando por cualquier causa yo llegaba muy tarde a casa, de madrugada, el *Tete* se me plantaba en la puerta de la cocina, que es por donde se entra cuando todo está cerrado, impidiéndome el paso con disuasorios gruñidos. O, pese a conocerme, se ponía a ladrar como un poseso, con lo que despertaba a todos. Nuestra relación, supongo, era equívoca. No se trataba de Amo y Perro, sino de Amo (el *Tete*) y Esclavo (yo). Esas noches en las que me hacía la canallada de delatarme con sus ladridos despertando a la familia en bloque yo le juraba odio eterno, e incluso le amenacé con el pensamiento. Y él, que sabía un rato, debió de leerme ese pensamiento. Así que, telepáticamente, manteníamos la distancia.

Aunque lo que mal empieza, mal acaba: eso dice el refrán. Igual es que el *Tete* y yo empezamos mal. Era uno de esos perritos desquiciados perdidos que es incapaz de ir en silencio en un coche. Él no, él ladraba y ladraba hasta ponernos a todos de los nervios. Fundamentalmente a mí, que para esto de los sonidos agudos, y sus ladridos lo eran, suelo tenerlos a flor de piel. Cuando lo llevaba en el auto y empezaba así, teníamos nuestras grescas. Con *Ursus*, como puede suponerse, pasaba todo lo contrario. El muy pánfilo era capaz de ir en la parte de atrás del coche casi mil kilómetros sin decir ni pío. Al final, obviamente, vomitaba. Un perro Zen. Al *Tete* recuerdo haberle soltado la mano un par de veces. Una, le di. Supongo que le hice algo de daño, pero es que un poco más y me estrello por su culpa.

—¡Calla!

—¡Guau!

—¡Calla he dicho!

—¡Guau guau!

—¡Calla, me cago en tu puta madre o te reviento!

—¡Guau guau guau!

Fácil de imaginar la escena. Yo, en vez de prestar atención a la conducción, iba medio girado en busca del *Tete*, que, chiquitín y ágil como era se me escabullía por los asientos traseros. Allí, desde el único rincón en el que no podía atraparlo, proseguía sus ladridos y gruñidos. Pero es que no hacía eso únicamente cuando estaba aburrido, sino ya nada más entrar en el coche. Y los ladridos se recrudecían hasta extremos de infarto cada vez que nos deteníamos en un semáforo. Dedúzcase cómo era un paseo en coche con el *Tete* por la ciudad, en hora punta y con atascos.

Pero en cuanto estábamos un rato a solas y de nuevo se ponía a hacerme posturitas, yo volvía a caer bajo su poderoso hechizo. Era una auténtica ricura y todavía hoy, cuando veo uno de esos perrines de mierda, siento vahídos de nostalgia. Ojalá lo tuviese cerca, incluso para enfadarme.

En cuanto a todo lo demás, siento que las cosas siguen canibalizándome sin que yo sea muy capaz de hacer nada por evitarlo.

Sigo arrancándome canas con diligencia, lo que no creo sea bueno para el escaso y débil cabello que me resta, parecido a las pelusillas de los vilanos del campo. La Finasterida, me parece a mí, ya sirve de poco. Igual digo del Alopecín-retard o aquella supuesta solución capilar con monoxidilo al dos por ciento: entre todos esos venenos temo que me estén dejando calvo sin remedio. Si tengo el día tranquilo me arranco la recién descubierta cana utilizando unas pinzas. Si tengo un día más nervioso, uso la tijerita intentando cortarla desde la raíz, pero me suelo llevar por delante, por lo menos, otro pelo no canoso. Y si tengo un día realmente alterado, entonces me pego un manotazo y estiro, con lo que me llevo, además de la cana causante de mi ira, un mechoncito de pelo sano. Hace tiempo me juré que nunca me arrancaría canas de las cejas. ¡Nunca! Porque ésa es otra modalidad, ya superado el trauma con el cuero cabelludo, que se va volviendo como la nieve: entonces uno ataca cejas, narices, lo que sea.

Vivo bajo el influjo de una castidad erótica que a duras penas consigo domeñar (esto sí me ha quedado aparente, pienso), lo mío es una lascivia mental casi perpetua y de alto voltaje, ya lo dije, pero de baja intensidad en lo referente a la práctica, aunque, como temía un tiempo atrás, mis «novias» se han ido hartando y ya apenas llaman. Soy un ectoplasma que deambula por la casa, y la pregunta más frecuente que me hago es: «¿Qué iba a hacer ahora?», vaya a la estancia que vaya. Soy un ser de espíritu vermiforme que repta por las habitaciones con lentitud, destilando, imagino, un tufillo de ausencia de mí mismo. Tanto es así que creo no saber ya ni lo que hago. Por ejemplo: en los últimos días me he arrancado por lo menos tres canas de las cejas. Pero no sé de cuál, o si eso sucedió hace más tiempo del que creo.

Tengo una duda acuciante, o de hecho sería más acertado decir que la he tenido durante la mayor parte de mi relato: de pronto pienso que, en efecto, hay amargura en estas páginas, y mucha, pero también me quedo con la sensación de que he procurado que el lector tuviese la oportunidad de enmarcar una sonrisa en cualquier episodio de los aquí narrados. No quisiera resultar patético como uno de esos tipos con bisoñé aparatoso que, encima, van por la calle con andares de gesta. «¡Oh, cielos, menudo felpudo que lleva en la testa!», pensamos al verlos, y de inmediato somos corroídos por un profundo sentimiento de vergüenza ajena. Y es que se trata de peluquines que bordean lo épico, distinguibles a muchos metros de distancia. Incluso, según cómo se piense, pueden resultar medianamente entrañables. No, en ningún caso desearía haber dado esa impresión, aunque la pérdida de cabello, como a tantos y tantos hombres, es algo que me afecta día a día, ya lo dije, y de vez en cuando a uno se le pasan por la cabeza pensamientos tortuosos al respecto.

De tanto en tanto sufro un agudo sobresalto. La maceta de alguna vecina que cae al jardín con gran estruendo. Braguitas hace tiempo que no caen. Y también sufro decepciones: esa Verónica Manzano a la que sigo adorando, y a quien oigo con frecuencia, es musicalmente mejor de lo que pensé, pero quizás no tan perra ni viciosa y mala como pretende hacer creer. Guarrindonguilla y descarada sí, eso la salva. Ojalá ella no acabe «descubriendo», como otras de tal estirpe, que lo suyo es algo más poético, o, imaginando lo peor, el cine. En cualquier caso, sé que volveré a Charlie Parker y a Coltrane, a Dizzy Gillespie, Miles Davis y a Sonny Rollins, manantiales inagotables.

Debo decir, no obstante, que también hay alegrías en mi vida: el hallazgo de un antiguo trozo de tortilla de patatas en un recoveco del frigorífico. Incluso estratificado, qué curioso, sigue teniendo sabor, aunque remoto, a tortilla de patatas. O a algo terroso, no sé. Pero entra. Entonces me monto una verdadera bacanal, como cuando aparecen vestigios plateadoaceitosos de una lata de sardinas con la que no contaba. Menudo bocata teleósteos fisóstomos me zampé otra vez en la que, por cierto, ya había empezado a lanzarle miradas de alevosía e insidiosas al paquete de Triskies, con mortificante inquietud de *Ursus*, pues para desgracia suya también estaba conmigo esa noche. Al final me conformé con las anchoas. Puede acaecer que encuentre un quesito en porciones y, con suerte, una galleta. Entonces es el apocalipsis de la gula. Procuro no consumirlo a la vista del perro. Para eso soy muy considerado.

Hay un cierto tipo de reacciones previsibles que en el fondo son sólo reacciones autocomplacientes, y que uno efectúa en apariencia sin motivo pero a la vez para cerciorarse de que todo sigue un orden interior inmutable, y eso nos tranquiliza. Dichas reacciones afectan a determinado y voluntario grado de aturdimiento y a la necesaria vanidad.

Aturdimiento (Versión A. Cliente aburrido):

Cuando entras en cualquier tienda, digamos una carnicería, en la que no hay clientes, y con una amplia sonrisa en los labios preguntamos a quien nos atiende por determinada manera de hacer una carne. Entonces nos suelen dar una verdadera lección magistral al respecto.

(Versión B. Usuario masoquista):

Coges un taxi en día de atascos y de entrada le comentas al taxista en tono quejumbroso: «Menuda está la ciudad últimamente...» La trepanación mental a la que uno va a ser sometido está garantizada, lo mismo que la cháchara.

La vanidad (Versión A. Seductor irreductible):

Cuando le dices a una mujer, luego de bastante tiempo de no verla, lo hermosa que está. Así, literalmente, mirándola a los ojos. Entonces te responde un escueto «gracias» y en seguida cambia de tema, pero el mensaje le ha llegado, y eso se nota.

(Versión B. Padre orgulloso):

Cuando a la menor ocasión que tengo voy y le plantifico a cualquiera en los morros la foto de Inma que llevo en mi cartera. Exclaman, sin ningún género de dudas: «¡Qué guapa!» Yo cuento conque van a decir eso y no otra cosa (de lo contrario creo que sería capaz de arrancarles la cabeza) pero al oírlo me quedo en paz conmigo mismo. Imagino que buscamos esta suerte de reacciones-placebo para sobrevivir.

Aunque después está lo previsible antiplacebo: la única pregunta que debería estar prohibida (ni hacerla ni que te la hagan) es la muy corriente y hasta inevitable: «¿Qué tal?» Es muy cierto: me descompongo en cuanto me la hacen. Debería inventarse un mecanismo que lanzase descargas eléctricas instantáneas en cuanto se efectuara dicha pregunta. En poco tiempo nadie la diría, ahorrándonos muchos malos tragos. A mi alma (de tenerla) le urge una lobotomía.

En Atlántida las cosas siguen lo mismo, aunque también deteriorándose. Las vecinas, que antes hacían sucesivos intentos de indagar en mi vida privada —mi condición de «separado» debió de intrigarlas durante algún tiempo: ¿Cómo se las apañará?—, ya me ignoran por completo, igual que mis «novias». Lógico: quien no siembra no recoge. El Controlador sigue al acecho, aunque últimamente se le ve algo pocho, y ya no usa ni escalera ni prismáticos, como en sus mejores tiempos. Lo cierto es que la vidilla del barrio está bastante apagada. De una época a esta parte, además de obras y nuevas obras, no pasa absolutamente nada. Salvo un incidente entre dos vecinos, que yo sepa, pues lo vi desde mi jardín. Cada apartamento tiene sus duchas debajo, en la entrada lateral del edificio. Alguien usaría otra ducha que no era la suya y se lió una buena. Se increparon con cuestiones relativas a la propiedad privada, la higiene y ciertos hongos, una especie de herpes que, eso parece, suelen contagiarse en esas duchas. Un vecino le decía a otro:

—¡Yo no necesito sus hongos para nada, así que olvídeme! —vociferó enojado.

Y el otro, aún más colérico, repuso:

—Oiga, son *mis* hongos, y yo hago con ellos lo que me da la gana, ¿lo entiende?

Sus respectivas mujeres también medraban en el litigio, atizando el fuego de la reyerta, aunque en apariencia parecía que quisieran poner paz. El vecino increpado, antes de irse, respondió a la última alusión respecto a la pertenencia de los hongos:

—¡Pues quédeselos usted, leñe! —Y ahí sí denoté una considerable acritud.

Ese tipo de problemas suelen ser habituales cuando llega el verano, por ejemplo, y cada vecino decide invitar a amigos, que a su vez vendrán con sus propios hongos puestos. Entre Futboleros y Broncas, que conviven en relativa armonía durante el otoño y el invierno, y entre quienes en primavera se crean unos lazos de amor casi fraternal —incluso entonan canciones juntos—, así como una camaradería de secta religiosa (cuando, por unos días, todos al unísono ejercen de Podadores), se desatan ciertos brotes de enemistad en cuanto empiezan los calores. Yo soy simple espectador de todo ello. Aunque fundamentalmente lo que me considero es un espectador de mi propia decadencia.

Me ha sucedido algo ante lo que todavía no sé cómo reaccionar. En realidad creo que se trata del colofón a una percepción absurda que venía teniendo últimamente. Guarda relación con Petete, el maniquí: hará aproximadamente un mes recibí publicidad del banco en el que tengo mi cuenta corriente, pero no se trataba de una publicidad cualquiera (tarjetas con fantásticas posibilidades, etc.) sino muy especial. Luego de casi pedirme disculpas, pasaban al asunto: ofrecerme las ventajas de un maravilloso y comodísimo plan de jubilación. «¡Pero si yo no estoy aún en edad de eso...!», protesté para mis adentros, casi sollozando. Pero, superada la primera rabieta, empecé a plantearme las «ventajas» de tan peculiar oferta. Aunque sólo era el avance de lo que pronto iba a venir: en qué endiablado engranaje de listados y *mailings* estaré inscrito, porque casi inmediatamente de la publicidad bancaria recibí (lo prometo) folletos explicativos de las (también) insuperables ventajas de tener tratos con Pompas Fúnebres Atardecer.

En efecto... ¡los de Petete!

Me pregunto: ¿por qué precisamente esa funeraria y no otra, por qué yo y no otro? Era terrorífico el modo en que (más en la carta-publicitaria de Atardecer que en la de mi banco) me comentaban que eso que me parecía ahora algo muy lejano, e incluso de mal gusto (cosa que exponían con verborrea más burocrática), quizás empezaba a ser el momento de tenerlo en cuenta para un futuro inevitable. De ahí que se hubieran tomado la disculpable libertad de prevenirme al respecto. Con lo cual, pienso, sólo me queda una opción (ya no para volverme loco de recelo, sino acaso loco de verdad) y es especular en torno a la siguiente idea:

Petete era yo.

El resto, una premonición.

Como estoy en una fase decididamente susceptible, juzgo inadecuado hablar sobre ello. Pero así es: se me ocurre pensar que el episodio de Petete no fue ni mucho menos gratuito. Sólo que, como por supuesto no puedo probar nada, me abstengo de darle vueltas al asunto. Una cosa sí me queda clara: el pésimo tacto de los bancos. Olvidé decir que en la publicidad del plan de jubilación venía adjunto y dentro del folleto un espejito de plástico bajo el que se leía la inscripción: «Mírese usted con calma. Ya no es el que era. Quizás ha llegado el momento de pensar en el futuro.» Toda una delicadeza. Para llevarlos al Tribunal de La Haya.

Pero la vida sigue. A veces me quedo como estupefacto, embrujado, contemplando la aceitera de la cocina. Pueden pasar minutos y más minutos, aunque mi cabeza se ha ido allí, a ese recipiente de cristal en forma de redoma, como los de los laboratorios químicos. Nada puede imitar el color del aceite de oliva cuando le llega la luz del sol y lo traspasa en silencio, proyectando luego sobre el mármol su dorado sin nombre. La sensación de Dios es algo parecido, supongo. O la de haber perdido a quien se amaba. Si la nostalgia, que debilita pero no mata, tuviera un color, podría ser ése. Aunque insisto en que, como ocurre con ciertos pensamientos, no se debe siquiera intentar verbalizarlo.

No obstante, expondré esto de modo neutro, lo que tal vez pueda sonar erudito o denso. Voy a decirlo al estilo de Lasker, que al respecto sabía mucho. Lasker sostuvo que la selección de un simple movimiento, en cualquier partida, supone automáticamente no sólo una deducción lógica fundada en los principios de la estrategia y cálculo, sino también una forma de rendir pleitesía (¿sometimiento?) a la teoría de las probabilidades. En este sentido, conocer las inclinaciones del adversario valdrá tanto como prever su respuesta a un movimiento determinado. Lasker seguía advirtiéndonos de que, por ejemplo, después de una apertura amparada en la defensa India del Rey, o Siciliana, el medio juego, que es donde se consuma la realidad, requiere una cierta presión dinámica y continuada en el centro, a ser posible con el intento de salto de peones a la fortaleza del Rey mediante el apoyo flanqueado del alfil: qué absoluta locura.

Pero me estoy liando. Voy a decirlo sin tener en cuenta las tesis de Lasker: he perdido lo que más amaba, sencillamente, porque en ese momento yo no estuve, no me atreví a estar allí para certificar la inminencia de esa pérdida. Soy un no-existido (por ausencia deliberada) para esos seres que, queriéndome, me perdieron por siempre, creyendo que yo, aun de cuerpo presente, ya no estaba. Y estaba, puedo jurarlo, sólo que tenía tanto miedo de hacer algo mal, tanto.

Cada día bebo más vino, más a cualquier hora y más barato. Me sé de memoria la etiqueta de la marca que suelo usar. *Dem perfekten Segleiter von gutem Essen, guten Freunden und einer anvegenden Unter haltung*, pone allí. El acompañante ideal de los buenos alimentos, los buenos amigos y la conversación cálida y relajada: supongo que si continúo por esa senda acabaré aprendiendo alemán pero con el hígado fastidiado. Qué más da.

A veces, como me sucede con Inma cuando la observo sin que ella lo sepa, o como me ocurría con Claudia al conocernos, me embeleso ante ciertos objetos, incluso de los que están en la cocina. El frasco de cristal con azúcar: qué tesoro para las hormigas. Pueden verlo ahí, tan cerca y a la vez tan inalcanzable. Así será la felicidad, quiero pensar. Eso me aboca a largas reflexiones.

Otras veces me hundo en la desidia. Sobre todo los días festivos (temo los así llamados «puentes» como a una epidemia; «puentes» para mí es sinónimo de «abismos») me debato en los límites territoriales del lecho. Una vez más, allí hablo en voz alta, y lo hago justo para no sentirme un helecho. O hago juegos de palabras. Qué le he hecho. Le he hecho. Me río (si estoy bebido), o me da la llorera (pocas veces, y me repongo en seguida). De cualquier modo, helecho, ectoplasma o persona normal con problemas normales, mi territorio, los festivos, es únicamente la cama.

Precisamente ahí es donde uno acaba siendo consciente de qué derroteros toma su decadencia.

Mental: pierdo absolutamente el control de las horas que transcurren así, hasta amodorrarme.

Física: de pronto noto lo largas que tengo las uñas de los pies, con lo que me siento un bogavante.

Entonces, lo reconozco, me asusto un poco. «Reacciona», me digo. Pienso en llamar a mis amigos. Pero ellos tienen completamente montada su vida. Su cine, sus cosas. Está bien ir con ellos de vez en cuando, incluso que me droguen con lo que sea, pero el vacío sigue instalado aquí, en mitad de mi pecho. Ellos se drogan con lo que tienen a mano, como hace la mayor parte de la gente, para ser más locuaces. No es mi caso. Yo, al menos con ellos, soy siempre locuaz, incluso demasiado locuaz. Que me pongan ciego de hierba, pastillas o coca, y además con alcohol, no consigue otra cosa que yo sea especialmente incisivo en ciertos matices y apreciaciones dentro de mi constante locuacidad, que en realidad es un autismo convexo, quiero decir doblado incorrectamente, si es que el lenguaje nos viste y nuestras palabras son como prendas que mostramos a los demás. Los abrumo. Entonces intento que hablemos —conmigo siempre se habla muy en serio, no sé por qué será— de la búsqueda del sentido del sentido de tal o cuál cosa, las más de las veces auténticos sinsentidos. De ahí que, por misericordia hacia ellos, eluda frecuentarlos. No porque tema cosas que propician el alcohol o ciertas drogas, que sólo tomo muy de cuando en cuando. Mucho más peligroso y adictivo es el ajedrez. O el amor. Y no digamos la soledad. Eso sí son drogas duras. De las otras se sale con voluntad. De estas últimas, temo, ya no tanto.

Dos maneras de considerar mi contingencia vital, lo que soy y lo que me conforma, desde el punto de vista de la geometría espacial, según el significado del término anamorfosis: he recurrido a dos diccionarios, y en cada uno de ellos se lee una explicación distinta. *Anamorfosis*, según el primero, es una pintura o dibujo que únicamente ofrece una imagen correcta desde un punto de vista determinado.

Para el otro diccionario, por contra, *anamorfosis* define una pintura o dibujo que ofrece a la vista una imagen deforme y confusa, o regular y acabada, según desde donde se la mire.

Voy a ponerme filósofo. Según la primera acepción de anamorfosis, yo me definiría así: «Soy sólo un hombre.» Según la segunda: «Soy un hombre solo.»

Un acentito de nada, y tanto detrás.

He llegado a un punto (extremo) en el que ya no sé si pienso (es un decir) con la sinhueso y me excito (es un deseo) con el gelatino, o si ocurre todo al revés, a destiempo o por sorpresa, con lo cual apenas entiendo nada. Sobre lo que sí empiezo a albergar serias dudas es respecto a la máxima de combate (nada marcoaureliana ni epicúrea, por cierto) con la que abría mi relato. He sido, soy y temo seré demasiado sentimental como para llegar a creerme eso de que el amor es algo destinado a las novelas, como si de cercarlo en una huerta o un gueto se tratase. Y en cuanto al sexo pagado, qué voy a decir. Que ser un putero de pro y convencido, me consta por ciertos comentarios oídos aquí y allá, debe de tratarse de un grado que se adquiere igual que galones y estrellas en la jerarquía militar, pero fundamentalmente es una condición mental, como la capacidad para la música o el ajedrez. O se tiene o se carece de ella. Más allá de la simple timidez en la intimidad, de la supuesta vergüenza moral que a algunos nos puede producir el hecho en sí de la prostitución, más allá incluso de la inescrupulosa ausencia de ciertos prejuicios ideológicos que encierra aceptar tal máxima —el sexo pagado—, está el puro miedo. Porque así se encargan de recordárnoslo cada poco tiempo en la prensa escrita, por ejemplo (en este sentido, todos los rotativos y revistas, sin excepción, lo son de orden), un revolcón con cualquier señorita de ésas nos puede contagiar en el acto (además de enfermedades-azote público que incluso produce pavor mentar, siquiera pensar en las mismas, como si en ellas y en la propia dicción de su nombre fuese implícita la terrible esencia del Pecado) unos buenos hongos, hepatitis de prácticamente media gama del abecedario, gonococos, purgaciones, herpes, cándidas, variopintos pólipos, tricomonas, sífilis, gadnarellas, chlamydias y hasta, si uno se descuida, una familia en pleno de ladillas amaestradas. Qué miedo, sí. Casi mejor darse un soberano revolcón con cualquiera de los muñecos de peluche de los chavales, que aún dormitan por ahí. Hay un oso de Álvaro, grande y tierno, así como en posición entre supina y genuflexa, al que desde siempre le eché el ojo. Ya veremos.

En los días en los que tengo el ánimo por los suelos, poco puedo hacer para espabilarme. Antes me daba por comer o beber. Ahora ni eso. Me entran caprichos. Me digo: «Ve al supermercado cercano y compra algo nuevo, exquisito.» A veces lo he hecho, pero también llego a hartarme. Además, a los de ese supermercado familiar, el Candelas, los llaman así no en referencia a Luis Candelas, aunque son lo que se dice unos ladrones, sino porque la señora de allí tiene ese nombre: Candela. Los horarios del Candelas son increíbles, pues está abierto casi a todas horas, y sus precios abusivos. Aprovechándose de la necesidad ajena (todo cerrado), llenan sus arcas atentando contra el bolsillo, la decencia y hasta el sentido común. Y es que lo del Candelas es (además de juzgado de guardia, inútil, dado que hay mercado libre) muy, muy especial. Bastantes de las cosas que allí venden llevan el sello de: *delikatessen aus dem import*, lo que les da libertad para pegar la gran clavada.

Una escena usual, oída junto a la caja del Candelas es, por ejemplo, la de cualquier señora protestando, pero más perpleja que indignada, con su refresco de cola en la mano:

—¿Cómo es posible que por esta lata aquí me cobréis quince si en otros supermercados la he visto por cuatro?

Instantes de tensión y perplejidad.

—Pues vaya usted al otro supermercado. —Es la respuesta monótona de cualquiera de los empleados del negocio, que suelen ser hijos o parientes. Una saga de rateros bajo el nombre de «comerciantes» Ya lo dije: el libre mercado, la democracia estupenda y tal. Tienes mucha sed, mucha prisa y... ya se sabe. Pero nadie te obliga a comprar en el Candelas. Vergonzante escuela del siseo, grandioso economato del robo, simpar monumento al hurto, academia en el arte del desvalijamiento, insuperable epítome del latrocinio.

Yo acudo allí una o dos veces por año. Morbo puro. Me siento como *Alí Babá y los 40 ladrones.* Es decir, yo Alí Babá, y esa familia lo otro. Siempre me digo: «Hoy les monto un buen follón», pero luego no me atrevo ni a mirar a los ojos de la cajera, que por cierto es como un perro pitbull terrier. Proverbialmente al Candelas van a comprar los extranjeros con dinero, que son la mayoría de los que vienen a esta zona costera, o la gente fina del lugar, que van allí para hacer vida social y ser vistos, o los masocas perdidos a los que pierden ciertas *delikatessen.*

Por mi parte, bastante perdido me veo ya en casa como para preocuparme por lo demás. Es mi propia motricidad la que me inquieta. También aquí, como antes hice al referirme a los dos tipos de deterioro que creo estar sufriendo, apelo a lo mismo para hablar de los daños que padece mi motricidad. Hay, pues, un daño

Mental: por ejemplo, al confundir el polvo para el lavaplatos que está junto al fregadero con un bote grande de harina que ronda por allí. Resultado: el pringue es mayúsculo. Y otro daño es

Físico: por ejemplo, al confundir el tubo de pasta dentífrico (A) con el del jabón semilíquido (B) del lavabo. Si la cosa va de A a B no ocurre nada, pero si es de B a A, uno puede envenenarse. He llegado a limpiarme los dientes con líquido desinfectante para el inodoro. Culpa de la similitud de los recipientes y de mi despiste.

Por lo demás, mi vida es seguir buscando. Reconocer que busco. Buscar a tientas, si cabe. Buscar a ciegas, como aquellas gloriosas partidas de los maestros privilegiados. Ya todo ha acabado convirtiéndose en algo maquinal. Vivir es maquinal. Como nacer, sufrir, comer, gozar, dormir. Morir lentísimamente, supongo, será en el fondo maquinal, y mi problema es que sigo sin aceptarlo totalmente. Yo creía, y quería, que fuese mítico.

Mítico ha terminado por ser, únicamente, el sentimiento de añoranza hacia lo perdido. Porque echo tanto de menos a los niños, por ejemplo, que a menudo esa sensación ataca como una fiebre, con embestidas que me sacuden entero, como si fuesen ahogos o temblores que nadie puede percibir, aunque esté a su lado. Con el recuerdo de Claudia también me ocurre, para sorpresa mía. Hay algo ahí (aquí) físico obsesivo. Y no me refiero al sexo precisamente. Se trata de otra cosa. Algo muy superior en intensidad y que ni siquiera me atrevo a verbalizar de manera directa, pues temo hundirme aún más de lo que estoy, porque sé que las palabras nunca serían suficientes ni ajustadas. Ya ves, lector, tan valiente como quizás pueda haberte parecido para algunas cosas, y tan apocado para otras, las verdaderamente importantes.

¿O sí me atreveré?

La ausencia de Claudia me ha llevado a pensar que ciertas ausencias marcan, sin duda, el final de una partida. Y una derrota. En este caso la mía. Ya nada tengo que perder.

Sí, claro que me atreveré, porque es ahora o nunca:

En la cama, durante la noche, me doy cuenta de que varias veces hago un gesto incontrolado: estiro una patita hacia donde ella estaba, a mi izquierda. Es en vano. No hay nadie. Ahora, el único hueco que existe en el colchón es el de mi lado. También me doy cuenta de que ese gesto va siendo cada vez más resignado. Primero la buscaba estirando un brazo, como si quisiera acariciarla. Como cuando la abrazaba por detrás para darle calor. Tan friolera como siempre fue, yo intentaba que se sintiese protegida. Luego ya no estiraba el brazo o la mano. ¿Para qué? Entonces cruzaba el cuerpo en diagonal. Después solía volver a la posición usual que adopto al dormir, decepcionado y día a día dolorosamente convencido de que ella ya no está allí. Al final me conformo, por lo que parece, con deslizar de nuevo, humilde y vanamente, esa patita entre las sábanas.

De vez en cuando se me duerme algún músculo durante la

noche. A ella le ocurría con cierta frecuencia, y se asustaba mucho. Yo estaba ahí para apaciguarla. Desde que duermo solo —y no me explico la razón— también me pasa. Un gemelo, un muslo, una mano. Entonces, el dolor es insoportable por espacio de bastantes segundos. Me abrazo yo mismo en busca de consuelo. Muchas veces he llorado de soledad en esos momentos angustiosos. Pero lo que más he echado de menos en todo este tiempo es consolarla. Creo que tal vez únicamente en esos momentos, y hablo de efímeros instantes en todo un día, me sentí realmente útil para alguien.

Cuando pienso en ella aún se me encoge el corazón. Y de algún modo ella está siempre.

Cuando ella no está, es decir, cuando tengo plena y amarga conciencia de su definitiva ausencia, todo cesa de moverse y de ser. Si algo tuvo un sentido, lo pierde. Eso es Dios que se ha ido, que ha vuelto a irse, sin avisar siquiera. Entonces se apaga la luz y yo me deshago un poco más en la oscuridad. Me duermo con ambas manos cruzadas a la altura del corazón, sobre el pecho, como los muertos. Desde que Claudia no está he sentido cierta complacencia en ese gesto, o en esa actitud, o en esa íntima decisión de la que sólo me atrevo a insinuar un gesto: quisiera estar muerto. La vida con ella era difícil, porque la vida siempre lo es. Sin ella, no es.

Estoy muerto.

En el lavabo, cuando me siento en la taza del inodoro, apoyo mi cabeza contra un bolsito que ella dejó allí, colgado de la pared de azulejos de gres, y que yo nunca me atrevería a tocar. Alguna vez me he derrumbado, apoyada la frente sobre ese bolso en el que había cintas del pelo, horquillas y un pañuelo suyo. Brígida lo quitó de ese sitio un par de veces, dejándolo en uno de los cajones del armario. Yo vuelvo a ponerlo para poder apoyar la cabeza sobre el bolsito. Ya no lloro ahí. No se trata de llorar sino de encontrar un punto de apoyo, de equilibrio cuando lo real se tambalea o, alejándose, te hiere. Por ejemplo, las propias paredes del lavabo. Sólo el bolsito permanece.

Todo lo de Claudia me persigue. Hay varias fotos suyas en la casa, colgadas en sus respectivos marcos. Con los niños, con *Ursus*, con el *Tete*, sola. Cuando algunas de mis así llamadas «novias» han venido aquí, notan su presencia, y yo sé que eso las cohíbe. Pero no me importa. O sea, sí me importa, pero no puedo evitarlo. Se crea instantáneamente una situación ambigua y, por supuesto, desagradable. En cualquier caso, nada beneficiosa para mis intereses (o los de mi líbido), que suele ser lo mismo. Desde luego, una cosa tengo muy clara: nunca, nunca quitaré las fotos de Claudia. Ella es yo. Lo que fui y lo que no he podido ser, pero lo que siempre seré. Negarla es no aceptarme. Algunas «novias», en concreto Esperanza y Nativel, sorprendidas, me preguntaron si juzgaba «necesario» tener esas fotos ahí. «Aún», recalcaron ambas con femenina astucia. Yo repuse, ni más ni menos:

—Es necesario...

Otras callan, pero yo noto cómo las afecta esa presencia imponente que parece mirarlas desde los cuadros de las paredes de granito del salón. Zulema, en una ocasión, comentó que le parecía de mal gusto. Yo dije: «Pues lo siento.» Las otras dos me lo dijeron sin palabras; con su incomodidad bastó. He dejado de acostarme, y de ello hace ya varios meses, con Zulema, con Esperanza y con Nativel, cosa que de hecho ocurría muy de tanto en tanto, pues tampoco yo propicio tales encuentros. Aurora, mi joven compañera de la biblioteca, nunca «caerá», ahora lo sé. Cuando pude haberlo conseguido, precisamente la tarde en la que, con algunas copas de más, nos disponíamos a dejar el bar en que estábamos y venir a mi casa para seguir «charlando» aquí, justo en ese momento en el que me disponía a pagar nuestras consumiciones, saqué la cartera de mi bolsillo de la chaqueta. Es una cartera que usó Claudia durante un par o tres de años, muy bien conservada y que, sobre todo, mantiene su inconfundible olor. ¿Cómo es posible que ciertos olores permanezcan tanto tiempo? No sé si es un castigo o una bendición. Quizás haya de lo uno y de lo otro, pero a saber en qué proporción. Tampoco sé cómo pude hacer lo que hice, pero fue espontáneo. Llevé la cartera muy cerca de la nariz de Aurora y le comenté con una sonrisa:

—Mira: su olor.

Tuve que explicárselo todo, pese a que en sí mismo es inexplicable. Nos quedamos en aquel bar durante otra hora más, larga y complicada. El tema de la conversación, naturalmente, fue Claudia. Creo que perdí a Aurora en el acto, aunque entonces aún no me di cuenta.

Yo sigo obsesionado con la ausencia de Claudia, como digo, pero he aprendido a vivir con ella. Es decir, con Claudia, ahora traducida a ausencia. Esté donde esté yo, va conmigo, sobre todo en la casa. Su olor se ve.

Supongo que estamos unidos como las pieles de ciertos alimentos: superpuestos en capas que, al desgajarlas separándolas unas de otras, acaban rompiéndose sin remedio. Pienso ahora en una frase enigmática que hace años entresaqué de una novela de Flann O'Brien, titulada *At-Swim-Two-Birds*:

«¿Un cuerpo que a su vez contuviera otro cuerpo, centenares de tales cuerpos unos dentro de otros, como las capas de una cebolla, disminuyendo hasta un final inimaginable? ¿Era yo, a mi vez, un mero vínculo en una amplia secuencia de seres imponderables, y el mundo que conocía sólo el interior del ser cuya voz interna era yo mismo? ¿Quién o qué era el núcleo, y qué monstruo en qué mundo era el coloso final incontenido? ¿La nada? ¿Dios?»

Así, Claudia y yo.

Yo, el monstruo.

Ella, el núcleo.

Lo que hubo entre nosotros, Dios.

¿O Dios no es amor? ...eso dicen.

Entonces, sin ningún tipo de vergüenza interior al reconocer la enormidad de una carencia, ¿por qué no gritar aquello que siento?:

¡Oh, Dios, cuantísimo la echo de menos!

Recuerdo su elegancia soberana, casi insultante, mientras se aclaraba el cabello sentada dentro de la bañera, ligeramente inclinada hacia atrás la cabeza, aún llena de jabón la nuca y dejando que el agua se escurriese espalda abajo.

Lo cierto es que no sé si un sueño que por desgracia vengo teniendo con demasiada asiduidad guarda o no relación con Claudia. Yo creo que sí, pero carezco de los conocimientos psicológicos necesarios como para realizar una interpretación siquiera aproximada.

*Tercer sueño:*

Se me parten los dientes.

Es una auténtica pesadilla, más real que cualquier cosa real que pueda tocar con la yema de los dedos. Los dientes van partiéndoseme poco a poco. Descascarillándose uno a uno sin dolor, y eso es curioso, como si fuesen fragmentos de caramelos o cacahuetes. Así lo siento: la boca se me desintegra igual que si estuviera hecha de uno de esos dulces rellenos de nuez. Entonces, aunque no puedo vérmelo, noto que el rostro se contrae. Va deformándose. Al haber huecos en la boca, las mejillas y el mentón se hunden aquí y allá, quedando pequeñas hendiduras en la piel, en la carne que cede como si fuese aire. No lo veo, pero lo siento. Escupo, asustado. Lo hago casi con violencia y en un intento de sacar esa especie de gránulos en los que se están convirtiendo mis dientes. Vuelvo a escupir. Salen bastantes. Pero al pasar de nuevo la lengua por las encías, junto al inconfundible sabor a sangre, percibo otros dientes triturados que se han desprendido de sus raíces. Los mastico sin querer. Escupo otra vez. De mi boca sale un manojo de ellos, como si fuesen cáscaras de pipas o cortezas de peladillas. Cada vez más nervioso y desesperado, hago un intento de enjuagarme la boca con mi propia saliva. Siguen cayendo y fragmentándose los dientes. Paso la punta de la lengua por las encías casi limpias, primero la superior y luego la de abajo: allí apenas hay nada que no sea carne abierta. Entonces percibo que mi boca se encoge un poco más, hacia adentro. Y lloro. Me despierto bañado en lágrimas. Me sobreviene una sensación de relativo gozo al palpar los dientes que aún tengo, gesto que hago incluso con ambas manos, y eso alivia el dolor inimaginable de la pesadilla. Tardo bastantes minutos en tranquilizarme, pero después de algún rato lo consigo. Y creo haber encontrado una explicación a este sueño:

Envejeceré sin estar junto a Claudia. Y no estar a su lado es el gran fracaso de mi vida.

No será muy difícil de imaginar que, llegados a este punto, me plantee por fin dar por concluido mi relato. A partir de aquí, creo, sólo sería capaz de matizarlo. Tal vez de quejarme o, quién sabe, buscar culpables o circunstancias atenuantes a aquello que me ocurre. Soy jugador de ajedrez, y eso significa que todo en mí está abocado a desear la victoria. Por instinto. Pero también se me enseñó a aceptar una derrota, aunque sea la propia y definitiva. Temo decir esto por consolarme: mi única victoria, aunque parcial, sería haber sabido exponer mi derrota de manera que, al menos, pudiera servirle a alguien para no ser derrotado como yo lo fui. Ese perseverante y formidable adversario ante el tablero que es la vida me ha dado jaque mate, ahora sí, anunciándolo en voz alta. Aunque sólo yo lo he oído. Puedo efectuar algún movimiento desesperado, pero será inútil. El jaque mate seguirá ahí como una amenaza que se cierne, haga yo lo que haga. Por eso, lector, considero honesto y consecuente reconocer que hasta aquí ha llegado mi lucha en esta partida, y por lo tanto debo rendirme. Parece un momento ideal para hacerlo. Doblemos, pues, la cabeza, el honor, la espada.

Procuraré hallar consuelo al pensar en esos maestros rusos depredadores, Issaeff y Barulin: mate en dos movimientos. A ver quién supera eso. Ni el famoso mate del loco, que se produce del modo siguiente: 1. P3AR, P4R; 2. P4RC, D5T, mate.

Te habrás dado cuenta, lector, que absolutamente en ningún momento, a lo largo de mi relato, he osado emplear esa terminología a la que los ajedrecistas estamos tan acostumbrados, acaso como tú mismo al lenguaje oral o escrito. Sé que te hubiese desconcertado, de entrada, y aburrido después. Sin embargo ahora, ya al final, me atreví a hacerlo. ¿Por qué? Quizás porque la belleza pura de esa jugada tan esquemática y tonta como letal, que de hecho simboliza la muerte casi instantánea, sólo es apreciable en su justa medida a través de esos signos. También sugiero lo siguiente: ¿no tendremos todos nosotros, aun muy dentro y escondidas, las claves de un lenguaje superior que únicamente nos sirve para entender cierto tipo de cosas, aunque casi nunca lo empleemos? En cualquier caso, la vida nos da ese mate del loco sin que apenas nos enteremos. A ver quién lo supera.

Es curioso, pero recientemente he vuelto a enternecerme recordando algo del *Tete*. Ocurrió pocos días antes de que se nos escapase para siempre. Iba yo paseándolo, sin *Ursus*, cuando al doblar una esquina nos topamos con el *Tuerto*, ese gato viejo y peleón fajado en mil batallas. Ya no es que me impresionara verle sin su ojo, es que ese día iba fatal, magullado por todos lados y medio arrastrándose. Como si acabara de pasarle un tren por encima, quién sabe. El caso es que el *Tete*, aprovechando la coyuntura y la supuesta debilidad de tan secular enemigo, se puso a realizar delante suyo los consabidos ejercicios disuasorios de musculación. «¡Por todos los dioses... qué fiera!», pensé yo, pues cada vez que lo veía así me impresionaba. Entonces, el *Tuerto* se limitó a lanzarle un gruñido seco y el *Tete*, literalmente, saltó por los aires. Como lo digo: voló un par o tres de metros. Pero luego, ya repuesto del susto, siguió andando en plan chulillo. En fin, recuerdos.

El error de mi vida, acaso: no tener claro si infiero las cosas por inducción, al modo que se opera mentalmente en lo más encarnizado de una partida de ajedrez, o si he hecho eso mezclándolo justo con lo opuesto: la vehemencia, el instinto, la pasión. Pésima mixtura, me temo. Hay un pensamiento que siempre me ha obsesionado. Pertenece al ensayo de Ludwig Wittgenstein sobre la certeza. Reza así: «La ardilla no infiere por inducción que necesitará provisiones también para el próximo invierno. Y no en mayor medida necesitamos una ley de inducción para justificar nuestras acciones o nuestras predicciones.» Me pregunto entonces: ¿soy yo intelectualmente inferior a la ardilla? No (aunque a veces pueda pensar que me hallo al mismo nivel), pero la inmediata pregunta es: ¿por qué ella almacena para el invierno y se cuida, mientras yo, por lo general, no lo hago, sino más bien parece que trabaje justo en el sentido contrario? Y es que me he vuelto a descubrir apurando restos de empedrado de alubias que ya ni *Ursus* quiere (es un suponer), con lo que, temo, cualquier día va a darme una intoxicación. Luego voy y me gasto de modo tonto el dinero yendo a comer a un buen restaurante, donde te clavan el trescientos por cien sobre el precio razonable. Una conducta racional, cuyos actos se derivasen de inferir inductivamente lo conveniente y lo necesario, no me abocaría ni al restaurante estupendo ni al escasamente suculento y nada nutritivo empedrado. Con frecuencia pienso que soy un enajenado de nacimiento, aunque con enormes dosis de disimulo encima, lo cual da a entender, o así les parecerá a los demás, que llevo las cosas con bastante gallardía. En el fondo me siento ardilla. En cuanto a esa vaga y satánica complacencia en castigarme, quizás pertenezca por derecho propio a lo más añejo e insondable de la condición humana que también, faltaría más, anida en mí.

Ahí afuera, tras los muros de esta casa, la noche ha alcanzado ese instante mágico en el que su túnica de azabache, salpicada de estrellas y de murmullos, se funde con la tibia y creciente luz de la madrugada cuando ésta se insinúa. Quizás sean las cuatro o las cinco, no sé. Aquí no hay reloj y no pienso levantarme para comprobarlo. Estoy muy fatigado.

Vaya, de pronto me sorprendo a mí mismo empleando un tono lacrimógeno —y espero que no exageradamente— poético, como en eso de la noche que acabo de decir: así debo ser. Así he de asumirme.

Ha pasado un rato. ¿Cuánto? Afuera está lloviendo y en los últimos minutos se ha ido la luz eléctrica en un par de ocasiones. Más que llover, diríase que ahora cae un verdadero diluvio. Algo propio de esta zona y de la época del año.

Recuerdo que me gustaba oír la tormenta cuando en esta casa había vida. El temor irracional de *Ursus*, bajo una mesa camilla y con puntuales sacudidas en su cuerpazo. Los gruñidos del *Tete*, protegiéndonos y también bajo los pies de cualquiera. La seriedad de Claudia, siempre preocupada por las posibles inundaciones y la cercanía del mar. Las excusas que generación tras generación iban dándose los niños, por riguroso turno, para llamar la atención y buscar algo de consuelo cuando arreciaba la lluvia hasta extremos preocupantes. Cuando el trueno ahogaba nuestras voces y el relámpago nos hacía enmudecer de estupor ante lo imprevisto y sobrenatural. «¡Mamá, papá, tengo miedo!» Ahora es el silencio quien responde al trueno. Tras cada relámpago realizo un parpadeo y asisto, impasible pero conmovido, a ese diálogo. Lo hago con pena y añoranza, nunca con miedo. Lo cual significa que acaso, por fin, he dejado de ser un niño. Lo cual significa también, seguramente, que como siempre fui un niño adulto prematuro, incluso un niño con actitudes de viejo, ahora me convertiré con suma rapidez en un adulto anciano también prematuro, pero con pensamientos de niño.

O sea: es hora de morir.

No digo esto en un sentido propiamente literal. Más bien hablo de una percepción de la realidad que me aguarda y que debo afrontar con dignidad, mirándola cara a cara. Sólo algunas de las cosas que he podido haber dicho a lo largo de este relato fueron escritas literalmente, eso pienso. Pero tampoco pienso decir cuáles, porque quizás ni yo mismo lo sabría.

Decir, escribir, pensar, ¿no es lo mismo, lector?

No lo sé.

(Tengo sueño.)

Y llueve tanto... A lo lejos suena un trueno inmenso. Se ha ido la luz hace un rato, definitivamente. Y todo esto último lo he dicho, escrito, pensado —¿será ésta una imagen demasiado romántica?— ayudado por la débil y parpadeante luz de dos velas que encontré en uno de los cajones de la cocina. Menos mal, si no ahora estaría a oscuras.

(Cada vez más sueño.)

¿Quién fui?

(Cerrar los ojos un instante, sólo un instante.)

Pero si siempre he estado a oscuras. Qué más da. Qué... más... da...

(...)

¡¡Ah!!

(...)

¡Ha ocurrido un milagro!

¿De qué forma explicarlo? ¿Cómo se me podrá creer?

O quizás se trate de no intentarlo. Ni siquiera intentarlo, pues el milagro es vivir, pese a todo.

(...)

Todo encerrado en unos simples paréntesis, como tantos otros que utilicé en mi narración, y unos puntos suspensivos, recurso también usado con frecuencia, porque suple con una especie de guarismo lo que tal vez no pueda decirse con sabias palabras. Tal vez. Sin embargo, ahora es distinto. Pero *eso*, lo que me acaba de ocurrir, ¿cómo explicarlo?

Posiblemente lo más adecuado sea que me limite a describir, sin dar excesivos detalles que no harían más que confundir, lo que ha sucedido en el interludio de tiempo que pretendían abarcar esos puntos suspensivos, dóciles entre el abrazo de ambos paréntesis, simétricos como las alas de una mariposa.

La duda es: ¿sabré explicarlo? ¿Es posible que alguien dé crédito a lo que voy a contar? ¿Qué lo hagas tú, lector, después de lo que —así lo asumo— he podido «manipularte» a lo largo de estas páginas?

Porque el problema, el auténtico problema, y esto se entenderá a la perfección en cuanto explique lo que debo contar, es que ya me resulta casi aburrido recurrir al interlocutor —tú— que me acompañó a lo largo de la historia. Del mismo modo en que ya no hay niños, ni hay Claudia, ni *Tete*, ni *Ursus*, ni hay apenas nada, dudo que pueda haber interlocutor que crea lo que voy a escribir. Así es. Y es duro.

Pero he de hacer un esfuerzo más y decir lo que pasó:

Debo de haberme quedado profundamente dormido, luego de varias horas que transcurrieron sin dejar de escribir. Llevaba demasiadas noches descansando muy pocas horas. Quizás tres o cuatro por noche. Lo último que alcanzo a recordar es a mí mismo, hace un rato, apoyando la cabeza en la mesa sobre estos folios, con los párpados que se me cerraban. Pensé: «Qué postura tan incómoda, pero descansaré con la cabeza sobre la tabla de madera.» Luego vino la oscuridad. Eso sí lo recuerdo. Pensé, aturdido: «La luz de las velas... la oscuridad.» Y nada más.

Nada más hasta que de pronto me despertó el timbre de la puerta. Sentí un sobresalto. La cabeza me daba vueltas. Al despertar tan bruscamente no reconocí cuanto me rodeaba. Se oyó otra vez el timbre. ¿Miedo? No, sorpresa. Con la tormenta debía de haber algún problema serio en el bloque, pensé. «Será un vecino.» Pero ¿a esas horas? Una vela se había apagado ya. La otra ardía, temblando sobre su columna de cera, a punto de extinguirse. Durante unos momentos dudé si coger el paraguas para no mojarme en el jardín. Salí al comedor, aún con la mente aturdida. Abrí una persiana de madera. Ya no llovía. En tres zancadas llegué a la puerta del jardín. Era una persona, sí, con chubasquero y el paraguas plegado. Antes de abrir con llave, esperando que el vecino de marras me confirmase el temido problema, sin duda muy importante a tenor de la hora, eso deduje, asomé la cabeza sobre la puerta. No me pareció reconocer a ninguno de los vecinos. El tipo sonreía como si estuviese a punto de decir algo. Pero no lo hacía. Todo en su aspecto era tranquilizador. Y eso sí lo recuerdo perfectamente, me serené en el acto. Creo que en tono de disculpa mencionó algo referente a lo extraño e inoportuno de la hora, y que se veía obligado a molestarme pese a la vergüenza (o quizás mencionó la palabra «apuro») que eso le producía. «Era necesario», me parece que dijo. Pero sólo lo creo, conste. Yo seguía espeso de pensamientos.

Fue justo a partir de ahí, también lo recuerdo con nitidez, cuando entré en una especie de ensoñación. De un lado todo era muy real, muy tangible, y sin embargo me parecía una suerte de espejismo. Caminamos por el jardín sin decir nada. Luego le abrí la puerta de casa, invitándole a que pasara. Entonces me dijo:

—Soy tu lector.

Si ahora manifestase mi estupor al recordar esos instantes,

creo que mentiría. Parecerá absurdo, pero así es. Lo único que sé es que en ese preciso momento pensé, no sin cierto desencanto: «Vaya, pues no se trata de un vecino...» Aunque de modo simultáneo, pero con absoluta calma, lo cual no deja de ser pasmoso, pensé: ¿El lector? ¿Qué lector? Y acto seguido: «¿No se tratará de mi lector, verdad? Eso es imposible...» Aquí llegó lo inaudito. Como si me leyera el pensamiento, continuó, mientras entraba en el comedor, indicado por mí y apoyando antes con delicadeza su paraguas en uno de los muros exteriores de la casa:

—Pues sí, de eso se trata...

Se detuvo en mitad del salón mientras con un gesto me preguntaba dónde podía dejar su chubasquero, que era de botonadura frontal y acababa de quitárselo. Aunque, ahora que lo pienso, en ningún momento recuerdo haberle dicho que pasara, ni al jardín ni a la casa. Como dije, me limité a indicárselo, pero cuando él parecía haber tomado ya la decisión de entrar, aunque con toda naturalidad, como si hubiese estado allí horas antes. Luego prosiguió:

—Sé que todo esto te parecerá muy anormal, pero así es. Soy tu lector y, si me permites un consejo, no te hagas demasiadas preguntas al respecto...

Supongo que entonces, al comprobar la tranquila familiaridad con la que acababa de recibir en mi propia casa a aquel tipo de mediana edad, gafas, un rostro normal y una ropa anodina de tonos grises, me vi sacudido por un vago temor. No de él, eso era evidente, pues me seguía sonriendo igual que si nos conociéramos de toda la vida, sino, ¿cómo lo diré?, de mí mismo. ¿Qué hacía yo con aquel desconocido en mi casa y en plena madrugada de una noche de tormenta? El caso es que él apenas me importaba, por raro que parezca. Sólo me preocupó, y fue así ya en ese momento, sentirme tan sereno ante una visita dijéramos que inesperada en todo punto, y también carente de justificación. Justo ahí estaba lo inexplicable del asunto: por una parte tampoco sentía deseos de aclarar los motivos de su presencia, y por otra —sobre tal suposición debía fundamentarse mi nula sorpresa— tenía la impresión de que, en efecto, no era ni mucho menos un desconocido.

A partir de ahí siguió eso inexplicable y a la vez cotidiano ante lo que en ningún momento dejé de obrar con absoluta normalidad, dentro, claro está, de una relativa extrañeza. Le invité a sentarse en un sillón, ofreciéndole el más cómodo, uno tapizado de cuero marrón oscuro. Tomé asiento en la mecedora, frente a él. Junto a ambos estaba la mesa camilla. Era como si fuese una visita largo tiempo esperada que, por alguna causa concreta, se había visto obligada a llegar a esas horas intempestivas. Cómo sería que creo que incluso cambiamos un par de frases hechas a costa del tiempo. Le pregunté si deseaba tomar algo, pero negó con la mano y sin dejar de sonreír, lo cual tuvo en todo momento la virtud de tranquilizarme. Había vuelto la luz. Me di cuenta porque en el salón estaban encendidas dos de las lámparas. Yo mismo, antes de sentarme, acababa de dar a los interruptores. Sin embargo veía a esa persona sólo parcialmente. Como si llevara puesto un tul que le cubriese el rostro. No ocultándolo sino sólo difuminando sus rasgos. Debí de comentarle, extrañado:

—¿Qué significa eso del «lector»?

Me lo explicó: a veces, aquello que invocamos con mucha intensidad acaba sucediendo. Tan sencillo como respirar, como dormir cuando se está agotado, dijo. Tan natural como nacer, vivir y morir. Aunque de lo primero no nos acordemos, de lo segundo casi nunca seamos conscientes en toda su rutilante magnitud, y a lo tercero nos neguemos hasta el último suspiro, que nos es prácticamente arrebatado a la fuerza. Me insistió también en que, pese a tener plena conciencia de que cuanto estaba sucediendo me parecería insólito, debía creerle: él era mi lector, ese lector a quien había estado invocando de modo continuo a lo largo de todo mi relato. «Ahora he venido para aclarar un par de cosas, sólo eso», dijo. Me sentí anonadado.

Supongo que tuvo que ser entonces cuando reaccioné de verdad, casi levantándome de la mecedora y preguntándole:

—¿Pero qué lector?

—El tuyo. ¿Acaso no has estado dirigiéndote a mí durante decenas de páginas? —contestó sin inmutarse.

En ese punto tuve que darle la razón. Era cierto, aunque nunca imaginé que todo fuese así de normal. Volví a sentarme. Creo que dije que me era del todo imposible entender y aceptar aquello. Pero no estaba seguro de decir la verdad.

—Claro, ¿qué esperabas?

Me habló sobre la idea previa que instintivamente debe hacerse cualquiera que escriba ficción acerca de sus hipotéticos lectores, aunque se trate de un texto velada y vagamente biográfico, parecía ser mi caso.

—Yo creo que, como sucede con los silencios en música, siempre debe mantenerse una distancia —dijo él encogiéndose de hombros, como si realmente no estuviese muy convencido de sus palabras pero haciendo hincapié en el último concepto que mencionó.

Naturalmente, defendí la espontaneidad a ultranza.

—Sin embargo, eso puede dar lugar a que los que te leen no hagan del todo suyo aquello que pretendes transmitir —alegó.

—¿Por qué?

—Se me ocurren varias razones, pero la más sólida acaso sea que si uno desea hacer partícipes a los demás de aquello que le preocupa, deberá trascender de su propio modo de ver la vida para hacerlo desde el punto de vista concreto de los otros, quienes le leen, que son sus únicos interlocutores en ese instante...

—Entonces —argüí—, una historia narrada en tercera persona tiene más visos de resultar verosímil a un lector que si lo haces en primera persona.

—No exactamente, pero sí puede complicarla más. Del otro modo... —pareció vacilar, pero siguió—: pese a que se le está hablando directamente, das opción a que el lector elija, a que se sienta como el protagonista o que vuelva a su puesto de mero observador y juez de cuanto acaecerá en el libro.

—¿De verdad eres... real? —pregunté, pues no salía de mi asombro.

Sonrió de nuevo. Y dijo:

—¿Lo es tu historia?

No esperaba esa contestación, que me hizo dudar. Más que otra cosa me pareció el movimiento prudente de un avezado ajedrecista en apuros. Por ello lo admiré sin decir nada. Estaba frente a un rival de envergadura. Pero aún no me había dicho para qué estaba ahí, frente a mí. Porque era obvio que había venido a algo. Finalmente me atreví a preguntárselo. Tardó unos segundos en madurar su respuesta:

—Lo cierto es que ni yo mismo lo sé. Ya cuesta bastante, a veces, ser el lector objetivo de determinadas obras que se proponen envolverte en su trama de un modo especial, como para además realizar esfuerzos suplementarios.

Antes de que continuara dije que, si bien era cierto que siempre me había gustado leer y escribir, mi auténtica pasión, mi forma de escritura mental perfecta era el ajedrez. Así que no iba a insistir demasiado en ello. Ya había escrito lo que quería.

—¿Y eso qué era...? —le oí.

—Describir una vida normal, como la mía. Acaso la de un hombre algo solitario y con un problema reciente a superar. Un día en la vida de un hombre, una vida en el día de un hombre. Igual da.

—Pero tu historia es algo más, ¿no te parece? —preguntó.

—No lo creo. Es sólo un día de esa vida, insisto en ello. Quizás una época que abarca semanas o meses, pero que podría condensarse en un día. —Le vi dudar, lo que aproveché para decirle—: Y ¿quieres saber por qué me preocupa más la espontaneidad, aun a costa de equivocarme en algunos momentos, que lograr determinados objetivos minuciosamente prefijados antes de emprender una historia? —asintió, y yo seguí—: Antes mencionaste haberte involucrado en la trama de lo que yo contaba, y yo, lo aseguro, nunca me propuse trabajar sobre una trama argumental al uso. Algo que, según la mayor parte de teorías literarias en boga, es el primer requisito para la construcción de una novela que pretenda funcionar.

—Disiento de cuanto dices —me cortó—. La trama que has creado, tal vez incluso sin saberlo, es la de tu rutina, tus fantasmas y temores.

—No es ésa mi idea de «trama»... —protesté, aunque en el fondo estaba dándole opción a que me lo explicase, porque necesitaba oír sus argumentaciones.

—Uno cae en la trama. Se ve atrapado por ella —dijo con cierto énfasis y tras pensarlo varios instantes—, aunque no esté siquiera bien definida. Cae en ella si ésta posee elementos que la hagan apasionante.

—Sí, aunque reconóceme que con la ayuda de cierto hilo argumental —le dije— el lector tiene más elementos para seguir interesado, incluso más allá de la persona que narre esa historia...

—Es posible, pero —preguntó tras dudar de nuevo—, si eres capaz de señalar con tal precisión lo que consideras son errores de planteamiento, ¿por qué los cometes?

No tenía respuesta. Paradójicamente diríase que era él quien estaba defendiendo lo que yo escribí. Por supuesto que nunca pude imaginar que me vería ante la eventualidad de tener que responder algo así:

—Es mi manera de decir las cosas, entiéndelo, es la única que tengo, y tú lo has podido comprobar a lo largo de la historia, supongo. No sé, prefiero parecer estúpido a vacuo. Prefiero ser repetitivo y oscuro a liviano y pusilánime. Prefiero... —Me quedé cortado.

—¿Sí? Venga, atrévete a decirlo... —me animó.

—¿Estás seguro? —pregunté.

—Tú eres quien debe estarlo. —Le oí, y lo dijo sin ninguna reticencia.

—Bien —recapacité, viendo que no tenía escapatoria—, de acuerdo, lo reconozco: he preferido mostrarme débil, caprichoso, voluble, pero ser yo mismo.

Hizo una mueca peculiar, como si recelase de lo que terminaba de contestarle, o como si algo de lo oído le hubiese hecho gracia. Finalmente me preguntó:

—Pero ¿a costa de qué?

—¿Cómo que a costa de qué...? —Yo volvía al intento desesperado de reorganizar mi defensa y obtener posibles posiciones de contraataque.

—De que, a pesar de todo, has estado ocultándote la mayor parte del tiempo...

En ese instante, acosado por una súbita debilidad, sentí que me mareaba. Fue como cuando, estando a gran altitud, se nos desentaponan los oídos. Todo parecía dar vueltas a mi alrededor, y me hubiese sido imposible asegurar si llevaba años hablando con ese desconocido, en aquella posición y en aquel mismo lugar de la casa, o si todo se debía a una fantasía incomprensible, de escasos segundos de duración. Le volví a preguntar quién era realmente. Me lo repitió con cierta desidia y sin el menor vestigio de incomodidad:

—Tan sólo tu lector.

—Pero tú... no puedes existir... eres únicamente un producto de mi imaginación —expuse, aunque sin demasiado convencimiento.

—Sigues sin querer darte cuenta: me has creado y eso implica unos riesgos —contestó—. En vez de limitarte a escribir una historia en la que simplemente pasasen cosas, aunque sostenidas por esa anhelada trama argumental a la que tan obsesivamente aludes, te empeñaste en hablar conmigo una y otra vez. No lo niegues...

—No puede ser... Lo escrito no existe...

—Pruébalo. Prueba que no existe lo que has escrito.

—Pero... —No me dejaría terminar. Hizo algo que llegó a alarmarme, pero que sin duda llevaba mucho rato deseando hacer:

—Puedes tocarme —dijo, y extendió su mano hacia la mecedora.

Mi brazo derecho, luego de dudar unos instantes como si tuviese vida propia, fue hacia esa mano. La toqué. Estaba fría, pero era una mano normal. Él sonrió.

—Vas a acabar consiguiendo que me sienta un temible fantasma. —Se permitió bromear. Al oír eso me sobrevino un nuevo estremecimiento y, ahora sí, un estado de lasitud tal que creí iba a desmayarme. Las cosas seguían dando vueltas. Debió de notarlo, porque se preocupó:

—¿Te encuentras mal?

Negué con la cabeza, pero era evidente que sí estaba mal.

—Has forzado demasiado la máquina —oí que murmuraba, esta vez con cierto deje de lástima en su voz.

Lo miré con ojos de desconcierto.

—La de tu cabeza —me aclaró sonriendo.

—Sí... pero... —Recuerdo que intenté rebatirle.

Contestó secamente aunque sin brusquedad:

—Pareces un disco rayado. Menos mal que en tu historia, a pesar de la presunta existencia de otros defectos, no creo que esté precisamente ése. —Luego recapacitó y, encogiéndose de hombros, añadiría—: Bueno, aunque quizás yo tampoco sea el indicado para hacer tal afirmación... A lo mejor sí te repetiste en algunos momentos...

Le miré, absorto e imagino que con una cara de pasmo. Me disgustó lo que terminaba de oír, aunque yo hubiese afirmado algo similar poco antes. Una cosa eran mis dudas, y otra muy distinta las suyas. Notaba mi propia palidez, aunque simultáneamente me ardían las mejillas. Algo repicaba en mis sienes. Intentó aclararme lo que había dicho:

—Me refiero a que, también es una paradoja, pero yo soy parte implicada...

Logré, no sé cómo, pues de repente empezaba a tomar plena conciencia de la situación inverosímil por la que estaba pasando, balbucear unas palabras indicándole que había comprendido. Incluso dije:

—Claro... yo te he creado. —Tomé aire antes de proseguir—: Pude ponerte o quitarte.

Entonces me interrumpió con una decisión rayana en la fase previa del enfado.

—¡No, te equivocas...! Yo no soy un personaje cualquiera de tu obra. Soy algo más que eso...

Y al oírlo volví a alterarme.

—Soy, he sido tu interlocutor constantemente, y eso no es poco —siguió casi de inmediato y confiriéndole a su voz un tono de resignación.

—¿Qué diferencia hay entre personaje e interlocutor...? Para el caso... —Me costaba articular las frases y ordenar los pensamientos.

—Por supuesto que la hay, y mucha —comentó con énfasis mientras cambiaba de postura en el sillón—. Un interlocutor, al contrario de un personaje sobre cuyo destino tú pones la última palabra, está en cierto modo al margen de tus propios designios. Está y no está, va y viene, pero acaso él sea en esencia parte de ese hilo argumental por el que suspirabas...

—Pero yo soy el creador... —protesté, aunque en el vacío.

—Y yo aquel a quien tú elegiste para observar, describir e incluso juzgar de modo objetivo, casi desde fuera, cuanto tu imaginación iba creando. ¿Entiendes lo que digo?

Lo entendía. Pensé: como en el *Rayuela* cortazariano. Un lector constante que te acompaña. Pensé en muchos libros de épocas anteriores, en aquella última novela mala y primera novela buena al mismo tiempo, pues un día escribía una página de la buena y otra de la mala, que era siempre la misma: la fantasía narrativa de Macedonio Fernández en su *Museo de la Novela de la Eterna*. Tal vez ése sea el destino de estas páginas: la certeza de que pasarán generaciones de lectores de escaparates —no lectores de literatura, sino consumidores de libros de ficción— y no será comprada. Sin embargo, en su implícita voluntad es inmortal, no por los supuestos valores que tenga o deje de tener, sino porque, no me cansaré de repetirlo, se invoca y aparece el lector.

Justo antes de que pudiera contestarle dijo:

—Sé que, en la historia de la literatura, a veces un autor ha hecho aparecer a determinados personajes de su obra en el transcurso de esa misma obra...

Abrí desmesuradamente los ojos. Nunca pensé que fuese a llevarme por ese camino.

—Sí, no me mires así... —me rogó, para añadir de inmediato—: Unamuno, por ejemplo...

Aunque algo me sonaba por recordarlo vagamente, era por completo incapaz de centrarme en lo que me decía.

—Da igual —siguió, como si tuviera prisa por acabar—. Tú eres el creador de unos personajes, y en principio sólo por esa razón has hecho ficción. Del resto deberías olvidarte.

Volví a abrir los ojos. Pensé: cuando los abra del todo ya no estará. Pero ahí seguía, hablando con decisión aunque sin apasionamiento, como si tuviese todo el tiempo del mundo:

—Sí, Brígida, Claudia, Alejandro, tus hijos, todos los demás... —Yo asentí y él continuó—: Existirán o no, sus rasgos y vidas estarán basadas en alguien en mayor o menor medida que existe de verdad. Eso únicamente tú puedes saberlo. Pero en cuanto a mí —hizo una nueva pausa y bajó los ojos—, ahí sigo pensando que quizás te hayas atrevido en exceso. De alguna manera cruzaste la línea sagrada, convirtiéndome en juez. Tú mismo estuviste exigiéndolo de ese modo casi desde el principio. ¿Recuerdas?

Supongo que mi cabeza realizó un movimiento automático de afirmación.

—De ser mero espectador de la evolución de tu historia, y repito que impelido por ti a ejercer dicho papel, pasé a convertirme en quien debía supervisar, y de algún modo dar su beneplácito de manera más o menos tácita, a cuanto ibas escribiendo. No lo niegues.

—Y no lo niego —me defendí—, pero tampoco termino de entender qué pretendes decirme...

—Únicamente que has reclamado mi atención con una insistencia, dijéramos...

—¿Exagerada? —insinué. Él pareció dudar.

—¿Acaso injustificada? —insistí.

Se puso en pie lentamente, sin medrar palabra. Dio unos pasos por el salón mirándolo todo, como si en efecto lo reconociera por haber estado allí a menudo. En ese instante media parte de mi cerebro decía: «Es un fantasma. Despertaré pronto.» Y la otra media: «Estoy volviéndome loco, porque ahí hay una persona real que lo sabe todo de mí y que incluso conoce la casa.» Yo seguía como narcotizado. De pronto se giró hacia donde me encontraba. Tras enmarcar una sonrisa preguntó:

—Ésa es la puerta desde la que viste cómo te espiaba el Controlador, ¿verdad? —Y señaló con la cara en dirección a la mencionada puerta. Sentí un tenue escalofrío.

—Pero eso... eso... no ha existido... —volví a hundirme en mi desconcierto—, eso sólo me lo inventé...

—Veo que te niegas a entender —dijo—, aunque de otro lado me parece una reacción bastante lógica. Supongo que yo en tu lugar haría lo mismo...

En tal momento caí en la cuenta de que habíamos estado tuteándonos desde el principio. No es que ese hecho fuese inusual en mí, todo lo contrario, pero sí me dio que pensar sobre la impresión inicial de que conocía a ese hombre.

—Sólo sé que no puedes ser lo que... pareces... —murmuré, ligeramente inclinado el torso hacia adelante y hundiendo la cara entre mis manos. Tenía los codos apoyados en ambas rodillas y la mecedora se balanceaba ligeramente, lo que acentuó mi sensación de mareo.

—Como quieras. Podría comentarte cualquier punto de tu historia, que he seguido con atención, créeme. Y aun así, racional como eres, seguirás pensando que todo esto acaso sea sólo una alucinación...

Le oía como si de pronto me hablase desde muy lejos, aunque sin mirarlo directamente. Entonces, y no entiendo por qué, sentí casi pánico de hacerlo.

—Mira —añadió al poco—, ni yo soy Virgilio ni tú eres Dante, ni los dos paseamos por el Infierno. Nada tengo que mostrarte, así que permanece tranquilo. En ese sentido ten presente que lo único que he venido a decirte es que cuando escribas ficción procures no invocar demasiado al lector. Podrías hacerle dudar, con tu insistencia, de aquello que tienes entre las manos. Y eso iría en tu contra.

—No veo nada negativo en invocar al lector... —argumenté, aguardando a ver cómo reaccionaba.

—Y no lo hay, todo lo contrario. Pero...

—¿Sí?

—Eso es algo que sólo puede hacerse una vez en la vida, me

parece. Tú te has arriesgado, y ésta es tu vez. Pero insisto en que los recursos de la ficción son ilimitados, y nunca se sabe...

—Yo no creo escribir ficción —me excusé, ya con la voz quebrada—. Es más, leo poca literatura de ficción, quiero decir: para evadirme y todo eso. Soy un buen jugador de ajedrez. Nada más.

Me miró de arriba abajo, ahora repentinamente serio.

—¿Y esta historia?

—Una parte de mi vida, supongo... —afirmé como pude, porque seguía sonando a excusa.

—Distorsionada, claro.

—Distorsionada —comenté con sequedad.

—Pues desde ese preciso momento has creado ficción —sentenció—, y eso genera unas reglas.

—Yo...

—Has creado, compréndelo de una vez. Creado —vocalizó con énfasis esa última palabra: me hablaba como a un niño—. Eres inmune a todo lo real por el mero hecho de realizar eso, lo cual no significa que cuanto hagas quede impune. Y perdona el juego de palabras...

Le aseguré que no entendía. Que tal vez mis frecuentes invocaciones al lector, al que yo por supuesto consideré un ente invisible y recurrente a quien podía dirigirme a mi antojo, eran quizás defectos de forma, producto de mi inexperiencia y, sin duda, de mi falta de verdadero talento.

—Igual que se vive, se piensa y se siente, se mueven las piezas sobre un tablero de ajedrez —dijo—, y del mismo modo se escribe: tú lo has hecho. Ya no es posible dar marcha atrás. Por mi parte, me limito a decirte que nunca debes poner en manos de nadie argumentos que puedan girarse contra ti mismo y tu obra. Ten en cuenta esto: quien te quiera bien te dirá siempre que no permitas que un posible enemigo utilice para intentar destruirte un argumento ideado por ti. Y sin embargo, si eso fuese un reto para ti, adelante. Te hará sobrevivir. Ahora me has invocado —siguió al poco—, de acuerdo. Aquí estoy. Pero en el futuro respeta la paz del lector. Permite que vaya extrayendo sus propias conclusiones, según su criterio, aunque aquéllas puedan ser negativas hacia lo que escribiste. En última instancia, nunca lo serán hacia tu persona. Tenlo en cuenta.

—Jamás creí que un imaginario lector pudiese sentirse agraviado por mis alusiones... —dejé entrever, aunque sin estar plenamente convencido de lo que decía.

—Agraviado no, pero quizás sí acosado. Indúcele a creer, a pensar y a sentir. Sedúcelo, pero procura no involucrarlo de modo tan directo en lo que, en teoría, es tu propio proceso creativo. Preserva un poco tu intimidad, porque después ella será acaso tu libertad. —Me miró con atención y, al verme parcialmente abatido, dijo en tono amistoso—: Pero tampoco te obsesiones demasiado por ello. Recuerda mi consejo: eso es algo que puede hacerse en una ocasión... —Se quedó pensativo. Yo le observé, preocupado.

—Sí, en una ocasión. No más. Así lo pienso —añadió en tono lapidario.

Hizo carraspear su voz y se irguió del sillón dándose una suave palmada en las rodillas.

Del mismo modo que había llegado, casi con dulzura, insinuó que debía marcharse. Al levantarnos e ir en dirección a la puerta volví a rozar ligeramente su brazo. Ahí estaba, sólido bajo una chaqueta. Aquél era un brazo real. Sonrió resignadamente al comprobar mi gesto. Entonces dijo que, pese a no ser en absoluto capaz de prever mi futuro, sí tenía dos cosas muy claras. Una, que yo debía concluir pronto mi historia, incluso lo antes posible. «Aquello de lo que querías hacerme partícipe ya lo sé», añadió.

—Pese a las digresiones... —me justifiqué.

—A pesar de ellas. Imagino que son producto de tu modo de pensar en general y de tu apego al ajedrez en particular. Es tu esquema mental. Yo mismo creo haber descubierto así muchas cosas acerca de tus sentimientos auténticos, sobre todo en la última parte del relato, que es donde te has sincerado. O, si lo prefieres, donde te has roto.

—Te refieres a Claudia... —pregunté, aunque afirmándolo.

—Me refiero a cuando has decidido no disimular más, no esconderte detrás de nada, precipitar la conclusión.

—Luego eso no quedaba claro desde el principio... —inquirí con ansiedad.

—Me es imposible responderte por otros lectores, los que juzgarán esta historia. Para mí sí estaba más o menos claro. De algún modo todo fue acaeciendo de modo gradual, y quizás ésa sea una fórmula a tener en cuenta: si atrapas a quien te lee, no te aconsejo hacerlo de entrada. Provoca antes determinada atmósfera. Preferible que le cueste un poco acceder a la esencia de la historia. Pero una vez haya entrado en ella, entonces sí, cierra todas las puertas tras él. Córtale el posible retroceso.

—¿Contigo lo conseguí?

Sonrió y dijo enigmáticamente:

—Claudia...

Le cogí por el codo sin ningún recato, ya en la puerta, rogándole que se explicase. Lo hizo:

—Ella es tu capacidad de amar, aun en la ausencia. Ella es tu necesidad de ser amado, aun a través de los recuerdos, pese a que lo niegues o te esfuerces porque eso no sea así. No eres un peón o un alfil, no eres la torre o el rey. Eres una persona. Y nosotros, tus lectores, el tablero. —Creo que en ese momento intenté protestar, pero me lo impidió—: Y lo segundo que tengo claro es que no estoy de acuerdo en que hayas perdido en la partida de la vida. El único jaque mate posible es la muerte, obviamente. Para todo lo demás siempre existe esperanza. Tienes esa partida en tablas, créeme.

—Tú no juegas al ajedrez. —Me atreví a afirmar, aunque con una gran desazón en el pecho.

—Tal vez no, pero te he leído, y eso es como el reverso de lo mismo...

Ya había abierto la puerta del jardín. Pese a la sorprendente fluidez de nuestra conversación en los minutos previos, en realidad casi en ningún momento dejé de tener la sensación de estar ensartado en un letargo. O, más exactamente: yo era la aguja y el letargo una mariposa gigante y de vuelo lento, cuyas alas se desplegaban, estáticas y llenas de arabescos de color, cubriendo el horizonte con sus movimientos, que eran mis percepciones. Apenas me di cuenta y la extraña visita había desaparecido acera abajo, tras decirme un escueto adiós, sobre el pavimento aún mojado por la reciente lluvia. Las farolas alumbraban el asfalto, dándole un tono escarlata al gris acerado que sólo rompía su monotonía en los charcos acumulados aquí y allá.

Nada más cerrar la puerta me vi sacudido por un leve temblor. De nuevo creí tener fiebre. Hice el intento de volver a mirar por encima de los setos del jardín, incluso aupándome sobre mis talones. Desde esa posición se veía casi toda la acera en perspectiva, hasta el cercano paseo Marítimo, hacia donde acababa de irse mi visitante. Ya no estaba. Se había esfumado, literalmente. Recuerdo que entré en casa y me eché de bruces en la cama. Todo seguía dándome vueltas. Sin haber ingerido ni una gota de alcohol percibía los síntomas de una borrachera. También, eso me pareció, sentí como si me castañeteasen los dientes. Es posible que estuviera enfermo.

La casa aún mantenía el olor de las velas, que se habían consumido poco antes. Así me quedé profundamente dormido, sin desvestir siquiera.

No soñé, o no que yo recuerde. A la mañana siguiente me dolía todo el cuerpo. De lo ocurrido en la noche anterior tenía una sensación ya no confusa sino delirante, pues me era imposible distinguir cuánto de realidad podía haber en ella. Algo similar, aunque con muchísima más intensidad, a lo que sentí al pensar en aquellos sordomudos con escafandras y bajo el agua haciéndome significativos gestos en medio del silencio. Mensajes que ahora, lo sé, nunca llegué a descifrar. Pero decidí no pensar en todo ello. Puro instinto de supervivencia.

También llegué rápidamente a otra determinación: nunca volvería a dirigirme a quien mi extraña visita me recomendó encarecidamente procurase no invocar. Y obsérvese que ya no lo hago. Sólo me resta, pues, concluir el ciclo de mi historia: con ese «morir» en el seno de la propia narración al que aludí antes elípticamente, concepto por el que espero no haber sido malentendido. (¡Otra vez mi miedo ante quien ya no puedo mencionar...!)

Y el ciclo se cierra como empezó. Fundamentalmente con dudas. Pues las carencias son demasiado duras e hirientes como para incidir en ellas y salir indemne del forcejeo. De hecho nada acaba nunca, y menos una historia como ésta que, construida y concebida a modo de prisma que puede observarse desde diversos ángulos en busca de distintas perspectivas en la refracción de la luz, es susceptible de ser pensada, creo, y espero, de más de una manera. He vuelto a estar a punto —¡y casi en dos párrafos consecutivos!— de volver a caer en el error que me propuse evitar, faltando además a mi palabra. Así es: las cosas van diluyéndose sin que apenas seamos conscientes de ello. Bastará con recordar que perdemos mucho más que ganamos, pues nunca damos cuanto debimos dar, en el momento justo y a las personas adecuadas.

En cuanto a mí, a qué edulcorarlo con espurios y vacuos apuntes justificatorios, aun esgrimidos en forma de quejumbrosas digresiones de índole poética conceptual, y aquí puedo aplicarme lo del suelo de mi cocina: vivo agridulce, insensatamente rebozado en un puro cultivo biológico de suciedad, dejadez y variopintas miserias que son, ahora lo comprendo, una forma de autocastigo, mi última penitencia. Pero también entiendo que no puedo dejar de albergar la esperanza de que todo eso un día cambiará. A tal idea me aferro. O al menos lo digo en voz alta. O lo escribo. Por lo tanto, ya es.

Viviré deseando que en mi vida aparezca algo como Petete, el misterioso maniquí de la funeraria, para ponerle emoción a los días, aunque soy consciente de que muy pocas veces en la vida de uno se cruza un Petete que lo salve. Porque quizás ahí reside el error: anhelar la salvación en vez de limitarse a sobrevivir con dignidad jornada a jornada.

El sueño o la visión de los sordomudos acuáticos haciéndome inquietantes señas, lo mismo que la de aquel transatlántico hundiéndose entre las dunas de un desierto, se reproducirán camuflados entre otros sueños o pesadillas sin explicación posible. Lo sé. En cuanto a los dientes, creo que esa introspección onírica me perseguirá con más encarnizamiento si cabe. Por todo ello, supongo, empezaré a hacerme a la idea de pensar en una dentadura postiza. ¿No es ése al fin nuestro destino? Hay un tiempo para el entrecot y otro para la sopa y las papillas. Uno para soñar y otro para ser soñado, aunque no creo estar preparado para preguntarme por quién.

En cuanto al barrio y mi casa, tampoco ahí las cosas parecen haber cambiado apenas. Los viejos de los bloques A y B siguen en lo suyo —como la cantidad ingente de bichos que los pueblan—, que es ir tirando sin aspavientos. Por cierto, parece que una anciana del bloque A murió el otro día, atragantándose con huesos de cereza. El problema es que le encontraron varios huesos de cereza en el esófago. ¿Cuántos? No lo sé. También eran varios los días que esa mujer llevaba muerta, y nadie se había enterado. Vivía sola.

Aquí, en el bloque C, todo continúa igual que siempre. Los Podadores, como en estas fechas no tienen qué podar, y a falta de moreras sobre las que descargar su ansiedad y su tedio, intentan efectuar discretas podas en la intimidad de otros vecinos: fisgonean aquí y allá. De vez en cuando fingen que se pelean por unos hongos de nada, como dije, o por una gotera de más o de menos. El caso es sentirse vivos.

Legiones de obreros, siempre demorando de modo magistral sus actividades, viven en espera de que llegue un nuevo viernes por la tarde. Ellos siguen poblando estas calles, y los edificios contiguos a Atlántida, con sus voces, sus ruidos y sus bocadillos como fagots envueltos en papel de aluminio. Sin ellos nada sería lo mismo. El viejo mundo que representó todo esto, remanso de paz y reducto espiritual frente al sucio ajetreo de una gran ciudad cada vez más cercana y amenazadora, se deshace a marchas forzadas. Ellos, los obreros, van poniendo parches aquí y allá para que el proceso de desintegración resulte menos traumático a quienes lo sufrimos.

En mi caso todo está, asimismo, bajo control. Menos yo, pero no creo que eso importe en exceso.

He conseguido aplacar la turbadora aunque incómoda fantasía de hacer algo diferente con mi vida. Dudo si dejarme caer en el desmadre absoluto y radical, vestirme a lo Verónica Manzano y salir a la calle en busca de guerra. Pero no. Eso sería, además de impostado, indagar en la otra vertiente del arroyo. Si ya me he hundido en el lodazal de una de las vertientes de ese arroyo, ¿a qué conocer la otra? Y si no me gusta ésta, ¿por qué acceder a la otra sin la menor garantía? Quizás sea preferible ahondar en lo que ya soy, o en aquello de lo que ya carezco.

Soy metódico, pese al deterioro en ese tipo de detalles que forjan un carácter, por ejemplo en el gesto de desenredar la maquinilla de afeitar, que pende de su hilo plastificado en forma de espiral. Sé perfectamente los movimientos que dará la máquina. Cada vez ejecuto ese gesto como un ritual que me fascina. Dieciséis vueltas a un lado, seis al otro, tres, una y se detiene por fin. La pliego exactamente igual, de ahí mi certidumbre posterior al desenredar ese hilo. Todo ello me tranquiliza. Al menos hay algo que controlo, yo también.

A menudo creo que nada tengo que ver con la condición humana. Así sucede hasta que me enfrento a las sonrisas de ciertos niños que, como quizás resulte comprensible, me recuerdan a los míos. A éstos, pese a verlos con frecuencia, los añoro tanto que hasta echo de menos las regañinas que les propinaba, casi siempre por idénticos motivos. ¿Uno de ellos, cogido al azar? Su manía de destrozar las rebanadas de pan, en las comidas, horadándolas por el centro y dejando la corteza íntegra, a modo de geodas.

Observo la cerámica del lavabo, que cada vez está poniéndose más amarilla. Debo decirle a Brígida que la ataque con fruición. O a mi miopía y mi principio de astigmatismo se une el hecho de estar volviéndome paulatinamente daltónico, o ese amarillo es de mierda acumulada. Sí, se lo diré a Brígida en tono convincente. Mañana mismo.

Con los ruidos la relación se mantiene estable. La nevera me consuela, y si me siento especialmente desesperado abro el botón del extractor de vapores que hay en la entrada del lavabo. Así estoy más acompañado. También los pipís de mis vecinos cayendo por las cañerías, sobre todo en plena noche, cuando cesa el trajín de las máquinas de los obreros, puedo distinguirlos con nitidez, y eso me tranquiliza. Dijéramos que casi los reconozco por sus orines.

Me engancho las mangas de cualquier prenda que lleve puesta, sobre todo en invierno con los jerseys, y lo hago sistemática y obstinadamente con los picaportes de las puertas, principalmente la de la cocina y cuando llevo platos o vasos a punto de desbordarse, casi siempre con líquidos ardiendo y el resultado previsible. O me quemo la frente con el flexo estilo inglés del despacho, cuando estoy trabajando allí y acerco la cabeza a esa lámpara a fin de ver mejor. No cambio. De modo que, sabiendo de sobra que casi nadie quiere estar junto a gente enferma, y que la enfermedad que yo padezco no se ve y quizás ni siquiera se entiende con facilidad cuando intento explicarla o pormenorizar su sintomatología elemental, suelo eludir casi cualquier compañía. En última instancia, y digo esto con total sinceridad, me parece un gesto generoso y educado hacia mi entorno inmediato: no quiero hacerlos sufrir. Lo malo es que se trata de un gesto sin retorno.

Mi vida sigue y, presiento, seguirá siendo de lo más normal, que es así como acostumbramos a denominar el hecho de ser sepultados a diario por quintales métricos de rutina para, pese a todo, seguir sintiéndonos el centro del mundo. Mis paseos con *Ursus* se han sofisticado. Ahora, toda esta zona de Atlántida se ha infestado de gatos. Son las generaciones de los nuevos *Tuertos*, *Zarpitas* y *Chivatos*, mientras que *Ursus* y yo resistimos. Es grotesco: a veces tenemos que pasar por una acera de apenas metro y medio de ancha circundados por decenas de gatos. Forman un auténtico pasillo a izquierda y derecha, y lo jodido es que no hacen ni el menor ademán de apartarse. ¡Como que ya nos conocen! Cojo a *Ursus* con fuerza de la correa, por si acaso, y allí que vamos pasando entre ese infierno de gatos que ni nos prestan atención, sin contar algún que otro bufido de rigor y algún que otro gesto de mofa. Una vez superada tal ignominia, suspiramos ambos: por fin. Luego ya podemos caminar dignamente.

En cuanto a la casa, pues de aquella manera. Me gustaría poder decir que ya cocino regularmente, que me cuido y que voy manteniéndola limpita. No sería del todo verdad. Lo cierto es que Brígida últimamente falla mucho y no puede venir. Está achacosa, la pobre. Ahora lleva casi dos semanas sin aparecer porque también el Birmano anda pachucho. Así me lo hizo saber ella por teléfono: «Nada que para eso marido sabe que chungo chungo y ya ves.» No hace falta siquiera traducción simultánea. Pero se me comen los licopodios, que empiezan a ser los auténticos inquilinos de esta casa, y con derecho de pernada. De tanto en tanto miro en la cocina y aquí o allá veo nubecillas de pequeños mosquitos, en cualquier caso harto sospechosos. Entonces les lanzo un furioso ataque con lo que tenga a mano: matahormigas, laca fijapelo de la que a veces usan Manuel y Álvaro, agua, desodorante con vaporizador, servilletas y hasta cubiertos. Pero esas nubecillas flotantes vuelven a aparecer. Ya se las cargará Brígida. Aunque, por cierto, una vecina me comentó el otro día mientras paseábamos a nuestros perros que lo que le pasa a esa mujer —Brígida— es que a su marido unos gamberros le propinaron una paliza monumental. Casi lo matan. Lo de siempre. Qué fastidio. No sé, igual es ya un mito: cada vez que el Birmano tose es que alguien le ha partido la jeta. Volviendo a la suciedad de la casa en general —que excepto en el polvo (montañitas aquí y acullá), pelos de perro y en el moho (estratificado en varias capas primorosamente definidas), tampoco es que se note tanto— y de la cocina en particular (ésa sí me preocupa, y mucho, pues el día menos pensado han de llevarme a Urgencias con una intoxicación de algo, *pudding* de mosquitillos por ejemplo), sé, porque lo sé, que reaccionaré en el momento más impensado. Un día me levantaré y diré gritando a pleno pulmón: «¡Hoy cojo mi mocho, mi cubo de agua con lejía, y venga, a dejarlo todo como una patena!» Aunque hoy por hoy me parece honesto y lúcido reconocer la evidencia: soy un Anacoreta de la Dejadez, soy un Apóstol de la Indecisión.

Pero mi libertad es total, al menos para hacer lo que me viene en gana. Esto suele ser algo relacionado con el vicio de comer a deshoras. Poco más. Dar cuenta compulsivamente de un plátano con chocolate a las tres cuarenta de la madrugada, porque sí. O provocarme una sobredosis de pistachos a las seis de la mañana, porque también. No sé si la libertad sea mucho más. Temo que eso, viviendo en familia, sería bastante difícil. Me reprimiría.

Los vecinos del apartamento de arriba llevan, por fin, una vida sexual menos ruidosa, constante y frenética que antaño. Un revolcón por semana, y eso si no se embroncan en pleno revolcón y lo dejan correr. Ya ni «Cari» ni patrañas: la vida. Por mi parte, sigo con esas viejas obsesiones que se resumen en: veo sexo en todas partes. Ayer, por ejemplo, tenía que hacer dos muslos de pollo, pues venía Manuel a comer. Los coloqué cuidadosamente sobre la bandeja del horno, pero haciendo el sesenta y nueve. Es fácil. Sonreí nada más verlos en esa posición. Me faltó poco para decir: «Pillines.» No sé, igual alguien podrá pensar que estoy bastante enfermo en ese sentido, pero como no le hago daño a nadie, tampoco le confiero excesiva importancia.

A veces pienso que me gustaría convertirme en un anciano con una de esas voces cavernosas, casi traqueales pero en cualquier caso impresionantes, que suelen imponerse de manera indefectible en cualquier circunstancia o compañía. Voces que, por lo general, acompañan a rostros que saben reír con cierto aire de suficiencia, aunque nunca insultante. Rostros que saben mirar por encima de la montura de sus gafas en ademán entre risueño y escrutador. Sí, quisiera saber llevar las gafas colgadas de una de esas cadenas metálicas que desde siempre me cautivaron pero con las que me enredo y acabo por desecharlas. A mucha gente le complace verlas en otros, pero no en sí mismos. El problema es que para todo eso, creo, hay que aprender a quererse y cultivar tal querencia como si de una exótica y delicada planta se tratase.

La verdad es que me entretengo con bien poco. Cada día practico menos el ajedrez, porque me aburre jugar solo o contra una de esas maquinitas sabihondas, o contra varias a la vez, como hacía antes. Si no me precipito, aún suelo ganarlas. Pero lo cierto es que, por vez primera en treinta o treinta y cinco años, me hallo desmotivado frente al ajedrez. Me gustaría saber llenar mi vida, al salir aburrido del trabajo en la biblioteca, con algo que me entusiasmase. Viajar, quizás, pero en el fondo eso no me apetece. Soy demasiado sedentario. De momento he decidido retomar algunos antiguos placeres. Casi una década después, luego de comprensibles y duras fases de contención en las que a veces, por muy poco, salí victorioso al no ceder a esa tentación, he vuelto a fumarme una pipita cada varios días. Habrá que ver cómo evoluciona eso.

Conforme va avanzándose por el vía crucis de la vida uno rebaja instintivamente presupuestos, proyectos, conquistas, sueños. Me recuerdo hace veinte años, más o menos, y no sé si esa imagen me produce congoja o hilaridad. Supongo que no lo sabré nunca, y preferible así. Pero intentaré explicar en qué consiste esto con un ejemplo de cuanto pensaba y sentía, así como su evolución intrínseca:

Nosotros no somos el centro del universo.

Nosotros no somos el centro.

Nosotros no somos.

Nosotros no.

Nosotros.

No.

(Lector: dime en silencio que te ha quedado suficientemente claro ese menguante arco conceptual que a menudo nos lleva a permanecer prisioneros y ateridos de temor en los límites de nuestro corazón quebrado, una vez todo se derrumbó alrededor. Dímelo o no tendré fuerzas para seguir escribiendo, ahora, ya al final. Y por última vez pido disculpas por haberte mencionado. Nunca más.)

Todo se derrumba, en efecto, y sin embargo no nos sepulta definitivamente. Inma, siendo muy niña, creía tener el mejor papito del mundo. Después vio, horrorizada, que su papito iba poniéndose cada vez más triste. Ella no distinguía entonces entre: preocupado, taciturno o amargado. Sencillamente, su papito ya no contaba chistes. Su papito sonreía a veces, sí, pero con una mueca distante, casi fotográfica.

Últimamente, me doy cuenta, elude mirar de forma directa a los ojos de su papito. Ojalá yo pueda y sepa, porque no dudo que eso es lo que quiero, remontar vuelo y hacerla sonreír como antes —y lo mismo digo de las sonrisas de Manuel, siempre tan duro, o de Álvaro, tan risueño—, contando chistes absurdos y haciendo bromas a destiempo, como cuando estaba orgullosa de tener un papito con ideas y ocurrencias, como si las otras niñas del cole o del instituto no alardearan precisamente de eso, de modo que cuando ella sea toda una mujer (ése es ya, si cabe, el más intenso de los secretos deseos de mi vida), al menos en privado siga llamándome papito con aquel brillo en las pupilas. Imagino que, mientras eso suceda, aún habrá un resquicio de esperanza.

Y aquí estoy, tumbado en mi sofá, procurando no pensar.

Acaso sea el instante adecuado para iniciar mentalmente el declive, pero de hacerlo con elegancia. Que siempre quede una sonrisa. Aunque sea la de nuestra prótesis dental en el interior de un vaso, contándonos mediante inaudibles carcajadas el chiste que constituye la vida.

Hay insectos por todas partes. Eso creo. Cada vez más insectos. Por el techo y el suelo, por las paredes. A veces parpadeo y me parece que ya no están. No obstante, al poco vuelven a aparecer. Se lo diré a Brígida.

Sé que quisiera ser feliz, pero no sé quién soy. Cuando sepa invertir las partes de esa oración, quizás todo vaya un poco mejor.

Sé que busco, pese a mi agnosticismo racionalista, lo que nunca imaginé: a Dios. Y Dios está, acaso, como dije, en todo aquello que hemos ido perdiendo a lo largo de la vida, fuese esto objetos que venerábamos por cualquier causa, o conceptos como el de la ilusión que nos produce pensar en un ser querido con el que quizás pudimos comportarnos más cariñosamente mientras estuvo a nuestro alcance hacerlo.

Tal vez Dios empieza, o termina, donde nace el olvido. En esa geografía en la que nadie nos recuerda y apenas somos nada para casi nadie, quizás ahí debamos hallar a Dios, siendo dioses nosotros mismos. Aun dioses en el exilio de nuestras ilusiones marchitas, para siempre muertas.

El milagro, vivir, implicará seguir haciéndonos las preguntas: «Y Él, ¿dónde está? ¿Se habrá ido realmente, como nos advirtió el profeta loco? ¿Volverá alguna vez?» Imagino que vivir es una de las respuestas posibles, si no la única, la mejor. Pero ¿y las otras? ¿Dónde está todo lo que no soy yo y fue parte de mí?

Qué hermosa y efímera inutilidad: la vida.

No hay secreto, o ése es el secreto. Estamos aquí. Luego no seremos más que el recuerdo de alguien. Después, nada. Y sin embargo, todo seguirá igual: equilibrado e incomprensible. Como la perfección de los cuerpos celestes.

Me estoy amodorrando.

Tibios rayos de sol, los últimos de la tarde, criaturas rezagadas en la luz, entran a modo de cuña y oblicuamente en el salón a través de las cortinas, y lo hacen igual que mudos, vaporosos conos de tonalidad púrpura, a su vez atravesados por temblorosas agujas de oro polvoriento. He ahí una arborescencia en suspensión. Como la fe, o su ausencia.

He ahí, quién sabe, la suave huella de Dios.

Aunque quizás no sea éste el momento de más literatura.

Tanto silencio y yo aquí.

Anochezco.

Sí, me temo que sí.

(MORPHY a PAULSEN)